新编21世纪中国语言文学系列教材

文学理论实用教程

第二版

Practical Textbook of Literary Theory

主　编　杨守森　周　波

撰稿者（以姓氏笔画为序）
厉运伟　任传霞　刘　蓓　孙书文
李江峰　李　辉　杨　光　杨守森
吴承笃　邹　强　和　磊　周　波
赵奎英

中国人民大学出版社
·北京·

主编简介

杨守森　1982 年毕业于山东师范大学中文系，留校任教至今，现为山东师范大学文学院教授、博士生导师。任中国文艺理论学会常务理事、中国中外文论学会常务理事、中华美学学会理事、山东省人民政府文史馆馆员等。出版著作有《艺术境界论》《艺术想象论》《审美本体否定论》《20 世纪中国文学问题》《灵魂的守护》《追寻诗性之光》《生命存在与文学艺术》等。

周　波　1983 年毕业于山东师范大学中文系，现为山东师范大学文学院教授、博士生导师，山东省文化产业人才培养研究基地负责人、中国古代文学理论学会理事、中华美学学会会员，全国毛泽东文艺思想研究会副会长。代表性著作有《中国美学思想阐释》《中国人格美学思想研究》《中国古代文艺心理学》《奥斯卡获奖电影赏析》《论狂狷美》等。

内容简介

本教材是根据本科学生的知识基础与理解能力，从课堂教学的实际需要出发编写的，意在切实提高学生对文学特征、文学创作规律、文学作用的认识与理解，并使之能够初步掌握文学批评与文学研究的基本方法与规则。

本教材的突出特点是：

实用性，即不求所谓的体系性，而力求每一章都有切合文学实际，让教师可以充分讲述的内容，力图让学生在每一堂课中都能有真正的收获，而不是徒耗时间。

简明性，即不求面面俱到，亦力避空洞玄虚之论与枯燥教条的罗列，力求以简明的语言，结合实例，突出讲授文学理论中最为重要也最为基本的问题。

新颖性，如本教材作为重点设立专章讲述的文学语言、文学才能、文学境界、文学生态、文学研究等，在现有同类教材中是缺失或重视不够的。

此外，为了扩充学生的知识视野，启发独立思考，在每节后附设的“相关知识”“研讨平台”“理论辨析”“深度思考”等栏目，亦具教材体例的创新性。

修订版进一步理顺了某些章节的逻辑层次，充实了有关论述，加强了学理性；从实用性、切实性角度考虑，补充或更换了一些例证；仔细推敲了有关概念，使之更为严谨；依据简明扼要的原则，进一步完善了文字表达。

目　录

第二编　文学生成

第三编 文学存在

第四编　文学学术

导 论

人类的文学活动现象是怎样产生的？如何发展的？人类为什么需要文学作品？文学作品对人类社会究竟有何作用？又是如何发挥作用的？一首诗、一篇小说，是怎样创作出来的？创作过程有何奥妙？是如何构成的？与其他艺术门类的作品相比，文学作品有何特点？应该如何评价其价值的高低？对于这样一些关于文学的基本问题，古今中外的学者们，经由长期的观察研究，已经形成了一定的知识体系、一系列的概念范畴与相关见解，这就是人们通常所说的文学理论。在我国，文学理论又被习惯性地称为“文艺学”，严格地说，应为“文学学”。

一、文学理论的发展

从历史源头来看，关于文学的理论思考，是人类古老的思想形态之一，几乎是随着文学活动的产生而产生的。在我国，《尚书·尧典》中，即已出现了“诗言志，歌永言”的重要命题；在西方，早在古希腊时代，就已出现了亚里士多德的《诗学》这样系统的文学理论著作。在此后的历史上，不论中国还是外国，对文学的研究，一直是最为活跃的学术领域之一，不仅名家辈出，著述众多，且不断形成以某一文学主张为主导的颇具声势的文学思潮，如中国魏晋时代出现的玄学文学思潮、明代七子派的文学复古思潮，西方的文艺复兴思潮、浪漫主义思潮、现实主义思潮、象征主义思潮等。尤其是20世纪以来，与社会发展和历史进步的要求相关，文学思潮更为活跃，如中国的“五四”新文学思潮、新时期以来的“反思文学”思潮，西方的现代主义与后现代主义文学思潮等。这些文学思潮，都是以文学创作为基础的，都伴随着文学理论的突破与创新，都在不断拓展着文学理论研究的视野。

正是随着研究视野的不断开拓与理论探讨的不断深入，文学研究的对象、视角、目的与方法愈来愈细化，理论形态亦愈来愈繁多，现已形成了若干更为具体的分支学科。如基于社会学视角，运用“反映论”之类的思想方法，侧重探讨文学与人类社会生活之间关系而形成的理论，被称为文学社会学；基于人类学视角，运用考据、神话原型分析等相关方法，侧重研究文学与人类自身存在与发展之间关系而形成的理论，被称为文学人类学；基于心理学视角，运用心理分析方法，侧重研究作家创作心理、读者接受心理而形成的理论，被称为文学心理学。近些年来，又日渐形成了立足于生态学视角的生态批评学，立足于传播学视角的文学传播学等。

二、文学理论的性质

从性质来看，文学理论是属于人文社会科学的一个门类。既是科学，文学理论当然应与其他科学门类相同，即具有符合客观实际、能够有效地指导实践活动等方面的科学性。毋庸置疑，文学理论所探讨的许多问题是具有这种性质的。如本教材重点讲述的不同文学形态之间的差异，文学语言与一般工具性语言之间的区别，文学创作所需要的感悟、想象之类的才能以及相关修养，文学作品的价值构成，文学境界与文学作品的价值层次之间的关系，文学批评与文学研究的某些基本方法等。这些问题是可以从科学角度予以审视考辨、分析探讨的。对这些问题的回答，有助于诗人、作家自觉地遵循有关规则，提高创作水平；有助于人们更为正确地判定文学作品的价值，使之更好地发挥作用。

同时，我们又要意识到，文学理论自有其特殊性。由于文学研究面对的是一种根源于不同民族、不同时代的不断在发展变化的生产生活，是基于作家个人的生命意识、文化视野、思想观念、情感态度、创作动机的复杂的精神活动现象，因而相应的文学理论也就很难像自然科学乃至同属人文社会科学的语言学、逻辑学、考古学那样，具有完备的科学性。在许多问题的看法上，往往歧见纷纭，难成定论。比如关于何谓“文学”，代表性的看法即有“文学是人学”“文学是社会生活的反映”“文学是表情达意的工具”“文学是语言的艺术”“文学是审美意识形态”等。这些看法，虽都有一定道理，但又均难概括文学作品的全部特征。正是面对如此状况，法国文学社会学家罗伯特·埃斯卡皮曾经慨叹：“没有比文学更模糊的词了，这词用在各种场合，其语义内容极丰富又极不一致。要给出一个单一的、简短的文学的定义实际上是不可能的。”①

这就要求我们，在研究文学现象时，既不能胶柱鼓瑟，执于一端，又不能玄想臆测，随意而为；既要追求客观真理性，又要以发展变化的历史眼光，具体问题具体分析；既要尊重基于某一视角的见解，又要以综合性的多元视角，从整体上予以把握。

三、文学理论的功能

人类的理论成果，不外两种功能：一是实践功能，即指导具体实践，如物理学、化学、医学、法学、经济学等；二是文化功能，即重在培育人的品性，开拓人的精神空间，启迪人的智慧，如哲学、伦理学、逻辑学等。从整体上来看，文学理论是兼具上述两种功能的。

一是实践功能，即能够指导文学创作、文学欣赏、文学批评与文学研究的实践，推动文学艺术的繁荣。对于文学理论的这样一种实际功能，有人是持否定态度的，如美国作家福克纳就曾明确宣称：“年轻作家要是依据一套理论去搞创作，那他就是傻瓜。”② 福克纳的这类看法自然亦不无道理，但尚需进一步探讨的是：福克纳指的是怎样一套理论？从中外文学发展史来

---

① 王先霈，王又平，主编．文学理论批评术语汇释．北京：高等教育出版社，2006：186.

② 崔道怡，朱伟，编．“冰山”理论：对话与潜对话（上册）．北京：工人出版社，1987：95.

看，某些脱离实际的玄思妄断，某些枯燥僵死的条条框框，某些偏执一端的理论主张，不仅有害于创作，甚至还会扼杀诗人、作家的创作活力。如西方古希腊时代柏拉图所主张的模仿“理式”“歌颂神明”、法国新古典主义文论中的“理性至上”“三一律”、我国“文化大革命”期间推重的“三突出”以及长期盛行的“文学为政治服务”“社会生活是文学的唯一源泉”等。而那些真正切近文学实际，能够抓住创作根本特征的理论见解，当是有助于诗人、作家少走弯路，尽快提高创作水平的。比如在我国当代文坛上，不乏这样的作家：由于某些非文学因素，他们虽已获得了颇高的声誉，但由于缺乏起码的文学语言的自觉意识，其作品的文学品性实际上是比较低下的，是不可能真正具有艺术生命力的。这类作家，如果能够借助文学理论，清醒地意识到文学语言与科学语言、公文语言、通讯报道语言的区别，明白文学语言应有的情感性、内指性、陌生化等，并用之于创作，其作品的文学品性必会大有提高。另有不少作家，虽创作了许多作品，却没什么影响，其重要原因之一是未能从理论上认识到，一位真正优秀的作家，不是仅以作品数量为标志的，而更是以达到的文学境界为标志的。

二是文化功能，即文学理论本身也是一种文化创造，是一个民族文明和智慧程度的重要标志之一。从中外文论史来看，许多优秀的文学理论成果正是如此，不仅有助于创作、阅读、批评等方面的文学实践活动，还可以展现思维者卓然不群的个性生命，以及所属民族的崇高智慧与人类精神的伟大，能够开拓人类的心灵空间，培育人类的文化品性。如我国古代陆机的《文赋》、刘勰的《文心雕龙》、司空图的《二十四诗品》等，在提供创作指导的同时，亦具有陶冶人心、提升人性的力量。另如西方 20 世纪出现的“精神分析”文论、“原型批评”文论、“结构主义”文论等，在启示人们认识文学作品创作规律的同时，亦开创了一个个闪射着人类智慧之光的精神空间。这些精神空间，对于人类把握世界、认识人生，亦具有不可估量的启示意义。

四、文学理论的教材体系

由于逻辑起点、研究视角等方面的不同，人类的文学理论早已形成了许多不同体系，如中国古代文论体系，西方亚里士多德、黑格尔等人的文论体系，现代象征主义理论体系，形式主义理论体系等。作为这一理论学科的教材，当然也应具有相应的体系性，但因已有文学理论体系的众多、现象的复杂以及新问题的不断出现，要将所有思想成果纳入一“概论”性的教材体系，是不切实际的，难免会有偏狭、牵强、削足适履之弊。更为严重的是，从我们多年来的教学实践看，一本教材，如果过分追求基于某一思想方法之类的体系性，使许多见解定于一尊，则会使学生囿于一端，束缚其思想活力，扼杀其创造精神。

正是基于上述认识，我们的这本教材，尽力避却大而无当的空泛之论，亦不求面面俱到以及内在的所谓体系，而是力图以更为开放的视野，从更具实际意义的具体的文学形态、重要理论范畴及学术研究的方法入手，依次回答四个相关方面的问题：文学作品有何特征？文学作品是怎样生成的？文学是怎样存在及缘何而存在的？关于文学的学术活动是怎样进行的？据此而分为四编：一是文学形态，二是文学生成，三是文学存在，四是文学学术。第一编主要研究诗歌、小说、散文、剧本等基本文学形态的特征与创作规则。第二编主要研究与文学生成相关的几个重要问题：文学语言、文学才能、文学境界与文学思潮。第三编主要研究与文学存在相关的四个关键问题：文学生态、文学价值、文学接受与文学界定。第四编主要研究文学学术活动的两个类别：一是文学评论文章的具体写作原则与方法，二是如何从事其他方面的文学研究。这样的内容设计与安排，也许不怎么体系化，但对于教学来说，或许更为实用，或许能更为有效地开拓学生的理论视野，丰富其知识结构，使之有更多亦更为切实的收益。

五、文学理论的学习方法

怎样学好文学理论？概而言之，应遵循以下原则：

第一，联系实际，重在理解。文学理论是伴随着人类的实际文学活动产生并发展的，因此，在学习文学理论过程中，不要死记硬背某些空泛的教条以及相关的术语定义，而是要紧密联系作家的创作实践、作品个案、文学思潮等具体文学现象，以及自己的写作尝试与切身的阅读经验，予以细心体悟与理解。

第二，独立思考，力避盲从。在人类的文学活动中，不论作家的创作意旨、艺术技巧，还是作品的内容构成、文体形式，都在随着社会生活的发展变化而不断发展变化。人类的思维能力、认识能力，一直是在不断提高的，即使同一问题，亦可以从新的角度，运用新的方法进行分析探讨。正是由于这些因素，在文学理论中，有许多问题很难得出一成不变的结论。这就要求我们，在学习过程中，既不能迷信权威、盲从定论，更不能以书本为准，而是要时刻以怀疑批判的眼光，审视一切，独立思考，善于发现问题，勇于提出自己的见解。

第三，博览群书，开阔视野。有史以来，人类关于文学问题的思考与探讨，已经积累了丰富的成果，只有广泛阅读已有成果，才能对相关问题有更为全面更为深刻的认识。人类的文学现象，不是孤立存在的，与哲学、美学、心理学以及政治、历史、经济等密切相关。尤其值得注意的是，在中外文论史上，许多产生了深远影响的文论思想，是出之于孔子、孟子、老子、庄子、柏拉图、亚里士多德、康德、黑格尔、弗洛伊德、海德格尔等这样的哲学家或心理学家的。因此，要学好文学理论，绝不能局限于文学理论本身，还要旁涉它迁，博览群书。只有如此，才能不断丰富自己的知识结构，不断开拓自己的学术视野，不断提高自己的文学理论水平。

第一编

文学形态

文学形态，也就是文学作品的体裁、类型，是对文学作品的分类编组。认识各类文学形态的特点，了解其相关创作奥妙，是研究文学艺术的基础，也是文学理论研究的基本构成。因此，本教材将文学形态作为首编，按已被人们广为认可的文学分类，依次对诗歌、小说、散文、剧本四类文学形态，从文体源流、特点、具体类别以及创作规律等方面予以分析探讨。

第一章

诗　歌

诗歌是一种最古老也最具有文学特质的文学样式，它通过高度凝练而又富含节奏韵律的语言来表现社会生活和人的精神世界。在中国上古时期，因为诗、乐、舞三位一体，"诗"与"歌"的指称内容并无区别，只是称"诗"侧重强调此类作品的情感内容，称"歌"则强调其音乐形式，所以才有《尚书·尧典》"诗言志，歌永言"的说法。后来，虽然以文字为主要表现形式的"诗"和以声音为主要表现形式的"歌"最终分途，但是人们还是习惯用"诗歌"这一概念指称以文字为主要表现形式的"诗"，并一直沿用到现在。

第一节 诗歌的源流

在人类进化的过程中，劳动无疑起了决定性的作用。劳动不但创造了人类，也创造了一切物质财富和精神财富。也正是在劳动的过程中，人类产生了语言，产生了艺术。人类诗歌的起源，同样与劳动有关，正如英国学者乔治·汤姆逊在《论诗歌源流》中指出的：“舞蹈、音乐、诗歌三种艺术开头是合一的。它们的起源是人体在集体劳动中的有节奏的运动，这运动有两个构成部分——身体的和嘴巴的。前者发展为舞蹈，后者发展为语言，开始是标志节奏的、无意义的呼喊，后来发展为诗的语言和普通语言。”① 我国汉代的《淮南子·道应训》中也说：“今夫举大木者，前呼‘邪许’，后亦应之，此举重劝力之歌也。”鲁迅先生在《门外文谈》一文中，也曾表达过大致相同的意思，认为远古先人的劳动号子“杭育杭育”，就是后来的文学创作，形成的可谓“杭育杭育派”。

一、中国诗歌源流

无论是鲁迅先生所说的“杭育杭育”，还是《淮南子》中记载的“举重劝力之歌”，都是有声无义的韵律，是具有一定音乐节奏形式的声音符号，已具备了诗歌的音乐性特征，但因尚乏实际的思想意义，还只能算是诗歌的雏形。后来，当人类能够运用自己的语言表情达意的时候，真正意义上的诗歌才形成了。

在渺远的原始时代，劳动在生活中占首要地位，故而流传至今的古老诗歌，几乎都是以劳动为内容的。如东汉赵晔《吴越春秋》中所载的《弹歌》，据说是黄帝时期的歌谣，表现的是狩猎者的劳动激情和对生活的热爱。《礼记·郊特牲》中所载相传是神农时代的祭歌《蜡辞》，反映的也是先民在改造自然过程中企图控制自然的神话式的幻想。

在我国古代文学史上，诗歌一直是备受重视、成就特别辉煌的文学形态。早在春秋时代，就已出现了第一部诗歌总集《诗经》，其中保存了自西周初年到春秋中叶产生的诗歌305篇，是我国早期诗歌的典范形态。这些诗从不同的角度反映了当时多彩斑斓的社会生活，开创了我国古代诗歌现实主义的优良传统。赋、比、兴的表现手法，素朴简练的语言，重章叠句的章法，以及均衡对称的四言体式等，均标志着中国古代诗歌艺术的成熟。

“楚辞”是《诗经》之后在楚地民间歌谣基础上发展而来的新诗体，屈原的创作代表了“楚辞”发展的最高成就，也标志着我国诗歌集体创作时代的结束和个体创作时代的来临。“楚

① 汤姆逊．论诗歌源流．袁水拍，译．北京：作家出版社，1955：28.

辞”“较之于《诗》，则其言甚长，其思甚幻，其文甚丽，其旨甚明，凭心而言，不遵矩度”①，在内容和形式技巧方面皆表现出完全的不同，是我国浪漫主义诗歌的源头。《诗经》与《楚辞》，一写实，一浪漫，代表了我国早期诗歌的最高成就。

至秦汉六朝时期，五言诗和七言诗逐渐从俗谚歌谣式的“鄙俚”之体登上大雅之堂，人们对语言的韵律节奏也更为重视。在内容方面，与玄风渐盛相关，山水田园成为许多诗人歌咏的对象和表情达志的重要媒介。以上形式与内容方面的变化为中国文学史上的诗歌盛世——唐宋时期的到来做好了准备。

唐代是中国诗歌史上的巅峰时代，至此，格律诗及其他各种体式的诗歌都已产生且完全成熟，各种题材在诗歌中都有了精彩的表现，涌现出了诸如李白、杜甫、王维、白居易等一大批人们耳熟能详的伟大诗人，迄今留存下来的作品仍有五万首之多。

宋人重“理趣”，喜在诗中言理，为诗歌创作开辟出一片新天地。宋人虽以词为“诗余”，然词确可称是宋代诗歌作品中之最有特色者。作为“8世纪中叶以后、13世纪以前这几百年中间最为流行的一种音乐歌词和抒情诗样式”②，词和在胡乐与中原里巷之歌结合的基础上形成的元散曲一样，逐渐从音乐歌词的附属地位中独立出来，成长为独具风格的诗歌形式，分别成为“后世莫能继”的宋元时期诗歌的代表性样式③。

明清两代的诗歌，则在新的社会文化环境的影响下、在对传统的背离与皈依的游离状态中继续发展，最后迎来了现代新体诗的诞生。在胡适、郭沫若等“五四”文化革命先驱的努力下，“白话诗”逐渐走向成熟，成为诗坛的主体，并出现了郭沫若、闻一多、徐志摩、戴望舒、艾青、臧克家等著名诗人与《凤凰涅槃》《死水》《再别康桥》《雨巷》《大堰河——我的保姆》《难民》等名篇佳作。新中国成立之后，在历史的坎坷中，诗歌仍在继续发展。尤其是自20世纪80年代以来，以北岛、舒婷、顾城等人为代表的“朦胧诗”创作和以于坚、韩东、王家新等人为代表的“新生代”诗人的作品，为中国诗歌史增添了新的辉煌。

二、外国诗歌源流

无论是东方还是西方，在文字出现以前，文学都经历了一个口头创作和流传的阶段，而诗歌就是在这样的过程中最早走向成熟的。在东方，产生于古代两河流域的《吉尔伽美什》被认为是迄今为止所发现的世界上最早的一部史诗，其情节则远在4 000多年前就开始传唱，在约公元前18世纪就已形成定本。史诗以巨大的艺术概括力形象地反映了远古时期人类与大自然斗争的进程，想象丰富奇特，描写精细，艺术上已经相当成熟。产生于古埃及的宗教性诗歌总集《亡灵书》与产生于古印度的《梨俱吠陀》是堪与中国的《诗经》并列的世界上最古老的诗歌集。此外，印度史诗《摩诃婆罗多》和《罗摩衍那》，早已享有“诗歌顶峰”以及“最初的诗”“众诗中之最优秀者”④ 的美誉。保存在《圣经·旧约》中的希伯来上古诗歌，也以其

---

① 鲁迅．汉文学史纲要·屈原及宋玉//鲁迅全集：第9卷．北京：人民文学出版社，1981：370.

② 程千帆，程章灿．程氏汉语文学通史//程千帆全集：第12卷．石家庄：河北教育出版社，2000：222.

③ 王国维《宋元戏曲考·序》曰：“凡一代有一代之文学，……唐之诗，宋之词，元之曲，皆所谓一代之文学，而后世莫能继焉者。”（王国维文学论著三种．北京：商务印书馆，2001：57.）

④ 郁龙余，孟昭毅．东方文学史．北京：北京大学出版社，2001：118.

独特的意蕴与品性深深影响了世界文学的发展。在欧洲，《荷马史诗》是欧洲文学史上最早的文学作品，也是欧洲叙事诗的典范。总之，在整个上古时期，诗歌伴随着人类文明的形成而不断发展，产生了大量脍炙人口的作品，取得了辉煌的成就。

在中古时期的东方，诗歌方面的成就可集中见于日本和歌总集《万叶集》，印度诗人伐致呵利的抒情诗集《三百咏》、迦梨陀娑的七幕诗剧《沙恭达罗》和长篇抒情诗《云使》以及宗教诗人杜勒西达斯的长篇英雄史诗《罗摩功行录》，格鲁吉亚诗人鲁斯塔维里的史诗《虎皮武士》等。近代以来，东方各国先后经历过较大的社会变动，包括诗歌在内的文学在西方文学思潮的影响下开始了新的发展。文艺改革、反殖民、反封建是这一时期的主流声音。正是在这样的历史背景下，出现了具有世界意义的印度诗人泰戈尔、黎巴嫩诗人纪伯伦等。在现当代东方文学史上，诗歌仍以独有的魅力产生着影响，其代表作有孟加拉诗人伊斯拉姆的《叛徒之歌》、土耳其诗人纳泽姆·希克梅特的《我的同胞的群像》、埃及诗人艾哈迈德·邵基的诗剧《克安巴特拉之死》和《莱伊拉的痴情人》、突尼斯诗人艾布勒·卡西姆·沙比的诗集《生命之声》以及非洲塞内加尔的莱奥波尔德·塞达·桑戈尔的《阴影之歌》等。

在中世纪的欧洲，诗歌的成就主要有法国的《罗兰之歌》、西班牙的《熙德之歌》、德国的《尼伯龙根之歌》及俄罗斯的《伊戈尔远征记》等英雄史诗，以及《列那狐故事》和《玫瑰传奇》等故事诗。自中世纪末至文艺复兴时期，随着人文主义思潮的兴起，诗歌创作也进入了一个新的繁盛时期。作为人文主义的先驱，意大利诗人但丁的《神曲》，被认为代表了中世纪欧洲诗歌的最高成就；意大利诗人彼特拉克的抒情名作《歌集》，以其特有的韵味及“十四行”为主的形式，为后来欧洲抒情诗开辟出一条新的道路；英国诗人斯宾塞，则以其技巧成熟的代表作《仙后》，在当时的诗坛上得享盛誉。

拜伦（1788—1824）

自17世纪以来，随着经济与社会文化的发展，在欧洲的诗歌创作领域，又不断有杰出诗人与不朽之作问世。如英国诗人弥尔顿的《失乐园》，以磅礴的史诗气势揭示了人的原罪与堕落，体现了追求自由的崇高精神；由英国诗人华兹华斯、柯勒律治和骚塞三诗人组成的“湖畔派”宣告了浪漫主义的真正诞生，抒情诗人济慈、革命浪漫主义诗人拜伦和雪莱都是这一时期的代表性人物；德国诗人歌德的《浮士德》以诗剧的形式描写理想与现实的矛盾，探索现实的出路，被认为代表了当时欧洲文学的最高成就；普希金被认为是俄国浪漫主义文学的奠基人；法国诗人波德莱尔的诗集《恶之花》则开创了象征主义之先河，同一流派的代表诗人还有法国的斯特法纳·马拉美、保尔·魏尔伦、阿尔杜尔·兰波等；第一次世界大战之后，作为后期象征主义代表人物的法国诗人瓦雷里、德国诗人里尔克、爱尔兰诗人叶芝、英国诗人托·斯·艾略特等，也以其卓越成就，产生了巨大的世界性影响。

纵观世界诗歌发展的历程，不难看出，诗歌不仅是人类创造的最早的文学形态，也是在文学史上不断创造辉煌、长期占据主导地位的文学形态。与之相关，在诗歌中，不仅深隐着人类心灵的秘密，展现着人类文明的历史进程，也必会蕴含着值得人们不断探索的关于文学起源、文学功能以及文学创作等方面的丰富理论智慧。

深度思考

近代以来，由于长于“讲故事”和还原生活，能从审美、娱乐和认识世界诸方面满足读者需求的小说的兴盛，诗歌在文学史上的地位有所下降。尤其是20世纪中叶以来，随着电影电视等新兴艺术形式和传播媒介的出现，诗歌在一定程度上表现出式微的危机，有人甚至发出“诗歌将死”的预言。我们的看法是，随着社会生活的发展，诗歌虽不可能像在历史上那样占据主导地位，但因其在抒情言志、语言形式等方面的独特优势，必会以不朽的生命活力，陪伴人类走向未来。

第二节 诗歌的特点

作为一种文学形态，诗歌的本质特征是什么？与其他文体甚至是其他艺术门类有何区别？这些问题和“什么是文学”一样困扰着我们。2016 年诺贝尔文学奖授予美国摇滚、民谣艺术家鲍勃·迪伦，引起了全球范围的争议，这一争议本身就说明人们对诗、对文学的特征和边界存在不同认识。① 同时，以创新为生命的诗歌创作也要求诗人在遵守规范（“尊体”）和打破原有规范的束缚（“破体”）、确立新的规范（“立体”）的张力之间寻求最佳的存在方式。所以，正如“文学”还是一个不断发展的学科门类一样，诗歌也是一个不断成长、不断发展变化的文学门类，我们对它的特征的把握，也只能是动态的且充满争议的。

古往今来，人们对诗的认识虽见解纷繁，但对其主导特征的认识，还是比较一致的，主要有以下几个方面。

---

① 鲍勃·迪伦（Bob Dylan），原名罗伯特·艾伦·齐默曼（Robert Allen Zimmerman），1941 年 5 月出生于美国明尼苏达州。美国摇滚、民谣艺术家，诗人。1962 年发表第一张专辑 *Bob Dylan*，此后发表 *Bringing It All Back Home* 等 30 余张专辑。并出版 *New Morning*（1970），*Desire*（1976），*World Gone Wrong*（1993）等几种诗集。鲍勃·迪伦获诺贝尔文学奖，是因为他“在美国歌曲传统形式之上开创了以诗歌传情达意的新表现手法”（诺贝尔奖颁奖词），然而，“《猜火车》的作者欧文·威尔士称之为‘一个拙劣的怀旧奖’，而小说家萨曼·拉什迪则称之为一次‘伟大的选择’”（栗念跃．实至名归，还是错误选择：英美媒体评鲍勃·迪伦获诺奖．21 世纪经济报道，2016－10－17）。面对这一争议，鲍勃·迪伦在获奖感言中做了如下回应：“我从来没有时间问自己：‘我的歌算是文学吗？’所以，我真的要感谢瑞典文学院，感谢它不仅花时间思考了这个问题，而且最终给出了这么棒的答案。”（李凤芹，译．参考消息，2016－12－21.）

一、强烈深沉的情感

表达情感并不是诗歌的专利，所有的文学体裁都是表达情感的。但是和其他的文体相比，诗歌在表达情感方面表现得特别突出。中国文论中，既有被认为是“开山的纲领”[①] 的《尚书》的“诗言志”说，也有陆机《文赋》“诗缘情而绮靡”的不同表述，然稽之《诗经》至陆机时代的文献典籍，不难发现，这里的“志”与“情”本身就是同一个意思，两种论断同样指向诗歌抒情的本质。在《毛诗序》“诗者，志之所之也。在心为志，发言为诗，情动于中而形于言”的表述中，我们就不难看出“情”与“志”所指为一的实质，所以孔颖达在《毛诗正义》中才有“情、志一也”的解说。在后来的历史上，许多人正是以此论述诗歌特征的，而唐人孟棨之说似乎相当具有代表性：“诗者，情动于中而形于言。故怨思悲愁，常多感慨。抒怀佳作，讽刺雅言，虽著于群书，盈厨溢阁，其间触事兴咏，尤所钟情……”[②] 南宋胡寅论词曲亦云：“词曲者，古乐府之末造也。古乐府者，诗之旁行也。诗出于离骚楚辞，而骚词者，变风变雅之怨而迫、哀而伤者也。其发乎情则同，而止乎礼义则异。名曰曲，以其曲尽人情耳。”[③] 清人吴乔在《答万季野诗问》中，通过对“文”与“诗”的比较，更为令人信服地阐明了诗歌重在抒情的特征：“意喻之米，文喻之炊而为饭，诗喻之酿而为酒。饭不变米形，酒形质尽变；啖饭则饱，可以养生，可以尽年，为人事之正道；饮酒则醉，忧者以乐，喜者以悲，有不知其所以然者。”在西方，古希腊哲学家德谟克利特也早就指出：“不为激情所燃烧，不为一种疯狂一样的东西赋予灵感的人，就不可能成为一个优秀诗人。”[④] 华兹华斯在《抒情歌谣集·序言》中强调的核心理论是“诗是强烈情感的自然流露”。

就具体作品来看，与散文、小说等其他文体不同，诗歌主要是以来自诗人长期生活积淀的深沉浓烈的情感内蕴，给读者以强烈的心灵震撼，从而达到一种“长歌当哭”的审美效果。如杜甫《秋兴》八首，是作者晚年滞留夔州时写的一组七言律诗。杜甫感物伤怀，在深秋衰惨冷寂中寓有时事之悲、君国之慨、羁旅之感以及故园之思，感情深挚，感人至深。故明胡震亨《杜诗通》评曰：“《秋兴》八首，皆雄浑富丽，沉着痛快。其有感于长安者，但极言其盛，而所感自寓于中。徐而味之，则凡怀乡恋阙之情，慨往伤今之意，与夫夷狄乱华，小人病国，风俗之非旧，盛衰之相寻，所谓不胜其悲者，固已不出乎言意之表矣。”[⑤]

二、情景、形神统一的意象和意境

诗歌是抒情的，诗歌所抒之情由诗中的意象和意境显现出来。“意象”和“意境”是两个内涵和外延都相当含混的概念，在中西方文学理论中的含义差别也较大。但从本质上说，诗歌

① 朱自清．诗言志辨·序//诗言志辨．上海：开明书店，1947：6.

② 孟棨．本事诗序//周祖撰，编．隋唐五代文论选．北京：人民文学出版社，1990：353.

③ 胡寅．酒边集序//金启华，等编．唐宋词集序跋汇编．南京：江苏教育出版社，1990：117.

④ 塔塔科维兹．古代美学．杨力，等译．北京：中国社会科学出版社，1990：123.

⑤ 叶嘉莹．杜甫秋兴八首集说．石家庄：河北教育出版社，1997：22.

中的意象，就是一个融汇了创作主体情思意趣的形象。而意境，则是创作主体的主观情意与客观物境互相交融而形成的形象系统及由此延伸与开拓的审美想象空间，它强调诗人的主观情意与客观物境的契合与交融。在诗中，诗人所要表达的情思意绪往往不是靠直接的宣泄得以实现，而是通过诗中表意的形象——意象或意境传达。明代王廷相《与郭价甫学士论诗书》云："夫诗贵意象透莹，不喜事实粘着，古谓水中之月，镜中之影，可以目睹，难以实求是也……言征实则寡于味也，情直致而难动物也，故示以意象，使人思而咀之，感而契之，邈哉深矣！此诗之大致也。"① 其所说的就是这一道理。进入诗人情感意绪中的景物或形象，已经不是现实生活中的自然存在物，而是含"情"之"景"，是寓"神"之"形"，诗中的情景、形神完美地融为一体。所以王夫之说："关情者景，自与情相为珀芥也。情景虽有在心在物之分，而景生情，情生景，哀乐之触，荣悴之迎，互藏其宅。"② 康德也说："诗……它让想象力获得自由，在一个既定的概念范围之中，在可能表达这概念的无穷无尽的杂多的形式之中，只选出一个形式，因为这个形式才能把这个概念的形象显现联系到许多不能完全用语言来表达的深广思致，因而把自己提升到审美的意象。"③

如柳宗元的《江雪》：

千山鸟飞绝，
万径人踪灭。
孤舟蓑笠翁，
独钓寒江雪。

诗中描绘了一幅凄神寒骨的大雪图：千山万径、茫茫江海，没有了人踪和鸟迹，极目所见之处，都笼盖在茫茫的飞雪之中。这是一个孤寂、峭寒而又晶莹绝尘的世界，正是在这一凄寒衰索的环境中，江边上还坐着一位头戴斗笠、身穿蓑衣的老渔翁，他顽强地与天地、与风雪抗争着，岿然不动，独钓寒江。诗人正是以这鸟稀人绝、风雪奇寒的自然环境隐喻自己贬谪之后的社会环境，而以傲然独钓的披蓑之翁自喻，抒发自己政治失意的抑郁与苦恼，寄托自己清高而孤傲的情怀。诗中的客观形象，正因情感的融入与特有的神采而意象化，并进而从整体上构成了耐人咀嚼的诗歌意境。又如戴望舒的《雨巷》中，那"悠长、悠长/又寂寥的雨巷"、那"丁香一样的/结着愁怨的姑娘"和徘徊在雨巷中的撑着油纸伞的"我"，共同营造了一幅优美而略显沉闷伤感的江南雨中景致，传达出作者哀怨、彷徨、惆怅、迷茫的心理感受。

三、凝练含蓄的语言

由于体裁方面的特点，诗歌要求用尽可能简洁的语言传达尽可能丰富的情志，这就形成了诗歌凝练、含蓄、跳跃性强的语言特点。

---

① 王廷相．王廷相集．北京：中华书局，1989：502－503.
② 王夫之．姜斋诗话//清诗话．上海：上海古籍出版社，1999：6.
③ 朱光潜．西方美学史：下卷//朱光潜全集：第7卷．合肥：安徽教育出版社，1991：53.

诗歌语言要求言简意赅而涵蕴丰富，以达到“片言可以明百意”① 的审美要求，如李白的《玉阶怨》：

玉阶生白露，
夜久侵罗袜。
却下水晶帘，
玲珑望秋月。

诗中呈现出来的是：月光如水，夜色已浓，玉人还是伫立在宫殿外的台阶上，鞋袜已被冰凉的夜露浸透。露水浸透罗袜，足见夜之深、秋之凉、待之久、怨之深，亦足见玉人之仪态、身份。回房下帘，帘中的月光依然朦胧而又清幽。两下相望，月怜人，人亦怜月；月伴人，人亦伴月；月无言，人亦无言。全诗虽只有区区二十字，却描绘了一幅绝美而凄婉的意境，写尽了宫人的幽独之苦和满腹愁怨。诗题为“玉阶怨”，却只是背面敷粉，诗中未有半个“怨”字，不言“怨”而处处有“怨”。诗歌语言自然明快却又凝练含蓄，无怪乎严羽赞许说：“赋怨之深，只二十字可当两千言。”②

李白（701—762）

和凝练、含蓄相适应的是诗歌语言的跳跃性。诗歌在情感表达的过程中，语言序列经常出现断裂或空白，以语言的张力构成一个充满想象力的广阔的审美空间，以此传达丰富含蓄的意绪。古典诗词中这样的例子很多，如马致远《天净沙·秋思》中的诗句：“枯藤老树昏鸦，小桥流水人家，古道西风瘦马。”这里是九组指称自然景物的语词毫无连缀的排列，描绘了一幅萧瑟凄凉的深秋晚景图，真切地传达出浪迹天涯的旅人的孤寂愁苦之情。又如庞德《地铁车站》：

人群中这些脸庞的隐现；
湿漉漉、黑黝黝的树枝上的花瓣。③

诗中的两组意象，形式上毫无关联，展示的也是似乎不存在任何关涉的事物。然而在跳跃性形成的语言的张力中，阴暗潮湿的地铁站、人们活力四射的明艳的脸庞与黑色枝条上充满生气的花瓣诸意象凭借我们的联想巧妙地叠加在一起，完美地传达出诗人走出阴暗而又潮湿的地铁车站时，蓦然看见一些美丽而充满朝气的面孔时的独特感受。作为读者，我们甚至可以由这首诗联想到阴湿多雾的天气、光线暗淡的地铁车站、忙碌拥挤的人群所代表的喧嚣压抑的都市生活与阳光明媚、花红柳绿的田园生活的巨大反差，从而对后者生出无限的向往之情。

① 刘禹锡．董氏武陵集纪//瞿蜕园，笺证．刘禹锡集笺证．上海：上海古籍出版社，1989：516.
② 詹瑛．李白全集校注汇释集评．天津：百花文艺出版社，1996：728-729.
③ 琼斯，编．意象派诗选：裘小龙，译．桂林：漓江出版社，1986：85.

四、和谐的韵律

诗歌是通过声音、节奏与押韵来辅助抒情的，和谐的韵律是诗歌最基本的特征之一。明代陆时雍就把“情”和“韵”作为诗歌两个最本质的特征。他说：“诗之可以兴人者，以其情也，以其言之韵也。夫献笑而悦，献涕而悲者，情也；闻金鼓而壮，闻丝竹而幽者，声之韵也。是故情欲其真，而韵欲其长也，二言足以尽诗道矣。”① 黑格尔也说：“至于诗则绝对要有音节或韵，因为音节和韵是诗的原始的唯一的愉悦感官的芬芳气息，甚至比所谓富于意象的富丽辞藻更重要。”②

在诗中，和谐的韵律之美主要体现为节奏和押韵两个方面。节奏的形成，既是宇宙万物运行规律的体现，也是对生命情感规律的应和。郭沫若即认为“节奏之于诗，是她的外形，也是她的生命”③，正可见其重要的程度。从诗歌的外在形式看，无论是诗的一句还是整篇，都有节奏的要求。律诗中，节奏不但表现为诗句中的语音停顿，还表现为对平仄和黏、对等规则的遵守。如王维的《山居秋暝》：

空山｜新雨｜后，天气｜晚来｜秋。明月｜松间｜照，清泉｜石上｜流。竹喧｜归｜浣女，莲动｜下｜渔舟。随意｜春芳｜歇，王孙｜自可｜留。

西方的诗歌则根据诗中重读音节和非重读音节重复有规律的出现而有音步的区分。

押韵是形成诗歌和谐音律的另一个重要因素。语言学家王力说：“韵是诗词格律的基本要素之一。诗人在诗词中用韵，叫做押韵。从《诗经》到后代的诗词，差不多没有不押韵的。民歌也没有不押韵的。”④ 押韵除了能够使诗歌的声音和谐呼应，朗诵起来悦耳动听，给人以回环往复的美感外，实际上还应和着诗歌本身内在情感的波动，能够增加诗作感人的力量。李白的《蜀道难》一诗，句式参差错落，长短不齐，用韵也突破了《蜀道难》乐府旧作一韵到底的程式，自由换韵，尤其是对蜀中险要环境描写的部分，一连三换韵脚，形成了作品极为奔放的语言风格。这种节奏和用韵特点既切合李白豪放不羁的性格和他奔放恣肆的浪漫主义创作风格，又适于表现蜀地奇丽峭拔的山川景物和诗人自己在屡遭波折的生活经历中产生的怀才不遇的愤懑，宜乎殷璠感叹“奇之又奇”，“自骚人以还，鲜有此体调”⑤。现代诗的押韵一般比较自由，有的甚至不押韵。而关于现代诗是否必须具有外在的韵律形式问题，诗学界也没有达成共识。从发展的角度看，诗歌创作总是在不断突破旧规范的过程中向前发展的，任何一种关于诗歌体裁特点的认识都在不断的质疑和讨论中逐渐得到修正和完善。

---

① 陆时雍．诗镜总论//丁福保．历代诗话续编．北京：中华书局，1983：1415.

② 黑格尔．美学：第3卷下．朱光潜，译．北京：商务印书馆，1981：68－69.

③ 郭沫若．论节奏//郭沫若全集·文学编：第15卷．北京：人民文学出版社，1990：353.

④ 王力．诗词格律．北京：中华书局，2000：1.

⑤ 王克让．河岳英灵集注．成都：巴蜀书社，2006：36.

相关知识

诗歌的有形结构安排形成了诗歌外在的形式美。闻一多先生在《诗的格律》一文中说："诗的实力不独包括音乐的美（音节），绘画的美（辞藻），并且还有建筑的美（节的匀称和句的均齐）。"诗歌外在的形式美也就是闻一多先生所说的"建筑美"，是诗歌作品的形体之美。诗歌的外在形式美多种多样，既可以如律诗那样呈现出"匀齐"之美，也可以像李白的《蜀道难》那样表现出一种参差之美，甚至可以如阶梯一样排列，表现出一种流动的美感，如郭小川的《投入火热的斗争》之类。

第三节 诗歌的抒情

诗歌的抒情性特征及其精致的体制形式，决定了诗歌在语言、结构和抒情方式诸方面都表现出相当的独特性。诗歌的语言，凝练含蓄并富于音乐性，这在上一节已做过细致考察。下面拟对诗歌的抒情结构和抒情方式进一步予以分析。

一、抒情结构

诗歌的抒情结构可以分为有形结构和无形结构（或者是外部结构和内部结构）两个方面。有形结构从诗歌外在形体方面着眼，探寻"言语材料分布的规律"①，其中包括节奏、诗行、押韵、词语或句子的重复等方面；无形结构则着眼于诗人情感意绪在诗中的表现形式，是诗歌在运意用思和意脉的流转变化上表现出来的内在节律。

对诗歌有形结构的分析，俄国形式主义文论家 B. M. 日尔蒙斯基很有代表性。他说："抒情诗的结构，要求对语音、句法和主题材料同时作有规律的分段。节律-句法结构的研究，对于确定诗歌艺术结构的言语的来源具有特殊的意义。"② 他从诗韵学的角度，分析诗歌中的节律（"以强弱音节井然有序的排列为声音方式而构成的语音结构"）、诗段（"循一定规律而分布并按此顺序重复的若干诗行组成的节律结构"），并认为，"诗段不仅是节律构造中的一个单位，它同时还是完整的句法和主题整体……它决定了句法和主题材料的节律分段及其分布"③。从这个角度看，诗歌音律方面的这种有形结构和诗歌主题内容方面的内在结构是一致的。结构主义学者乔纳森·卡勒也说："诗的有形结构的最明显的特征就是分行分节。一行诗末的断行，或诗节之间的空隙，必须赋以某种价值，办法之一就是把诗歌形式看成是一种模仿：断行代表

① 日尔蒙斯基．抒情诗的结构//明茨，等．俄国形式主义文论选．王薇生，编译．郑州：郑州大学出版社，2005：81.

② 明茨，等．俄国形式主义文论选．王薇生，编译．郑州：郑州大学出版社，2005：83－84.

③ 明茨，等．俄国形式主义文论选．王薇生，编译．郑州：郑州大学出版社，2005：92.

空间或时间上的间隔，应纳入主题，并与全诗的意义结合在一起。”①

从诗歌内在情感表达角度分析诗人运意用思和意脉的流转变化，可称作对诗歌无形结构的分析。玛·布尔顿说：“有如大多数诗作，意义明显贯通的短诗有三种主要结构样式……一种是诗人简单地渐渐引出高潮或概括；再一种是诗人自相矛盾；第三种是有所谓辩证发展的结构。”②

中国诗歌理论中，对诗歌抒情达意的结构也进行过许多有益的探索。对诗歌“无形结构”的探索，主要表现为对诗歌“意脉”“筋脉”“血脉”等内在结构形式的探索。刘勰《文心雕龙·章句》即强调“外文绮交，内义脉注”，指出作品的文辞是外在的，而其意脉则是内在的；刘勰又言“或制首以通尾，或尺接以寸附”③，实际上是将诗歌内在结构形式分为两种，即今人总结的“链条型意脉”和“网络型意脉”④。前一种结构形式的诗，“读第一句知有第二句，读第二句知有第三句，次第终篇”⑤；后一种结构形式的诗，则“语断而意属，曲折有余而寄兴无尽”⑥。对诗歌“有形结构”的揭示，则尤其表现于对律诗艺术形式的探索之中。在这方面，首先是根据对偶关系将一首诗的八句分为四联，各联由于位置、音律和诗意表达的需要，分别有不同的要求，从而显示出不同的风貌特征，四联之间形成一种完美统一的结构形式：

> 破题。备物象，语带容易，势须紧险。
> 颔联。为一篇之眼目，句须寥廓古淡，势须高举飞动，意须通贯，字须子细裁剪。
> 腹中。句势须平律细腻，语似抛掷，意不疏脱。
> 断句。势须快速，以一意贯两意。……须有不尽之意堆积于后，脉脉有意。⑦

这就是后世诗文写作“起承转合”理论的原型。后人“起要平直，承要春容，转要变化，合要渊永”的说法就从此脱化而来。

具体到诗歌的一联，根据其内在的意脉和对偶关系，又可以分出不同的结构类型。着眼于两句之间是“各司其意”的并列结构还是相互依存形成一个完整的意思而有“一句含理”和“二句显意”的不同形式，如“竹怜新雨后，山爱夕阳时”便是各含其意的并列对句，而“谁知樵子径，得到葛洪家”则是两句一意的相互依存结构⑧，而后者根据对偶形式的不同又可以区分为“十字句格”和“十字对格”两种不同的结构形式，前者如诗句“杏园啼百舌，谁醉在花傍”，后者则如“未有一夜梦，不归千里家”⑨。

就诗中的包含情、景关系的诗作，其结构亦有大致的形式。胡应麟即总结说：

> 作诗不过情景二端。如五言律体，前起后结，中四句，二言景，二言情，此通例也。唐初多于首二句言景对起，止结二句言情……唐晚则第三四句多作一串……惟沈、宋、

---

① 卡勒．结构主义诗学．盛宁，译．北京：中国社会科学出版社，1991：274.
② 布尔顿．诗歌解剖．傅浩，译．北京：三联书店，1992：141.
③ 文心雕龙·附会//杨明照．增订文心雕龙校注．北京：中华书局，2000：520.
④ 屈光．中国古典诗歌意脉论．文学评论，2011（6）.
⑤ 魏庆之．诗人玉屑：卷五．上海：上海古籍出版社，1978：121.
⑥ 胡应麟论《古诗十九首》之“青青河畔草”语，见《诗薮》内编卷二（上海：上海古籍出版社，1979：34）.
⑦ 见徐夤《雅道机要》“叙句度”，引自张伯伟《全唐五代诗格汇考》（南京：凤凰出版社，2002：442－443）.
⑧ 具体请参见贾岛《二南密旨》“论南北二宗例古今正体”条论述，见张伯伟《全唐五代诗格汇考》，375页。
⑨ 具体请参见宋桂林僧景淳《诗评》，见张伯伟《全唐五代诗格汇考》，506页。

李、王诸子……第中四句大率言景……老杜诸篇，虽中联言景不少，大率以情间之……①

除此而外，古代诗论中的“重章叠句”理论以及韵律格式、诗歌起结及大量的关于律诗其中一联作法等内容的探索，实际上都有关于诗歌抒情结构的讨论。

二、抒情方式

抒情是诗歌的最主要特征之一。从诗中情绪的表达方式看，诗歌的抒情方式主要有以下两种。

（一）直抒胸臆

这是一种直接抒情的方式，诗人不借助抒情媒介，在诗中袒露襟怀，不假藻饰，直接抒情。杜甫就是一个直接抒情的高手，胡震亨评价他的七律时说：“杜公七律，正以其负力之大，寄悰之深，能直抒胸臆，广酬事物之变而无碍。”② 而传为项羽所作的《垓下歌》也是一个典型的例子：“力拔山兮气盖世，时不利兮骓不逝。骓不逝兮可奈何！虞兮虞兮奈若何！”短短四句之中，既有气壮山河、势吞万里的自信与豪气，又有英雄末路、挚爱难保的深恸与悲壮，脱口而出，直写其心。又如艾青写于1938年的名作《我爱这土地》：

假如我是一只鸟，
我也应该用嘶哑的喉咙歌唱：
这被暴风雨所打击的土地，
这永远汹涌着我们的悲愤的河流，
这无止息地吹刮着的激怒的风，
和那来自林间的无比温柔的黎明……
——然后我死了，
连羽毛也腐烂在土地里面。

为什么我的眼里常含泪水？
因为我对这土地爱得深沉……

诗人借助一只鸟的口吻，通过对土地充满激情的“誓词”一般的直接倾诉，真挚地抒发了对患难中的祖国的炽爱情怀，读来感人肺腑。

（二）间接抒情

间接抒情是借助客观媒介抒发感情的方式。诗人感物生情或是将自己的感情投射到客观媒

① 胡应麟．诗薮：内编卷四．上海：上海古籍出版社，1979：63.
② 胡震亨．唐音癸签：卷十．上海：上海古籍出版社，1981：94.

介上，以此表达自己的情感意绪。依据抒情媒介的不同，间接抒情又可以分为若干类型，比较常见的可以概括为以下两种。

（1）寓情于物。“一切景语皆情语”，诗人在诗中写景写物，根本上都是为了抒情。所以，以景物抒情就成为一种基本的抒情方式。应当说明的是，这里的“寓情”之“物”，不只包括自然景物，同时也包括社会人事与人生遭际，如钟嵘在《诗品序》中所列举的“春风春鸟，秋月秋蝉，夏云暑雨，冬月祁寒”的“四候之感诸诗者”以及“嘉会寄诗以亲，离群托诗以怨”“楚臣去境，汉妾辞宫”[①] 等种种社会事相。从情感发生的角度看，诗人的感情有因物而生者，此可称作“感物生情”；亦有将已经存在的感情投射到物上去的，此则可以“移情于景”称之。前者即《文心雕龙·物色》所言“情以物迁，辞以情发”的情形，如李白《春思》：“燕草如碧丝，秦桑低绿枝。当君怀归日，是妾断肠时。春风不相识，何事入罗帏?”闺妇的怀人之思，正由于那枝翠叶肥的桑树和温暖怡人的春风感激而生。后者则类于刘勰“登山则情满于山，观海则意溢于海”的情形，如杜甫《春望》“感时花溅泪，恨别鸟惊心”、欧阳修《蝶恋花》“泪眼问花花不语，乱红飞过秋千去”及《西厢记·长亭送别》“晓来谁染霜林醉？总是离人泪”等，皆将诗人的情感投射于物，取得了强烈的抒情效果。

（2）寄情于事。诗也可以通过叙事来抒发情感，这种抒情方式不仅存在于传统意义上区别于抒情诗的以叙事为主的“叙事诗”中，也存在于通过选取具体生活细节、场景或事件来抒情达意的抒情诗中，甚至包含通过用典表情达意的方式。叙事诗如白居易的《长恨歌》，全诗通过对唐玄宗李隆基和贵妃杨玉环爱情悲剧的详细描述，表达了作者对他们忠贞不渝爱情的赞颂以及对唐玄宗荒淫误国行为的批判。通过描述生活事件抒情的如汉乐府诗《上山采蘼芜》：

> 上山采蘼芜，下山逢故夫。长跪问故夫：“新人复何如?”
> “新人虽言好，未若故人姝。颜色类相似，手爪不相如。”
> “新人从门入，故人从阁去。”“新人工织缣，故人工织素。
> 织缣日一匹，织素五丈余。将缣来比素，新人不如故。”

全篇通过对弃妇和故夫偶尔重逢这一生活片段的描述，表现出诗人对弃妇不幸命运的同情以及对喜新厌旧的“故夫”的责难。用典在中国古典诗词中比比皆是，它用精致简洁的语言包蕴了内容丰富的人物与故事，使诗歌含蕴丰富。如李白《行路难》（其一）中的几句：

> 闲来垂钓碧溪上，忽复乘舟梦日边。行路难！行路难！多歧路，今安在？长风破浪会有时，直挂云帆济沧海。

“闲来”两句用吕尚和伊尹老年仍有机会辅佐一代明君建立不朽功业的历史故事，表达自己对实现人生抱负仍有所期待的心情；最后两句则用南朝宋宗悫的典故表达自己的自信与执着；“多歧路，今安在”两句甚至也可以理解为反用《淮南子》“杨子见逵路而哭之”的典故，表达一种英雄失路的悲哀。在众多典故的运用中，将李白失望与希望交织的复杂心情表现得淋漓尽致。

---

① 曹旭．诗品集注．上海：上海古籍出版社，1994：47.

深度思考

抒情性是诗歌最基本的特征。即如叙事诗，虽具有类乎小说的故事性，亦与小说叙事有根本区别。小说叙事一般是相对客观的叙事，叙事具有严密性和逻辑性，对叙事技巧的运用是全方位的，贯穿小说情节的线索一般是事件性的；而叙事诗中的叙事，则带有强烈的主观色彩，用的是抒情语言与抒情笔调，诗中的故事和情节具有片段性和跳跃性特征，诗中的人物也只是粗线条的勾勒，贯穿时间与场景、形象与画面的线索则是抒情。

第四节
诗歌的分类

对诗歌作品进行分类是诗学的基本任务之一。标准不同，分类各异。按照作品题材，诗歌可分为婚恋、战争、咏物、送别、边塞、怀古、闺怨、山水、田园等多种；根据时代和风格，中国古代诗歌可分为骚体、建安体、柏梁体、正始体、永明体、齐梁体、元和体、西昆体等多种。按照语言音律和结构，诗歌又可分为格律诗、自由诗和散文诗，等等。下面依据西方和我国诗歌发展实际，具体介绍两种分类方式。

一、按照主要表达方式分类

在西方，依据作品内容的主要表达方式，诗歌被分为三种：叙事式诗歌、抒情式诗歌和戏剧式诗歌（或称为叙事诗、抒情诗和戏剧诗），或是史诗、抒情诗和戏剧诗。追溯其源头，在《诗学》中，亚里士多德就已经将戏剧和长篇叙事诗进行了区分。歌德则说："韵文只有三种真正的天然形式：清楚地叙述的、心情激动的和人物在行动的——长篇叙事诗、抒情诗和戏剧。"① 这应该就是诗歌三分法的源头。19 世纪，俄国文论家别林斯基明确将诗歌分为史诗类、抒情类和戏剧类，杜勃罗留波夫稍作"修正"，称作叙事类、抒情类和戏剧类，瑞士学者施塔格尔则称作叙事式、抒情式和戏剧式。"五四"以后，国内诗歌也是依据这一标准进行分类的，但由于戏剧诗在中国诗歌中较难界定，所以一般只简单划分为叙事诗和抒情诗两种。

叙事诗是以叙事为主要表达方式的诗歌，它一般具有较为完整的故事情节和鲜明的人物形

① 歌德．西东合集//施塔格尔．诗学的基本概念·译本序．胡其鼎，译．北京：中国社会科学出版社，1992：1.

象，同时始终具有诗的节奏和韵律等一切外在形式。值得说明的是，即使是以叙事为主，叙事诗的本质依然是抒情性，这也正是叙事诗区别于其他叙事文体的本质特征。叙事诗最早的表现形态是史诗，如作为西方文学源头的《荷马史诗》，我国古代的叙事诗经典作品《孔雀东南飞》《木兰辞》《长恨歌》及《圆圆曲》等。

抒情诗是诗人直接抒发感情或者“特别美妙地描写对象，并且还能够把这些对象在灵魂中所激起的感情、印象传达出来”[①] 的一种诗体，“其明显特征是富于想象、音律悦耳、充满感情，创造出一种独特统一的印象”[②]。抒情诗基于表达诗人个人的独特感情，对客观事物的再现也服从于诗人主观内心世界的表现。相对于叙事诗，抒情诗一般不注重详细叙述生活事件的具体过程，不注重人物和景物的详细具体描写，也没有叙事诗那样完整的故事情节。从体制上看，抒情诗大多篇幅较短，但也不排除像屈原《离骚》这样优美的鸿篇巨制。中国是一个抒情诗得到充分发展的国家，抒情诗一直是中国诗歌的主流，《诗经》《楚辞》奠定的优秀传统在后世得到了长足的发展，作为一代文学之代表的唐诗、宋词、元曲一直为后人所称道，著名诗人像李白、杜甫、柳永、苏轼、元好问、高启、纳兰性德等都留下了脍炙人口的抒情作品。

戏剧诗是指“运用戏剧形式或戏剧技巧的某个成分（如戏剧独白）”[③] 创作的诗歌。和戏剧诗相关的另一个概念是“诗剧”（以诗的形式为演出而写的戏剧），但实际上戏剧诗和诗剧并不容易区分，在别林斯基和杜勃罗留波夫那里，二者实际上就是一个概念：戏剧类的诗是诗人“并不代表自己说什么话，却使各种各样人物在我们的面前呈现出来，促使他们讲话，并且促使他们之间展开各种不同的关系”[④]，这实际上就是以诗的形式表现的戏剧。在施塔格尔《诗学的基本概念》中，“戏剧式诗歌”所举之例如埃斯库罗斯《俄瑞斯忒亚》、索福克勒斯《埃勒克特拉》、高乃依《熙德》和《贺拉斯》以及莎士比亚等人的作品也大都是“诗剧”。正因为戏剧诗和诗剧有这种难以厘清的关系，所以在飞白编著的《诗海——世界诗歌史纲》里，戏剧诗被列为由诗剧派生的一个分支。

二、按照格律及语言特点分类

在我国，按照语言及格律形式分类，诗歌可以分为新诗和旧体诗。

新诗又叫现代诗、白话诗，是与旧体诗相对而言的，指五四新文化运动以来产生的以白话创作的诗歌。其特点如下：一是运用现代口语写诗；二是没有严格的音韵格律限制，在节数、行数、字数、音韵方面都相对自由。中国现代最早提倡并创作白话诗的作家有胡适、刘半农、周作人、康白情、俞平伯等人，胡适的《尝试集》就是中国最早的新诗集。但稍后出版的郭沫若的《女神》才被认为是新诗的奠基之作。新诗创作至今将近百年，产生了像徐志摩、戴望舒、闻一多、李金发、艾青、余光中、洛夫、北岛、顾城、海子、韩东、工家新等风格各异的

---

① 杜勃罗留波夫．A. B. 柯尔卓夫//杜勃罗留波夫选集：第1卷．辛未艾，译．上海：新文艺出版社，1954：427.

② 乐黛云，等编．世界诗学大辞典·“抒情诗”．沈阳：春风文艺出版社，1993：490.

③ 乐黛云，等编．世界诗学大辞典·“诗剧”．沈阳：春风文艺出版社，1993：456.

④ 杜勃罗留波夫．A. B. 柯尔卓夫//杜勃罗留波夫选集：第1卷．辛未艾，译，上海：新文艺出版社，1954：427.

著名诗人。如徐志摩的《沙扬娜拉》：

最是那一低头的温柔，
像一朵水莲花不胜凉风的娇羞，
道一声珍重，道一声珍重，
那一声珍重里有蜜甜的忧愁——
沙扬娜拉！

全诗短小精美，句子长短参差，错落有致，没有平仄和对偶限制，押韵自由，很好地体现了新诗的体制特征。

徐志摩（1897—1931）

旧体诗是相对于新诗而言的，指音韵格律相对严整的中国古典诗歌，也包括现代人用古典诗歌形式创作的作品。旧体诗的范围相对广泛，诸如中国古代的诗、词和散曲等作品都包括在内。其共同的特点是：语言上采用文言语词，音韵格律相对严整。就区别于词、曲等狭义的古代诗歌而言，又可以区分为“古体诗”和“近体诗”两类。“古体诗”也称作“古诗”或“古风”，是区别于唐代兴起的“近体诗”的一种诗体，它主要包括古诗和乐府两种，与近体诗相比，其格律限制较少，没有平仄与对仗要求，用韵自由，篇幅长短不拘。“近体诗”又称“今体诗”，是唐代成熟起来的新体诗歌，由于格律较严，后人又称之为“格律诗”，包括律诗和绝句两种形式。近体诗格律严整，在篇章、句式、对偶和音律方面都有相对严格的要求，要求篇有定句，句有定字，字有定声，联有定对。如王维的五言律诗《山居秋暝》：

空山新雨后，天气晚来秋。明月松间照，清泉石上流。
竹喧归浣女，莲动下渔舟。随意春芳歇，王孙自可留。

全诗八句，每句五字，做到了“篇有定句，句有定字”；中间两联严格对仗，这属于“联有定对”；诗中各联出句和对句平仄相对，第三句与第二句、第五句与第四句、第七句与第六句第二个字平仄相黏，符合黏对要求，属“字有定声”；首联入韵，全诗韵脚为秋、流、舟、留，属油求辙，押韵整齐。和新诗相比，区别明显。

相关知识

不同的国家和民族有不同的格律诗。在西方，比较典型的格律诗是十四行诗。十四行诗一般只有一个诗节，分十四行，该诗体也由此得名。十四行诗大致有两种基本类型：彼特拉克十四行诗和莎士比亚十四行诗，或称意大利十四行诗和英国十四行诗。从韵律形式看，意大利十四行诗一般分为前八行和后六行两部分，前八行的韵脚形式是 abba-abba，后六行的韵脚有 cde-cde，cdc-dcd 或 cde-dce 三种形式。英国十四行诗则一般由三个四行诗和一个尾对句构成，每个四行诗一般都是隔行押韵，尾对句二行押韵，其整体韵律的典型安排是 abab-cdcd-efef-gg 的形式。

第五节 诗歌的创作

诗歌创作是一种特殊而又复杂的精神生产活动，充满了个性和独特性，没有一成不变的创作方法与模式，所以古人说："诗人之工，特在一时情味，固不可预设法式。"① 但从创作过程来看，要写出一首好诗，下述几个方面是需要注意的。

一、诗意的捕捉与提纯

诗歌是诗人情感意绪的体现。诗人在生活中有所感触，产生一种不吐不快的情绪，把这种"情绪"用诗的形式传达出来，便成了诗。生活是诗人创作的源泉，诗人的诗意也在生活中产生和提取。在生活中，诗人不仅会"遵四时以叹逝，瞻万物而思纷"，更有"楚臣去境，汉妾辞宫"之类历史以及社会人事的激发，这些即时的感触和诗人心灵中长期淤积的思索相激发，便形成诗人想要表达的"诗意"，正如朱熹所说："既有思矣，则不能无言。既有言矣，则言之所不能尽。尔发于咨嗟咏叹之余者，必有自然之音响节族而不能已焉。"②

当然，并不是生活中所有的感慨都能形诸笔端，发而为诗，这些"感慨"要形成诗意，还需要一个"提纯"的过程。不管是有意识还是无意识，诗人都需要将众多的"感慨"分析加工，提取最具价值、最有感染力也最惬于心的情思，并把它表现出来。骆宾王《在狱咏蝉》的创作就形象地阐释了这一过程。该诗序云："余禁所禁垣西，是法曹厅事也，有古槐数株焉。虽生意可知，同殷仲文之枯树；而听讼斯在，即周邵伯之甘棠。每至夕照低阴，秋蝉疏引，发声幽息，有切尝闻，岂人心异于曩时，将虫响悲乎前听？嗟乎，声以动容，德以象贤。故洁其身也，禀君子达人之高行；蜕其皮也，有仙都羽毛之灵姿。候时而来，顺阴阳之数；应节为变，审藏用之机。有目斯开，不以道昏而昧其视；有翼自薄，不以俗厚而易其真……仆失路艰虞，遭时徽纆。不哀伤而自怨，未摇落而先衰……感而缀诗，贻诸知己。"③ 诗人蒙冤入狱，由庭中古槐联想到东晋殷仲文因槐树自叹不得志，也想到周代召公在甘棠树下断案的清明，自然联系到自己的人生遭际；而"每至夕照"的蝉声更是让他想到自己的高洁自奉。在这纷繁的思绪中，诗人经过加工整合，将自己的生活感慨发而为诗。

二、意象选择与意境创造

诗人要将内心的情感意绪传达出来，需要借助融入诗人自己情感特征的具体形象即意象，

---

① 陈应鸾．岁寒堂诗话校笺．成都：巴蜀书社，2000：24.

② 朱熹．诗集传序．北京：中华书局，1958.

③ 陈熙晋．骆临海集笺注．上海：上海古籍出版社，1985：157－159.

因此可以说，意象的选择和营造是诗歌创作中的关键和基础。

诗人在运用意象外化自己的情感时，既可以选择已经活跃于文学作品中的传统意象，也可以根据情绪表达的需要从当下的生活中选择或创造新的诗歌意象。选用传统意象最需要处理好的是继承与创新的关系问题。在每一种文化内部，某些经常出现在诗人笔下的形象会因为反复使用而产生相对固定的人文内涵并延续下来，意象内涵的这一稳定性特征虽有因习见而易于和读者产生共鸣的好处，但创作中如果不在前人的基础上融入自己的独特体验、认识和感情，展现独特的审美趣味和时代因素，就会因为烂熟而让读者产生“审美疲劳”，并被读者厌弃。当然，如果运用得好，不但读者易于接受，而且能够使诗歌产生更为丰厚的情韵。如戴望舒《雨巷》中“丁香”形象的创造，就涵容了古典诗词中以丁香喻愁的审美内涵，又凸显了丁香的美丽、高雅，意象内涵显得丰富而含蓄，体现出一种格调清新的古典美。又如徐志摩《再别康桥》中的“柳”意象，既继承了自《小雅・采薇》“昔我往矣，杨柳依依”以来以“柳”写“离别之意”的传统蕴涵，表现了作者的依依惜别之情，又承载着诗人对康桥恋人般浓烈而深沉的爱意，显示出深厚的文化底蕴。当然，诗人还可以根据创作需要，改造传统的诗歌意象或直接创造出新的诗歌意象。前者如郭沫若的《天狗》，就将传统故事“天狗吃月亮”中的天狗形象改造为一个强大、自信、气吞日月的体现“五四”时代情绪和社会精神的全新形象；后者如闻一多《死水》一诗中那象征半殖民地半封建旧中国的死寂、污臭、腐败的“死水”意象，则是根据诗意和时代需要创造出来的新意象。

要写出一首好诗，不但要创造出独特的意象，还需要创造一个独特的意象群，营构一个独具特色的审美意境。一首诗的意境是在众多意象和谐统一的作用下展现出来的，这个意象群中的每个意象，必须是独特的，又是协调一致、表现出统一风格的，唯其如此，才能形成一个完整的意境，完美地表达诗人的情思。以舒婷《致橡树》为例，诗中除了“木棉”与“橡树”两个中心意象外，还有“攀援的凌霄花”“痴情的鸟儿”“泉源”“险峰”“日光”“春雨”等诸多意象。这些意象根据诗意表达可以分为否定的和肯定的两组，彼此有机组合，营构出一幅美妙的图景：并排站立的橡树和木棉，在其他众多形象的衬托下，共同分担“寒潮、风雷、霹雳”的威胁与考验，也共享“雾霭、流岚、虹霓”的灿烂与壮美。全诗表达了诗人对以附庸、奉献、施舍为特征的旧式爱情观的彻底否定，对平等独立、情投意合的新型爱情的追求与向往。

三、语言与韵律的琢磨

语言的精练含蓄是诗歌最基本的特征之一，而语言的精练含蓄并不是诗人灵机一动的“神来之笔”，而是精心推敲与锤炼的结果。杜甫自言作诗“语不惊人死不休”，贾岛“推敲”的传说，王安石经过十多次修改才有“春风又绿江南岸”的传世名句，都是这方面的例子。

清人黄图珌在论及字句的选择时说：“落笔务在得情，择词必须合意。”① 同样，诗歌语言的锤炼琢磨也是为了更好地“合意”，这就提出了诗歌语言锤炼的要求：准确贴切、简练精粹与生动形象。还以王安石“春风又绿江南岸”为例，诗人最后确定用一“绿”字，既准确形象、色彩鲜明地传达出春天给人的形象感受，又巧妙而有机地将春风吹拂之因与江南绿遍之果

① 黄图珌．看山阁集闲笔//程炳达，王卫民．中国历代曲论释评．北京：民族出版社，2000：492.

贯穿了起来，著一字而全诗为之生色！现代诗也同样如此。如艾青《透明的夜》里的句子：

村，
狗的吠声，叫颤了
满天的疏星。

只一“颤”字，就把乡村寂静的夜中狗突然的叫声带给人的猝然的震动与恐惧神妙地传达了出来。

诗人在诗歌语言的锤炼过程中，经常追求一种“陌生化”的语言效果，以便如亚里士多德所说，“给平常的事物赋予一种不平常的气氛”，使我们恢复对生活的新奇感。这种“陌生化”效果，大致可以从词语的运用、诗意的改造与翻新、句法结构的变化等方面获得。首先，在诗歌的语词运用方面，选用一些习惯上不入诗的语词如口头语、俗语、俚谚等入诗，就能收到“陌生化”的效果。杜甫就是这一方面的典范，正如萧涤非所评价的：“在杜甫诗里，一切流行的口头语都‘百无禁忌’地在使用着，都成了诗的素材。什么爷娘、寡妇、肥男、瘦男、雁儿、鹅儿、鸡儿、狗儿、煮饭、吃饭、肥肉、大酒等名词，不断出现在他的笔下……”① 他的诗中不乏“叫妇开大瓶”（《遭田父泥饮，美严中丞》）、“生女有所归，鸡狗亦得将”（《新婚别》）之类运用口语俗语入诗的句子，相比之下，更有生命活力，明人胡震亨即言“有俗字更可映带益妍耳”②。新诗中，闻一多、郭沫若的诗也不乏这方面成功的例子。其次是诗意的改造与翻新。如黄庭坚《咏明皇时事》：“扶风乔木夏阴合，斜谷铃声秋夜深。人到愁来无处会，不关情处亦伤心。”其诗意实是对白居易《和思归乐》的化用，白诗云：“峡猿亦无意，陇水复何情。为入愁人耳，皆为肠断声。”再如郑愁予的《错误》一诗，实际上就是对古典诗歌众多闺怨诗诗意的化用，“我达达的马蹄是美丽的错误”几句的诗意明显出于古诗句“过尽千帆皆不是”。再次是句法结构的变化。这主要表现在对语法常规的违犯，包括句法的错综及省略等多个方面。如前引艾青《透明的夜》的句子中，就将“狗的吠声”的原因和诗人因受到惊吓而震颤引起的眼中“满天的疏星”也震颤的结果直接连缀在一起，省略了很多的内容；《天净沙·秋思》的前三句写景同样也是句子成分省略的结果。句法结构错综的例子则如杜甫“香稻啄余鹦鹉粒，碧梧栖老凤凰枝”两句，就是“鹦鹉啄余香稻粒，凤凰栖老碧梧枝”变化的结果。

“韵律（节奏、拍子）是诗的基本力量，基本动力”③，因此同样需要安排与琢磨。诗歌的韵律决定于“情绪的自然消涨”，而外化为节奏和押韵诸方面，其基本的要求则是音韵的和谐。中国古典诗歌对韵律的要求比较严格，新诗在这方面则进行了大胆的改革和有意的探索，迄今为止并没有形成一个较为一致的结论。这一方面，戴望舒是较有代表性的。他的《雨巷》被认为是“替新诗的音节开了一个新的纪元”，然戴望舒自己后来却不甚看重，并认为“诗不能借重音乐，它应该去了音乐的成分”，“诗的韵律不在字的抑扬顿挫上，而在诗的情绪的抑扬顿挫上，即在诗情的程度上”④。也就是说，由“情绪的自然消涨”所决定的“自由诗”的韵律，在外在形式上究竟应该“自由”到什么程度，还是一个值得探索的问题。

---

① 萧涤非．杜甫研究．济南：齐鲁书社，1980：171.
② 胡震亨．唐音癸签：卷十一．上海：上海古籍出版社，1981：105.
③ 马雅可夫斯基．怎样作诗？//马雅可夫斯基选集：第5卷．北京：人民文学出版社，1961：85.
④ 戴望舒．诗论零札//戴望舒文集．北京：线装书局，2009：211－212.

深度思考

“汝果欲学诗，功夫在诗外。”陆游的这句话告诉我们，要写出好诗，诗人自身的生活阅历和学识修养是极其重要的因素。作为一个好的诗人，首先要有丰富的人生阅历。只有用自己的生命去关注生活、体验人生，才能写出好诗。陆游《题庐陵萧彦毓秀才诗卷后》即言：“法不孤生自古同，痴人乃欲镂虚空。君诗妙处吾能识，正在山程水驿中。”诗人用“山程水驿”指社会阅历，认为只有具有丰富的社会阅历，才会有坚实的创作基础。其次，要有广博的学识和相当的才情。诗人只有“积学以储宝”，广泛涉猎方方面面的知识，不断提高自己的学识修养，才能“下笔如有神”。所以王夫之说：“身之所历，目之所见，是铁门限。即极写大景，如‘阴晴众壑殊’，‘乾坤日夜浮’，亦必不逾此限。”

【本章概要】

诗歌是最古老也最具有文学特质的文学样式，是“文学中的文学”，它起源于人类的生产劳动并伴随着人类的进步而不断发展，产生了大量脍炙人口的作品，在文学史上不断创造辉煌，展现着人类文明的历史历程。诗歌是抒情的，诗歌的孕育和产生本身就是人类表情达意的需要，诗歌所抒之情，强烈丰富而又真挚深沉，是诗人对社会人生之美富于个性的把握；诗歌是含蓄的，它既能在最少量的言语中蕴蓄最丰富的内容，又能“化无形为有形”，具体形象地表现人们无法言说的认识和情感；诗歌具有主观情意与客观物象完美契合的意象和意境，诗人的情思意绪或附于物，或随物随境而生，或借物而发，在外化的过程中与物结合，创造出物我一体、形神统一的意象和意境；诗歌具有音乐之美，诗与歌合称，本身就是因为诗曾经是合乐歌唱的，诗通过声音、节奏与押韵来辅助抒情，应和宇宙万物与生命情感的运行节律，表达人类自身的感情和认识。

【本章关键词】

诗歌：文学体裁之一。诗歌是文学发展史上最早出现的文学体裁，它以高度精练且具有节奏韵律的语言，集中地反映社会生活，抒发思想和感情。与其他文学体裁相比，诗歌具有抒情性、凝练性、音乐性等特征。按照不同标准，诗歌可以有许多类别。以表现手段分，诗歌可以分为抒情诗、叙事诗、戏剧诗等；以格律形式分，诗歌可以分为格律诗、自由诗等。

抒情结构：文学作品的结构，一般指各个组成部分的搭配、排列和组织。诗歌以抒情为主，其抒情结构可以分为有形结构和无形结构两个方面。有形结构主要探寻诗歌言语材料分布的规律，包括节奏、诗行、押韵、词语或句子的重复等方面；无形结构则着眼于诗人情感意绪在诗中的表现形式，是诗歌在运意用思和意脉的流转变化上表现出来的内在节律。

抒情方式：也称抒情方法，指作家在作品中表达情志的途径。诗歌的抒情方式主要有直接抒情和间接抒情两种。直接抒情，又叫直抒胸臆，就是诗人在诗作中直截了当抒发自己感情的方法，其特点是痛快淋漓；间接抒情，是诗人借助客观媒介抒发感情的方法，诗人感物生情或是将自己的感情投射到客观媒介上，以此表达自己的情感意绪，其特点是委婉含蓄。

意象：诗学概念，是创作主体通过艺术思维所创造的融汇了创作主体情思意趣的形象，是客观形象与主观心灵融合形成的带有特定意蕴与情调的心像。“意象”概念理论含义的发源，可上溯至《周易》《庄子》时代对“言”“象”“意”关系的哲学探讨，魏晋时期始由陆机引入文学审美领域，刘勰《文心雕龙·神思》篇正式提出“意象”这一术语，唐宋时期达到理论上的成熟。

意境：中国古典诗学概念，是创作主体的主观情意与客观物境互相交融而形成的形象系统及由此延伸与开拓的审美想象空间。它包含客观的生活形象和诗人主观的情思意绪两个方面，强调二者之间的契合与交融，也涉及创作过程中虚与实、有限与无限、个别与一般诸范畴的对立统一。“意境”理论的发源，也可以上溯至《庄子》对“荣辱”“是非”诸“境”的讨论，至王昌龄《诗格》“诗有三境”始正式提出“意境”这一概念，随后经过皎然、司空图等人的发展，至晚唐基本成熟。

韵律：诗学概念，指诗歌中的声韵和节奏规律，它建立在声音的基础上，包含声音单位和次序、声音运动和停顿的规律以及诗行的排列等，在诗中主要体现为节奏和押韵两个方面。

【推荐阅读】

布尔顿．诗歌解剖．傅浩，译．北京：三联书店，1992.

施塔格尔．诗学的基本概念．胡其鼎，译．北京：中国社会科学出版社，1992.

日尔蒙斯基．抒情诗的结构//俄国形式主义文论选．王薇生，编译．郑州：郑州大学出版社，2005.

陆侃如，冯沅君．中国诗史．天津：百花文艺出版社，1999.

袁行霈．中国诗歌艺术研究（增订本）．北京：北京大学出版社，1996.

周红兴．诗歌创作艺术．北京：作家出版社，1986.

【思考题】

1. 简要梳理东西方诗歌的发展历史。
2. 诗歌有哪些基本特点？
3. 对诗歌“无形结构”的分析，布尔顿和刘勰分别有什么样的认识？
4. 从诗中情感表达方式的角度，可以把诗歌的抒情方式分为哪几种？请举例说明。
5. 依据诗歌的主要表达方式，可以将诗分为哪几种？依据诗歌的语言及格律形式，可以将诗分为哪几种？
6. 诗的创作需要遵循哪些基本原则？

第二章

小　说

小说是文学艺术中最为基本的形态之一，也是目前在人类的文学活动中占据主导地位、读者最多的一种文学形态。与诗歌、散文、剧本等相比，小说是一种最为自由的叙事文体，它可以不受时空条件及叙事语体的限制，调动各种艺术手段，多角度、多层次地表现广阔复杂的人类社会生活，能够通过人物塑造，更为深入地揭示人类生活的奥秘。

第一节
小说的源流

一、中国小说流变

在中国历史上，“小说”一词最早见于《庄子·外物》篇中“饰小说以干县令，其于大达亦远矣”之语。庄子这里所说的“小说”，指的是不无贬义的琐屑粉饰之语，尚不具文学体式意义，但就其“饰”性而言，似已可见后世小说“虚拟”特征之端倪。

作为一种叙事文体，远古时代出现的“女娲补天”“精卫填海”“后羿射日”之类可谓小说的源头。鲁迅先生在《中国小说史略》中即曾将《山海经》称为“我国最早的一部志怪小说集”。按鲁迅的见解，人类最早形成的文学作品是神话传说，“由此再演进，则正事归为史；逸史即变为小说了”①。西汉刘向、刘歆父子在《七略》中提及：“又有小说家者流，盖出于街谈巷议所造。”东汉桓谭在《新论》中说：“若其小说家，合丛残小语，近取譬论，以作短书，治身理家，有可观之辞。”班固在《汉书·艺文志》中亦称：“小说家者流，盖出于稗官，街谈巷语，道听途说者之所造也。”由这些言论可知，作为文体概念的“小说”，当形成于汉代。但因“小说”虽有“可观之辞”，又终不过是“道听途说”之“小语”，毕竟难登大雅之堂，自然在当时也就难以受到重视，故而《汉书》中虽曾著录小说家书15种，计1 380篇，但皆亡佚。今天能够见到被视为小说的最早作品是东晋时代出现的多记“树出血”“草作人状”之类神奇怪异之事的干宝的《搜神记》与南朝宋代出现的记录名人逸事的刘义庆的《世说新语》。这两部著作，虽为后世赋以“志怪小说”与“轶事小说”之称，而实际上大多仍不过是“街谈巷语，道听途说”之记录，且因其人物塑造与故事情节粗疏简略，所以也只能算是小说的雏形而已。

在我国，小说的真正发育成形、自成一体，当始自唐代。在唐代，小说虽仍被排斥在正统文学之外，但随着城市经济的繁荣，社会生活的富足，人们文化娱乐需求的多样化，以“作意好奇”为特征的小说，得到了许多人的喜爱，甚至为权贵人物所重视，故而当时举子们用作进身之阶的“温卷”中也多有“传奇”之作。正是这样的社会文化背景，为传奇小说的发展提供了机遇，促成了元稹的《莺莺传》、白行简的《李娃传》、李朝威的《柳毅传》等一大批小说名作的产生。这些作品，故事完整，情节复杂，人物形象生动鲜明，已与现代意义的小说没有什么本质区别。

至宋元时代，随着“说话”（即民间所谓“说书”）这一行业的日渐发达，对“话本”需求的大增，进一步刺激了小说创作。仅据罗烨《醉翁谈录》的统计，宋代话本的数量已有150多

① 鲁迅全集：第9卷. 北京：人民文学出版社，1981：302.

种。与唐代传奇相比，由于话本必须顾及听话人的能力与兴趣，所以白话色彩有所加强。在内容方面选材也更为广泛，除神怪之类的传奇故事外，亦出现了《错斩崔宁》《快嘴李翠莲记》等一批描写现实生活的作品及《大宋宣和遗事》《新编五代史平话》等长篇讲史之作。这些作品，在语言、结构、取材、人物描写等方面的探索，为明清小说的兴盛奠定了基础。

明清时代是中国古典小说发展的高峰时期，《三国演义》（罗贯中）、《水浒传》（施耐庵）、《西游记》（吴承恩）、《金瓶梅》（兰陵笑笑生）、《聊斋志异》（蒲松龄）、《儒林外史》（吴敬梓）、《红楼梦》（曹雪芹）等一大批小说杰作先后问世。这些作品，不论在语言表达，还是在描写生活的深度与广度方面，不论在叙述故事，还是在刻画人物方面，都堪称中国古代小说史上的一座座丰碑。尤为令人振奋的是，在这些作品与作者中，明代出现的《金瓶梅》是中国文学史上第一部以现实生活为题材的个人独立创作的长篇小说，对于中国古代长篇小说的创作实践而言，有其重大的开拓意义与历史转折意义；清代文坛出现的蒲松龄堪称中国文学史上第一位当之无愧的世界级短篇小说大师；至于曹雪芹的《红楼梦》所达到的思想与艺术高度，更是令人叹为观止。除上述作品外，在明代文坛上出现的由冯梦龙编辑的《喻世明言》《警世通言》《醒世恒言》与凌濛初编著的《初刻拍案惊奇》《二刻拍案惊奇》（此即文学史上合称的“三言”“二拍”）等短篇小说集，在清代文坛上出现的以李汝珍的《镜花缘》为代表的幻想小说，以李伯元的《官场现形记》、吴趼人的《二十年目睹之怪现状》、刘鹗的《老残游记》等为代表的谴责小说，以《三侠五义》《小五义》《儿女英雄传》为代表的武侠小说等，也都体现了明清小说引人注目的艺术成就。

1918 年 5 月《新青年》月刊第 4 卷第 5 号上发表了反响强烈的鲁迅的《狂人日记》，这通常被文学史家们视为中国现代白话小说的开端。此后，随着新文学运动的发展，中国现代白话小说日渐发达，兴盛至今。

二、外国小说流变

在世界其他国家，小说的源起与中国相同，亦基本上是在神话故事与民间传说基础上形成的。如约公元前 5 世纪出现的希伯来人的《圣经》（《旧约》）中的历史传说，约公元前 1 世纪出现的印度《五卷书》中的佛教故事，阿拉伯人的民间故事《一千零一夜》等，均可谓小说之源。

在欧洲，接近于现代意义的小说创作，当始于罗马帝国时代。此时即已出现了阿普琉斯取材于希腊民间传说、描写了公元 2 世纪罗马帝国外省民俗风情和社会文化心态的长篇小说《变形记》（又叫《金驴记》），阿普琉斯因此而得“小说之父”之称。在此后的中世纪，与其他艺术门类相同，小说发展近乎停滞。自 14 世纪末以来，文艺复兴及 18 世纪的启蒙运动带来了西方文化的繁荣，小说也得以进一步发展，陆续出现了影响巨大的意大利作家薄伽丘的《十日谈》、英国作家乔叟的《坎特伯雷故事集》、法国作家拉伯雷的《巨人传》、西班牙作家塞万提斯的《堂·吉诃德》、德国作家歌德的《浮士德》《少年维特之烦恼》、英国作家笛福的《鲁滨孙漂流记》、斯威夫特的《格列佛游记》等一系列小说名作。值得重视的是，在东方国家日本，早在大约公元 1001—1008 年间，即已产生了女作家紫式部的被公认为世界文学史上第一部长篇写实小说的《源氏物语》。

19 世纪，随着社会生活的发展，特别是造纸、印刷、出版技术的提高，被法国文学批评家圣勃夫称为“工业文学”的西方小说达到了鼎盛时期。尽管当时曾有不少人认为看小说是一种无聊的行为，但实际上喜爱的人越来越多。受此激励，小说创作更加活跃，大家迭出，并形成了浪漫主义与批判现实主义两大小说流派。浪漫主义小说可以法国作家雨果的《巴黎圣母院》《悲惨世界》等为代表；在现实主义流派中，影响重大的小说家有英国的萨克雷、狄更斯、勃朗特姐妹、哈代，法国的司汤达、巴尔扎克、都德、莫泊桑，俄国的托尔斯泰、陀思妥耶夫斯基、果戈理、屠格涅夫，美国的马克·吐温、欧·亨利等。

20世纪以来，外国小说的风格与形态不断发生变化，如：出现了重在表现人物“潜意识”的“意识流小说”，代表作品有爱尔兰作家乔伊斯的《尤利西斯》、法国作家普鲁斯特的《追忆逝水年华》、英国女作家伍尔芙的《墙上的斑点》等；重在主观情感、意象幻想表达的“表现主义小说”，如卡夫卡的《变形记》等；杂糅神奇、怪诞幻景，给人以虚实难辨之感，兴起于拉丁美洲的“魔幻现实主义小说”，如马尔克斯的《百年孤独》等；重在表现直觉印象与主观感受，兴起于日本文坛的“新感觉派小说”，如横光利一的《上海》等。

20世纪以来外国小说的变化，也在中国产生了很大影响。从现代文学史来看，郭沫若、郁达夫等人的小说中，即明显可见注重表现“潜意识”及主观意绪的特征；刘呐鸥、穆时英等人，接受日本作家横光利一等人的影响，形成了中国的“新感觉派小说”。20世纪80年代改革开放以来，中国当代小说出现的新潮纷涌、手法多变、多姿多彩的繁盛局面亦与外国现代小说的影响密切相关。

深度思考

自五四新文化运动开始，中国小说进入了一个全新的兴盛时期。但值得反思的是，这显然与极端反叛传统的时代思潮相关，在此后的发展过程中，许多中国小说家更多接受的是外国小说的影响。直到新时期以来，模仿西方的倾向仍十分突出，尤其是在小说形态、技巧、语体等方面。这在一定程度上影响了中国现代小说的民族个性。

第二节 小说的特点

小说文体虽由来已久，但据法国学者米歇尔·莱蒙的研究，直到19世纪初期，尚“没有任何人对小说技巧进行过认真研究或者对这种体裁下过定义”①。美国学者瓦特也曾指出，现

① 莱蒙．法国现代小说史．徐知免，等译．上海：上海译文出版社，1995：2.

代意义的小说（novel）这个术语，“直到十八世纪末才得以充分确认”[①]。那么，究竟何谓小说？在英文中，“novel”这个词，原本含有“新奇”之意。法语的“小说”写作“Romans”，亦可解释为“传奇”。可见，在外国人眼里，最初的小说是指带有新奇幻想和传奇色彩的故事。英国文学理论家福斯特在《小说面面观》中的回答是：“小说就是说故事。”英国女作家伊丽莎白·鲍温在《小说家的技巧》中亦认为：“小说是一篇臆造的故事。”《牛津词典》中的界定是：“有一定长度的虚构的散文，在或多或少的复杂情节中，描写真实生活中的典型人物和行为。”[②]这些说法，虽难以概括纷纭复杂、千姿百态的小说全貌，但还是道出了小说的基本特点。

与其他文体相比，小说的突出优势正在于，可以借助虚构，讲述引人入胜的故事，描绘栩栩如生的人物形象，展示幽妙玄秘的人物心灵。如果说，诗歌主要是以“真情感人”，那么小说则主要是以“假事诱人”。戏剧剧本虽亦系虚构，但因要服从表演需要，作品主要由人物台词及唱段构成，只能在有限的舞台空间中展示生活场景，而小说则是由“叙事者”的讲述（也就是“小说”之“说”）构成的，故无时空限制，可以自由展示更为深邃广阔的社会生活。如今，经由长期的发展演变，小说虽已呈现出各种不同体式，但其基本特点还是一致的，主要表现在以下几个方面。

一、叙事的虚构性

小说的基本表现方式是“说”，“说”就是叙事。小说所叙之“事”，与通讯报道、人物传记及历史著作中的“事”不同，通讯报道、人物传记及历史著作中的“事”必须真实，而小说中的“事”则是作者发挥自己的想象力，在一定生活材料基础上予以虚构的产物，甚或是无中生有的编造。美国作家福克纳这样谈过创作过程：“对我来说，往往一个想法、一个回忆、脑海里的一个画面，就是一部小说的萌芽。写小说就无非是围绕这个特定场面设计情节，或解释何故而致如此，或叙述其造成的后果如何。”[③] 海明威亦说过：“我一开头就创作，什么样的事，边写边发生。”[④] 从中见出的正是小说叙事的虚构特征。以具体作品来看，即使历史题材的《三国演义》，其中的人物、事件，亦经由作家的想象虚构。如诱人耽读的“刘玄德三顾茅庐”，在史书《三国志》中见到的仅是“由是先主遂诣亮，凡三往，乃见”之类简记。至于《西游记》中的孙悟空大闹天宫，卡夫卡《变形记》中的格里高尔一夜之间变成甲虫之类，更是无中生有的编造了。正因虚构与编造，小说中的“事”也就奇异了，独特了，别有意味了。正是在这个意义上，以“写实”著称的法国小说家巴尔扎克亦曾称小说为“庄严的谎话”[⑤]。可以说，一位缺乏想象力，不会虚构编造的人，是难以成为小说家的。

小说中所叙之“事”的虚构，当然不是随心所欲的胡编滥造，而应具事理的可信性，即所谓“出人意料之外，又在情理之中”。只有这样，小说中的“虚事”“假事”，才能使读者不仅不疑其虚假，反而更觉有趣。正如亚里士多德在《诗学》中曾经指出的，只要切近情理，“一桩不

---

① 瓦特．小说的兴起．高原，等译．北京：三联书店，1992：2.

② 格兰特．文学的历史．乔和鸣，等译．太原：希望出版社，2004：51.

③ 崔道怡，朱伟，编．“冰山”理论：对话与潜对话：上册．北京：工人出版社，1987：109.

④ 崔道怡，朱伟，编．“冰山”理论：对话与潜对话：上册．北京：工人出版社，1987：89.

⑤ 伍蠡甫，主编．西方文论选：下卷．上海：上海译文出版社，1979：173.

可能发生而可能成为可信的事，比一桩可能发生而不可能成为可信的事更为可取”①。尤其是写实性作品，一定要切合生活本身的逻辑，否则，虚构就会成为虚假，也就难以让读者感兴趣了。

二、描写的具体性

描写，是小说之“说”的基本方式。作为叙事作品，小说要以形象感人，而形象之感人，离不开具体生动的描写刻画。小说中的描写刻画，主要表现在人物的肖像、表情、动作、心态、言语及人物活动的环境等方面。如英国作家毛姆在《人性的枷锁》中这样描写老处女威尔金森小姐的肖像：“她的眼睛又黑又大，鼻子有点像鹰喙；侧面看上去样子有些像猛禽，但正面一看，却很讨人喜欢。她经常笑眯眯的，但嘴巴很大，笑的时候总是尽量不露出那口大黄牙。然而，最叫菲利普觉得难堪的是她脸上粉抹得厚厚的。”我国作家老舍在《骆驼祥子》中这样描写夏日酷旱之景：“街上的柳树，像病了似的，叶子挂着层灰土在枝上打着卷。”作家正是通过如此细致入微的描写刻画，使笔下的人物栩栩如生，仿佛活动在我们眼前，使笔下的景物鲜活生动，给人以历历在目、身临其境之感。

在小说中，不论人物还是环境，描写刻画的生动具体，主要是通过细节来实现的。如果毛姆仅是写威尔金森小姐“笑不露齿”，而不是抓住威尔金森小姐“笑的时候总是尽量不露出那口大黄牙”之类的细节，如果在老舍笔下出现的仅是“街上的柳树叶子都干了”，而不是抓住“叶子挂着层灰土在枝上打着卷”之类的细节，他们笔下的人物与环境，就难以给人留下深刻的印象。由此可见，是细节描写在决定着小说的生命。甚至可以说，没有具体的细节描写，也就没有小说。

三、语言的灵活性

与诗歌、剧本等其他文学体式相比，小说的语言最为自由灵活。如诗歌语言通常要求押韵，中国古代格律诗还要遵循对仗、平仄之类的规则，小说语言则不受这类限制。诗歌语言要求“一切景语皆情语”，小说则可以冷静叙述、客观描写。戏剧剧本的语言要受到舞台空间、人物对话之类的限制，而在小说中，则既可以写人物对话，也可以写人物心理、人物活动的环境，还可以自由变换视角，既可以描写看得见的人物行为，也可以刻画看不见的人物内心世界，既可以专注于一个场面，也可以八面出击，自由转换。影视剧本的写作要受到直观性、可视性之类的限制，所用语言需以能够转化为镜头为前提，而小说中的语言，既可以唤起直观性意象，亦可以像《红楼梦》中出现的“峥嵘轩峻”“粉面含春”之类用语那样，主要诉诸读者的想象。

小说语言虽以叙述、描写为主体，但也可以像诗歌那样借景抒情，或像中国古代小说那样直接插入诗词。小说语言虽以具体的描写性语言为主体，但间或也可以由作者直接出面，发表议论。如果使用得当，有时候，这类议论性文字可能更具艺术表现力。如托尔斯泰《安娜·卡列尼娜》的开篇“幸福的家庭都是相似的，不幸的家庭各有各的不幸”，莫言在《透明的红萝卜》中用以写小黑孩的“只有跑的动作，没有跑的速度”之类的议论性语言，就给人以更为丰

① 亚里士多德．诗学．罗念生，译．北京：人民文学出版社，1982：89－90.

富的联想与更为强烈的感受。

四、时空的深广性

由于小说是通过文字进行的“说”，不受时空条件的限制，故而小说家可以上天入地，无孔不入，可以上下几千年、纵横几万里，从而创造出更为深邃广阔的人类生活世界。特别是长篇小说，如《红楼梦》，由于塑造了贵妃、王侯、仆役、乡野百姓、尼姑、道士等众多人物形象，展现了从贵族府第到乡间茅屋等生活画面，而得享“中国封建社会的百科全书”之誉。巴尔扎克的《人间喜剧》，也正是因其描写生活领域的广阔，被恩格斯称赞为“给我们提供了一部法国‘社会’特别是巴黎‘上流社会’的卓越的现实主义历史，他用编年史的方式几乎逐年地把上升的资产阶级在1816年至1848年这一时期对贵族社会日甚一日的冲击描写出来”①。

尤为其他文体难以企及的是，小说可以如同英国当代小说家戴维·洛奇指出的：“能找到一条深入人物内心隐曲之处的秘密通道，这是历史学家、传记作家甚至心理分析家都无法找到的。”② 法国现代小说家安德烈·莫洛亚也由此角度，论述过一般人物传记与小说的区别：“正由于不可能对内心生活与表面生活进行综合，传记作者与小说家比较起来就失去了优势。传记作者分明看见皮尔这个人坐在长椅上，对手们正对他横加责难，而责难可能都是些莫须有的罪名。传记作者见皮尔一动也不动，低着头，十分不幸，便暗自寻思：‘皮尔在想什么呢?’可惜他一无所知。有时他占有一些资料。有时他甚至占有比小说家多得多的资料，但资料并不是一切。”③ 在传统小说中，这样一种对人类内心世界的揭示，主要体现在心理描写方面。在现代“意识流”小说中，则进而发展为对人类更为复杂的潜意识内心世界的揭示。

总之，小说是以虚构想象为基本方式，注重具体生动的人物刻画与场景描写，能够以自由灵活的语言更为广阔深入地反映社会生活的一种文学体式。

研讨平台

在文学理论中，小说通常被界定为“通过故事情节和环境描写，以塑造人物形象为主要手段，反映社会生活和个人内心世界的一种文学体裁”。这显然只能是对传统小说的概括，尚未涵盖后现代主义小说所呈现出的“非情节”“非人物”“非描写”之类特征。即如本教材中的概括，也只能是就最大范围的小说形态而言的。实际上，由于小说形态本身的复杂，要为小说下一个确切定义几乎是不可能的。因此，在判定何谓小说时，我们一定要意识到：这是一个处于不断发展中的历史概念，而不可能是一个恒定不变的静态概念。

---

① 恩格斯．致玛格丽特·哈克奈斯//马克思恩格斯全集：第37卷．北京：人民出版社，1971：41.

② 艾略特，等．小说的艺术．张玲，等译．北京：社会科学文献出版社，1999：9.

③ 艾略特，等．小说的艺术．张玲，等译．北京：社会科学文献出版社，1999：61.

第三节
小说的叙事

小说的叙事，离不开特定的叙事方式。在某一具体作品中，正是叙事方式，形成了相应的叙事结构，决定了小说的特征与效果。小说的叙事方式，主要体现在叙事视角、叙事轴心、叙事节奏等方面。

一、叙事视角

小说中的叙事，总是从某人的视角切入的，此即谓叙事视角。叙事视角主要有以下四种。

(1) 全知全能视角，或称上帝视角、旁观者视角，常用第三人称。这是最传统也最为常见的一种叙事视角，叙事者仿佛知道作品中所有人物的语言、行为及心灵秘密，一切都似亲见亲闻。如中国古代小说中的《三国演义》《水浒传》《西游记》《金瓶梅》，外国小说中巴尔扎克的《高老头》、托尔斯泰的《战争与和平》、陀思妥耶夫斯基的《卡拉马佐夫兄弟》等，均是以此类视角写成的。

(2) 人物视角，即叙事者是作品中的人物，小说中所发生的一切，都是作为叙事者的人物的所见所闻，用的是第一人称。人物视角具体又有三种情况：主要人物视角，即叙事者乃作品中的主人公，如歌德的《少年维特之烦恼》、夏洛蒂·勃朗特的《简·爱》等；次要人物视角，即叙事者类乎小说中事件的见证人，如鲁迅《祝福》中的"我"；多个人物组合视角，即作品是由多个主要人物分别以第一人称叙事构成的，如戴厚英的《人啊，人》，整部长篇小说是由孙悦、赵振环、何荆夫、奚流、憾憾、陈玉立等多个主要人物的自白交织穿插而成的。

(3) 读者视角，在这类视角中，作品中的主人公或某个角色是以第二人称"你"的称谓出现的。阅读这类作品时，会令读者感到自己成了小说中的一员，成为视角所在。如法国新小说派作家布托尔的长篇小说《变》、阿根廷作家博尔赫斯的短篇小说《玫瑰色街角的人》等采用的就是这样的第二人称叙事视角。

(4) 交叉视角，即在同一作品中既有第一人称，又有第三人称，乃至第二人称。如福克纳的《喧哗与骚动》，第一部分是小说中家道败落的庄园主康普生的小儿子班吉的讲述，第二部分是其大儿子昆丁的讲述，第三部分是其次子杰生的讲述，第四部分则是作者采用第三人称讲述的。另如高行健的长篇小说《灵山》，交织运用了"我""你""他"三种人称，形成了灵活多变的叙事视角。

不同的叙事视角，会生成不同的艺术效果，亦各有长处与局限。在全知全能视角的作品中，叙事者仿佛导游，不论人物介绍，还是事件讲述，均清晰明白，读者读来轻松自在。但全知全能的叙事者对人物事件的完全控制，难免会让读者的阅读陷入被动而不利于激发自主体悟。在人物视角的作品中，小说中的一切，都是当事者的所见所闻，会令人感到更为真切，但因受制于当事者的所见所闻，小说表现时空要受到局限。在读者视角的作品中，读者会有听老友话旧一般的亲切感，但因受到似乎成为当事者的视角的制约而不无拘谨之感。相比而言，交叉视角更为灵活，也更便于多层次、多方位、多视角地展开叙事，但有时又难免失之杂乱，增加读者的阅读困难。

二、叙事轴心

叙事轴心即形成小说叙事的中心目标，或是某一人物，或是某一器物，或是某一事件。小说叙事总是围绕某个或多重轴心展开的。叙事轴心的设置、变化等，构成了小说的不同叙事结构，最常见的叙事结构有以下四种。

（1）向心式结构，即叙事是围绕一个中心展开的。如莫泊桑的《项链》就是围绕玛蒂尔德夫人借项链、失项链、赔项链以及得知项链是假的这一中心线索展开的。向心式的叙事结构，严谨明晰，环环相扣，故事性强，易于吸引读者。其不足是有单调之感，不易表现丰富的人物个性与广阔的社会生活。

（2）往复式结构，即叙事中有两个或两个以上的轴心，形成了两条或多条平行的叙事线索，其叙事是由此及彼，由彼及此，回环往复的。如《三国演义》的整体框架就是以曹操、刘备、孙权及其所属集团的政治军事活动为轴心，回环往复展开的。往复式的叙事结构，时空开阔，更适宜于长篇小说。

（3）转移式结构，即作品中没有贯穿始终的轴心，而是轴心在不断转移替代。如由众多独立的人物故事构成的《儒林外史》就体现为这样一种结构。转移式的叙事结构虽自由灵活，但又可能有散乱之弊。

（4）复合式结构，即向心式、往复式、转移式的综合运用。如《红楼梦》中，既有宝玉、黛玉、宝钗三人之间的爱情纠葛这样的向心式结构，又有王熙凤与贾琏、宝玉与袭人、贾琏与尤二姐等叙事轴心的回环往复，亦有刘姥姥、薛蟠等这样一些转移式的叙事轴心。叙事轴心的复杂多变，可使作品内容丰富多彩，可以塑造更多个性丰富的人物。相比较而言，这当是一种最为高超的叙事结构。

三、叙事节奏

叙事节奏指叙事速度或频率变化形成的规律，体现为叙事时间（亦可为大致的阅读时间）与故事时间（故事发生的时长）之间的组合关系，主要有以下四种情况。

（1）快速叙事：叙事时间短于故事时间，即在较短的时间内叙述较长时间发生的事。如："庄绍光从水路过了黄河，雇了一辆车，晓行夜宿，一路来到山东地方。"（吴敬梓《儒林外史》第三十四回）其中的叙事时间不过数秒，而故事时间则大概需要几天。从叙事结构来看，这实际上是作者为了快速推进情节而采取的叙事省略法。

（2）等速叙事：叙事时间与故事时间大致相等。如："有二伯走在院子里，天空飞着的麻雀或是燕子若落了一点粪在他的身上，他就停下脚来，站在那里不走了。他扬着头。他骂着那早已飞去了的雀子，大意是：那雀子怎样怎样不该把粪落在他身上，应该落在那穿绸穿缎的人的身上。"（萧红《呼兰河传》第六章）在这段文字中，作者的叙事时间与有二伯的动作时间基本上是同步的。

(3) 慢速叙事：叙事时间长于故事时间，即本是在短时间里发生的事，作家却用较长的时间来叙述。如在托尔斯泰的《安娜·卡列尼娜》中，安娜与贵族青年渥沦斯基在火车站第一次相见时，两人相互之间的目光交流，不过是发生在片刻的事情，作家却花了更长的时间，用更多的笔墨，详叙了安娜的神态及渥沦斯基对安娜的好感。在小说中，关于人物的肖像描写、心理描写等，常常可见这样的叙事过程。

(4) 零速叙事：在叙事过程中，作品中没有了故事时间，只呈现为叙事时间。如鲁迅在《祝福》中，写祥林嫂重返鲁四老爷家，“站在四叔家的堂前”时，故事暂时终止了，以下“桌上放着一个荸荠式的圆篮，檐下一个小铺盖。她仍然头上扎着白头绳，乌裙，蓝夹袄，月白背心，脸色青黄，只是两颊上已经消失了血色，顺着眼，眼角上带些泪痕，眼光也没有先前那样精神了。而且仍然是卫老婆子领着”之类叙述中，呈现出的只是叙事时间。这样一种零速叙事，在“意识流”小说中尤为突出。

在小说的叙事结构中，所谓详略得当、疏密相间、张弛有度之类的要求，正是与叙事节奏密切相关的。

作为小说的叙事方式，值得注意的还有顺叙、倒叙、插叙之类的叙事时序。顺叙是按由因到果的时序展开；倒叙是按由果到因的时序展开；插叙是在叙事过程中，中断原叙事线索，插入另外一些与主题有关的内容，如《水浒传》写至林冲遇到店小二时，插叙了店小二在东京（现河南开封）的事情等。多种叙事时序的交叉运用，会使小说叙事更为自由活泼，更具艺术魅力。①

相关知识

20世纪60年代以来，在西方，已经形成了以文学叙事为主体研究对象的叙事学。作为一门学科，叙事学是在结构主义的大背景下，在俄国形式主义文论思潮的影响下形成的。代表性理论著作有法国学者罗兰·巴特的《叙事作品结构分析导论》、热奈特的《叙事话语》，美国学者马丁的《当代叙事学》等。新时期以来，在中国文论界，叙事学也已备受关注，有傅修延的《文学叙述论》、徐岱的《小说叙事学》、罗钢的《叙事学导论》、陈平原的《中国小说叙事模式的转变》等著作出版。这些国内外成果，为深入研究小说的叙事特征提供了丰厚的理论资源。

第四节
小说的类别

小说的类别，可以从不同角度予以划分。如按照题材，可有工业小说、农村小说、军事小说、爱情小说、历史小说、武侠小说、科幻小说之分；按照取材特征与叙事笔法，有实录体小

---

① 关于小说叙事，借鉴和吸取了傅修延的《文学叙述论》（南昌：百花洲文艺出版社，1993）。

说、自传体小说、笔记体小说、日记体小说、书信体小说之分等。在小说形态分类中，更具普遍指称意义的是按照篇幅及内在特征划分的长篇、中篇、短篇小说与小小说，更具理论研究意义的是按照内容特征与整体风格划分的现实主义小说、浪漫主义小说等。

一、按照篇幅及内在特征划分

人们通常所说的长篇、中篇、短篇小说及小小说，其区别当然首先是“篇”之长短，但其具体标准，又是不宜截然划定的，只能相对而言。大致上说，十几万字以上者，可谓之长篇；数万字以上，十万字以下者，可谓之中篇；数千字至数万字之间者，可谓之短篇；几百字至数千字之间者，可谓之小小说。实际上，长、中、短篇及小小说之间的区别，篇幅尚只是表面现象，更为实质性的区别，还在于作品的内在差异。

在长篇小说中，会有众多的人物与复杂的人物关系，以及相关人物性格的充分刻画；会有更为完整的故事、复杂的情节以及丰富的场景描写，能够展示更为广阔的社会生活图景。如《红楼梦》中，有名有姓的人物即达 732 个，有皇妃国公、王爷公子、小姐贵妇、塾师御医、男女奴仆、富商恶霸、贩夫走卒、道士尼姑，不一而足；从人物关系来看，有直系宗亲、远房近支、妻妾陪房、嫡出庶出、外戚远亲，相互之间，关系错综复杂；在这些人物中，诸如贾宝玉、林黛玉、薛宝钗、王熙凤等，均以其丰富鲜明的性格，成为中国文学史上不朽的艺术形象。作品中，构成主体故事的宝、黛、钗之间复杂的爱情纠葛，亦动人心弦。作品涉及的生活场景有节日祭祀、生日庆典、婚丧嫁娶、学堂庙宇、亭台园林、乡野村舍，可谓森罗万象。曹雪芹正是在这样一种长篇小说方可拥有的博大空间中，绘制出了一幅五彩缤纷的中国封建社会的生活画卷。

与长篇小说相比，短篇小说因篇幅所限，往往只能在有限的事件与场景中，突出人物性格的某一方面及相关意义；或截取生活中的某一侧面或片断，通过集中描绘揭示其人生的或社会的意蕴。胡适先生正是据此曾有如下论断：“短篇小说是用最经济的手段，描写事实中最精彩的一段，或一方面，而能使人充分满意的文章。”① 以具体作品来看，莫泊桑在那篇经典之作《项链》中，只是通过借项链、丢项链、赔项链这一事件及舞会上的场景，便凸显了玛蒂尔德爱慕虚荣的性格特征，以及由此而陷入的人生悲剧。另如中国当代作家李锐那篇深隐着痛恨愚昧、麻木与强权之意的《锄禾》，集中描写的只是一帮农民与几名北京下乡知青在一起锄玉茭的一个生活片断。

中篇小说，是介于长篇与短篇之间的一种小说形态。与短篇小说相比，中篇小说中的人物形象更为丰满，故事情节也更为复杂。从整体特征来看，更近于长篇。据别林斯基的看法，“中篇小说便是分解成许多部分的长篇小说，是长篇小说中摘取出来的一章”②。与长篇小说的不同只是在于，一般不设计若干组人物和多条线索，情节大多只围绕一个主要人物、一条主线展开。如鲁迅的《阿 Q 正传》，只有一组人物——阿 Q、小 D、王胡、赵太爷、小尼姑，一条线索——阿 Q 革命、被杀。中篇小说中的人物形象虽更为丰富，情节更为复杂，但仍难以像

---

① 胡适．胡适文存．北京：华文出版社，2013：1104.

② 童庆炳，马新国，主编．文学理论学习参考资料新编：上．北京：北京师范大学出版社，2005：579.

长篇小说那样，从容展现人物丰富的个性及更为广阔的社会生活。

小小说，又称微型小说、超短篇小说。其特征是：往往选取一个生活事件或生活场景，或一个人物的瞬间感受，或人物之间的一场对话予以表现。结构简练精巧，时空高度压缩。如美国作家欧·亨利的《警察与赞美诗》《麦琪的礼物》等，虽不超过两千字，但精警奇拔，脍炙人口，故他被不少人推崇为小小说的创始人。

二、按照内容特征与整体风格划分

小说虽以叙事为基本的表现方式，但在不同的作品中，由于叙事内容与整体风格的不同，亦形成了不同的小说形态。从世界范围来看，影响最大，由来已久，也最具创作实绩的是现实主义与浪漫主义小说。

现实主义小说的基本特征：注重以写实的手法，细致入微地刻画人物性格，历历在目地展示生活场景，力图更为真实地再现现实生活。在这类小说中，不论人物还是故事，虽都经由作家的虚构，但看上去仍像现实生活本来的样子。许多成功的小说人物，甚至会被读者误以为是现实生活中的真人，如《红楼梦》中的贾宝玉、林黛玉，托尔斯泰《复活》中的玛丝洛娃，鲁迅笔下的阿 Q 等。由于所写内容很像现实生活，易读易解，故而在中外文学史上，长期以来，现实主义小说一直占据着主导地位。

雨果（1802—1885）

浪漫主义小说的基本特征：作家注重按照自己认为应当有的样式来反映生活。与之相关，浪漫主义作家主观情感往往特别强烈，常常借助于热烈的幻想和大胆的夸张，用奇特的想象和瑰丽的语言描绘色彩斑斓的理想世界。法国著名浪漫主义女作家乔治·桑曾对批判现实主义大师巴尔扎克说：“你既有能力而也愿意描绘人类如你所眼见的。好的！反之，我，总觉得必要按照我希望于人类的，按照我相信人类所应当有的来描绘它。”①乔治·桑的这段话表明，她在创作上所遵循的是与现实主义不同的浪漫主义创作策略。在中外文学史上，吴承恩的《西游记》、雨果的《悲惨世界》《巴黎圣母院》、乔治·桑的《安吉堡的磨工》、美国作家麦尔维尔的《白鲸》等，常常被视为浪漫主义小说的典范之作。

20 世纪以来，在西方国家，随着现代主义、后现代主义思潮的兴起，新的小说形态亦不断涌现，产生了重大影响的有意识流小说、魔幻现实主义小说等。

意识流小说的特征是直接以人物的意识活动构成作品，而不是像传统作品那样注重描写人物外在的言语行为。与传统的经由作家逻辑化处理的心理描写不同，意识流小说力图展现的是人物非逻辑的潜意识。故而其小说中的叙事，不受时间、空间或逻辑关系的制约，而是表现为

---

① 勃兰兑斯．法国作家评传．侍桁，译．上海：国际文化服务社，1951：2.

时空跳跃，过去、现在与将来的交叉重叠。为世人所公认的意识流小说名作有美国作家福克纳的《喧哗与骚动》、爱尔兰作家乔伊斯的《尤利西斯》、法国作家普鲁斯特的《追忆逝水年华》等。在中国当代文学史上，较早借鉴意识流手法写成的作品是王蒙的《春之声》《夜的眼》《海的梦》等。

魔幻现实主义小说的特征是注重以似是而非、似非而是的荒诞离奇手法，创造出人鬼难分、魔幻和现实融为一体的艺术世界。魔幻现实主义小说产生于20世纪中叶的拉丁美洲，代表性作家作品有哥伦比亚作家马尔克斯的《百年孤独》、危地马拉作家阿斯图里亚斯的《玉米人》、古巴作家卡彭铁尔的《这个世界的王国》等。

在20世纪西方文学史上，值得注意的小说形态还有以奥地利作家卡夫卡的《变形记》《城堡》为代表的表现主义小说，以法国作家萨特的《恶心》、加缪的《局外人》为代表的存在主义小说，以美国作家海勒的《第二十二条军规》为代表的黑色幽默小说，以法国作家罗伯-格里耶的《橡皮》为代表的法国新小说等。

相关知识

小说的形态，是随着社会发展而不断丰富发展的。从中国新时期以来的文坛看，即已先后出现过以刘心武的《班主任》为代表的“伤痕小说”，以韩少功的《爸爸爸》、王安忆的《小鲍庄》为代表的“寻根小说”，以马原的《冈底斯的诱惑》、格非的《褐色鸟群》为代表的“先锋小说”，以刘恒的《狗日的粮食》、方方的《风景》为代表的“新写实小说”等。当前，随着信息技术的发展，又出现了“网游小说”“穿越小说”“手机小说”等。这些新的小说形态，在开拓小说创作空间、推动小说发展、活跃文学创作等方面的积极意义，是值得我们进一步予以关注的。

第五节 小说的创作

一位小说家，怎样才能写出优秀的作品？其中的奥妙是复杂的，很难总结出一套行之有效的具体方法，诚如美国作家福克纳讲过的：“年轻作家要是依据一套理论去搞创作，那他就是傻瓜。”[①] 鲁迅先生也曾对所谓“小说法程”“小说作法”之类深表反感。但在创作过程中，某些重要原则，还是必须遵循的，尤其是以下三点。

一、要立足于自己的生命体验

同是写人记事，何以本是虚构的小说要比以“真实”为要则的通讯报道更具引人入胜的魅

① 崔道怡，朱伟，编．“冰山”理论：对话与潜对话（上册）．北京：工人出版社，1987：95.

力？重要原因是，在小说中，作家将自己的喜怒哀乐之类的个体生命体验，凝铸于笔下的事件与人物。而通讯报道则因其重在传达客观信息，与个人生命体验没什么直接关联。正因如此，小说中的人物会栩栩如生、动人心怀，而通讯报道中的人物则往往不过是符号性的信息载体。

从中外文学史来看，许多有成就的小说家，正是从自己的生命体验出发，走上文坛，并大获成功的。如美国作家海明威的第一部长篇名作《太阳照常升起》，日本作家川端康成的成名作《伊豆的舞女》，中国当代作家莫言的成名作《透明的红萝卜》、贾平凹的成名作《满月儿》、路遥的成名作《人生》、史铁生的成名作《我的遥远的清平湾》等，便均是他们自己心灵历程的产物。莫言曾这样谈过创作体会：刚开始创作时，一直找不到创作素材，曾遵循教科书里的教导，到农村、工厂去体验生活，但归来后还是感到没有什么东西好写。后来，当在川端康成的《雪国》里读到“一只黑色而狂逞的秋田狗蹲在那里的一块踏石上，久久地舔着热水”这样一个句子时，激动无比，意识到“原来狗也可以进入文学，原来热水也可以进入文学！从此以后，我再也不必为找不到小说素材而发愁了”。知道应该写什么了，“当时我已经顾不上把《雪国》读完，放下他的书，我就抓起了自己的笔，写出了这样的句子：‘高密东北乡原产白色温驯的大狗，绵延数代之后，很难再见一匹纯种。’……从此之后，我高高地举起了‘高密东北乡’这面大旗，就像一个草莽英雄一样，开始了招兵买马、创建王国的工作。当然，这是一个文学的王国，而我就是这个王国的国王。在这个文学的王国里，我发号施令，颐指气使，手里掌握着生杀大权，饱尝了君临天下的幸福。”[①] 莫言正因及时回到了自己在故乡时的切身经历与体验，才有了早期的精美之作《透明的红萝卜》《白狗秋千架》等，并由此开始了自己辉煌的文学之路。

莫言（1955— ）

在小说史上，自然亦不乏取自他人生活材料而同样成为优秀作品者，如司汤达的《红与黑》、福楼拜的《包法利夫人》、果戈理的《死魂灵》、老舍的《骆驼祥子》以及施耐庵的《水浒传》之类历史题材的小说等。但不论何种题材，在创作过程中，也都离不开作家以设身处地的想象，将自己内化为作品中人物的生命体验。如福楼拜曾经宣称“包法利夫人，就是我”，因而当他写完包法利夫人服毒自杀之时，自己也病倒了，头痛恶心，全身不适，口中也感觉到了砒霜的味道。显然，福楼拜这样一种感同身受的生命体验，正是《包法利夫人》这部小说成功的关键。另如老舍的《骆驼祥子》，其中的故事与人物虽是从朋友那儿听来的，但因老舍亦有过生活在社会底层的艰辛经历，且对包括人力车夫在内的底层生活原本就十分熟悉，有着相近的生命体验，因而闻之即产生了创作欲望。在《水浒传》中，施耐庵之所以将一些历史人物也写得栩栩如生，金圣叹的分析可谓一语中的，认为其要则是“动心”。金圣叹所说的“动心”，也就是指作家能够以自己的生命体验内化外在人物，使人物与自我化为一体。古今中外许多作家的经验证明，在创作过程中，作者只有从自己的生命体验出发，潜心揣摩笔下人物的处境、环境、个性、心态，才能写出成功之作。

---

① 莫言．我变成了小说的奴隶．检察日报，2000-03-02.

在小说史上，我们还会看到，另有不少卓有成就的作家，其创作是从揭露社会现实、推动社会进步的政治意识出发的，如雨果、巴尔扎克、狄更斯、索尔仁尼琴以及中国的鲁迅等。但这些作家不满现实的政治意识，亦是以他们对现实痛切的生命体验为基础的。此外，这些作家政治动机的形成，有一个重要前提，就是源之于个人生命意志的自由选择，而不是听凭于其他外力。在此前提条件下，其政治意识也就与他们的生命体验融为一体了。其政治追求，实际上也就成了他们自己的生命追求。

二、要有超越性的文化眼光

老舍说过：“当我们选择故事的时候，就应当估计这故事在人生上有什么价值，有什么启示。”[①] 老舍这儿说的“价值”与“启示”，即作品的内在意蕴，也就是人们通常所说的作品的思想内涵。由阅读经验可知，一部小说，只有意蕴深刻丰富，才能更具艺术魅力。而这意蕴不是题材本身自然呈现的，而是作家以超越性的文化眼光，体察万物、透视现实的结果。

中外文学史上的一些优秀作家，拥有的正是这样一种超越性的文化眼光。比如同样是写战争，苏联作家邦达列夫意识到：“重要的是要不断体会写作的目的，明确自己爱什么、恨什么，因而为什么去奋斗。”“我忘不了战争是因为人是世界上最伟大的财富，人的勇敢与自由就在于能够摆脱使人们分裂的恐怖和邪恶。”在战场上，即使有人产生面对死亡的软弱性，其中“也蕴含着人的伟大和自己在地球上必须生存下去的愿望”[②]。正是基于对战争题材意蕴的深入思考，邦达列夫《最后的炮轰》之类的战争小说才比一般化地宣扬革命英雄主义、爱国主义的战争小说更有分量。同样是写劳改题材，苏联作家索尔仁尼琴的《古拉格群岛》，没有仅仅停留在揭露苏联时代发生于劳改集中营中的许多骇人听闻的血腥罪恶，而是更为深入地反思了社会个体成员与社会黑暗之间的关系，以及自己身上人性的退化与“狼性”的萌生，这就使作品具有了更为震撼人心的思想力量。同是反映中国当代社会的现代化变革，张炜在《九月寓言》《荒原纪事》等作品中，涌动着对“肆意修饰”“土地”的现代工业文明的忧思，这无疑是一种更为博大的文化视野，又正是这样的视野，决定了张炜作品内在意蕴的厚重及精神高度。鲁迅的《阿Q正传》的意蕴，恐亦绝不仅仅在于揭示了以“精神胜利法”为标志的当时中国人的民族劣根性，而是同时亦具超时代、超民族的人生深意。19世纪的俄国作家契诃夫在《生活是美好的》一文中讲过：“要是火柴在你口袋里燃起来了，那你应该高兴，而且感谢上苍：多亏你的口袋不是火药库。要是你的手指头扎了一根刺，那你应当高兴：挺好，多亏这根刺不是扎在眼睛里；要是你妻子对你变了心，那也就该高兴，多亏她背叛的是你，不是国家。”契诃夫这段话中所流露出来的，不也类乎阿Q式的“精神胜利法”吗？或许正是因其超时代、超民族的深刻人生意味，鲁迅的《阿Q正传》也就具有了不朽的生命活力。

---

① 老舍．老舍论创作．上海：上海文艺出版社，1982：251.

② 崔道怡，朱伟，编．“冰山”理论：对话与潜对话（上册）．北京：工业出版社，1987：308，309.

三、要有真正属于艺术的追求

小说叙事，之所以不同于一般新闻通讯中的叙事，也不同于一般讲故事时的叙事，而成为一种更为读者所喜爱的叙事，是因与一般叙事相比，其能够塑造出活生生的人物，能够渲染情感、激发想象。与之相关，小说中有着更能显示人的才华与智慧的艺术规则与技巧。因此，要获得小说创作的成功，就要有真正属于艺术的追求，而不能随意为之。

作为不同于音乐、绘画等其他艺术门类的语言艺术，小说语言的讲究，无疑应是小说艺术追求的首要环节。汪曾祺曾经指出："一个写小说的人得训练自己的'语感'。要辨别得出，什么语言是无味的。"[①]"无味"的语言自然难以打动读者。那么，怎样才是有味的语言呢？与通讯报道之类文体的客观叙事相比，小说的叙事语言不仅要生动准确，更要有超越传达工具性的诗性张力，并进而能够形成如同《三国演义》的雄健有力、《西游记》的诙谐风趣、《红楼梦》的缠绵悱恻、《聊斋志异》的典雅俏丽、孙犁的恬淡自然、莫言的汪洋恣肆之类的个性风范，以构成千姿百态的小说世界。

此外，在叙事视角、情节安排、开头结尾等方面，都要精心设计。叙事视角要与预想的叙事空间相适应；情节安排既要自然天成，又要悬念丛生，令读者欲罢不能；开头与结尾，当与清人李渔所说的戏剧剧本那样"以奇句夺目，使之一见而惊，不敢弃去"，"以媚语摄魂，使之执卷留连，苦难遽别"（《闲情偶寄·词曲部·大收煞》）。

值得注意的是，在我们的当代文坛上，有不少作家，虽已发表了不少作品，赢得了颇高的名声，但实际上，尚缺乏真正的艺术自觉与艺术追求，即以最为基本的叙事语言来看，就还远不够文学。这类作家的作品，是不可能真正具有艺术生命力的。

深度思考

在我们的文学艺术领域，应该进一步总结的重要教训是：某些外在要求，遏制了作家与自身生命体验相关的自由选择；某些既成观念，束缚了作家超越性的文化眼光；某些片面性的功利标准，麻木了作家的艺术追求。在我们的现当代文学史上，之所以难以产生更多具有世界性影响的伟大作品，之所以长期存在浮泛浅陋之弊，莫不与上述原因有关。

【本章概要】

不论在中国还是西方，小说的产生，虽晚于诗歌、散文、剧本等，但因在讲述故事、刻画

---

① 陆建华，主编．汪曾祺文集·文论卷．南京：江苏文艺出版社，1993：33.

人物、表现丰富多彩的人类生活等方面的优势，已逐渐发展成一种占据主导地位、读者最为众多、影响最为深远的文学样式。许多具有世界性声誉的文学大师，正是在小说领域创造自己的辉煌业绩的。但因风格纷呈，形态各异，且仍在不断发展变化，故而究竟何谓小说又是难以一概而论的。本章中关于小说的界定，以及叙事的虚构性、描写的具体性、语言的灵活性与时空的深广性等特征，也只能是就中外文学史上最具影响力的一些作品而言的。因此，我们在研究小说时，还应以发展变化的眼光，密切联系不同时代、不同民族、不同作家作品的实际，予以更为具体细致的分析探讨。作为一种特殊的精神创造，一篇（部）小说创作的成功，因素是复杂的，其奥妙也是难以言喻的。但某些重要原则，还是明晰可察、不可逾越的。许多成功个案证明，一位作家，在创作过程中，必须要立足于自己的生命体验，要有超越性的文化眼光，要有真正属于艺术的追求。只有如此，其作品才能生动感人，才能意蕴丰厚，才能富有艺术魅力。

【本章关键词】

小说：文学作品的主要形态之一，其突出特征是：以虚构想象为基本方式，注重具体生动的人物刻画与场景描写，能够以自由灵活的语言更为广阔深入地反映社会生活。

叙事视角：小说中的叙事，总是从某人的视角切入的，此即谓叙事视角。叙事视角主要有全知全能视角、人物视角、读者视角、交叉视角等。其中，最为常见的是全知全能视角与人物视角。

叙事轴心：叙事轴心即小说叙事的中心目标，或是某一人物，或是某一器物，或是某一事件。小说叙事总是围绕某个或多重轴心展开的。叙事轴心的设置、变化等，构成了小说的不同叙事结构，最常见的叙事结构有向心式、往复式、转移式与复合式等。

叙事节奏：指叙事速度或频率变化形成的规律，体现为叙事时间（亦可为大致的阅读时间）与故事时间（故事发生的时长）之间的组合关系，主要有以下四种情况：快速叙事，即叙事时间短于故事时间；等速叙事，即叙事时间与故事时间大致相等；慢速叙事，即叙事时间长于故事时间；零速叙事，即在叙事过程中，作品中没有了故事时间，只呈现为叙事时间。

意识流小说：现代主义小说形态之一，其基本特征是直接以人物的意识活动构成作品，而不是像传统作品那样注重描写人物外在的言语行为。与传统的经由作家逻辑化处理的心理描写不同，意识流小说力图展现的是人物非逻辑的潜意识。故而其小说中的叙事，不受时间、空间或逻辑关系的制约，而是表现为时空跳跃，过去、现在与将来的交叉重叠。其代表作如美国作家福克纳的《喧哗与骚动》、爱尔兰作家乔伊斯的《尤利西斯》、法国作家普鲁斯特的《追忆逝水年华》等。

魔幻现实主义小说：在后现代主义背景下出现的一种小说形态，其基本特征是注重以似是而非、似非而是的荒诞离奇手法，创造出人鬼难分、魔幻和现实融为一体的艺术世界。魔幻现实主义小说产生于20世纪中叶的拉丁美洲，代表性作家作品有哥伦比亚作家马尔克斯的《百年孤独》、危地马拉作家阿斯图里亚斯的《玉米人》、古巴作家卡彭铁尔的《这个世界的王国》等。

【推荐阅读】

瓦特．小说的兴起．高原，董红钧，译．北京：三联书店，1992.

福斯特．小说面面观．冯涛，译．北京：人民文学出版社，2009.
艾略特，等．小说的艺术．张玲，等译．北京：社会科学文献出版社，1999.
布斯．小说修辞学．华明，等译．北京：北京大学出版社，1987.
鲁迅．中国小说史略（修订本）．北京：人民文学出版社，2007.
崔道怡，朱伟，编．“冰山”理论：对话与潜对话．北京：工人出版社，1987.
傅修延．文学叙述论．南昌：百花洲文艺出版社，1993.

【思考题】

1. 在中外文学史上，小说有过怎样的发展变化？
2. 与其他文体相比，小说有何突出特点？
3. 为什么说“小说”是一个历史性概念？
4. 叙事视角对于小说的艺术效果有何影响？
5. 小说创作为什么要从生命体验出发？
6. 你认为怎样才能创作出一篇（部）优秀小说？

第三章
散　文

由于历史衍变与具体样式的复杂，散文是比较难以定义的一种文体。一般从广义与狭义两个角度来认识：在研究中国古代文学时，人们所说的散文，通常是广义的，泛指与韵文相对的一切散行形式的文章；在现有文学理论中所讲述的散文，指狭义散文，是与诗歌、小说和剧本并列的一种文学形态，主要指以审美情感表达为根本诉求，追求趣味性、艺术性和生活化的散行文体，从而与一切散行形式的文章相区别。与其他文学形态相比，散文不讲究韵律，不讲究格式，是行文最自由、体裁最广泛的一种，“写起来可以随心所欲，任笔所至，不受任何限制”①。散文具有叙事、议论和抒情等多种表达方式，谋篇布局不拘一格。其所表现的思想内容最为接近人们的日常生活状态，是最生活化的一种文学形态。

① 田仲济．中国现代散文史·前言//俞元桂，主编．中国现代散文史．济南：山东文艺出版社，1988：2.

第一节
散文的源流

一、中国散文的流变

从起源来看，广义的中国古代散文，其产生虽晚于诗歌，是在文字产生之后才出现的，但与小说、剧本相比，又属极为古老的一种文体。早在商周时期，众多甲骨卜辞和青铜器铭文等用来占卜记事的文章就已出现，比如商代晚期的《尚书·盘庚》，周代的毛公鼎铭文、大盂鼎铭文和《酒诰》《召诰》等，这些都可以视为广义散文的中国源头。另如，汇集了上古唐尧时期一直到春秋时期的一些历史文献与史料的《尚书》，通常被视为中国古代文学史上的第一部散文集；此后陆续出现的《论语》《孟子》《庄子》《道德经》《荀子》《韩非子》等，早已有诸子散文之称；《左传》《国语》《战国策》等，则被称为历史散文。这些上古典籍，其语言文句的富于情采、写人记事的生动形象等，虽不无一定程度的文学性，但与现代文学范畴的散文相比，毕竟还有很大区别。

从文学品性来看，由楚人宋玉开端、汉人加以发展并达致一时之盛的汉赋，或许可视为具有真正文学意义的散文独立形成的标志。赋，本是诵的意思，据《汉书·艺文志》的解释："不歌而诵谓之赋。"刘勰谓："赋者，铺也，铺采摛文，体物写志也。"（《文心雕龙·诠赋》）。与诗经、楚辞之类诗歌体裁相比，赋虽也注重文句的整饬、音韵的和谐等，但更注重的则是以放达不羁的笔调，对事物予以夸饰性与铺张性的描写；在内容构成方面，可抒情、叙事、议论，也可随意穿插，交互共存，看上去已与人们今天所说的文学散文没什么区别。汉赋的代表作家作品有司马相如的《子虚赋》《上林赋》、扬雄的《羽猎赋》《长杨赋》、班固的《两都赋》等。这类赋体散文，虽不无偏重形式的缺憾，但正是其词采华美、想象丰富、文笔飞扬的特征，使之具有了文学审美的独立品性。

汉代以降，注重文学性的散文，虽然没有像唐诗、宋词那样形成某一个时代的文学主潮，但作为一种常规文体一直以强劲的势头在蓬勃发展。唐宋文坛上的韩愈、柳宗元、欧阳修、苏洵、苏轼、苏辙、王安石、曾巩等人，即主要缘其散文成就而得享"八大家"之誉。此后，明人宋濂的《送东阳马生序》、王阳明的《瘗旅文》、归有光的《项脊轩志》、张岱的《湖心亭看雪》，清人方苞的《左忠毅公逸事》、姚鼐的《登泰山记》、龚自珍的《病梅馆记》等名篇，也一直为后代读者所喜爱。散文自身的体式，也时有创新，如魏晋南北朝时期出现了追求句式整齐、音律和谐的骈体文，唐宋时代出现了生动活泼、自然清新的游记散文，明清时代出现了短小精悍、意味隽永的小品文等。

从理论上来看，据考证，在中国文学史上，"散文"一词最早出现于南宋罗大经的《鹤林玉露》："四六特拘对耳，其立意措词贵浑融有味，与散文同。"罗大经所说的"贵浑融有味"，虽已与现代意义的散文特征相通，但基本上还是广义的散文，指的是与四六骈文等韵文相对的散行文字作品。作为文学形态意义的"散文"概念，是在20世纪初的五四新文化运动中真正得以确立的。朱自清、郁达夫等人，较早便明确主张将"散文"与小说、戏剧和诗歌进行区分，到此，"散文"才成为一个与古代杂文学相对的现代纯文学称谓。

二、外国散文的流变

与中国的散文观念相似，外国散文亦有广义与狭义之分。古希腊的亚里士多德就曾用"散文"和"韵文"来区分历史学家写作和诗人写作。从广义的角度，古代西方哲学家、历史学家的论著和基督教作品等都可以视为欧美散文的源头，如柏拉图的《理想国》、亚里士多德的《诗学》、希罗多德的《希腊波斯战争史》、古罗马的西塞罗和塞内加的演讲以及《圣经》中的《箴言》和《传道书》等。

蒙田（1533—1592）

在欧洲文学史上，狭义的散文概念主要是由16世纪的法国启蒙思想家蒙田创立和提出的。1580年，蒙田出版了两卷Essais，法语中"essai"意思为"尝试"。蒙田所谓的"尝试"是指他在这两卷书稿中试图采用一种更为平易和口语化的文体展现自身经历和所思所想，从而区别于古典议论文章的严肃风格。日后人们就用"essai"来指称蒙田尝试创立的这种新文体，即为"散文"。"散文"在英语中是"essay"或"prose"。"prose"多指"絮絮叨叨地说"，接近广义的散文概念，而"essay"就是从法语"essai"借用过来的，指狭义的散文。

蒙田创立的散文体首先在英国得到了发展，与之同时期的英国思想家培根借鉴蒙田的散文文体将其发展为"familiar-essay"，即"家常闲话式的散文"。[①] 培根接受了蒙田散文明白易懂的风格，同时将格言警句式的写作和精练清晰的用语引入散文而形成了自己的风格。相比于蒙田的散文，培根的散文论说性更强，而且题材更为宏大，不仅有对自身情感和思想的展现，更将个人所思所想与社会历史进行了广泛的联系。由此，培根真正使"essay"这种文体在英国扎下根基。

17—18世纪，随着英国报纸期刊的兴盛，"散文"作为一种十分适合报纸期刊传播的文体在英国发展起来，出现了很多著名的散文作家和作品，比如琼森、布朗、爱迪生、豪厄尔、斯蒂尔等人在《闲谈者》《旁观者》《蜜蜂报》等报刊上发表的散文和随笔等。这一时期，散文的表现方式得到了丰富，人物描写、批评、讽刺、讨论等都有所发展。到19世纪，以著名散文家兰姆、赫兹里特、史密斯和斯蒂文生的众多作品为代表，英国散文进入全盛时期。[②] 19—20世纪，"散文"由英国向欧洲大陆其他国家和美国等地传播并落地生根，陆续涌现出屠格涅夫、

① 傅德岷．中外散文观之比较．渝州大学学报（社会科学版），1997（1）．
② 方重．略论英国小品文的发展——从十六世纪到二十世纪中叶．外国语，1984（3）．

托尔斯泰、泰戈尔、欧文、爱默生、罗素等散文大家。

艾布拉姆斯在《欧美文学术语词典》的“essay”词条中指出：“任何旨在探讨问题、阐述观点，或就某一议题加以论证的散文体作品都属于散文。”散文的“论证多采用非专业性的灵活多样的方式，往往通过事实、鲜明的例证和幽默风趣的说理来增强其感染力”。可见，欧美散文的最大特点是其说理和论辩风格十分突出，但与一般学术论文又有区别，其论说方式不拘一格，追求平易、清晰、幽默等文学艺术的感染力。中国新文学运动中所接受的“散文”概念，主要就是“essay”这种狭义的带有艺术性的文学散文概念。

深度思考

中外散文的流变呈现出一个逐渐丰富和细化的过程，各种散文形态的出现是文学历史发展的产物，这也从一个侧面反映出人类精神文化进程的发展轨迹。而散文从最初的广义概念到最终作为独立文体概念的转变同样也是漫长的文学史和文化史演变的产物。人们对散文文体特点的理解和把握是随着散文史的具体进程逐渐清晰起来的，散文理论的形成本身就是散文史的一个组成部分。既然如此，那么，我们今天对散文进行的理论认识和把握，同样需要一种历史的眼光，要意识到散文的体式、概念甚至特征都不是一成不变的，而是一个动态的历史生成过程。

第二节 散文的特点

散文写作有着悠久的历史，到目前为止，相对于诗歌、小说等其他文体，散文究竟有什么特点，学术界仍然没有达成一致意见。而这种现象的出现本身又正是散文特点的一个表现。对散文特点的探究，应该在与诗歌、小说和戏剧等其他文体进行比较的过程中，发现只属于散文而其他文体所不具备的某些要素。

中西方的散文发展史中已经隐约透露出散文的首要特征——“散”。鲁迅曾说散文的体裁“大可以随便的”。李广田在《谈散文》中说：“诗必须圆，小说必须严，而散文则比较散。”他认为诗歌如同珍珠，圆润完整而内蕴含蓄；小说则如建筑，结构严密，井然有序；而散文如同河流，随意流淌，但终归大海。作为一种文学艺术形式，散文的“散”和“随便”并不是杂乱无章的松散和真正的随便。杂乱无章的文章只能成为毫无文学性和艺术性的流水账，而不能称为“散文”。所以，我们认为，散文的根本特点存在于“散”与“不散”的辩证矛盾之中。与其他文体不同，正是在“散”与“不散”之间，散文呈现出“散”“真”和“美”等具体特征。

一、散文之“散”

散文的“散”是指散文的自由和随意，这首先表现在文学形式方面。与诗歌不同，散文没有严格的字数限制和平仄韵律要求，话怎么说就可以怎么写。同样是乡愁，诗歌这样写：“小时候/乡愁是一枚小小的邮票/我在这头/母亲在那头//长大后/乡愁是一张窄窄的船票/我在这头/新娘在那头//后来啊/乡愁是一方矮矮的坟墓/我在外头/母亲在里头//而现在/乡愁是一湾浅浅的海峡/我在这头/大陆在那头。”（余光中《乡愁》）而散文则这样写：“我怀念，只因那是我的故乡。我的祖先们曾把他们的血和汗洒在那片土地上，死后又把他们的肉体融在那片土里，一代复一代，用整个的生命对生我育我的大地之母做着奉献，没有一丝保留，一丝吝惜。”（赵淑侠《故乡的泥土》）诗歌是不同意象的跳跃剪辑，散文是同一意象的铺陈抒发。前者凝练含蓄，后者舒缓深沉，然其思乡之情的情感冲击力却在伯仲之间。

与戏剧剧本和小说相比，散文的叙述描写多以“第一人称”为视角，不求故事情节的完整和冲突，也不求人物形象刻画的立体感；对话和行动在散文中以表达作者的主观感受与体验为目的。比如鲁迅描写胖保姆阿长的睡觉姿势：“一到夏天，睡觉时她又伸开两脚两手，在床中间摆成一个‘大’字，挤得我没有余地翻身，久睡在一角的席子上，又已经烤得那么热。推她呢，不动；叫她呢，也不闻。”经过母亲的暗示，阿长也没有改变。于是，“到夜里，我热得醒来的时候，却仍然看见满床摆着一个‘大’字，一条臂膊还搁在我的颈子上。我想，这实在是无法可想了”。两个“大”字，一前一后，既精准地将阿长的保姆形象描绘出来，又充分地表露了作者对此的无可奈何。再者，戏剧剧本一般要明确交代人物和事件发生的时空场景。如老舍的《茶馆》第一幕：“人物　王利发　刘麻子……时间　一八九八年（戊戌）初秋，康梁等的维新运动失败了。早半天。地点　北京，裕泰大茶馆。”而散文不需要如此明确的提示文字，其对场景的描绘可以根据行文需要自由转换，不受限制。

其次，散文的自由和随意表现为题材的多样广泛。应该说，在展现人们社会生活和精神生活的广度上，散文具有其他文学艺术形式所不具有的优势。诗歌的题材多集中在人们的情感领域，戏剧的题材多集中在人们的社会历史领域，小说的题材多集中在人们的想象幻想领域，而散文的题材则没有特别集中的领域。比如梁实秋的“雅舍小品”中很多谈吃的文章，瓦块鱼的经典做法、馄饨的多样吃法、老北京的各种小吃都成为其散文的描绘对象，作者写得兴味盎然，读者读来也津津有味。而这些题材很难写成诗歌或戏剧。在散文的世界中，既可以像贾平凹的《丑石》那样从一块不起眼的石头阐发平凡而坚韧的个人感悟，又可以像余秋雨《一个王朝的背影》那样以避暑山庄为对象审视整个清王朝的历史兴衰；既可以如巴金的《怀念萧珊》那样在回忆中讲述失去亲人的悲痛，也可以如方纪的《挥手之间》那样描写伟人与群众的情感。可以说，小到一草一木，大到世界宇宙，近到身边之事，远到海角天边，深奥的理论，俗常的道理，天地四方，往古来今，凡是人们生活所能触及的都是散文的题材来源。

再次，散文的自由和随意在文学表达方式上的表现是不拘一格。叙述、描写、抒情、象征、议论、讽刺等，文学艺术中所有的表达方式都可以在散文中加以运用。诗歌和小说一般较少议论，戏剧一般偏重象征而少叙述，而散文的文学表达则不偏重任何一种。尽管散文也可以分为议论散文、抒情散文和叙事散文等不同类别，但一篇散文中主要表达方式和其他次要表达方式之间往往相互融合而不会产生冲突。比如议论散文以议论说理为主，但不排斥抒情、想象甚至象征手法的运用，相反，这些文学修辞手法的运用恰恰营造了议论性散文的理趣。龚自珍的《病梅馆记》就是一例，其主题是对清朝人才现状的议论抨击，而通篇以梅喻人，既有“予购三百盆，皆病者，无一完者。既泣之三日，乃誓疗之”这类的叙述描写文字，也有“呜呼！安得使予多暇日，又多闲田，以广贮江宁、杭州、苏州之病梅，穷予生之光阴以疗梅也哉！”这类的抒情文字。

二、散文之“真”

“一切文学，余爱以血书者。”此处的“血”是指文学的真实和真诚。王国维在《人间词话》中引用的尼采这句话是对文学艺术的真实性和“修辞立其诚”原则的最好表达。真实是所有文学艺术形式的共同追求。就散文而言，“贵真尚实”则是其与诗歌、小说等文体的一个重要区别。具体来说，散文之“真”有两个层面的意思。

第一层意思是指散文以发掘、展现客观社会生活和主观精神生活的客观规律和深厚情感为根本诉求。在这个意义上，散文与其他文体一起并列在文学之林中。在散文的这一真实性特征中，情感真实占据着核心地位。散文写景状物、记人叙事往往围绕着情感的表现展开，也是以作者的切身感受作为裁剪景物、人物和事件的根本尺度。因此，散文的情感真实性很大程度上决定了散文的真实性。散文的真情流露和小说、诗歌略有不同。小说作者的情感是通过塑造人物、虚构情节，借由小说中的人和事表达出来。与此相比，散文的情感表达主观性更强也更为直白。曹雪芹必须把自己的“一把辛酸泪”幻化为大观园里各色人物的种种遭遇，方能成就不朽的《红楼梦》。而巴金在散文《日》中则可以直抒胸臆：“倘使有一双翅膀，我甘愿做人间的飞蛾。我要飞向火热的日球，让我在眼前一阵光、身内一阵热的当儿，失去知觉，而化作一阵烟，一撮灰。”与散文相比，诗歌的形式特点决定了，它难以对情感发生发展的来龙去脉、前因后果作出清楚交代，更侧重于情感的凝聚与迸发。散文的情感表达则可以在相对宽松的条件下进行，显得含蓄而舒缓。

第二层意思是散文所特有的，即散文之“真”不仅仅是指作家思考和体悟后所发现的某些内在规律和深厚情感，更是指散文写作对象本身的真实性。无论是写人状物还是叙事抒情，散文中的“人”“物”“事”“情”，一定是在现实中真正存在的人物、真正见过的景物、真正经历过的事情和真正体验到的情感。换言之，“反对虚构”是散文的重要特点之一。这一点使得散文和其他文学文体区别开来，尤其是小说。在“虚构”这一问题上，散文和小说的区别可谓泾渭分明。小说可以虚构根本不存在的人物，比如孙悟空、哈利·波特等，即使真实存在过的人物在小说中也是以虚构的人物形象出现的，比如二月河笔下的“雍正”、金庸笔下的“成吉思汗”等就不能与历史上的雍正皇帝和成吉思汗混为一谈。而散文中的人物尽管也是文学形象，但人物的原型除了一定是真人外，其在散文中的形象也是对该人物现实特征的提炼和描写。比如《藤野先生》中的“藤野”、《背影》中的“父亲”等。小说可以虚构根本不存在的景物，比如《红楼梦》中的“太虚幻境”、《格列佛游记》中的“小人国”、老舍《猫城记》中的“猫城”等。而散文中的景与物一定是真实存在而且一定是散文作者亲眼所见的，比如“小石潭”、“岳阳楼”、梭罗的“瓦尔登湖”、贾平凹的“丑石”等。特别需要指出的是，散文中的景物必须真实存在，并不意味着散文中对景物的描写排斥想象和联想，只要这想象和联想是由现实景物触发的就可以。小说中的“事”和“情”不一定都是小说作者经历过或体验过的，比如小说中的“奸情”不必作者出轨去体验，小说中的“杀戮”更不必作者亲自去杀戮。而散文中的“事”和“情”则无法脱离散文作者的经历。没有吃过大闸蟹的人，可以虚构一篇关于大闸蟹的小说，但绝对不能写一篇关于大闸蟹的闲适小品。

三、散文之“美”

周作人曾经将散文称为“美文”。审美意味和美学价值是文学艺术的一个基本价值属性，而具体到各个文学体裁上，不同文学体裁所体现的审美特征仍有些许区分。如果说，散文之“散”和散文之“真”是“散”与“不散”矛盾的一种具体体现，那么，散文之“美”则是散文的自由随意与真情实感完美结合而产生的美学效果，是在“散”与“不散”之间形成的微妙平衡。

第一，散文具有一种类似散步的美感，不像戏剧那样讲求事件的冲突性，也不像小说那样讲究叙事的时空调度，更不像诗歌那样在规矩与自由之间寻求诗意的爆发。阅读好的散文作品如同与作者聊天话家常，谈天说地无所顾忌，又娓娓道来，不温不火，平实自然。散文的美是自然美和自由美。这集中表现为平实简洁又富有节奏的散文语言。散文用语多采用口语化的日常语言，“其惊人的警句、解颐的妙语、精彩的比喻，总是深藏于朴实无华的文字之中”①。散文语言是一种经过作者洗练的自然平淡之美，也是一种自然节奏之美。比如《岳阳楼记》中范仲淹写：“不以物喜，不以己悲。居庙堂之高，则忧其民，处江湖之远，则忧其君。是进亦忧，退亦忧。然则何时而乐耶？其必曰‘先天下之忧而忧，后天下之乐而乐’欤！”最后的警句顺着有节律的语言自然流露，毫无牵强造作之感。古代汉语语言的声韵十分丰富，四声抑扬顿挫，因之中国古文在散文语言的节奏美追求上比较突出。与此相比，现代白话散文对散文语言的节奏美总体上重视不够，不过也不乏精彩的例子。比如老舍《济南的冬天》中的一段：“对于一个在北平住惯的人，像我，冬天要是不刮风，便觉得是奇迹；济南的冬天是没有风声的。对于一个刚由伦敦回来的人，像我，冬天要能看得见日光，便觉得是怪事；济南的冬天是响晴的。”既平易直白，又通过长短句和相似句式的交替产生类似诗歌的节奏。

第二，散文具有“言近旨远”的含蓄美。“一沙一世界，一花一天堂。”散文在选材方面往往注意从小处入手，向大处着眼。生活中的人、事、物多是平凡无奇的，但正是在这些平凡和俗常的对象中蕴含着人们生活的真理和真情。而散文就是表达这些对象的最佳文体。

与小说相比，同样是塑造人物形象，小说中的人物形象力求饱满丰富，有立体感；散文则往往提取所写人物的某些侧面，只要这些侧面能够展现人物的主要特点就可以。如果说，小说中的人物是肖像画，那么散文中的人物就是素描画或漫画。如《背影》中的“父亲”形象。朱自清并没有细致地描写父亲的肖像形貌，而只集中在父亲为我送行去买橘子时的蹒跚背影之上。父爱的深沉仅仅通过对这个人物的简单侧面描写就得到了淋漓尽致的传达。再比如《阿长与〈山海经〉》中，鲁迅写阿长给他买回《山海经》时说的话：“哥儿，有画儿的‘三哼经’，

---

① 贾祥伦．中国散文美学发凡．济南：山东友谊出版社，1997：290.

我给你买来了！”《山海经》在保姆阿长的嘴里成了“三哼经”，一个朴实自然又没有多少文化知识的农村妇女形象在这样的描写中跃然纸上。

同样是叙述事情，小说要求情节的完整性，有完整的开端、发展、高潮和结局等环节。尽管现代小说中情节的各个阶段可以打乱，但整体上小说情节的所有环节一般都要存在。而散文叙述事情，并不需要把事情的来龙去脉都叙述清楚，只需简单交代或者截取事情的情节片断。比如山水游记类的作品中，并不需要详细记录去黄山或西湖的整个过程，而只交代关键信息即可。写景也无须面面俱到，在所见景物的各个方面中，着意选取自身感触最深的某些方面进行描写即可。比如欧阳修的《醉翁亭记》，一开头“环滁皆山也”仅一句就将滁州地理的最主要特征传达出来，而不必罗列究竟有哪些山，都叫什么名字。“太守与客来饮于此，饮少辄醉”，这里面的客有多少，都是谁，等等，这些于散文而言无关紧要的信息都可以省略不记。散文写人、写景和叙事，其选材的标准是散文所描写的对象是否精确地指明了该对象的主要特点，该特点是否与散文的主题有密切关系。散文不是为小而小，而是要“小中见大”，这里“大”就是从描写对象拓展伸发出去的道理或情感等。只有这样，散文才能有意境般的含蓄美。

第三，散文有论述严谨、说理透彻的知性美。在各种文体中，诗歌、小说和戏剧都可以阐述哲理、议论时政，但这三类文体中的议论绝少单独存在。散文则是唯一能够容许议论单独成篇的文学体裁。古今中外众多优秀的散文佳作充满哲思情趣，知识丰富又博而不杂。比如李斯的《谏逐客书》、贾谊的《过秦论》、韩愈的《师说》、翦伯赞的《内蒙访古》、英国作家培根的《论说文集》、法国作家蒙田的《随笔集》等。这些散文或放眼时政，或回顾历史，或申明道理，不以主观的情感作为散文艺术性的主要来源，而是将天下大势、历史规律或深奥哲理明白清晰地表达出来，以理服人。这类散文中的名言警句往往令人过目不忘。比如“山不在高，有仙则名，水不在深，有龙则灵”（《陋室铭》）；“不在沉默中爆发，就在沉默中灭亡”（《记念刘和珍君》）等。

深度思考

人们经常用“形散神不散”概括散文的基本特征。所谓“形散”，指的主要是散文在语言运用、题材对象、表达方式等方面的随意性和自由性；所谓“神不散”，主要指散文思想内容的“中心明确、紧凑集中”。应该说，“形散神不散”的提法注意到了散文艺术是一种处理“散”与“不散”矛盾的艺术。但如果将散文的“神不散”仅仅理解为内容集中，进而要求每一篇散文都要提出一个明确的中心思想，并要求散文的语言表达、手法运用、情感抒发都要为这一中心思想服务，则很容易造成千篇一律、千人一面。以某些写景散文为例，一个普遍的模式是先写怎样去到景点，然后描写一下看到的景物，最后抒发一下对自然或国家社会的热爱之情。这样的散文毫无特点，读来只能让人生厌。我们应该意识到，“神不散”绝不是所谓的明确的中心思想，而是一种由散文语言艺术营建的风格和氛围。“形散神不散”的提法本身没有错，但将其模式化和僵化，这对散文的自由性和灵活性只能造成严重的戕害，不利于散文的健康发展。

第三节 散文的类别

散文的类型又称散文的文类。对散文进行分类只是为了方便了解和掌握散文的特征，真正的散文佳作往往很难被单纯归属于某一类型。诗歌和小说同样如此。从不同角度划分，散文文类有以下几种：按照内容的不同，散文可以分为山水游记、历史传记、日记札记、杂文随笔、序跋、铭诔、文化散文、报告文学等；按照形式特点的不同，散文可以分为小品文、论说文、诗化散文等；最常见的是按照表现方式的不同，将散文分为抒情散文、叙事散文和议论散文。从简单易学的角度，综合上述分类标准，我们按照散文的三种主要题材对象"情-事-理"，以及与之相应的"抒情""叙事"和"议论"这三种主要表达方式，根据其侧重点的不同，将散文划分为三类：抒情散文、叙事散文和杂文随笔。

一、抒情散文

抒情散文是指以抒发作者自我的情感体验为主要目的，以抒情为主导表达方式的一类散文。这类散文往往"以我观物，故物皆着我之色彩"，最集中地体现出散文的艺术性。抒情散文中"情"十分多样，喜、怒、哀、乐、忧、恐、惊都可以作为抒情散文的情感线索。抒情散文中的情感因散文作者个体生命体验和生活体验的不同往往带有特殊性和典型性，这是形成不同散文风格韵味的重要因素。这方面的典型例子就是朱自清和俞平伯的同名散文《桨声灯影里的秦淮河》。二人同游南京的秦淮河，事后写出的散文感情风格却迥然不同。"一个是复游，感情是深沉、绵密；一个是初泛，感情是热烈、旷达。"① 而同样是写亲情，李密的《陈情表》，通过写祖母与自己"茕茕孑立，形影相吊"这种相依为命的关系，抒发自己对祖母养育之恩的感激和报答之情；而邹韬奋的《我的母亲》，则通过回忆和描述晚上偷看到母亲为我做布鞋一事，抒发了母亲对儿子的爱护和儿子对母亲的体谅这一母子之情。

朱自清《背影》插图

抒情散文中的"情感"一般不如诗歌那样凝练，但其抒发可以很直白，也可以通过寄托他物的方式得以展现，借物缘情和叙述抒情是抒情散文寄托情感的基本方法。抒情散文通过比喻、象征、拟人等艺术手

① 傅德岷．散文艺术论．重庆：重庆出版社，1988：76.

法，将经过作者主观感受提炼过的景物和事物与抒情相结合。就这一点而言，抒情散文和诗歌艺术有共同之处，都讲求“化景物为情思”。

比较有代表性的中国现代抒情散文有朱自清的《绿》《荷塘月色》、何其芳的《画梦录》、茅盾的《白杨礼赞》、宗璞的《哭小弟》、史铁生的《秋天的怀念》等。

二、叙事散文

叙事散文主要是指以情节或人物经历等作为叙事线索，通过对人物和事情的描绘和叙述，传达人物在其中体悟到的情感或道理，以叙事为主导表达方式的一类散文。写人和记事是叙事散文的两大分支。叙事散文中的人物和事情主要来自现实生活中真实存在过和作者接触或亲身经历过的人物和事情，这其中除了作者的人生经历之外，还包括作者所了解到的历史和民间故事中的人和事。

与记叙文不同，叙事散文中的“叙事”不是十分看重情节描写的完整性，而是多选取对事情发展具有关键作用的细节，从具有典型性的情节描写中自然流露出作者对该事情的感悟和评价。叙事散文中的“事”除了不要求情节的完整性之外，还要求所叙之“事”的真实性，不能像小说叙事那样虚构情节。叙事散文对人物形象的刻画不强求人物形象的丰满和立体，一般采用白描手法，选取最能表现人物精神气质的形象和行为进行描写。

比较有代表性的现代叙事散文有鲁迅的《藤野先生》、冰心的《小橘灯》、翦伯赞的《内蒙访古》等。

三、杂文随笔

杂文随笔主要是指以论辩说理为逻辑线索，就某一现象或问题表达自己的观点、意见和建议，以议论为主导表达方式的一类散文，亦可称为议论性散文。杂文和随笔都重视逻辑推理的力量，重视反思性和批判性，以明是非、别善恶、分美丑为主要目的。

其中，杂文主要是指中国新文化运动时期由鲁迅所开创的一类议论性散文，而随笔多指中西方的哲理散文。杂文一般短小精悍，针砭时弊，阐述真理。杂文写作多采用幽默、讽刺、反讽等艺术手法，将议论说理进行形象化的传达，是一种将批判性和艺术性相结合的论说文。随笔的范围比杂文要广阔，除了对社会问题进行形象化批判外，亦可通过质疑、分析和论证表达作者对社会人生的理性思考和哲学情思。杂文随笔不同于学术性的论文，力图避免干瘪枯燥的语言和单纯的理论推演，也无须注明所借鉴观点材料的来源和出处，讲求灵活性、现实感和文学性，以嬉笑怒骂的方式和形象化的语言将深奥晦涩的道理娓娓道来，让人在轻松愉悦的心情中接受和理解。鲁迅在《且介亭杂文》等文集中的创作是中国议论性散文的集中代表。其他较有代表性的中西杂文随笔作品有巴金的《随想录》、培根的《论说文集》、帕斯卡尔的《思想录》等。

研讨平台

本教材关于散文的分类，采用的是目前文学理论界的通常看法。但必须指出，三分法亦存在不少问题。陈剑晖在《现代散文分类之我见》一文中就指出，三分法“机械地割裂了抒情、叙事和议论三者的水乳关系。实际上，任何一篇优秀的散文，抒情、叙事和议论都是浑然一体，不能任意分割的”。而且，有些散文形态也难以为三分法所容纳。比如徐迟的《哥德巴赫猜想》之类介于新闻报道与文学作品之间的散文形态，就难以归属于抒情、叙事和议论中的任何一类，故而又另有“报告文学”之称。可见，关于散文的分类，只能是相对的。在研究散文时，还应根据作品的实际，具体情况具体分析。

第四节 散文的创作

“散文易学而难工。”散文“自由随意”的特点决定了进入散文创作的门槛极低，甚至可以说只要能够写字就能够写散文。但要写一篇散文佳作，绝对不是一件容易的事情，因为散文创作中对“散”与“不散”之间平衡的微妙把握不是轻易就能达到的。究竟怎样才能够写好一篇散文？这很难有一套固定的创作程式，但有一些基本的条件和原则还是不可忽视的。

一、珍视自身生活感受

如果说自由随意是散文的形式特征，那么真实性就是散文的生命和力量所在，正如巴金在《随想录》序言中所言，散文要“说真话”。散文创作最为看重真情、真事和真理。对于散文创作而言，无论是情感真实性还是人物事件的真实性，其获取的首要来源是创作者对自身生命和生活经历的深切体味，而任何流传下来的散文佳作无一不是作者提炼和沉淀自身生活感受的产物。

应该说，我们每个人在自己的日常生活中都会产生各种各样的具体感受、体验和思考。而这些日常生活感悟因每个人经历的不同，其性质也是千差万别的。正是这些属于每一个个体的生活经历构成了个体的自身特殊性。或者说，每一个人都由此成为一个独特的生命体。在此意义上，每个人的生活经历本质上都具有不可替代的价值，而这些经历正是构成散文创作的珍贵素材。因此，珍视自身生活感受是进行散文创作的最基本条件。

朱光潜在《谈美》一书的序言中呼吁人们“慢慢走，欣赏啊”。在人生的旅途中本来有无数的“风景”值得人们留恋和玩味，却被忙碌的人们急匆匆地略过了。而珍视自身生活感受首先意味着热爱生活、观察生活和思考生活。古人云“读万卷书，行万里路”，我们要勇于接受生活中的新事物和新挑战，积极主动地去开拓全新的生活方式。游历名山大川，遍览世间万象，在多彩的生活中知晓大千世界，了解世道人心，品尝人生百味。正所谓“搜尽奇峰打草稿”，在这个过程中，让自己心灵充实、精神活跃，进行散文创作的灵感自然也会随之涌现。

其次，珍视自身生活感受意味着注重对个体日常生活体验的总结和整理。在我们的人生经历中，总能遇到很多人和很多事让我们有所触动，但是很多时候这些感触仅仅停留在我们的脑海之中而没有被我们意识到并及时记录下来。如果我们能够重视这些看似松散零碎的生活感触的价值，注意将这些感触及时保存下来，那么我们不知不觉地就为散文创作积累了丰富的素材。不少著名的散文家都有写书信、记日记或札记的习惯，而一些散文佳作往往就是从这些书信和日记中产生的，有的甚至就是书信和日记本身，比如《曾国藩家书》《傅雷家书》等。随着电子网络时代的到来，手机短信、博客、微博、微信等更为快捷的信息载体的出现，使得人们能够更为方便灵活地记录下自己的即时感触，散文也由此获得了更大的发挥空间。有人说当前是一个“散文化”的时代，究其原因也正在于散文创作与人们日常生活感受之间具有的密切关系。当然，对日常生活体验的点滴记录只是构成散文创作的初步条件，要完成一篇好的散文仍然有其他的因素需要注意。

二、注重艺术素养的培养

作为文学艺术中最为自由的一种文体，散文除了不能虚构之外，几乎可以运用所有的文学艺术手法进行创作，比喻、拟人、象征、联想、想象、讽刺、幽默等都是形成散文艺术的手段。所以，有人说写散文是对文学创作最好的训练方式。

写散文是一种文学艺术素养的培养手段，而写好散文则是对创作者自身艺术素养的一种考验，作家冯骥才就曾说过，要检验一个作家的功力，最好的办法就是让他写篇散文。不难发现，文学史上的散文大家往往同时也是文学大家和艺术家。因为，好的散文作者必须具备善于发现生活之美的眼光，具备敏锐的艺术嗅觉，能从平凡琐事中发掘人生的价值和意义。高尔基在《谈谈我怎样学习写作》中，曾比较散文和诗的创作，认为散文比诗要难，因为“它需要特别敏锐的眼力，需要有洞察力，要能看到和发现别人所没有看到的东西”。一篇好的散文立意新颖、构思巧妙、语言精准、感情真挚、说理透彻，凡此种种优点都离不开平日里对文学语言艺术的锤炼与体悟。看似浑然天成的散文佳作，其背后没有一定的艺术素养做支撑很难凭空出现。

在艺术素养的培养方面，首先是需要阅读大量的优秀散文作品，尤其是经过历史时间检验的经典作品。正所谓“熟读唐诗三百首，不会作诗也会吟”。阅读优秀作品，一方面有助于形成高尚的审美观和艺术品位，形成超越性的文学眼光和敏锐的语言感觉；另一方面，通过分析这些优秀作品，可以领略多样的散文风格，发现多种立意角度与构思安排。这些都可以在散文创作中发挥指导和借鉴作用。其次是勤于练笔。在注重自身生活体验积累的基础上，将分散零碎的记录进行整合与提炼，力求使之成为具有艺术性的散文作品。在练习写作的过程中，将自己的阅读经验有意识地加以运用，一方面加深对经典散文作品优点的理解，另一方面在具体运用的过程中找到适合自身写作风格特点的语言和艺术手段。再次是多接触其他门类的艺术形式，包括同为文学艺术的诗歌、戏剧和小说，也包括绘画、雕塑、音乐等非文学类的艺术。这一方面可以丰富自身的艺术知识和艺术技巧，比如从诗歌中可以领会情感的凝聚和语言的精练，从小说中则可以吸取叙事的技法、结构的安排和人物的刻画。另一方面由于艺术是相通的，在各类艺术的表现方法中，也可以发掘出能够为散文创作所借鉴的表现手法。电影和小说中经常使用的“蒙太奇”和“意识流”等表现手法，在现当代的很多散文作品中就得到了很好的运用。

三、丰厚的知识积淀

散文的题材广泛，所需要的知识储备也十分多样。政治、经济、社会、历史、哲学，甚至自然科学等多种学科都可以为散文的创作提供创作材料和灵感来源。比如法布尔的《昆虫记》虽然属于生物类的科普著作，但作者能够将学术研究和人生感悟融为一体，读起来知识丰富又趣味盎然，仍不失为优秀的散文作品。

广泛涉猎各门类学科，开阔视野，增长见识，这一方面可以为散文创作提供大量的间接素材，另一方面也有助于触发创作者的人生感悟和思考。比如到某处去旅游，不仅可以亲身体验其自然景致之美，而且能知道此处的历史沿革和与此有关的人文典故、民间故事等，两者相互激发，更容易获得散文创作的灵感和立意。像刘白羽的《长江三日》，在描绘长江三峡自然景观的同时，大量穿插叙述与景物相关的诗词、历史故事等，成为自然性与人文性、知识性和趣味性融合为一的散文佳作；余秋雨的《道士塔》《风雨天一阁》等作品在这方面也比较有代表性。又如看到一些现象，用某种哲学世界观去分析或者其他理论观点去分析，往往能够见人之所未见，言人之所未言，由此创作出的散文自然让人觉得耳目一新，别开生面。像施蛰存的《论老年》不仅论及老年人的怀旧、执拗、饶舌等常被人谈及的特点，更对老年人的嘴馋甚至好色进行了一番饶有兴趣的讨论。“老人的嘴馋和青少年不一样，老人嘴馋并不是食欲亢进，而是多少和怀旧有关系。老人并不想吃他没有吃过的东西，因为那种东西，不在他的知识和记忆里。”而老人的“好色”，“其实，也不用大惊小怪”，“老年人的好色，是出于情感；而青年人是出于欲念，虽然同是性”。而且“老人好色，同时又悟到色即是空”，其所失不同于青年人的失恋，“而是一种审美趣味的幻灭”。

需要注意的是，散文创作者的文化历史知识储备仅仅是为散文创作提供一种有力的背景支持，而不能走向前台成为主角。否则，散文作品会成为“掉书袋”式的知识堆积且毫无文学趣味可言，这关键还在于散文作者能否灵活运用这些文化知识并将其文学化。

深度思考

近年来，“心灵鸡汤”之类的散文十分风行，这类散文多表现现代都市生活中的小资情调，文风轻软，很受青年人的欢迎。这类散文，其流行与现代社会一部分中产阶级生活方式的兴起有密切关系，在一定程度上可以让身心疲惫的都市人在茶余饭后舒解心情、释放压力。但同时，我们也应该意识到，这类散文在很大程度上是文化产业的一种产物，是现代社会的一种“安慰剂”，颇有些“为赋新词强说愁”的味道。当前散文创作中类似的弊端还有很多，比如言不由衷、大而无当、一味地吹捧与歌颂、创作模式僵化、语言乏味枯燥等。真正的好散文应该有一种文化和道义的担当，有一种直面现实的勇气和反思批判的力度，有一种对高尚艺术品格的坚守和渴望。既通俗平易又意涵深远才是散文真正需要的创作追求。

【本章概要】

本章集中讨论了散文这一文学形态，简要梳理了中外散文的流变过程，对散文的概念、散文的特征、散文的分类和散文的创作依次进行了探讨。通过本章的学习，我们需要理解，散文作为独立文学形态的出现是文学史演进的产物，其概念内涵不是一成不变的，而是历史生成的。与诗歌、小说和戏剧不同，散文的题材广泛，表现手法多样，与日常生活最为接近，是一种灵活自由的文学体裁。散文感染力产生的根源在于其直面现实、感情真挚又追求真理，具有自然美、含蓄美和知性美等艺术美学价值。从表达方式和题材内容上，散文大体可以分为抒情散文、叙事散文和杂文随笔这三类。但散文的分类标准不是唯一的，仍需要随着散文创作的实际进行更为有效的探索。散文写作不拘一格，但基于散文艺术的基本特点，需要作者有热爱生活的人生态度、紧跟时代脚步并忠于内心体验，敢于讲真话、诉真情、说真理。散文作者要主动地从各类艺术形式和各种文化知识中广泛吸取营养，培养敏锐的艺术眼光，追求高尚的艺术品格，并在勤奋的练笔写作中将丰厚的艺术文化素养转化为自身独特的散文语言和美学风格。

【本章关键词】

散文：有广义与狭义两个角度。广义的散文，泛指与韵文相对的一切散行形式的文章；狭义的散文，是指与诗歌、小说和剧本并列的一种文学形态，主要指以审美情感表达为根本诉求，追求趣味性、艺术性和生活化的散行文体。与其他文学形态相比，散文不讲究韵律，不讲究格式，是行文最自由、题材最广泛的一种，具有叙事、议论和抒情等多种表达方式，谋篇布局不拘一格。其所表现的思想内容最为接近人们的日常生活状态，是最生活化的一种文学形态。

散文之“散”：“散”是散文的首要形式特征，指散文的自由、随意和灵活。其在语言形式上体现为没有固定的程式和格律要求；在内容题材上体现为多样广泛；在表达方式上体现为不拘一格，可综合运用除虚构之外的所有文学艺术手段。

散文之“真”：“真”是散文的生命根基，是散文有别于其他文学形态的根本特征。散文的“真”不仅仅指作家思考和体悟后所发现的某些内在规律和深厚情感，更是指散文写作对象本身的真实性。讲真话、诉真情、叙真事、论真理，是散文的根本诉求。

散文之“美”：由散文的自由随意与真情实感完美结合而产生的美学效果，具体体现为平实简洁又富有节奏的语言美，言近旨远、以小见大的含蓄美和说理透彻、博而不杂的知性美。

抒情散文：指以抒发作者自我的情感体验为主要目的，以抒情为主导表达方式的一类散文。这类散文最集中地体现出散文的艺术性。

叙事散文：指以情节或人物经历等作为叙事线索，通过对人物和事情的描绘和叙述，传达人物在其中体悟到的情感或道理，以叙事为主导表达方式的一类散文。写人和记事是叙事散文的两大分支。

杂文随笔：指以论辩说理等为逻辑线索，就某一现象或问题表达自己的观点、意见和建议，以议论为主导表达方式的一类散文，亦可称为议论性散文。杂文和随笔都重视逻辑推理的力量，重视反思性和批判性，以明是非、别善恶、分美丑为主要目的。杂文短小精悍、嬉笑怒骂、针砭时弊；随笔充满哲思和理趣，其范围较之杂文更为宽泛。

【推荐阅读】

周红莉，编．中国现代散文理论经典．苏州：苏州大学出版社，2008.

郭预衡．中国散文史．上海：上海古籍出版社，2000.

王佐良．英国散文的流变．北京：商务印书馆，1994.

佘树森．散文创作艺术．北京：北京大学出版社，1986.

傅德岷．散文艺术论．重庆：重庆出版社，1988.

贾祥伦．中国散文美学发凡．济南：山东友谊出版社，1997.

林非．林非论散文．南昌：江西高校出版社，2000.

【思考题】

1. 在中国文学史上，散文有过怎样的发展变化？
2. 与其他文体相比，散文有何突出特点？
3. 如何理解“散文之散”“散文之真”“散文之美”？
4. 如何理解散文的“形散神不散”？
5. 散文有哪些基本类型？各有什么特点？
6. 你认为怎样才能创作出一篇散文佳作？

第四章

剧　本

作为文学作品的剧本，是一种与诗歌、小说、散文并列的文学体裁，主要包括戏剧剧本、电影剧本与电视剧本。从广义上而言，后二者也是戏剧剧本的一种，所以剧本在大多数时候是指戏剧剧本。剧本既有与其他文学体裁共有的特征，也有其自身的特性。本章我们将从戏剧剧本的由来与发展、戏剧剧本的构成与分类、戏剧剧本的特点、戏剧剧本的创作等方面来讲述这一文学体裁。此外，我们还将对影视剧本的特点及创作进行简要阐述。

第一节
戏剧剧本的由来与发展

一、中国戏剧剧本的由来及发展

戏剧剧本的由来与戏剧活动密切相关，一般认为，有戏剧活动就会有戏剧剧本，不管这种剧本是口头的还是文本的。但也有学者认为，只有形成文字的文本型剧本才算是剧本。任半塘在《唐戏弄》中说：“剧本者，演出以前，对于情节、场面、科白、歌唱之具体决定也。其存在方式，有口传、笔写、印行三种。虽未印行，而经笔写；虽未笔写，而经口传，皆不得谓之无本。至于有本而不传于今日，有作而不著于今时，更不得谓之当日无本或当时无作，益无待言。”这种对剧本的认识显然就比较宽泛了。对剧本具体存在形式的不同理解，形成了有关中国剧本产生的不同说法。

明代王阳明曾认为：“《韶》之九成，便是舜的一本戏子；《武》之九变，便是武王的一本戏子。”这就把中国戏剧之本上溯到了先秦，明代的李渔也有近似的认识，他在《闲情偶寄》中提出：“吾谓剧本非他，即三代以后之《韶》《濩》也。”闻一多把中国剧本上溯到了战国时期，认为屈原的《九歌》是“一种雏形的歌舞剧”①，并按照戏剧演出剧本的形式，把它“悬解”为一出大型歌舞剧②。杨公骥先生则认为两汉时期的《公莫舞》是“具有戏剧雏形的歌舞”，并按照古乐录大字记辞、细字记声的惯例，对《公莫舞》的“科仪本”（即演出脚本）《巾舞歌辞》进行了校点，认为《巾舞歌辞》是由唱词（包括主要唱词、复唱及衬字）、角色标识字和指示舞蹈动作等的科范字组成的戏剧科仪本，“是我们今天所能见到的我国最早的一出有角色、有情节、有科白的歌舞剧。尽管剧情比较简单，但它却是我国戏剧的祖型。在中国戏曲发展史上，它具有重要的价值”③。

此外，有学者认为中国古代的剧本形成于唐代，《义阳主》《旱税》等都是有脚本的戏剧。任半塘甚至把《旱税》“列为我国第一流戏辞中之第一本”。也有学者主张中国剧本产生于两宋，以南宋《张协状元》为代表。王国维则把中国戏剧剧本追溯到元代，他说：“唐代仅有歌舞剧及滑稽剧，至宋金二代而始有纯粹演故事之剧，故虽谓真正之戏剧起于宋代，无不可也。然宋金演剧之结构，虽略如上，而其本则无一存，故当日已有代言体之戏曲否，已不可知。而论真正之戏曲，不能不从元杂剧始也。”④ 在此，王国维从“代言体”角度来考察剧本，显然

① 闻一多．闻一多全集：第五卷．武汉：湖北人民出版社，1993：351.
② 闻一多．九歌古歌舞剧悬解//闻一多全集：第五卷．武汉：湖北人民出版社，1993.
③ 姚小鸥．《巾舞歌辞》研究的历史真相——驳《〈公莫舞〉剧本定性研究评述》．中国文化研究，2003（3）.
④ 王国维．宋元戏曲史．上海：上海古籍出版社，2011：61.

窄了些。但可以肯定的是，不管中国戏剧剧本形成于何时，到了元代，随着元杂剧的兴盛，中国戏剧剧本走向了成熟，由此开始了长足的发展，并出现了影响深远的元代杂剧四大家——关汉卿、马致远、郑光祖、白朴，他们代表性的杂剧剧本有《窦娥冤》《汉宫秋》《倩女离魂》《墙头马上》等，此外还有王实甫的《西厢记》对后世也影响深远。

元末明初出现了以《荆钗记》《刘知远白兔记》《拜月亭》《杀狗记》（一般简称为《荆》《刘》《拜》《杀》，具体作者存疑）为代表的南戏剧本，此外还有高明的《琵琶记》等剧本。明清时期，中国戏曲剧本创作进一步繁盛，出现了众多的戏曲剧本，著名的有明代汤显祖的《牡丹亭》、清代洪昇的《长生殿》和孔尚任的《桃花扇》等。

“五四”之后，随着西方文化的引入，中国戏剧出现了话剧、歌剧、舞剧等现代的戏剧形式，剧本形式多样起来，并出现了像郭沫若、曹禺、夏衍、田汉等著名的戏剧家，剧本遂成为一门重要的文学样式。此后，随着社会的发展，剧本的种类继续增多，出现了像电影剧本、电视剧本、动画剧本等新兴的剧本样式。

二、西方戏剧剧本的由来及发展

在西方，我们现在能够看到的人类最早的完整剧本就是古希腊的戏剧剧本。据史料记载，早自公元前 6 世纪起，古希腊就已有众多的戏剧家参加悲剧表演和悲剧竞赛，创作了千余种剧本，有 31 部（一说 33 部）流传至今，其中最负盛名的是三大著名悲剧诗人及其代表作：埃斯库罗斯的《被缚的普罗米修斯》、索福克勒斯的《安提戈涅》《俄狄浦斯王》、欧里庇德斯的《特洛伊妇女》《美狄亚》等。当时，还出现了被誉为“希腊喜剧之父”的喜剧作家阿里斯托芬，他的创作主要以现实生活为题材，他一生写过 44 部喜剧，完整保存下来的有《阿卡奈人》《骑士》《鸟》《和平》《蛙》等 11 部。

莎士比亚（1564—1616）

至文艺复兴时期，随着中世纪宗教桎梏的解除，西方戏剧创作形成了一个新的高潮，出现了像莎士比亚这样的伟大戏剧作家，他创作的众多剧本，如《哈姆雷特》《罗密欧与朱丽叶》《威尼斯商人》《麦克白》《查理三世》等，早已成为世界戏剧史、文学史上的经典之作。此后，在西方文学史上，戏剧创作一直兴盛不衰。在 17 世纪的法国，出现了高乃依、莫里哀这样的戏剧大家，代表性的剧本有《熙德》《伪君子》等。在 18 世纪启蒙运动时期，出现了以法国的狄德罗与德国的莱辛为代表的戏剧改革家，他们反对古典主义的创作方法，反对单纯以王公贵族为正面人物，要求戏剧直接取材于现实的日常生活，以平民和资产阶级为正面描写对象，从而促成了不同于传统悲剧、喜剧的市民戏剧的产生。这场改革使西方戏剧发生了很大的变化，大大促进了西方现实主义戏剧的发展。这一时期的代表性剧本有狄德罗的《私生子》《家长》、莱辛的《爱米丽雅·迦洛蒂》、席勒的《阴谋与爱情》等。至 18 世纪浪漫主义时期，剧本开始追求强烈的感情、理想化的人物和曲折的情节，代表性的作品有歌德的《浮士德》、雪莱的《解放了的普罗米修斯》、雨果的《欧那尼》等。到了 19 世纪，现实主义戏剧突显出来，出现了易卜生的《玩偶之家》、契诃夫的《三姐妹》《樱桃园》等剧本。

20世纪以来，随着各种文学艺术流派的纷繁呈现，戏剧剧本创作也呈现出多样化的景观。尤其是“二战”之后，西方戏剧剧本在不断探索中获得了长足的发展，出现了表现主义戏剧（如奥尼尔的《琼斯皇》《毛猿》等）、荒诞戏剧（如尤奈斯库的《秃头歌女》、贝克特的《等待戈多》等）等众多现代主义戏剧流派。

相关知识

20世纪80年代末90年代初，中国戏剧界兴起了一股探索之风，出现了许多与以前几乎完全不同的戏剧，如《绝对信号》（1982）、《车站》（1983）、《野人》（1985）、《狗儿爷涅槃》（1986）、《阳台》（1993）、《我爱×××》（1994）、《一个无政府主义者的意外死亡》（1998）、《恋爱的犀牛》（1999）、《切·格瓦拉》（2000）等。这些实验话剧对于繁荣和推进中国话剧的发展，起到了巨大的作用，但有些话剧过分追求形式创新，忽视乃至故意规避内容，往往会使戏剧走向反面，最终远离观众，这是需要我们去反思的。

第二节 戏剧剧本的构成与分类

一、何谓戏剧剧本

何谓戏剧剧本？《中国大百科全书》是这样定义的：“以代言体方式为主、表现故事情节的文学样式，戏剧演出的文字依据。在文学领域，它是文学作品的一种特殊体裁，在戏剧实践领域里，它是戏剧活动的基础和起点。”① 所谓“代言体”，是指戏剧中角色人物的所思所想主要是通过“说话”来传达的，而这些“话”则是剧作者替这些角色人物说的，这与小说等文学体裁直接用描述性的语言来表现人物的心理和思想情感不同。

这一定义明确指明了戏剧剧本的双重特点，即既是一种独立的文学体裁，同时又是戏剧演出的基础。或者说，剧本是为演出而创作的，是戏剧演出的依据，是导演、演员和其他舞台艺术家进行艺术再创作的基础。也正由此，剧本往往被称为“一剧之本”。但我们也需要注意的是，虽然大部分剧本是为演出而创作的，但有的剧本创作并不以演出为目的，或者其本身并不适合演出，而是主要追求其文学性，这种剧本往往被称为“案头剧”或“书斋剧”。欧洲19世纪的许多浪漫主义作家创作过很多这种戏剧形式的文学作品，但往往只能阅读，不适合上演。

总之，剧本是一种以代言体方式为主，通过人物的言行来表现故事情节、反映社会现实的

① 中国大百科全书·戏剧．北京：中国大百科全书出版社，1989：198.

文学样式。它是戏剧演出的文字依据。但是，我们还要注意一个与剧本相近的概念——“脚本”（或“台本”）。一般来说，脚本是戏剧导演在原创剧本基础上，为了更好地演出而对剧本进行适当处理之后的演出本，往往比剧本更为细致，更具有演出指导性。这一概念更多用在影视中，往往是分镜头来写的，直接供导演现场拍摄使用。这种剧本语言简练，往往都标有镜头序号。比如黑泽明拍《罗生门》的分镜头脚本：

罗生门

★ 罗生门的全景（大远景）

倾盆大雨、烟雾迷蒙中，影影绰绰地看见半倾圮状的巨大的罗生门。

★ 隐约看见罗生门下避雨的两个人影（远景）

前景是倒在地上的大圆柱。四根罗生门圆柱中间，有两个人坐在石板台基上。一个是行脚僧，一个是卖柴的。

★ 坐在石板台基上的行脚僧和卖柴的（近远景）

画面的右前方是一根大圆柱，拍得很大；它的后边是这两个人。猛打石板台基的雨点。两个人呆呆地望着脚下，在沉思什么事儿。

（这里的★就表示镜头——引者注）

二、戏剧剧本的构成

从构成来看，戏剧剧本一般包括舞台说明（或称“舞台指示”“舞台提示”）和台词两部分。舞台说明主要是以简要的文字对剧情发生的环境、剧中人物情况以及演出时的具体要求进行的说明。剧情发生的环境包括自然环境和社会环境；人物情况说明包括对人物的形貌、身份、性格，以及人物的各种动作及心理活动的说明；演出时的具体要求包括对舞美、音响、灯光等方面的说明。下面我们主要对台词作一说明。

台词，即戏剧演出中角色人物所说的话。戏剧剧本的台词一般包括对白、独白和旁白。在歌剧及中国传统戏曲中，以诗体性的唱词为主，中间往往会夹有散文体的念白。

对白（dialogue），是台词最为主要的形式，是剧中角色之间的相互对话，是戏剧塑造人物的重要手段。

独白（monologue），是指角色人物在舞台上独自说出的台词，是剧中人物内心思想情感的最为直接的表达方式，如著名的哈姆雷特的“生存还是毁灭”的独白。独白从表面上看是“自说自话”，与他人无涉，但其深处同样流动着交流与对话。巴赫金曾指出人物独白的双声现象，即本来由两张嘴说出的话，“现在两者却重叠起来，由一张嘴融合在一个人的话语里。这些对话是相互对立的，在这里冲突起来”①。这另一张嘴可能来自“我”的另一种声音（比如我们常说的感性与理性的不一致等），可能来自他人及社会的声音等。比如哈姆雷特的著名独白实际上正是其自身与自身的对话、自身与社会的对话，是当时社会人文精神与腐朽落后的封建思想的抗争。

---

① 巴赫金．陀思妥耶夫斯基诗学问题．白春仁，等译．北京：三联书店，1988：287.

旁白（aside），指剧中角色人物背着台上本应面对的角色而面向观众或台上其他角色说的话，其内容主要是对对方的评价和他本人内心活动的展示。旁白可分为三种：一是面向观众的旁白，二是独白式旁白，三是对话式旁白。旁白可以深入而精到地评价人物，揭示人物的内心世界，有时也可以产生喜剧效果。①

在剧本创作中，台词是决定戏剧作品艺术性的重要因素。由于戏剧不像小说等文学样式那样由作者出面向读者叙述，只能依靠人物自身的语言与动作来表达一切，因此台词是戏剧舞台上唯一可以运用的语言手段，台词的写作与安排成为剧作技巧的重要组成部分。

三、戏剧剧本的分类

剧本的种类繁多，河竹登志夫在《戏剧概论》中从九个角度对戏剧进行了分类，分有戏剧名称50多个。② 这一分类实在是太细致了，我们一般从三个方面对戏剧进行分类：第一，根据戏剧容量的大小，可以将其分作独幕剧和多幕剧；第二，根据戏剧表现形式的不同，可以将其分为话剧、歌剧和舞剧；第三，根据戏剧所反映的矛盾冲突的性质，可分为悲剧、喜剧和正剧。下面我们选择几种进行介绍。

（1）话剧。话剧是在中国的一种特殊称谓，我们通常所说的戏剧主要指的就是话剧。在欧洲，一般将发端于古希腊悲剧和喜剧的舞台演出形式称为戏剧，并与歌剧、舞剧、哑剧相区别。话剧从20世纪初传到中国，最初称之为新剧、文明戏、爱美剧等，1928年戏剧家洪深提议定名为话剧。随着时代的发展，话剧的题材、体裁、风格、手法和艺术形式，也在不断丰富发展。中国话剧典型的代表性作品有郭沫若的《屈原》、老舍的《茶馆》、曹禺的《雷雨》《北京人》《日出》《原野》等。

（2）歌剧。歌剧是以歌唱为主要艺术手段的一种戏剧形式。近代西洋歌剧产生于16世纪末意大利的佛罗伦萨，以后逐渐流行于欧洲各地。歌剧又有正歌剧、喜歌剧、大歌剧、轻歌剧等之分。我国传统的戏曲，也可以归入歌剧一类，但它不同于西洋歌剧，后者歌与白、舞是严格分开的，它们分别为不同的戏剧体裁，而我国传统戏曲讲究唱、念、做、打，歌舞、宾白并重。“五四”以后，中国的民族民间音乐与戏曲，在借鉴西洋歌剧的基础上，逐渐形成和创造了具有民族特色的中国新歌剧，歌剧《白毛女》《洪湖赤卫队》等就是其中的优秀代表。

（3）悲剧。悲剧大都展示重大的或有深刻社会意义的矛盾冲突，表现在善恶两种势力的激烈斗争中，邪恶势力对善的势力的暂时胜利。悲剧所反映的是不能解决的或不能缓和的矛盾，在斗争中常因力量悬殊而以正面主人公的失败或毁灭告终。亚里士多德第一次对悲剧做出了界定：“悲剧是对于一个严肃、完整、有一定长度的行动的摹仿；它的媒介是语言，具有各种悦耳之音，分别在剧的各部分使用；摹仿方式是借人物的动作来表达，而不是采用叙述法；借引起怜悯与恐惧来使这种情感得到陶冶。”③ 这是西方第一个完整的对悲剧的定义，它既指出了

---

① 普菲斯特．戏剧理论与戏剧分析．周靖波，李安定，译．北京：北京广播学院出版社，2004：174－178.

② 河竹登志夫．戏剧概论．陈秋峰，等译．北京：中国戏剧出版社，1983：12－18.

③ 亚里士多德，贺拉斯．诗学·诗艺．罗念生，杨周翰，译．北京：人民文学出版社，1962：19.

悲剧的模仿本质，也指出了悲剧的陶冶作用，即对人的精神的净化、升华作用。悲剧代表性的作品如古希腊悲剧《俄狄浦斯王》、莎士比亚的四大悲剧《哈姆雷特》《麦克白》《李尔王》《奥赛罗》等。

（4）喜剧。喜剧同悲剧恰好相反。一般来说，它是以讽刺或嘲笑丑恶落后现象，肯定美好、进步的现实或理想为主要内容的。喜剧最重要的是要创造喜剧性格，通过巧妙的结构和诙谐的台词，运用夸张的手法和滑稽的形式，产生引人发笑的艺术效果。亚里士多德对喜剧的理解是："喜剧是对于比较坏的人的摹仿，然而，'坏'不是指一切恶而言，而是指丑而言，其中一种是滑稽。"[①] 滑稽是喜剧的根本特质。莎士比亚的《仲夏夜之梦》《威尼斯商人》《皆大欢喜》《无事生非》等、法国喜剧作家莫里哀的《伪君子》、俄国戏剧家果戈理的《钦差大臣》等都是经典性的喜剧作品。

（5）悲喜剧。悲喜剧兼有悲、喜剧的因素，介于悲剧和喜剧之间，所以又称为正剧，它在反映生活方面超越了悲剧和喜剧的范围。悲剧中无法解决的矛盾，在悲喜剧中可以得到解决。社会生活在大多数情况下，并不单纯呈现为悲剧性的或喜剧性的，而是有悲有喜，悲喜交织。因此，混合着悲喜成分，以代表正义的一方取得胜利为结局的悲喜剧，在戏剧舞台上占据了突出的地位。如莎士比亚的《终成眷属》《一报还一报》，俄国戏剧家契诃夫的《三姐妹》，挪威戏剧家易卜生的《玩偶之家》，中国戏曲家汤显祖的《牡丹亭》、王实甫的《西厢记》等，都是典型的悲喜剧。

相关知识

关于悲剧的功能，亚里士多德有经典性的阐述。他在《诗学》中谈到，悲剧"借引起怜悯与恐惧来使这种情感得到陶冶"（罗念生译文）。这里的"陶冶"原文是"katharsis"，音译为"卡塔西斯"，有的也译为"净化"。悲剧为什么会有"卡塔西斯"的功能呢？有以下几种说法：有的认为悲剧可以使某种过分强烈的情绪因宣泄而得到平静，因此恢复和保持住心理的健康；有人认为悲剧可以消除人的情绪中坏的因素，好像把它们清洗干净，从而产生健康的道德影响；也有人认为悲剧通过引起人的怜悯和恐惧的情感，使它们经过锻炼而达到适当的强度，借此获得心理的健康。但不管是哪种解释，都认为悲剧在根本上有益于受众的心理健康，可以使人的思想境界和情感能力得到提升，这是毋庸置疑的。

第三节
戏剧剧本的特点

基于舞台演出的要求，与小说、散文等其他文学体裁不同，戏剧剧本具有以下特点。

---

① 亚里士多德，贺拉斯．诗学·诗艺．罗念生，杨周翰，译．北京：人民文学出版社，1962：16.

一、戏剧性

由于戏剧剧本主要是供演出用的（在此暂不考虑那些不以演出为目的的剧本），故可演性也就成了剧本最为基础的特点。但仅仅可演对于一个剧本来说还是不够的，戏剧剧本除了可演之外，还必须要有戏剧性，这才是戏剧剧本最为根本性的特点。

那么何为戏剧性呢？人们在看戏的时候，总是以“有戏”“没戏”来加以评价。这里的“戏”其实就是“戏剧性”的日常表达。戏剧性是一个内涵并不十分明晰却又被广泛使用的概念。它可以从广义和狭义两方面来理解，狭义的戏剧性专指戏剧艺术，而广义的戏剧性则几乎可运用于所有艺术门类，甚至也被运用在日常生活中。在这里，我们主要就戏剧艺术来谈戏剧性。

“戏剧性”一词，一般被认为最早出现在黑格尔《美学》第三卷（下）中。黑格尔说：“真正的戏剧性在于由剧中人物自己说出在各种旨趣的斗争以及人物性格和情欲的分裂之中的心事话。正是在这种话中抒情诗和史诗的两种不同的因素可以渗透到戏剧里而达到真正的和解。”[①] 此后，许多戏剧家从不同侧面对戏剧性做了分析和界定。

德国戏剧家弗莱塔克强调心灵、激情所带来的戏剧性，他说：“所谓戏剧性，就是那些强烈的、凝结成意志和行动的内心活动，那些由一种行动所激起的内心活动。”[②] 同为德国戏剧家的史雷格尔的看法与之相通，认为：“如果剧中人物彼此间尽管表现了思想和感情，但是互不影响对话的一方，而双方的心情自始至终没有变化，那么，即使对话的内容值得注意，也引不起戏剧的兴趣。”[③] 美国喜剧理论家乔治·贝克则通过筛选法对戏剧性进行了界定，认为戏剧性就是剧情“能产生感情反应”[④]，很显然，没有带给观众情感的动作是不可能具有戏剧性的。日本戏剧家河竹登志夫则从发生学的角度阐述了戏剧性的源起，认为戏剧性源于人们日常生活之中的某些本质矛盾，没有冲突也就没有戏剧性。[⑤] R. 庞考克从戏剧性的表现形态方面对其作出了界定。他说：“我们对戏剧性的概念首先是从在自然界和人类的生活里观察到的一切紧张兴奋的东西。‘戏剧性’这个词有一个很自然的意义，即有关一切突然的、惊奇的、骚动的和猛烈的事情和一切有紧张的特性的事件。”[⑥]

由以上的引述我们可以看到，戏剧性是以日常生活或生活中的矛盾冲突为根源，以一系列紧张性的事件为表现形态，最终给剧中人物乃至观众带来强烈的情感反应，推动剧情发展的一种审美效果。可以说，所有成功的戏剧，几乎都具有极强的戏剧性，比如在古希腊悲剧《俄狄浦斯王》中，杀父娶母的预言是否实现，在谜底揭开之前始终紧紧地抓着观众的心，而当谜底揭开，俄狄浦斯王知道预言成真后，他将如何面对这个局面，同样引起观众极大的好奇。最终俄狄浦斯王刺瞎自己的双眼，又引起了观众对人生命运的深深思考。在一些具体的场景中，往

① 黑格尔．美学：第 3 卷，朱光潜，译．北京：商务印书馆，1981：257.

② 弗莱塔克．论戏剧情节．张玉书，译．上海：上海译文出版社，1981：10.

③ 古典文艺理论译丛编辑委员会．古典文艺理论译丛：第 11 册．北京：人民文学出版社，1966：229.

④ 贝克．戏剧技巧．余上沅，译．北京：中国戏剧出版社，1985：49.

⑤ 河竹登志夫．戏剧概论．陈秋峰，等译．北京：中国戏剧出版社，1983：55.

⑥ 顾仲彝．编剧理论与技巧．北京：中国戏剧出版社，1981：94.

往也具有很强的戏剧性，比如《雷雨》中周朴园逼周萍给周蘩漪喂药一场戏。这场戏，由于三人之间的微妙关系而产生了极强的戏剧效果。周萍作为周朴园的儿子，不得不听命于自己的父亲，给周蘩漪喂药，但是，他又是周蘩漪的情人，这双重的身份使之处在痛苦的矛盾中。周蘩漪一方面是周朴园的妻子，按照旧时代的规则，妻子要听丈夫的，但另一方面，她又是一个寻求独立自主的女子，因此并不想听周朴园的话。然而，从她与周萍的关系来看，她同样处在矛盾的纠缠之中。她不想让周萍为难，但的确又不想喝药。这出戏正是在这些矛盾的纠葛之中展现出极强的戏剧性。

我们说，小说这种文学体裁也需要戏剧性，但是小说对戏剧性的要求并不如戏剧那样强烈，因为小说可以在几乎无限扩展的时空中慢慢展开情节，而戏剧必须在有限的时间内快速地推进情节的展开，因此对戏剧性的要求更高。

在这里，我们还需要注意两点。其一，归根到底，戏剧性很大程度上与观众有着密切的关系。剧作家设想的戏剧性因素，只有在得到了剧场观众的认可后，才算获得了成功。当然，戏剧性又必须在戏剧的规则框架内。有时候，剧作家采取一些不属于戏剧的手段来提高剧场里观众的注意力，尽管这些手段取得了效果，但我们称它们是“剧场性”的，而不是“戏剧性”的。在生活中，人们往往把误会、巧合、超乎常情的发展、出于意料的变化等突转性的情况称为“戏剧性”的，这是沿袭了 19 世纪欧洲情节剧中关于“戏剧性”的看法。在那些剧中，人们频繁地看到舞台上出现误会、巧合、突转等技巧手法，并自然而然地把它们与戏剧性联系了起来。其二，戏剧性是一个流动的概念。不同的时代、不同的戏剧形式对戏剧性有不同的理解和要求。戏剧性的概念由此悄悄发生着变化。不论是观众还是剧作家，对戏剧性的理解和要求都是不断变化而非一成不变的。前一时代的戏剧性，到了后一时代可能就变成了陈规陋套。

二、动作性

戏剧是动作的艺术，英文 drama（戏剧）在希腊文中就是 action（行动和行为）的意思。戏剧要在有限的空间和时间内迅速地展开情节、塑造人物，故而其语言必须要具有动作性。

黑格尔曾经指出：“能把个人性格、思想和目的最清楚表现出来的是动作，人的最深刻方面只有通过动作才能见诸现实。”① 美国戏剧家劳逊说得更为明确：“平衡状态的任何一次变化就构成一个动作。一出戏就是一个动作体系——平衡状态的次要和主要变化的体系。全剧的高潮就是平衡状态在一定条件下受到了最大限度的扰乱。”② 总之，戏剧动作是推动戏剧情节发展的基本手段，也正是在这一意义上，戏剧被称为动作的艺术。

一般来看，戏剧动作大致包括外部动作、语言动作、静止动作、音响动作等。

（1）外部动作，也称为形体动作，它通过最为直观的形体语言展示给观众，让观众直接感受到人物的喜怒哀乐和心理变化。哑剧更是全程通过形体来表现。外部动作一般是通过剧本的舞台说明告诉演员的。在中国戏曲艺术中，很多外部动作往往呈现出程式化的特征，如中国的京剧就具有很强的程式化特征。

---

① 黑格尔．美学：第 1 卷．朱光潜，译．北京：商务印书馆，1979：278.

② 劳逊．戏剧与电影的剧作理论与技巧．邵牧君，等译．北京：中国电影出版社，1961：214.

（2）语言动作，是指剧中人物不仅表现出在说话，而且表现出人物自身的心理活动、思想感情，它是和手势、表情、形体动作结合在一起的，并由此推动着剧情的发展。戏剧艺术对动作的重视决定了戏剧语言必须具有动作性。比如《雷雨》中周朴园逼蘩漪吃药一节，人物的对话深刻地反映了他们的性格特征和内心的情感，并为蘩漪下一步的反叛行为打下了基础。

（3）静止（或停顿）动作。戏剧中往往会有动作的静止，但这里的静止并不是“无”，而是“有”，正所谓此时无声胜有声。静止同样具有极强的动作性，高明的戏剧家往往会充分利用静止的作用来渲染气氛，推进情节的发展。对于静止或停顿在戏剧艺术中的作用，很多戏剧家都阐述过。我国著名美学家王朝闻就指出：“静场作为动作的一种停顿，它既是前一动作的结束，也是后一动作的开端；它对动作的未来，是一种引人入胜的预示。”因此，静止并不是简单的结束，而是新的开始，预示着更为强烈的发展。契诃夫曾经常提倡静止，其著名戏剧《樱桃园》就清楚地体现了这一点。我国导演艺术家焦菊隐就受到了契诃夫的影响，较为详细地阐述了静止或停顿在戏剧中的重要作用。他说：

> “停顿”是现实生活本身的节奏，越能接近生活的，便越能理解：现实生活中最深沉有力的东西，便是“停顿”。它既表现刚刚经验过的一种内心纷扰的完结，同时又表现一种正要降临的情绪的爆发，或者某种内心的期待。它又表现内心活动的最澎湃、最热烈、最紧张的刹那。人物的精神世界和生活的内在律动，都是要用“停顿”来表现的——这是一种最响亮的无声台词。所以，契诃夫的“停顿”，不是沉默，不是空白，不是死了的心情，相反地，是内心生活中最复杂、最紧张的状态所必然产生的现象。①

在曹禺的《北京人》中，当懦弱无能的文清离开囚笼一样的家又灰溜溜地回来时，对他寄予希望的愫方的整个精神世界一下子崩塌了：

> 曾思懿（惊喜）　是文清回来了么？
> 愫方（喑哑）　回来了！
> [思懿立刻跑进自己的屋里。]
> [愫方呆呆地愣在那里。]
> [远远的号声随着风在空中寂寞地振抖。]

这里，愫方“呆呆地愣在那里”，看似静止，其实其中蕴藏着愫方巨大的心理波涛，其心中的绝望、痛苦、悲哀等一下子涌上心头，使她一下子难以承受。这呆立不动之静，正蕴含着巨大的动。

（4）音响动作。音响本来是戏剧的一种辅助性的因素，但随着现代科学技术的发展，音响逐渐成为戏剧的一个重要组成部分并被“入戏”，成为推动剧情发展的一个重要因素。比如在美国剧作家奥尼尔的《琼斯皇》中，那不断出现、时急时缓跟随着琼斯的鼓声，象征着造反者的力量，不断加剧着琼斯恐惧、绝望的心理，并使他迷了路，到天明时，竟然又回到了逃跑的地点，因而被土人杀死。在这里，鼓声不仅具有渲染紧张、惶恐氛围的作用，也在推动着剧情的发展，直到琼斯被杀死。

---

① 契诃夫．契诃夫戏剧选·译后记．焦菊隐，译．上海：上海译文出版社，1980：423.

三、矛盾冲突

“没有冲突就没有戏剧”，一直被人们视为戏剧的一个定理式命题。实际上，在任何艺术表现形式中，都存在冲突，而戏剧艺术之所以如此强调冲突，是因为戏剧要在有限的时间和地点内完成一个完整的故事，所以，冲突就必须集中尖锐，否则的话，情节就很难在短时间内展开、发展和结束。此外，戏剧需要在有限的时间内吸引观众，而小说可写人物与人物之间的心理冲突及人物自我内心冲突等，而不一定有尖锐紧张的冲突。戏剧冲突是戏剧创作的基本特征。冲突与动作紧密相连，动作本身就构成了冲突，没有冲突的动作只能是纯粹的静止。

冲突在很早就有人提出了，但一般认为，把它上升到艺术创作基本规律高度的，是 19 世纪末叶法国戏剧批评家布伦退尔。他强调意志在戏剧中的重要作用，认为戏剧所表现的是人的意志与神秘力量或自然力量之间的冲突。① 中国的顾仲彝也主张“意志冲突说”，他认为“性格是稳定的，而意志是运动的”②。所以小说以描写稳定的性格为主要任务，而戏剧以表达意志为主要任务。由此他得出结论：“戏剧冲突与其说是‘性格冲突’或‘性格对立’冲突，不如说戏剧冲突是意志的冲突。”③ 在剧作上，一般认为曹禺的《原野》就突出强调了那种生命意志之间的冲突，身负血海深仇的仇虎越狱逃回找焦阎王一家复仇，体现出了他那种强烈的复仇意志，全剧也是由此展开他与阎王老婆焦母及其儿子焦大星之间激烈的复仇与反复仇的冲突的。

劳逊也强调意志的作用，但是把它放在了社会关系中去考察，认为戏剧是处理社会关系的，一次戏剧性冲突必须是一次社会性冲突。戏剧的基本特征是社会性冲突——人与人之间、个人与集体之间、集体与集体之间、个人或集体与社会或自然力量之间的冲突；在冲突中自觉意志被运用来实现某些特定的、可以理解的目标，它所具有的强度应足以导致冲突到达危机的顶点。④

社会冲突是我们最为熟悉的冲突类型，比如《雷雨》，我们就往往会把它概括为资产阶级与工人阶级、封建阶级与农民阶级的冲突。但这种冲突有时会被简单化为阶级冲突，从而摒弃冲突的丰富性与多样性。

黑格尔强调性格冲突即心灵本身的矛盾和分裂所造成的冲突是最理想的冲突。他说：“艺术的要务不在事迹的外在的经过和变化，这些东西作为事迹和故事并不足以尽艺术作品的内容；艺术的要务在于它的伦理的心灵性的表现，以及通过这种表现过程而揭露出来的心情和性格的巨大波动。”⑤

在我国，“性格冲突说”以谭霈生教授为代表，他认为：“‘性格冲突’，不仅可以使冲突的内容及其展开形式具有独特性，而且，认真地说，只有这种由鲜明个性构成的矛盾关系，才是真正的‘戏剧冲突’。”⑥

---

① 谭霈生，路海波．话剧艺术概论．北京：中国戏剧出版社，1986：128－129.
② 顾仲彝．编剧理论与技巧．北京：中国戏剧出版社，1981：112.
③ 顾仲彝．编剧理论与技巧．北京：中国戏剧出版社，1981：113.
④ 劳逊．戏剧与电影的剧作理论与技巧．邵牧君，等译．北京：中国电影出版社，1989：213.
⑤ 黑格尔．美学：第 1 卷．朱光潜，译．北京：商务印务馆，1979：275.
⑥ 谭霈生．论戏剧性．北京：北京大学出版社，1984：81.

贝克特（1906—1989）

由此我们应当看到，戏剧的矛盾冲突如同人物的内心矛盾一样，应是多方面合成的，单纯强调某一种冲突而否定或回避其他冲突是不恰当的，只不过在某些时候，有的冲突占主导地位罢了。

当然，我们说小说也需要矛盾冲突，但是，小说时空的无限性可以使矛盾冲突的建构相对从容自由一些，情节的推进也不如戏剧那样集中和快速。

总之，戏剧冲突是构成戏剧的重要因素，正是在戏剧的矛盾冲突中，人物的个性得到展现，戏剧的故事情节不断向前发展。戏剧冲突丰富尖锐，多姿多彩，形成了扣人心弦的艺术张力，使得戏剧自然而然地产生了震撼人心的戏剧效果。戏剧思想的厚度和深度往往也是由戏剧的冲突决定的。

研讨平台

随着现代戏剧的发展，出现了一种看似没有戏剧冲突的戏剧，有人称之为冲突淡化或无冲突，比如契诃夫的一些戏剧（如《樱桃园》《三姐妹》等），以及荒诞派的一些戏剧，如《等待戈多》《秃头歌女》等，没有传统戏剧中那样尖锐激烈的外在矛盾冲突，或者像是在絮絮叨叨地叙说日常生活的琐事，或者表现好像并没有多大意义的行为。在这种戏剧中，看似没有冲突，实际上还是有冲突的。比如契诃夫的戏剧更多地把冲突建立在心理、心灵之中，而不是重在表现外在动作的冲突，而荒诞派戏剧则以剧中人物的荒诞行为与观众的欣赏心理或期待视野形成冲突，进而引发观众的思考。这种冲突有的学者称为“冲突外溢”①。不管是内含还是外溢，冲突必定是要存在的，否则就不会形成戏剧的情节，也就形不成戏剧了。

第四节
戏剧剧本的创作

鉴于戏剧剧本的特殊性，在创作时，与其他体裁不同，要注意以下几点。

---

① 张先，等．戏剧艺术．桂林：广西师范大学出版社，2005：16.

一、题材选择

从理论上说，任何题材都可以进行戏剧创作，但并非所有的题材都适合剧场演出，戏剧剧本创作要选择有戏的题材。所谓有戏，我们前文说过，就是要富有戏剧性、动作性，因为只有这样的题材表演起来才会有感染力。最直观的戏剧题材就是要有一定的曲折性，情节丰富。

二、人物角色

要注意选取那些个性鲜明、动作性强的人物来写，突出人物表达的动作性。一是外在动作，包括肢体动作、语言动作；二是人物的内心动作。在一出戏中，人物的重大动作对表现人物思想性格常常具有决定性的作用，但一个人物的重大行动并不会很多，这些多安排在剧情发展的转折或高潮处。由此，人物塑造切不可忽视人物小动作、细节动作的刻画，因为人物的重大行动并不是突然产生的，它是一连串小的行动逐步发展的结果。大小动作的结合，才会有层次地深入揭示人物的思想性格，塑造出鲜明生动的舞台形象。

塑造人物切记不要简单化。人物虽然都有自己独特的个性，但不能为个性而个性，把人物的丰富性丢弃了，使得人物成了单一扁平的人物。

人物塑造还有一个重要方面，就是要善于配置多方面的错综复杂的人物关系，尤其是配置好反面人物、次要人物及陪衬人物等，并刻画好他们之间的关系。在人物关系配置中，不要为衬托主要人物（主角）而把反面人物（对手）、次要人物故意贬低，这样反而不能衬托出主要人物。只有反面人物强大了，主要人物才可能更强大。

三、情节结构

一出戏剧从结构上看，一般分为开端、发展、高潮、结局。每一部分有每一部分的大致要求。

剧本的开端非常重要，它关系到整部戏剧全局的成败。乔治·贝克认为开端要让观众尽快地了解到以下内容："一、他的人物都是什么人；二、他的人物在什么地方；三、故事发生的时间；四、他的人物之间现在和过去的关系中是什么引起故事。"① 当然，开端也可以运用悬念，以引起观众的注意。

发展是戏剧的主体部分，在全剧中所占分量最大，也是最关键的部分。剧中的主要人物、主要事件、主要矛盾冲突都要在这里展现。在这部分，关键要抓住戏剧冲突展开。乔治·贝克认为，要使剧情得以良好的展开有赖于：第一，意思清楚；第二，正确的强调；第三，已经结

① 贝克．戏剧技巧．余上沅，译．北京：中国戏剧出版社，1985：189.

合前两者谈到过的东西——“悬念”。①

高潮是矛盾冲突的顶点，在全剧中虽然只是短暂的一瞬，但对于揭示戏剧思想内涵，表现人物思想性，都具有重要意义，它也是最吸引观众、最激动人心的时刻。要写好高潮必须精密布置，要善于抑制矛盾的发展，在做好充分准备后，选择最适当的时机，让它突然出现。但是也必须注意，高潮的设置要考虑到观众的因素，戏剧要带着观众一起进入高潮，这才是成功的。

高潮过后紧接着就是结尾。结尾应集中交代主要事件的结果，不允许节外生枝，画蛇添足。因此，结尾一定要简洁有力。

大仲马曾对编辑说过这样一句精彩的话：“第一幕要清楚，最后一幕要简短，随处都要令人感兴趣。”②

四、戏剧技巧

（一）悬念

悬念是戏剧中常用的一种戏剧技巧，其目的是引起观众急欲知其结果的迫切期待心理，从而使情节引人入胜，吸引观众观看下去。比如《哈姆雷特》一开始鬼魂的出现，就极具有悬念性，能够引导观众观看下去以了解事情的原委。悬念可以在戏剧的任何地方、任何时刻设置，当然最终要服从主题的表达，而且要符合逻辑，不能为悬念而悬念。现实生活中人物的生与死、成功与失败，人物命运中潜伏的危机，现实中发生势均力敌而又必须有结果的冲突等，都是构成悬念的重要因素。

悬念的形成、保持和加强，还需要依靠“延宕”（或抑制）。延宕是指对戏剧动作的抑制和拖延。作者故意延宕事件的谜底，等到吊足了观众的胃口后再揭秘，实际上增强了冲突的尖锐性和情节的紧张性，加强了观众的期待心理，从而使悬念达到最好的艺术效果。

（二）发现与突转

何谓“发现”？亚里士多德解释为，发现是“指从不知到知的转变，使那些处于顺境或逆境的人物发现他们和对方有亲属关系或仇敌关系”③，比如在《俄狄浦斯王》中，俄狄浦斯王发现自己“杀父娶母”的事实。所谓“突转”，亚里士多德指出，“‘突转’指行动按照我们所说的原则转向相反的方面”④，但这种突转不应当是故意为之，而必须“按照可然律或必然律而发生”。亚里士多德以《俄狄浦斯王》为例指出，当俄狄浦斯王得知自己杀父娶母的事实后，剧情便由此发生大逆转，俄狄浦斯王从处于主动追查杀害先王凶手的顺境，陡然跌入被动尴尬

---

① 贝克．戏剧技巧．余上沅，译．北京：中国戏剧出版社，1985：215.

② 贝克．戏剧技巧．余上沅，译．北京：中国戏剧出版社，1985：156.

③ 亚里士多德，贺拉斯．诗学·诗艺．罗念生，杨周翰，译．北京：人民文学出版社，1962：34.

④ 亚里士多德，贺拉斯．诗学·诗艺．罗念生，杨周翰，译．北京：人民文学出版社，1962：33.

且无可逃遁的逆（绝）境中，这就是突转。

突转与发现往往同时产生，突转的结果就是发现，或者因为发现而突转。二者同时出现，在亚里士多德看来就是“最好的‘发现’”[1]。因此编剧者一定要在充分考虑剧情发展合乎逻辑的前提下制造突转或发现，不能简单地为求戏剧效果故意制造突转或发现。

（三）伏笔与照应

伏笔是对剧中尚未出现的重要情节的一种预示。伏笔是为了使剧中重要情节在后面出现得不至于突兀而预先做出的铺垫。有伏笔就需要有照应，否则这伏笔就是多余的。比如《雷雨》中第一幕让鲁贵向四凤讲房子里闹鬼，一个男鬼，一个女鬼，这就为后面蘩漪和周萍之间的私情埋下了伏笔。伏笔要轻，照应要重；伏笔要隐，照应要显。两者不能倒置。

相关知识

李渔的戏剧理论，尤其是他的戏剧结构论，对中国的戏剧创作产生了深远的影响。在《闲情偶寄》中，李渔提出了戏剧结构创作的几个重要原则，如“立主脑”“密针线”“减头绪”等。“立主脑”，就是戏剧创作要突出主要人物和中心事件，即“一人一事”，也就是要选取某一关键性的事件作为生发点，由之生发推衍，形成全体和谐一致的情节结构。“密针线”，即情节结构要紧密、完整，要做到前后照应，使全剧成为一个浑然一体的有机整体。“减头绪”，就是要求戏剧的各部分始终以“主脑”为核心，做到结构紧凑、单纯、主干突出。李渔除了提出戏剧结构的这三个基本原则之外，还提出了戏剧故事构思的几个基本原则：“脱窠臼”，要求故事摆脱陈套，新颖奇特；“戒荒唐”，要求故事描写符合人情物理；“戒讽刺”，指作者不能借文学作品“报仇泄怨”，达到个人不正当的目的；“审虚实”，就是要求戏剧在谋篇布局时要注意审查戏剧结构是否符合生活逻辑和人们的情感逻辑。此外，李渔还强调，戏剧创作在整个布局谋篇上，要有一个完整的开端、发展、高潮等结构的“格局”安排。李渔的戏剧结构论是一个整体，直到今天对戏剧创作仍具有借鉴意义。

第五节
影视剧本及创作

影视剧本是戏剧剧本的一种，但鉴于影视艺术在当下中国的社会生活中占据着重要地位，因此本章我们将专列影视剧本一节，阐述影视剧本的特点及创作。

---

① 亚里士多德，贺拉斯．诗学·诗艺．罗念生，杨周翰，译．北京：人民文学出版社，1962：34.

一、影视剧本的特点

（一）视听化的语言

影视是一门视听艺术，因此影视剧本必须要充分考虑剧本语言的视听性。在小说或散文、诗歌等文学体裁中，我们可以用文字直接把人物的所思所想、心理活动描写出来，典型的如意识流小说，但在影视剧本中所写的一切都必须转化为可以拍摄的画面，可以倾听的声音。也就是说，无论是对剧情的交代，还是对人物的描写、对人物的心理刻画，都要诉诸形象化的技巧。这也是影视剧本与其他文学类型的重要区别。比如在莫言的小说《红高粱家族》中“我爷爷”送别“我奶奶”的描写就一句：“爷爷跪在奶奶身旁，用那只没受伤的手，把奶奶的眼皮合上了。”但在电影剧本中，这一句变成了一段这样的场景：

> 余占鳌的脖子突然往前一折，脑袋沉沉地耷拉到胸前。他的全身仿佛承受不住脑袋的重压，慢慢地、慢慢地矮。他单膝跪在九儿的身边，伸出一双粗大的手，掰开九儿纤细的手指，把拃饼从她手上取下来。雪白的拃饼也洇上了鲜红的血印。他把她的双臂顺直，轻轻地平放在她身体的两侧。

这段描写就具有很强的视觉性，并伴随着豆官大喊《上西天》歌谣的声音。这正是影视剧本所要求的视听性。

（二）造型的综合性

影视艺术既是视听艺术，更是一门综合艺术，需要依靠摄影、灯光、建筑等多工种艺术合作完成，因此剧本作者也必须要有多门艺术的知识和素养，精确调动多种艺术来表现人物和主题，丰富艺术的表现力。张艺谋的《大红灯笼高高挂》就运用了多种艺术手法，如大院的建筑、阴冷的绘画式的色调、各种令人窒息的声响等。

（三）很强的镜头感

镜头是影视创作基本的表现单位，一般是由一个画面组成的，是由摄像机从开机到停机一次拍摄完成的。剧本创造虽然不要求一个镜头一个镜头地去写，但是在语言的把握上应当具有镜头感，这与上面我们所说的视听性与综合性是紧密相关的。镜头分类较多，比如按照景别，可分为远景、近景、中景、全景、特写等，根据镜头与被拍摄物的角度，可分为平视、仰视、俯视镜头等。

（四）蒙太奇创作手法的运用

蒙太奇（montage）来自法语，原义为建筑学上的构成、装配，借用到电影艺术中有组接、构成之意，是指一个个镜头、场面、片段的剪辑与组合。蒙太奇是影视艺术处理素材的特殊方法，也是影视创作的思维方式，更是导演的创作方式。蒙太奇有平行蒙太奇、交叉蒙太奇、对比蒙太奇、比喻蒙太奇等多种形式。

平行蒙太奇是指两条或两条以上的叙事线索在不同的时空平行地向前发展，而统一在同一个情节中。交叉蒙太奇是在同一时间不同空间内容的镜头频繁交替组接在一起，造成惊险或紧张的戏剧效果。对比蒙太奇是指两条叙事线索通过交替切换从而形成一种对比关系。比喻蒙太奇是指两个或两个以上的镜头并列，使后一个镜头与前一个镜头形成比喻关系。蒙太奇是影视艺术中重要的表现手段，但也不可喧宾夺主，单纯为求艺术的新奇效果而忽视影视整个主题的表达也是不对的。

二、影视剧本的创作

影视剧本的创作过程与文学创作过程在本质上是一致的，都需要素材的积累，需要灵感的突显，需要精心的构思，乃至不断修改。在这里，我们主要分析影视剧本创作中最为普遍的分场景剧本的写作。

(一) 格式

我们先看菲尔德在《电影剧本写作基础》中所举的一个“正确的、当代的、专业的电影剧本形式”：

(1) 外景·亚利桑那沙漠·日景

(2) 灼热的骄阳照在大地上，一望无际的荒漠。远处，一辆吉普车穿过原野，卷起一团尘雾。

(3) 运动摄影

吉普车在艾灌丛和仙人掌中急驰。

(4) 内景·吉普车内——主要表现乔·查科

(5) 乔莽撞地开着车。吉尔坐在他身边。她是个媚人的二十岁姑娘。

(6) 吉尔

(7)（喊着）

(8) 有多远呀?

乔

大概两个小时吧，你怎么样?

(9) 吉尔疲倦地微笑着。

吉尔

我能坚持到。

(10) 忽然，马达突突作响，他们担心地相互望着。

（11）切至：[1]

菲尔德对此做了具体的说明，比如第一行是一般的或具体的故事发生地点。第二行介绍人物、地点和动作。第三行指明摄影机焦点的变化。以下依次有场景的说明、人物对话、音响效果和音乐效果等。菲尔德说明得很详细，甚至包括空行、空格，以及何时用黑体、何时居中、如何换行等，要求得很细致。从中也可以看出西方对电影剧本写作格式上要求之严格。在国内，格式要求不是这么严格，但一些基本的格式还是必须要掌握的。影视剧本一般包括以下几项内容：（1）片名、作者；（2）人物介绍；（3）场景的标头及正文；（4）必要的提示等。片名一般居中，字号大一些，黑体。人物介绍要简洁，包括人物姓名、年龄、职业、性格特征等。场景的标头按顺序一般包括场景号、场景的地点、场景的时间、内外景等。提示内容包括特殊的声音、音效、画外音等。

（二）人物与情节

人物是影片实现主题的核心要素，人物创作有两种。一种是先有了想法，然后按照这种想法去创造人物。“三个家伙打算去抢曼哈顿银行”就是这种例子。你先有个想法，然后把人物“装”进去。另一种办法是创作一个人物，从人物身上会产生需求、动作和故事。《艾丽丝不再住在这里》中的艾丽丝就是这种例子。[2]《离开雷锋的日子》也是这样的。

影视中的人物显然不是一个，因此就必须确定主要人物（主角）和次要人物、陪衬人物，以及人物之间的关系，这是表达主题非常重要的。但要注意的是，切不可为了突出主要人物的某种性格或品质而故意降低或贬低作为主角对手的次要人物，这往往会适得其反，并不能真正衬托出主要人物的高大。次要人物，甚至反面人物，同样需要塑造得生动形象，要真正可以衬托主角。

（三）场景

场景是剧情发展的构成单位，分场景剧本就是以不同场景作为分隔单元的剧本。这也是导演分镜头拍摄的基础。在电影剧本中，每一段情节、每一个动作，都必须落实到一个个的场景中去，这才能够符合拍摄工作的要求。因此电影剧本必须以分场景的形式来写。在这种剧本中，每个场景前面一般都会有场景的标头，标注场景的大致时间、地点、内外景别等，有的标头甚至还有场景的序列号，以及在该场戏中出场的人物等。分场景剧本是目前影视界比较普遍和规范的剧本格式。如电影《卡萨布兰卡》的分场景剧本：

白天——市内。古老的摩尔人区。

天空衬托下的塔楼、屋顶。远处是迷蒙的天际。

先是摩尔式建筑的正面。然后出现了狭窄、弯曲、拥挤不堪的土著街区。在炎炎赤日下，这沙漠地带是一派死气沉沉的景象。一切活动都是懒洋洋、慢吞吞、无声无息的……[3]

---

① 菲尔德．电影剧本写作基础．鲍玉珩，钟大丰，译．北京：中国文联出版公司，1985：161－162.

② 菲尔德．电影剧本写作基础．鲍玉珩，钟大丰，译．北京：中国文联出版公司，1985：39.

③ 《译林》编辑部．奥斯卡奖电影剧本选．南京：江苏人民出版社，1983：114.

迄今为止，各个国家编剧们对分场景的写作形式是一直共同遵循的。写分场景梗概，就是要求按照电影剧本的这种特殊表现形式，将详细故事梗概中的内容分解落实到具体的场景中去，在每个场景单元中写清楚它所包含的事件或动作的梗概，为进一步将其更具体地写成剧本打好基础。

分场景梗概的写法，从表现技术上讲并不难掌握。但实际上事情并不是那么简单，因为分场景梗概要解决的更重要的问题，是剧作神韵的传达。这就要求在看似简单的场景的切分与衔接中，包含着对诸如动作、情感、结构、节奏、视听效果等种种艺术因素的综合处理。假如不包含这些，分场景梗概就只会是一个毫无艺术神采的干枯的故事分解体，对下一步正式的剧本写作起不到有效的引导作用。一个编剧对电影艺术创作规律的驾驭水平以及对电影美学的理解程度，在此时起着很重要的作用。

确定了分场景梗概，便可以进入剧本的正式写作阶段了。剧本的正式写作，实质上就是将分场景梗概具体化，这当然需要严格遵守写作格式。[①]

相关知识

影视剧本一般有三种类型，文学型剧本、分场景剧本和分镜头剧本。文学型剧本在格式外观上与传统的小说差不多，因此导演要拿来拍摄电影必须进行转换，或者转换成分场景剧本，或者转换成分镜头剧本。分场景剧本就是以不同场景作为分隔单元的剧本。在这种剧本中，每个场景前面一般都会有场景的标头，标注场景的大致时间、地点、内外景别等，有的标头甚至还有场景的序列号，以及在该场戏中出场的人物等。分场景剧本是目前影视界使用比较普遍和规范的剧本。分镜头剧本又称“导演剧本”，即导演拍摄的脚本。这种剧本将影片的文学内容分切成一系列可以摄制的镜头，以供现场拍摄使用。分镜头剧本通常是以一个或一组镜头作为一个单元进行叙事的。这种剧本语言简练，往往都标有镜头序号。

【本章概要】

剧本是一种与诗歌、小说、散文并列的文学体裁，中西方戏剧剧本都有着悠久的历史。戏剧剧本的发展与社会变迁紧密相关，与戏剧理论的发展也有着密切的关系。比如古希腊亚里士多德的戏剧理论、以“三一律”为准绳的新古典主义戏剧理论、现实主义的戏剧理论以及现代派的戏剧理论等，都对戏剧剧本的创作带来深远的影响。尤其是19世纪末期以来，由于受到现代哲学、现代心理学的影响，出现了诸如象征主义、表现主义、未来主义、超现实主义、存在主义、荒诞派等戏剧剧本，这些对推动戏剧发展具有重要意义。中国戏剧既是整个世界戏剧的一部分，也具有中国自身的传统，如中国的戏曲艺术。如何在借鉴西方戏剧创作的基础上，融合中国自身的戏曲创作传统，创作出富有中国民族特色的戏剧，是中国戏剧创作需要深入探索的。戏剧剧本的创作在根本上是一种文学创作、艺术创作，但其本身的特殊性又使其不同于一般的文学创作。它是一门强调动作的艺术，要靠人物的语言和行动来表现思想主题；它受时空的限制，不可能无限制地想象和发挥；它是一门综合性艺术，需要音乐、美术等相互配合。影视剧本虽然也是戏剧剧本的一种，但它有其本身独特的特点，比如蒙太奇的表现手法，而且影视剧本创作更要求格式的规范，这些都是我们需要注意的。

---

① 丁牧．电影剧本创作入门．北京：中国广播电视出版社，1999：46－51．

【本章关键词】

剧本：一种以代言体方式为主、表现故事情节的文学样式，是戏剧演出的文字依据。虽然大部分剧本是为演出而创作的，但有的剧本创作并不以演出为目的，或者其本身并不适合演出，而是主要追求其文学性，这种剧本往往被称为“案头剧”或“书斋剧”。

“脚本”（或“台本”）：是戏剧导演在原创剧本的基础上，为了更好地演出而对剧本进行适当处理之后的演出本，往往比剧本更为细致，更具有演出指导性。但脚本或台本一般不会改变原剧本的思想内涵和艺术精神。

戏剧性：是以日常生活中的矛盾冲突为根源，以一系列紧张性的事件为表现形态，最终给剧中人物乃至观众带来强烈的情感反应，推动剧情发展的一种审美效果。

蒙太奇：来自法语，原义为建筑学上的构成、装配，借用到电影艺术中有组接、构成之意，是指一个个镜头、场面、片段的剪辑与组合。蒙太奇是影视艺术处理素材的特殊方法，也是影视创作的思维方式，更是导演的创作方式。蒙太奇有平行蒙太奇、交叉蒙太奇、对比蒙太奇、比喻蒙太奇等多种形式。

镜头：是影视创作基本的表现单位，一般是由一个画面组成的，是由摄像机从开机到停机一次拍摄完成的。

【推荐阅读】

亚里士多德，贺拉斯．诗学·诗艺．北京：人民文学出版社，1962.

弗莱塔克．论戏剧情节．张玉书，译．上海：上海译文出版社，1981.

普菲斯特．戏剧理论与戏剧分析．周靖波，李安定，译．北京：北京广播学院出版社，2004.

劳逊．戏剧与电影的剧作理论与技巧．邵牧君，等译．北京：中国电影出版社，1961.

贝克．戏剧技巧．余上沅，译．北京：中国戏剧出版社，1985.

河竹登志夫．戏剧概论．陈秋峰，等译．北京：中国戏剧出版社，1983.

尼柯尔．西欧戏剧理论．徐士瑚，译．北京：中国戏剧出版社，1985.

菲尔德．电影剧本写作基础．鲍玉珩，钟大丰，译．北京：中国文联出版公司，1985.

王国维．宋元戏曲史．上海：上海古籍出版社，2011.

顾仲彝．编剧理论与技巧．北京：中国戏剧出版社，1981.

谭霈生，路海波．话剧艺术概论．北京：中国戏剧出版社，1986.

谭霈生．论戏剧性．北京：北京大学出版社，1984.

张先，等．戏剧艺术．桂林：广西师范大学出版社，2005.

【思考题】

1. 简述中西方戏剧剧本的发展历程。
2. 理解戏剧剧本的定义及构成。
3. 与小说相比，戏剧剧本有何特点？举例说明。
4. 理解剧本的分类及其特点。
5. 如何进行戏剧剧本及影视剧本的创作？
6. 了解影视剧本的特点。

第二编

文学生成

在文学生成过程中，主要涉及文学语言、文学才能、文学境界、文学思潮这样几个关键问题，本编的内容即是对这几个关键问题的探讨。文学语言，是构成文学作品的基本要素，因此，只有首先从语言入手，深入辨析文学语言与一般语言的区别，才能使我们更为清楚地认识文学艺术的特点，亦会有助于作家提高创作水平。文学创作，是一种艺术创造活动，需要作家具备独特的艺术感悟、艺术想象及艺术表现能力；同时也是一种精神生产活动，作品的价值高低，与其达到的境界有关。因此，文学才能、文学境界，自然应是我们研究文学创作奥妙的重点。在文学生成与发展过程中，往往会形成某种时代性的文学思潮，这类思潮，会激发作家的创作活力，促进文学创作的繁荣，因而，对文学思潮的研究，也应进一步加强。

第五章

文学语言

文学是一种“语言艺术”，语言既是文学文本的具体存在形式，也是整个文学活动得以存在的基础和依据。作家的创作以文学语言的生成作为直接目标，读者的接受则以文学语言的存在作为展开的前提，文学语言也是人们进行文学研究的最为稳定可靠的基础。离开了语言，人类的文学活动以及对文学活动的认识都将陷于虚空。对文学语言的地位、特征、结构和风格进行说明，是我们这一章的主要内容。

第一节
文学语言的地位

无论是一首诗，还是一篇小说，首先呈现在我们眼前的就是它的语言。语言是我们感受文学时的“第一遭遇”，也是作家进行创作的“第一经历”。语言不仅是作家塑造艺术形象、表现审美意识的物质媒介，也是文学得以存在的基础和依据，是构成文学活动的“第一要素”。

但长期以来，人们并没有充分认识到语言在文学活动中的重要地位，而往往简单化地将语言视为文学活动的手段、工具、媒介或载体，或视作相对于内容来说不那么重要的形式。我们知道，工具再重要，也重要不过使用工具达到的“目的”；“载体”再重要，也重要不过通过“载体”所表达的东西。文学语言的重要地位在“工具论”“载体论”的视野中是不可能得到充分认识的。20世纪以来，西方哲学领域发生的“语言学转向”，从根本上更新了人们的语言观念，使语言由原来的思想工具，变成了思想的“本体”。哲学领域中语言观念的变革，直接影响到文学观念和文学研究方式的变革。在20世纪以来的西方文论思想中，也出现了一种“语言本体论”。在这种“本体论”的视野中，文学作品的语言不再是模仿世界或表现情感的“工具”，或负载作品之外的更为重要的东西的“媒介”或“载体”，而是文学活动的本体，是文学作品本身，它具有独立自主的存在、价值和目的。文学研究因此也应立足于文学作品的语言，致力于发现使文学成为文学的东西，或潜藏于语言形式中的更为深层的意义。在这种观念的影响下，无论是中国当代的文论界还是文学界，也都开始了对传统“工具论”“载体论”的反思，空前注意到了文学语言的重要性。如当代作家汪曾祺就明确强调说：“语言不仅是形式，也是内容”；“语言不只是载体，也是本体”①；“语言应该提高到内容的高度来认识……语言是小说的本体，不是附加的、可有可无的。从这个意义上说，写小说就是写语言”②。

但从总体上来看，国内学界对于文学语言的关注仍不够充分，不少学者仍未能充分意识到语言对于文学活动的重要意义。也有一些学者错误地以为，新的“文化转向”思潮的到来，标志着与“语言学转向”相关的对文学语言的重视已经成为历史。殊不知，文学语言在文学活动中的地位，从根本上说，与“语言学转向”之类哲学思潮并无什么必然关联，而是由语言本身的性质和地位决定的。我们知道，语言既是最基本的文化载体，又是最基本的文化现象；既是构成文学的最基本元素，又是文学最直接的存在方式。文学、文化以至我们的存在无论什么时候都摆脱不开与语言的关系。关于这一点，我们的古人早有认识。如《尚书·尧典》中就有“诗言志，歌永言”的命题，突出强调了诗与言的关系。这一观念也铭刻在“诗”这一汉字的构字法之中。“诗”古文作“詩”，也可作“誌”。拆开来看，“诗”（“誌”）也就是由“言”和“志”构成。而中国古代在探讨“诗”“文”为何物这一问题时，遵循的也正是这种从“心”到

---

① 汪曾祺．语言·思想·结构//汪曾祺全集：第6卷．北京：北京师范大学出版社，1998：74.

② 汪曾祺．中国文学的语言问题//汪曾祺全集：第4卷．北京：北京师范大学出版社，1998：217.

“言”再到“诗”（“文”）的思路。《毛诗序》中有言：“在心为志，发言为诗。”刘勰在《文心雕龙·原道》中说：“心生而言立，言立而文明。”朱熹说：“诗者，人心之感物而形于言之余也”（《诗集传序》）。这诸种看法都表明了“语言”是诗文得以“成”“立”的根据。

正是依据文学语言与文学活动之间不可分割的内在关联，我们可进一步得出以下认识：语言，虽是文学活动赖以存在的物质基础，虽具有传达作家思想情感的媒介性，但绝不是外在于文学的工具，而是文学活动的直接现实，它与作家的思想情感一起构成了文学的血肉之躯；语言，本身就是作家所创造的审美世界的一部分，而非“得意”后就可忘掉或就能忘掉的东西，正如钱锺书先生所说的，在诗歌中“得意不能忘言”，“诗也者，有象之言，依象以成言；舍象忘言，是无诗矣，变象易言，是别为一诗甚且非诗矣”①。

相关知识

20世纪初，瑞士语言学家索绪尔把人类的语言活动区分为“语言”和“言语”两个层面。所谓“语言”是指由词汇和语法组成的社会性的结构和规则系统，“言语”则是个人对“语言”的具体使用。索绪尔之后的结构主义尤其是后结构主义者认为，“语言”与“言语”并非界限分明，二者之间存在着交融和“回流”。对这种交融和“回流”现象，人们有时用另一个概念“话语”来称呼。这样，当代文学理论在描述语言现象时，就有三个概念：“语言”“言语”和“话语”。概括起来说，“语言”侧重的是语言系统或语言结构，“言语”侧重的是个人的言语行为和言语活动，“话语”侧重的则是个人运用语言的结果或产物。“话语”作为个人运用语言的结果，是语言的实际存在形态。由此观之，文学语言作为作家运用语言的结果，实际上是以具体的话语形态存在的，可以称为“文学话语”。为了理解问题的方便，我们这里仍沿用“文学语言”这一习惯用语。

第二节
文学语言的特征

同样是语言形态的存在，文学作品之所以不同于其他类型的文章，重要原因之一是：文学语言既不同于科学语言，也与日常的说话不同，它是作家通过对语言的创造性、个体性使用，充分调动语言的一切审美潜力创造出来的一种特殊的语言系统。其特殊性主要表现在以下几个方面。

一、文学语言的情感性

英国“新批评派”的代表人物I.A.瑞恰兹，曾从不同的语言运用中概括出两种最基本的

---

① 钱锺书．管锥编：第1册．北京：中华书局，1979：12．

语言用途：一种是为了指称事实世界、引导真假判断使用语言；另一种是为了表现主观世界、激起某种情感态度使用语言。在瑞恰兹看来，科学语言主要是用于指称事实的，具有客观性；文学语言则主要是用于表现主观世界的，具有情感性。尽管这种划分有嫌笼统，但它对于说明文学语言与科学语言的基本区别还是很有启发意义的。我们知道，人类科学活动的最主要目的，在于获取关于客观世界的真理，科学语言也因此必须立足于客观世界，力求达到对外界态势的确切指谓和描述，而不能让主体的感情影响和歪曲客观事物的本来面目。但文学活动的主要目的不在于为人提供关于世界的客观知识，而是要表达人们对世界的审美感受和认识。文学语言尽管也要描写外在事物，但出现在文学语言中的一切事物，如日月星辰、山川草木，都已经不是客观的物理存在，而是一种主观化的情感“符号”。文学语言不是从纯然客体的角度来呈现这些事物的，而是从它对人的意义上，从它与主体的诗意情感关系上来加以表现的。如果那个事物没有对作家的心灵产生触动，不与作家的心理发生关联，它就不会进入作品之中。因此在文学作品中出现的所有现象，都受到了作者情绪的浸染，融入了作者的情感心理内容，是一种复杂的主客混融的情感心理存在物。这就是说，文学语言偏重于对语言的主观性运用，它主要不是指向外部世界的客观存在，而是要表现这种客观存在在主体的内心世界激起的主观感受和态度，它具有更强的与主观世界相关的情感性特征。

文学语言的情感性一方面体现在情感词汇的直接使用上，另一方面则通过具有情感色彩的文化语境和文本语境折射出来。李煜的“问君能有几多愁，恰似一江春水向东流”（《虞美人·春花秋月何时了》），李白的“抽刀断水水更流，举杯消愁愁更愁”（《宣州谢朓楼饯别校书叔云》），都是直接使用具有情感色彩的词如“愁”来抒情的。文学语言中虽然有许多词本身是没有情感色彩的，但由于这个词曾经被作为表现情感的符号来使用，这种情感化的使用方式又被后人竞相沿袭，围绕着这个词就形成了一种情感化的历史语境，这个词也就因此染上了情感色彩，具有了情感表现的特征。中国古典诗歌中的很多意象如“秋风”“落日”“浮云”“月”“水”等就属于这种情形。如在李白的“日色欲尽花含烟，月明如素愁不眠”（《长相思·其二》）中，在张继的“月落乌啼霜满天，江枫渔火对愁眠”（《枫桥夜泊》）中，“月”本身作为自然界的事物并没有情感性，但它作为诗歌中的一个意象，却经常与诗人的相思、怀乡和人生悲欢离合的情景联系在一起，以至于我们在文学语言中一看到它，就会感受到一种弥漫开来的凄清愁绪，“月”也因此成为一个包含着丰富的心理内容的情感词语了。但在某些文学语言片段中，也可能既没有直接使用情感词汇，也没有使用具有历史积淀性的情感意象，但我们仍然可能从它的字里行间、从整体语境里体味出一种语言情绪。这是因为文学语言总是与作家的内在生命世界相联系。就是那些所谓的“零度写作”，也不能从根本上违背文学语言是一种“情感符号”的规律。

二、文学语言的内指性

文学活动作为人类的一种特殊的精神活动，既具有情感性，也具有虚构和想象的特征。无论是小说还是其他文学体裁，从根本上说都既是与人的情感世界，也是与一个虚构、想象的世界打交道的。作为一种情感活动，文学语言是按照艺术世界的诗意情感逻辑自主构造的，作为想象和虚构的活动，文学语言又是在想象和虚构的层面上自主运作的。尽管文学语言与现实世界在根本上存在着深刻的关联，但文学语言作为一种情感性、想象性话语却可以超越对象世界的真实性和逻辑必然性的限制，与外在的客观世界不存在一一对应关系。人们也不能用对象世界的事理逻辑去判断文学语言指称的真假，文学语言指向的是文学语言所构筑的艺术世界自身。如按事理逻辑，韩愈的这样一首诗——“草树知春不久归，百般红紫斗芳菲。杨花榆荚无才思，惟解漫天作雪飞”（《晚春二首·其一》）是不可思议的，“草树”是没有意识的，也就不可能“知春”，更说不上“斗芳菲”，“杨花榆荚”也无所谓“才思”，但这却是一首动人的好诗。在这样的文学作品中，文学语言就像一个自我指称的“反身代词”，它有时并不需要求助于外界而可以自行证明自己。文学语言这种不假外求的自我指涉性，就是文学语言的内指性或自指性（self-reference）。瑞恰兹把文学语言视作一种“伪陈述”，雅各布森认为文学语言具有“非指称性”，巴特强调文学写作的“不及物性”，实际上都是在谈论文学语言的“内指性”。

正因为文学语言具有内指性，所以我们不能指望在现实世界中发现艺术世界中出现的一切，也不能用现实世界的逻辑衡量艺术世界的逻辑。在现实的指称性语言中，判断语言的真假，一是要看语言指涉的对象是不是现实世界中的真实存在，二是要看语言的组织方式是不是合乎现实世界的逻辑。如果这两点都为“是”的话，一段话或一句话就是“真”的，否则就是“错”的、“假”的。但文学语言并不是这样的逻辑命题，也是不能如此从外部加以判断的。如在现实世界中，人的白发再长也长不过“三千丈”，人的能量再大也不能“把全宇宙来吞了”，但李白在《秋浦歌》中可以说“白发三千丈，缘愁似个长”，郭沫若在《天狗》中可以说“我是一条天狗”，“我把全宇宙来吞了”。这些极度夸张的语句，并不能因为它们与客观事实或与客观逻辑不符而受到人们的指责，相反，它们因为符合情感和想象逻辑，以及与文学语言所构筑的那个艺术世界的整体氛围和情境相统一，从而充满诗意的真实和魅力。

同时，正因为文学语言具有内指性，所以有时候文学不仅可以超越一切现实的真值标准，还可以超越一切现实的外在目的，而单纯靠把人们的目光吸引到文学作品中的表达形式而获得自身的存在价值。对于文学语言的这一特征，法国象征主义诗人瓦雷里早就用“走路”与“跳舞”的比喻进行过说明。他说：“走路像散文一样，有一个明确的目的。这个行为的目标是我们所希望达到的某处地方”，“跳舞完全是另一回事”，“跳舞并不是要跳到哪里去”，“跳舞是一套动作，但是这套动作本身就是目的”①。也许正是受到瓦雷里的影响，俄国形式主义者什克洛夫斯基也曾使用“走路”与“舞蹈”来区分“散文”与“诗”的艺术，比喻性地说明文学语言的这种内指性。根据这种观点，一首诗，如果借助一定手法让自身的语言得到极端地突出，使得读者不能不为它的表达形式所吸引的话，那么即使不知道它指称了什么样的实在，也不知道它表现了什么样的情感，它仍可能具有较高的文学价值。如杜甫的诗句“香稻啄余鹦鹉粒，碧梧栖老凤凰枝”，这种奇特的表达方式对于表意或许没有太大意义，以至于有人说它“藻绣太过，肌肤太肥，造语牵率而情不接，结响奏合而意未调”②，但这独特的句式本身就具有艺术吸引力，就自具文学价值。

---

① 伍蠡甫，主编．现代西方文论选．朱光潜，译．上海：上海译文出版社，1983：35－36.

② 仇兆鳌，注．杜诗详注．北京：中华书局，1979：1499.

三、文学语言的陌生化

如果说文学语言主要不是指向外在世界和外在目的，而是指向它自身的艺术世界和语言表达，那么它必须以不同寻常的形式才能实现这一功能。这种不同寻常，被俄国形式主义者命名为“陌生化”(de-familiarize)。“陌生化”，作为一个艺术范畴最早出现在德国戏剧家布莱希特的戏剧理论中，作为描述文学语言特质的术语，则是由俄国形式主义者什克洛夫斯基首先提出的。在什克洛夫斯基看来，文学语言的“陌生化”是与普通语言的“自动化”相对立的。所谓“自动化”语言，是指那种由于反复使用而习惯化，再也引不起人们注意的过分熟悉的语言。“陌生化”的语言，是指那种力求通过对语言新奇地、反常地使用，以唤起对世界的新奇感受的语言。就像什克洛夫斯基所说的：“那种被称为艺术的东西的存在，正是为了唤回人对生活的感受，使人感受到事物，使石头更成其为石头……”艺术的手法就是事物反常化的手法，是把形式复杂化以增加审美感知的困难和时限的手法。[①]

在文学语言中，陌生化的手法是多种多样的。首先，作家既可以通过一种语言的“倒退”程序，从而给习见的事物以不习见的称谓；也可以通过词语活用、隐喻象征等修辞手法，赋予寻常的语词以不寻常的含义。我们知道，在语言的常规使用中，人们往往都是使用现成的语词来表达现成的意义，如用“月亮”来表达月亮，用“太阳”来表达太阳。但在文学创作中，作家却往往放弃已有事物的现有名称，为这个事物重新寻找一个语词或从初见者的角度加以描述；或者打破这个词语的固有意义，给它派上一种新的用法。如莫言在他的小说中，就往往不直呼事物的名称，而是描绘事物，而且他在描绘这一事物时，所使用的也不是人们通常会使用的语词。如在《丰乳肥臀》中，他不把天使直接称为“天使”，而是说教堂“墙上悬挂着一些因为年久而丧失了色彩的油画，画上画着一些光屁股的小孩，他们都生着肉翅膀，胖得像红皮大地瓜”。他也不把基督耶稣直呼为“基督耶稣”，而是说：“教堂尽头，是一个砖砌的台子，台子上吊着一个用沉重坚硬的枣木雕成的光腚男人，由于雕刻技术太差，或者由于枣木质地太硬，所以这吊着的男人基本上不像人。后来我知道这根枣木就是我们的基督耶稣，一个了不起的大英雄、大善人。”在《红高粱家族》中，他这样描写人物相貌：“父亲眉毛短促，嘴唇单薄。”“吼叫的人三十出头，面孔像刀削的一样，皮肤焦黄，下巴漫长。”当读者看到这种新奇的说法和描述时，就会产生一种特别的未曾有过的体验事物的陌生化的感觉。

其次，作家还可以运用反讽、悖论等修辞方式，或通过语序倒置、成分省略、异常搭配等违反思维逻辑和语法常规的语言组合，对正常语言进行有组织的扭曲，从而达到一种陌生化的效果。我们知道，在普通话语中，人们必须按照一定的语法规则和思维逻辑组织句子。而在文学语言的组合中，这种思维逻辑和语法规范常常被打破。如鲁迅在他的《野草·墓碣文》中说：“于浩歌狂热之际中寒；于天上看见深渊。于一切眼中看见无所有；于无所希望中得救。”郭沫若在《凤凰涅槃》中写道：“一切的一，芬芳。/一的一切，芬芳。/芬芳便是你，芬芳便是我。/芬芳便是他，芬芳便是火。”以上所引语句，既不避免矛盾，也不忌讳同语反复，让人

---

① 什克洛夫斯基．作为手法的艺术//俄国形式主义文论选．方珊，等译．北京：三联书店，1989：6.

看到的是一组打破思维逻辑和语法常规的反常的、陌生化的语言组合。

另外，在叙事性作品中，作家还时常通过独特的叙事视角等手法达到一种多重的陌生化效果。如日本作家夏目漱石在长篇小说《我是猫》中，以一只猫的视角，描写了日俄战争之后日本中小资产阶级的生活状况；中国当代作家方方在中篇小说《风景》中，以一个死去的孩子的视角，展现了新中国成立后汉口下层平民的真实生存图景。这类叙述视角本身，即可产生陌生化效果。通过陌生化方式呈现出来的看似“陌生”的东西实际上正是事物的原始形态或本来面目。这些本真的新鲜的经验，却往往在习惯化的语言中被压抑下去。

文学语言的陌生化，通过对正常语言的扭曲以引起人的注意，从而打破自动化语言在人心理上造成的麻木不仁的状态，更新人的感觉意识，这无论是对文学形式的创新还是对文学功能的实现，都具有不可忽视的意义。但文学语言的陌生化并不仅仅是为了展示语言自身并引起读者震惊，它也应服从于作者审美表现的目的。同时，陌生化运用也有个“度”的问题。如果“过度”陌生，令人难以接受，亦会影响作品的艺术效果。另外，还需注意的是，并非所有文学作品的语言都是以陌生化取胜的，有些作品的语言似乎并没有多少违反常规之处，却也别有一番清新自然的魅力。

理论辨析

20 世纪以来，随着“语言学转向”思潮的兴盛，在西方哲学语言观中出现了一种越来越明显的强调语言本身所固有的诗性、文学性或修辞性本质的诗化语言观倾向。按此语言观，文学语言与非文学语言也就没什么区别了。我们认为，这种诗化语言观既具有合理性，也存在明显偏颇。语言作为一种言语活动的确具有一种原初的诗性特征①，文学语言自然也不可能完全独立于人类的一般语言活动，但人类的语言活动毕竟又是存在重大差别的，否则，我们也就不会意识到存在各种不同的语言类型了。由于诗人、作家运用语言的目的不同，使用语言的方式不同，就其主导倾向来看，文学语言还是有别于其他语言类型的。

第三节 文学语言的结构

所谓文学语言的结构，也就是文学语言组织或构成的方式。文学语言的具体构成可以说是多种多样的，但从众多的构成方式中可以概括出两种最具典型性、普遍性的结构方式，那就是文学语言以“矛盾性”为原则的张力结构和以“同一性”为基础的可逆结构。

---

① 赵奎英．混沌的秩序——审美语言基本问题研究．广州：花城出版社，2003：36-56.

一、文学语言的张力结构

（一）张力结构的含义

“张力”一词本来是一个物理学中的概念，在美国“新批评派”理论家艾伦·退特把它作为描述诗歌特征的术语提出来之后，开始成为文学批评中一个常用词。1937 年退特在《论诗的张力》一文中说：“我们公认的许多好诗——还有我们忽视的一些好诗——具有某种共同的特点，我们可以为这种单一性质造一个名字，以更加透彻地理解这些诗。这种性质，我称之为‘张力’。”又说：“我提出张力（tension）这个名词。我不是把它当作一般比喻来使用这个名词的，而是作为一个特定名词，是把逻辑术语‘外延’（extension）和‘内涵’（intension）去掉前缀而形成的。我所说的诗的意义就是指它的张力，即我们在诗中所能发现的全部外展和内包的有机整体。”① “外延”和“内涵”本来是逻辑学中的术语，在逻辑学中，“一个词的外延就是这个词所适用的一切对象的种类，一个词的内涵就是这个词所适用的所有对象共同拥有的抽象属性的集合”②，但退特对此进行了化用。他把“外延”理解为一个文词或意象在字面上所指称的那个“真实”的外部对象（也称“字面意义”或“指称意义”），而把“内涵”理解为隐含在这个文词或意象内部的深层含义（也称“比喻意义”“情感意义”或“联想意义”）。如在李白的《静夜思》中，“明月”这一意象的外延就是外部世界中那个真实的月亮，“明月”的内涵就是由明月这一特定事物所激发出来的隐含在明月这一意象中的种种思乡情绪。在退特看来，一首好诗，不仅要有丰富的、深远的内涵或比喻意义，而且要有坚实的、逻辑的能够参与诗意生成而不能被其比喻意义取消掉的外延或字面意义，并且共同存在的内涵义与外延义之间还应有一种差异、矛盾、冲突或距离。而一首诗的张力正是由这两个意义层面间的差异、矛盾、冲突或距离造成的。由此可见，退特的张力概念突出的是存在于外延和内涵之间亦即字面意义与比喻意义之间的矛盾、冲突、对立或差异的复杂紧张关系。但退特同时还强调这种复杂紧张关系是共存于一个“有机整体”之中的。

在退特创造性地提出这一术语之后，“张力”在文学理论和批评中开始广为应用，但其含义已不局限于退特最初使用时的含义，而是成为“诗歌内部各矛盾因素对立统一现象的总称”③。在今天，张力概念进一步泛化，已不仅仅被用于描述诗歌的特征，亦被用来描述一切文学种类在语言、结构、情境等诸方面所存在的相互联系的对立、矛盾或冲突的特征。如《现代西方文学批评术语词典》中说：“一般而论，凡是存在着对立而又相互联系的力量、冲动和意义的地方都存在着张力。”所谓张力就是“互补物、相反物和对立物之间的冲突或摩擦”④。

我们这里是以一种相对折中的思路，即既吸纳当今文学理论界对于张力概念的宽泛理解，又仍然以退特的最初使用作为基本的参照依据来使用张力一词，用以描述文学语言最重要的结构规律之

---

① 赵毅衡，编选．“新批评”文集．北京：中国社会科学出版社，1988：109，116－117.

② M. H. Abrams. A Glossary of Literary Terms. seventh edition. Boston：Heinle & Heinle，1999：315－316.

③ 赵毅衡，编选．“新批评”文集．北京：中国社会科学出版社，1988：109.

④ 福勒，主编．现代西方文学批评术语词典．袁德成，译．朱通伯，校．成都：四川人民出版社，1987：280.

一。以这种思路来看，所谓文学语言的张力结构，也就是存在着相互联系的矛盾、冲突、对立或差距的文学语言结构，它存在于文学语言各个意义层面的复杂紧张关系之中。张力结构的生成具有复杂的原因，表现在语言形式上主要是反讽、悖论、隐喻、象征等修辞手法的使用。

(二) 张力结构与语言修辞

按照美国“新批评派”理论家克林斯·布鲁克思的解释，悖论是指诗语中一切相反相成、似是而非、包含着“重迭、差异、矛盾”的言论；反讽则是“语境对一个陈述语的明显歪曲”①。所谓“语境对一个陈述语的明显歪曲”实际上也就是指通过上下文表现出的语境意义与一句话的字面意义存在着明显差异。它也可以说是从整体语境中体现出来的“所言”与“所指”之间的冲突、错位与差距。根据这一定义，我们可以说杜甫《江汉》中的四句诗“落日心犹壮，秋风病欲苏。古来存老马，不必取长途”，即同时使用了悖论和反讽。因为从字面上看，“落日”是一个迟暮意象，它是与“心犹壮”对立的，“秋风”是一个肃杀凄凉的意象，它是与“病欲苏”不相称的，因此前两句可视作悖论语言。而“古来存老马”和“不必取长途”两句也构成自相矛盾的悖论关系，因为按照人们的通常理解，“老马识途”“老骥伏枥”都是与“长途”联系在一起的，但作者在这里却说“不必取长途”。联系上下文语境来看，这一句话显然又是“反讽”。因为“不必取长途”并非作者的本意，它不过是作者报国无门、不受重用的无奈叹息。因此“所言”与“所指”之间存在着反差和距离。“反讽”和“悖论”尽管存在着这样一些差别，但二者具有根本的相通之处，因为它们都以“矛盾性”为构成原则的。悖论是语言能指层也是字面上的自相矛盾，反讽则是所指层和语言能指层之间的冲突。但不管哪一种矛盾和冲突，都破坏了语符意指关系的确定性，拉开了能指与所指、用意与用语之间的距离，制造了意指的扩张，造成字面意义与语境意义之间奥妙无穷的张力，达到了激发读者的审美兴趣和在意义情感结构的层面上扩张审美空间的目的。

在各种语言修辞方式中，不仅反讽、悖论能够生成一种张力结构，隐喻以及象征也都具有生成张力结构的功能。虽然隐喻、象征与反讽、悖论不同，它们都以“同一性”为基础，但隐喻主要是基于主体“感觉”到的同一，在不同的事物之间建立新的联系，隐喻的两极，亦即“喻体”和“本体”之间并非相等的。隐喻的两极可能相距甚远，也可能相距较近，但不可能完全没有距离。而隐喻的魅力正在于以出其不意的想象力把相距甚远甚至相反的事物视作相同的东西组合在一起，亦即按照一种“远距原则”或“异质原则”形成一种“想象的隐喻”。对此，美国“新批评派”理论家维姆萨特指出：“在理解想象的隐喻时候，常要求我们考虑的不是B（喻体，vehicle）如何说明A（本体，tenor），而是当两者被放在一起并相互对照、相互说明时产生什么意义。强调之点可能在相似之处，也可能在相反之处，在于某种对比和矛盾。”“但不论在何种情况下，某种相似和区别的关系对于意义的无限辐射扩展，对于实体性和具体性都是必不可少的，隐喻也正因此而得到重视。”② 这正说明了好的隐喻能够创造出一个张力结构。

象征作为一种更具有稳定性、普遍性的隐喻，虽然有些比较固定的“寓言式”象征不如个体化的隐喻具有张力，但许多通过暗示和联想而实现的“非寓言式”象征，其张力效果却是明

---

① 赵毅衡，编选．“新批评”文集．北京：中国社会科学出版社，1988：320，335.

② 赵毅衡，编选．“新批评”文集．北京：中国社会科学出版社，1998：359.

显的。法国现代派作家加缪曾经说过："最难理解的莫过于一部象征的作品。一个象征总是超越它的使用者，并使它实际说出的东西要比它有意表达的东西更多。"① 象征性语言也因此给读者留下了更为广阔的想象空间和审美再造的余地，具有咀嚼不尽的"象外之象""言外之意"，也因此具有巨大的张力。

悖论、反讽和隐喻分别来看都是造成张力结构的修辞方式，但这些方式同时也可以结合起来形成一种"悖反隐喻"，产生张力效果。"悖反隐喻"把以"矛盾性"为原则的悖论、反讽结合进以"同一性"为基础的隐喻之中，具体说也就是把相互矛盾、反对或冲突的情感或思绪当作同一的东西组织在同一句、同一段或同一个篇章的隐喻之中。这样一来，情感或观念就会在对立的两极之间往复运动，恒定意义和终极价值就会被消解，用意和用语的距离就会被拉开，从而产生具有无限可能性的意义张力空间。如舒婷在《思念》中所写的："一幅色彩缤纷但缺乏线条的挂图/一题清纯然而无解的代数/一具独弦琴，拨动檐雨的念珠/一双达不到彼岸的桨橹。"从中可以看出，"挂图""代数""桨橹"等都是"思念"的隐喻，但我们发现每一个隐喻中几乎都包含着悖论式的矛盾，因为"挂图"色彩缤纷但缺乏线条，"代数"清纯然而无解，有"桨橹"却达不到彼岸。在这里几乎每一个肯定都包含了否定，每一个希望都预示了绝望，作者对所做的描绘不断地进行替换，在每一句中又来回摇摆，让人感到既被难以排解的思念笼罩，却又难以说出"思念"到底是什么。这正是悖反隐喻的张力效果。

悖论、反讽、隐喻等修辞手法不仅普遍存在于诗歌语言中，也被小说语言广泛运用。只是在面对小说语言时，我们不要仅仅以"词"或"句子"为单位，还应扩展到"情节段"，或深入作品整体所表现出来的思想观念之中，去发现事件与事件、观念与观念之间的悖论性和反讽性的矛盾、冲突或对立关系。某些作家也可能更倾向于运用反讽、悖论或隐喻的手法，但它并不仅仅是某一个作家作品的特有风格，而是文学语言从根本上就具有的特征。这也决定了张力结构具有某种普遍性。而这些修辞方式中所体现出的矛盾性也不仅仅是"我们与艺术作品的关系的特点"，它"也同样决定了我们与外部世界的关系，因为一件事物乃至整个世界都有某种自相矛盾之处"②。张力结构的生成因此也不仅仅是语言修辞的作用，它实际上根植于人的生存困境和内心矛盾之中。如杜甫的《江汉》诗之所以使用反讽和悖论，也正源于诗人想突破胸怀壮志却又报国无门的困境，想克服既要进取又要放弃、既自嘲又自负的内心矛盾，想找到自身在世界中的位置，获得内心平衡。但最终只能以反讽性的无奈叹息而告终。无法突破的生存困境和无法摆脱的内心矛盾，表现在语言上，就形成了一种充满矛盾和对立的张力结构。

二、文学语言的可逆结构

（一）可逆结构的含义

"可逆性"是与单向度性、不可逆性相对的。"可逆性"与"不可逆性"在文学理论中目前或许并不是一个常用术语，但在物理学、逻辑学、语言学以及日常生活中都会经常使用到。在

---

① 黄晋凯，等主编．象征主义·意象派．北京：中国人民大学出版社，1989：8.

② 詹姆逊．语言的牢笼．李自修，译．南昌：百花洲文艺出版社，1995：68.

日常生活中，我们时常会听人说“这条路是单行道，不可逆行”。所谓单行道，也就是只能沿着一个方向往前走，而不能往回倒的路。在物理学中，人们经常会谈论时间的不可逆性。在语言学中，索绪尔也曾谈论语言的不可逆性，认为语言是在时间过程中实现的，它具有“借自时间的特征：(a) 体现一个长度；(b) 这个长度只能在一个向度上测定：它是一条线”①。在逻辑学中，人们也会谈到命题的不可逆性。所谓不可逆的命题是指那种只能正推不能反推的命题。但我们发现，文学语言作为对语言的特殊使用，则打破了这种种不可逆性的限制，成为一种无论在形式结构上还是在意义上都具有可逆性的语言。②

文学语言结构的可逆性是指文学文本的语言在向前发展的维度中往往还内含着一个向后回返的维度，使得表面上看来向前延伸着的文本语言无论在形式上还是在语义上都不断地向起点回复。同时，由于语言的单向度性、不可逆性是“借自”不可逆时间的特征，可逆的语言则是与一种可逆的时间直接相关的。因此，语言结构上的可逆性归根结底是一种“时间逆流”。

我们知道，在现实世界中，谁也不可能让时光真正倒流，但对于文学家来说，人虽不能从根本上超越时间的那种单向度性，但却可以通过特殊的文学手法和语言策略，象征性地打破线性时间的不可逆性，创造出一种“时间逆流”，让时间具有一种“非时间性”。由于我们实质上是看不见时间的，因此也是看不见“时间逆流”的。时间总是通过时间之中的事物的变化流逝来显现，如果一种事物虽存在于时间之中，但它并不随着时间的流逝而流逝，而是针对吞噬一切，把一切都卷入生成变化、卷入短暂性之中的时间还能够反复出现、坚持到底、始终如一的话，那么时间对于它来说，也就停止了作用。因此，对于作家来说，他抗拒不可逆时间的法宝就是运用语言手段不断地“重复”在时间中出现的东西，这时时间虽在流淌，但时间已经丧失了时间的含义，成为一种非线性发展的、不断向原点返回的可逆的时间。与这种可逆的时间相关，便有了文学语言的“可逆结构”。可逆结构的生成同样具有复杂的原因，但直接看来主要是由“反复回环”的语言手段造成的。

（二）可逆结构与反复回环

所谓反复回环，就是相同或相似的语言要素或语言构成方式在文学文本中不断重复出现。在文本各处出现的反复，一般都会在开头和结尾出现，形成回环现象，“反复”和“回环”也因此经常被联系起来作为一种艺术手段来看。反复回环作为一种艺术手段，在小说、诗歌等各种类型的语言中都会经常见到。英国批评家布尔顿在《诗歌解剖》中说：“一旦开始讨论诗歌中的组合模式，我们就无时不在讨论重复。节奏、尾韵、头韵和内部和应都是声音的重复；但完整的词和词组的重复则既是理性形式也是感性形式的一部分。”③ 对于诗歌语言来说，声音、字词、语句等方面的重复都是非常普遍的，但诗歌语言的反复现象还不只是表现在个别的“字词”或“声音”上，也表现在整体性的语言结构形式方面。但不管是局部性反复还是整体性反复，都创造出一种不断回逆的时间，使得文学语言的结构具有可逆性特点。

试看《诗经》中的经典名篇《蒹葭》一诗的语言结构：

---

① 索绪尔．普通语言学教程．高名凯，译．北京：商务印书馆，1980：106.

② 赵奎英．试论文学语言的可逆性．文学评论，1996（3）.

③ 布尔顿．诗歌解剖．傅浩，译．北京：三联书店，1992：102.

蒹葭苍苍，白露为霜。所谓伊人，在水一方。溯洄从之，道阻且长。溯游从之，宛在水中央。//蒹葭萋萋，白露未晞。所谓伊人，在水之湄。溯洄从之，道阻且跻。溯游从之，宛在水中坻。//蒹葭采采，白露未已。所谓伊人，在水之涘。溯洄从之，道阻且右。溯游从之，宛在水中沚。

不难看出，这首诗在语言上的一个突出特点就是整体上运用了反复回环的手段。全诗共三章，每章前两句都以相似的景物描写也即以对清秋季节、漫无边际的蒹葭的描写起兴，反复渲染一种怅惘凄清的意境；每章后六句则都抒写诗人对隔水相望的“伊人”反复求索、渴慕追思的情景以及追寻而不得的无限怅惘之情。在这里，诗歌文本的语言无论如何向前发展，它都没有走出诗歌一开始设置的那个“原点”。也就是诗人无论怎样努力，无论是“溯游从之”还是“溯洄从之”，所谓“伊人”都在那个他永远不能抵达的可望而不可即的地方。

反复回环造成的可逆性结构，不仅普遍存在于中国古代诗歌语言中，也广泛存在于现当代诗歌语言中。如我国台湾著名诗人纪弦的《你的名字》，当代先锋派诗人韩冬的《你见过大海》，整首诗翻来覆去都是在说“你的名字”，“你见过大海”，可谓让那种可逆性结构得到极端突显。虽然可逆性结构在诗歌语言中更为突出，但它同时也是小说语言结构的特点。否则，就不会有叙事学中的那个专门术语——“话语反复”。“话语反复”是指在文本时间的发展中，对同一个事件的反复叙述。与此相连，还有“事件反复”。“事件反复”是指在故事时间的发展中，具有相同特征的某一类事件反复出现。故事时间是故事本身发生发展所经历的时间，文本时间则是指讲述故事的话语所占用的时间或篇幅。“事件反复”虽然属于故事内容的层面，但由于事件的反复出现最终也必然依赖于话语对它的反复讲述，因此也可把它归入广义的“话语反复”中。同时，不管是哪种反复，都创造出一种可逆的时间，都使得在文本时间的延进中，事件和话语并不向前发展而是向起点回返，从而使小说语言的结构具有一种可逆性特点。只是在理解小说语言的可逆性结构时，我们也不能仅仅停留在“词”或“句子”之间的关系上，也需要上升到更大的语言单位，上升到语段与语段之间的安排。当我们上升到语段时就会发现，各类叙事作品的语言都会使用到话语反复，只是使用的程度不同。

话语反复的现象在西方现代、后现代派小说中表现得极为明显。如美国现代派作家福克纳在其《押沙龙！押沙龙!》中，对主要事件亨利·萨特彭谋杀查尔斯·鲍恩，共叙述了三十九次；在其《喧哗与骚动》中，则对凯蒂母女的悲剧这一核心事件，从班吉、昆丁、杰生以及作者四个不同的角度进行了反复讲述。西方传统小说与中国现当代的现实主义小说实际上也经常使用话语反复。如陈忠实承继现实主义传统的长篇力作《白鹿原》，就对“白鹿原”的传说进行了多次讲述。

中国传统小说则更是普遍使用话语反复的手段。其对话语反复的使用表现在“大结构”和“细结构”两个层面。从“大结构”上来看，中国传统小说比较普遍地存在着“首尾大照应”。如《三国演义》起首时写道“话说天下大势，分久必合，合久必分”，小说临末再次提到“此所谓‘天下大势，合久必分，分久必合’”。《红楼梦》第一回讲述《石头记》的由来，提到空空道人路过青埂峰下，最末一回，再次提到“这一日空空道人又从青埂峰前经过，见那补天未用之石仍在那里，上面的字迹依然如旧”，复加了一段“收缘结果”的话头。这样一来，叙事话语在结构上便呈现出一种“返本还原”的特点。从“细结构”即从段落与段落之间的细部关系来看，中国传统小说这一段落与那一段落之间往往不是以连续性取胜，而是更多地体现出一种相似性和类同性。如《西游记》中唐僧师徒在去西天取经“走”的过程中，经历了具有“类同性”的九九八十一难，一路上为非作歹的种种妖魔鬼怪和为孙悟空师徒排疑解难的各方神仙，总是按照一定的路数在大同小异的地点和时机反复出现。而《三国演义》《水浒传》《红楼梦》等小说中也都包含着形形色色的“重复”。也难怪美国汉学家浦安迪把“反复”看成是中国古典小说章法的“不二法门”了。正是存在于这两种结构层面上的“反复”，使得中国传统叙事作品的语言具有明显的不断向原点回返的、“一部如一句”（毛宗岗语）的可逆性结构。

文学语言的可逆性结构虽然直接表现为语言形式上的反复回环，具有把错综复杂的文学因素统一起来并加强表达效果的美学功能，但它的生成还具有更深层次的原因。那就是作者之所以使用反复回环的方式，不断地“重复”本来处于时间过程中的某种东西，或者不断地回到过去的某个起点，是因为那种东西那个起点，一定俘获或占据了他的意识，对他来说具有不同寻常的、永恒不变的意义。因此我们可以说，促使可逆性结构生成的深层原因是作者在某种“瞬间意识”支配下的、对某种具有“同一性”的恒定意义的执着追求。如在《喧哗与骚动》中，终身处在“南方神话”影响之下的福克纳之所以对凯蒂母女的悲剧进行反复讲述，原因之一乃在于《喧哗与骚动》反映的是美国南方庄园主康普生家族逐渐走向衰落的历史，而凯蒂身上则集中体现了康普生家族衰落的社会内容。在这里，凯蒂作为失去的美好过去的象征，占据着作者灵魂的腹地，对于他具有永恒的意义。于是，话语反复作为抗拒时间进程的有力武器，试图捉住某种永恒的东西，试图让某些已逝的东西“回来”，把某些易逝的东西“留住”。

深度思考

对于文学语言的结构，还可以俄国形式主义者雅各布森的“隐喻”与“换喻”的两极性理论作进一步的分析。雅各布森认为，索绪尔提出的语言的两种关系又称两轴，共时性的“纵聚合轴”和历时性的“横组合轴”，与语言的两种基本修辞方式“隐喻”和“换喻”具有对应关系。因为“隐喻”与“纵聚合轴”都是以“相似性”（包括相反）为结构原则的，“换喻”与“横组合轴”则是按照“邻近性”（包括语法和语义上的邻近）组织起来的。雅各布森指出，在正常的言语活动中，隐喻和换喻同时发挥作用。但在不同文化模式、不同风格、不同种类的语言艺术形式中，一方往往取得了对另一方的优势。他认为诗歌语言主要是“隐喻”的，因为“诗歌的功能把等值原则从选择轴投射到组合轴”①。语义的相似或相悖，音韵的相同或相近，语法功能的相同等，都是“等值”的表现。按照这种观点，文学语言中以“矛盾性”为原则的张力结构和以“同一性”为基础的可逆结构，从总体上看都属于那种共时性的、空间化的诗性“隐喻结构”。虽然与诗歌语言相比，小说语言更具有“换喻性”特征，但若把小说语言纳入文学语言的范围与非文学语言相比，显然它又具有更强的“隐喻性”。而那些更具隐喻性的小说也可以说更具有“诗性”特征。

---

① Jakobson，Roman. Language in Literature. Cambridge：Harvard University Press，1987：71.

第四节
文学语言的风格

文学语言风格的形成，是一个作家的语言运用达到成熟的标志。从外延来看，文学语言的风格，虽不同于一般所说的文学风格，但由于文学风格天然具有的语言特质，二者在内涵上是一体相通的。

一、文学风格与文学语言的风格

“风格”（style）一词源于希腊文，后由希腊文传入拉丁文，最后从拉丁文又传入其他语种。“Style”的原义为“木堆”“石柱”“雕刻刀”，拉丁文取最后一种含义，从中引申出“雕刻”“装饰”之意，比喻性地表示用文字组织思想或“以文字装饰思想的特定方式”[①]。英国学者戴维·罗比曾指出：“把文体看作装饰是最古老的看法。最幼稚的想法是只要加上某些标准化的语言装饰物，作品就会自然而然变得优美起来。”[②] 但当代西方文体学家则倾向于认为，“我们必须假定任何文章都表现出一定的文体风格，这是因为文体是所有语言都具有的普遍特征，而不是文学或某些作品所独有的高贵特性”[③]。但无论如何，西方从古至今的理论家，几乎都是沿着语言修辞这条道路来谈论文学风格的。如亚里士多德曾经说：“语言的准确性，是优良的风格的基础。”[④] 当代美国文学理论家艾布拉姆斯也指出：“风格被传统地界定为散文或韵文里语言的表达方式，被界定为说话者或作者在作品里如何说他们之所说的方式。”对于风格，是可以用诸如修辞情境和目的，有特色的措辞或字词选择等术语加以分析的。[⑤] 由此可以看出，在西方传统中，文学风格被普遍地认为是与语言运用相关的。当他们谈论文学的风格时，实际上也就是在谈论文学语言的风格。

中国古代对“风格”的理解与西方传统有所不同。在中国传统中，“风格”一词最初在汉魏出现时主要是用来品评人的体貌、德行等特点的，当它被用于说明文学作品的风格时，人们主要不是从语言修辞，而是从个性、气质、才学等主体方面来理解的。如《世说新语·德行》中说李元礼“风格秀整，高自标持”，这里的“风格”就是用来评价人的。直接用“风格”一词来品文，始见于《颜氏家训·文章》一文。而风格真正成为一个文学理论范畴，则是从刘勰《文心雕龙·体性》开始的。《体性》中说：“体式雅郑，鲜有反其习：各师成心，其异如面。若总其归途，则数穷八体。”刘勰这里虽然并没有直接使用“风格”这一合成词，但他实际上

---

① 威克纳格．诗学·修辞学·风格学//歌德，等．文学风格论．王元化，译．上海：上海译文出版社，1982：16－17.

② 王先霈，王又平，主编．文学理论批评术语汇释．北京：高等教育出版社，2006：263.

③ 福勒，主编．现代西方文学批评术语词典．袁德成，译．成都：四川人民出社，1987：269.

④ 亚里士多德．修辞学：第3卷．罗念生，译．北京：三联书店，1991.

⑤ M. H. Abrams. A Glossary of Literary Terms. seventh edition. Boston：Heinle & Heinle，1999：303.

亚里士多德像

正是在谈论风格这一问题。在西方，风格一词存在着多种含义，如修辞、文体、笔调等；而在中国古代，风格却存在“一义多词”的现象，即对于风格这种现象，有多种术语来表达，如风格、风骨、风力、体、体式、体势、格调等，都是用来指称风格的。刘勰这里所谓的“体式”“体”，指的正是“风格”，而他所谓的“性”，则是指个性、气质、才学等内容。

文学风格与作家的个性、气质、才学、禀赋等的确具有内在的关系，但我们同时必须认识到，不管文学风格由哪些因素决定，它都必然通过语言形式表现出来，作家的精神个性如果不落实在他作品的语言上，我们是无法加以辨认的。从这种意义上看，文学作品的风格最终主要是由文学语言的风格表现出来的。当一部作品的语言具有自己的风格时，这部作品也就有了自己的风格。因此，从表现形态上来看，文学风格与文学语言的风格是一体相关的，文学语言风格的内涵与文学风格的内涵也是可以相互参照的。如果说文学风格是由文学作品的语言表现出来的与作家的创作个性和表现对象相适应的一种可以辨认的整体艺术特色，那么文学语言的风格也就是指与作家的创作个性和表现对象相适应的语言运用上的可以识别的总体特色。文学语言的风格与文学的风格一样，并不是一种单纯的形式特征，而是由多种要素共同促成的。

二、文学语言风格的生成

（一）文学语言的风格与对语言规范的偏离

如前所述，文学语言的风格总体上表现为一种可以识别的语言特色。这种特色首先是通过对语言的特殊使用实现的。瑞士文艺理论家沃尔夫冈·凯塞尔说：“各种语言都有风格，形式的成分越是特殊，语言也就越有个性。”“语言的形式使用得越是特殊，一个作品的个别风格也就越是明显。”① 而特殊的语言形式使用又是与对语言常规的偏离相联系的。美国文体学家唐纳德·C. 弗里曼曾将几十年的风格学概括为三种基本理论，其中有两种理论都是明确强调风格的形成与对语言规范偏离的关系的。

“偏离”（deviation）又译“变异”“背离”，它是指对常规的破坏和违反。“它通过打破习俗和惯例”，“超越了寻常的语言方式，把读者从陈词滥调的俗套中解放出来，而且使他领悟到新

① 凯塞尔．语言的艺术作品．陈铨，译．上海：上海译文出版社，1984：386，387.

的东西”①。20世纪初，俄国形式主义者较早明确提出偏离理论，用以说明诗歌语言如何通过对常规语言的违反来形成自身的特质。偏离既被用来说明文学语言对语言常规的违反，也被用于说明文学语言对传统的美学或文学规范的偏离。离开了对各种规范的偏离，一部作品的语言是很难形成自己独特的风格的。因为偏离总是与语言运用方式的创新联系在一起。

语言的诸构成因素在使用中均可能因出现偏离而产生风格效果。英国的文体学家G. N. 里奇在《英诗语言学导引》中曾把常见的偏离归纳为八种形式：（1）词汇偏离；（2）语音偏离；（3）语法偏离；（4）书写偏离；（5）语义偏离；（6）方言偏离；（7）语域偏离；（8）历史时代的偏离。按照G. N. 里奇的解释，“词汇偏离”一方面表现在创造新词汇上，即作家使用“临时造语”的方式为某一特定的目的自创新词；另一方面则表现在词的用法上，即在特定语境下违背词的常规用法，使一个词获得“偶有语义”，造成新奇别致的效果。所谓语法偏离，是指文学语言中明显的不合语法规范却可以被接受的各种语句。如语序的故意颠倒或各种形式的省略等。所谓书写偏离，是指现代诗歌和小说中常出现的那种奇特的文字排列或印刷方式等。所谓语义偏离，是指语义在逻辑上不合常理，或者有意地造成歧义。所谓方言偏离，是指在普通语言构成的背景下，有意使用方言，借以体现人物身份、背景，或增添乡土气息、地域文化色彩等。所谓语域偏离则是指在一种文体中杂以其他文体的表达方式，以形成文体间的相互参照。所谓历史时代的偏离，是指作家可以超越语言的历史时代，运用古词语或废语，以取得某种效果。②

在一个作家的创作中，以上诸种偏离都可能使用到，但每一个作家都可能有他更习惯使用的一种或几种偏离方式。中国当代作家莫言那种光怪陆离、野性十足的语言风格的生成，与他习惯使用“方言偏离”和“语域偏离”大有关系，这在他的《檀香刑》中表现得尤其突出。而中国唐代诗人李贺那孤峭冷峻、奇谲诡异的语言风格的生成则离不开“词汇偏离”。李贺在称谓事物时经常使用一些不习见的说法，在描述事物的性状和动作时经常会使用一些出其不意的词汇。如在《金铜仙人辞汉歌》一诗中，他用“秋风客”称谓汉高祖刘邦，用“土花”来称呼苔藓之花，用“悬”来描写桂花之香在空中飘荡，用“酸”“射”来描述生硬之风打在脸上的感觉，他用“衰”来形容兰，用“老”来形容天，用“铅水”来比喻“泪”，用“荒凉”来形容“月”，这些用法在他之前的诗歌语言中都是比较罕见的。通过这些诡谲奇异、不同凡响的意象选择，诗人既深刻地表现了自己的家国之痛、身世之悲和兴亡之感，同时也造就了自己独树一帜的语言风格和语言效果。

语言风格的形成离不开偏离，但并不是所有的偏离都能形成可以让人识别出来的风格。一般说来，只有一种偏离达到一定的程度，或者具有一定的分布密度或出现频率时，才能形成所谓的语言风格。如李贺诗歌那种孤峭冷峻、奇谲诡异的语言风格的形成，是与他对某一类意象的高频使用分不开的。明代王思任《昌谷诗解序》说李贺的诗“以其哀激之思，变为晦涩之调，喜用鬼字、泣字、死字、血字”③。这一“喜”字正说明李贺诗的偏离是高频率、高密度的。

文学语言的风格虽然直接表现为对语言规范的偏离，但至于为何如此偏离还得从“非语言

① 福勒，主编．现代西方文学批评术语词典．袁德成，译．成都：四川人民出版社，1987：107.

② 王先霈，王又平，主编．文学理论批评术语汇释．北京：高等教育出版社，2006：271.

③ 王琦，注释．王步高，刘林，辑校汇评．李贺全集．珠海：珠海出版社，2002：416.

方面”来解释。这个“非语言方面”既有主观方面的原因，亦有客观方面的因素，同时，它还关乎着与时代、地域、民族等相关的外部文化语境的问题。如就主观方面来说，它主要是由作家的创作个性决定的。

(二) 文学语言的风格与作家的创作个性

所谓创作个性是指作家在创作中形成并表现在其作品中的那种独特的个性气质、人格精神、处世态度、艺术情趣、审美理想等艺术性格特征。创作个性不同于日常个性。日常个性人皆有之，但创作个性只有从事创作的作家才有。作家尽管同时兼有日常个性与创作个性，但作家的创作个性与日常个性并不总是对等的。如歌德曾惊叹拜伦日常个性的“放荡不羁”与创作个性的“柔顺”之间的巨大差异，巴尔扎克则指出拉伯雷在生活中的“节制”与作品风格中表现出来的“无节制”之间的不相称。创作个性是在先天的禀赋、气质、才情的基础上，在特定的时代、地域、民族文化环境中，经过后天的生活、学习和创作实践的磨炼逐渐形成的。创作个性既有先天的因素，也有后天的成分，既有生理、心理上的原因，也有精神文化环境方面的作用。刘勰在《文心雕龙·体性》篇中说：“然才有庸俊，气有刚柔，学有浅深，习有雅郑，并情性所铄，陶染所凝，是以笔区云谲，文苑波诡者矣。”这既是在说明创作个性形成的原因，也是在说明创作个性所包含的才情、气质、学养、习尚等方面的内容。

其实，对于创作个性与文学语言风格的关系，古人早有清醒的认识。早在《周易·系辞》中就说：“将叛者其辞惭，中心疑者其辞枝，吉人之辞寡，躁人之辞多，诬善之人其辞游，失其守者其辞屈。”这段话让我们看到不同性格、不同品行、不同情境下的人所具有的不同语言风格特征。到了汉代，扬雄在《法言·问神篇》中进一步明确指出：“言，心声也；书，心画也。声画形，君子小人见矣。”这一提法被视为中国古代最早的“文如其人”说。后来曹丕在《典论·论文》中说：“文以气为主，气之清浊有体，不可力强而致。”刘勰在《文心雕龙·体性》中说：“各师成心，其异如面。”明代思想家、文学家李贽在其《焚书·读律肤说》中说：“有是格，便有是调，皆情性自然之谓也。”这无不是在强调气质、性情等主体因素对文学语言风格形成所起的决定性作用。

对于文学语言的风格与作家的人格、性情之间的关系，今人钱锺书也作过精彩论述。钱锺书指出，“文如其人”不是指文章所写的内容与一个人的人格相一致，因为“所言之物，可以饰伪：臣奸为忧国语，热中人作冰雪文”，而是指文章的风格与人的本性相一致，因为“其言之格调，则往往流露本相；狷急人之作风，不能尽变为澄澹，豪迈人之笔性，不能尽变为谨严。文如其人，在此不在彼也”①。由此亦可看出，性情、本相等个性特征对于语言风格形成的重要作用。

这种从个性、气质、人格等主体角度理解风格的思路的确是中国风格论的特色，但强调文学语言的风格与主观内心、创作个性的关系也并不为中国所独有。德国诗人歌德就曾说过：“一个作家的风格是他的内心生活的准确标志。”“如果想写出雄伟的风格，他也首先就要有雄伟的人格。”② 德国哲学家、美学家黑格尔也曾说过：“法国人有一句名言：‘风格就是人本

---

① 钱锺书．谈艺录．北京：中华书局，1984：163.

② 歌德．歌德谈话录．朱光潜，译．北京：人民文学出版社，1979：39.

身。’风格在这里一般指的是个别艺术家在表现方式和笔调曲折等方面完全见出他的人格的一些特点。”[①] 黑格尔所说的“法国人”就是18世纪法国博物学家布封。布封认为，文章风格仅仅是作者放在他思想里的“层次与调度”，知识、事实、发现可以从一个人手里转到另一个人手里，是他与他人可以共同拥有的东西，是“身外物”，但只有“风格”，那种层次和调度属于“他本人”，是没法被转换的。[②] 尽管西方传统对于“个性”的理解与中国传统有异，但毕竟也看到了主体因素对于风格形成的意义。

因此我们可以说，创作个性是文学语言风格形成的内在根据，创作个性不同是造成文学语言风格不同的根本原因。严羽《沧浪诗话》中说：“子美不能为太白之飘逸，太白不能为子美之沉郁。”元代傅若金《诗法正论》中说：“太白天才放逸，故其诗自为一家。子美学优才赡，故其诗兼备众体。”[③] 这实际上都是在说，李白、杜甫语言风格的差异是由二人的创作个性内在地决定了的，有什么样的个性就有什么样的风格，在风格面前是没法强求一律的。

（三）文学语言的风格与作品的表现对象

文学语言风格的形成，从主观因素上看，是由作家的创作个性决定的，从客观因素上说，则是由作家的题材选择、表现对象、内容或意义决定的。就像德国学者威克纳格所说的：“风格是语言的表现形态，一部分被表现者的心理特征所决定，一部分则被表现的内容和意图所决定。”[④] 实际上，风格正是在作家找到与自己创作个性相适合的语言形式和表现对象时才出现的。对于这一问题，歌德、黑格尔、马克思以及布封都有过精彩论述。歌德既强调作家的风格与内心生活的关系，同时又认为，风格必须“奠基于最深刻的知识原则上面，奠基在事物的本性上面，而这种事物的本性应该是我们可以在看得见触得到的形体中认识到的”[⑤]。黑格尔也强调风格是主体个性与表现对象的契合，认为风格的独创性“把艺术表现里的主体和对象两方面融合在一起”，它一方面“揭示出艺术家的最亲切的内心生活；从另一方面看，它所给的却又只是对象的性质”[⑥]。马克思也一方面肯定风格就是“精神个性的形式”，另一方面强调风格的“真理占有我”以及用“事物本身的乡音说话”的客观属性。布封提出“风格即人”，强调精神个体性与风格的关系，但也并未忽视表现对象对于风格形成的意义。他说：“壮丽之美只有在伟大的题材里才能有。”“笔调不过是风格对题材性质的切合，一点也勉强不得；它是由内容的本质里自然而然地产生出来的。”[⑦] 中国文学史上，田园诗、山水诗、边塞诗等文学风格流派，其实也正是依据题材、内容划分出来的。

总之，风格是在主体的创作个性与特定的语言文体和表现对象的契合中生成的。一个作家之所以形成这样或那样的语言风格，不仅是由作家内在的主观个性决定的，也是与客观的表现对象密切相关的。诚如中国当代作家秦牧所说：“写各种各样的事物，应该有各种各样的笔墨。

---

① 黑格尔．美学：第1卷．朱光潜，译．北京：商务印书馆，1979：372.

② 布封．论风格．译文，1957（9）.

③ 蔡镇楚，编．中国诗话珍本丛书：第3册．北京：北京图书馆出版社，2004：233.

④ 威克纳格．诗学·修辞学·风格学//歌德，等．文学风格论．王元化，译．上海：上海译文出版社，1982：18.

⑤ 歌德，等．文学风格论．王元化，译．上海：上海译文出版社，1982：4.

⑥ 黑格尔．美学：第1卷．朱光潜，译．北京：商务印书馆，1979：373.

⑦ 布封．论风格．译文，1957（9）.

写‘三万里河东入海，五千仞岳上摩天’一类的事物，和写‘小荷才露尖尖角，早有蜻蜓立上头’一类的事物，文字风格怎能一个样呢！我们的笔墨，有时应该像奔潮怒马那样的豪放，有时又要像吹箫踏月那样的幽清；有时应该像咚咚雷鸣的战鼓，有时又应该像寒光闪闪的解剖刀。”① 这段话生动形象地说明了文学语言的风格与表现对象的关系。由此我们不难理解，李白诗的飘逸与他表现的神幻世界，杜甫的沉郁与他表现的世间苦难，王维的清幽与他表现的佛禅境界都是一致的。而中国当代作家中张炜内敛型的语言风格，莫言幻觉型的语言风格，余华冷静型的语言风格也都是与他们各自擅长的题材领域相关的。

研讨平台

对于文学语言风格的生成还应注意的是，任何作家作品的语言风格都是在一定的时代、地域和民族文化语境中生成的，并且总是通过某种特定的文体实现的。这就使得一个作家或一部作品的独特个体语言风格总是会打上某种更深厚、更普遍的群体文化底色，并且通常具有某种特定文体在语言体式上的一般特点。这也意味着，任何文学语言风格的生成实际上都是处于一种个体独创性和群体普遍性以及与一般文体规范之间的张力之中的。曹丕在《典论·论文》中说：“盖奏议宜雅，书论宜理，铭诔尚实，诗赋欲丽。此四科不同，故能之者偏也；唯通才能备其体。”这一方面说明了文章各有自己的体制，每种体制各有自己的风格；另一方面也说明，每个作家往往都有自己擅长的文体，一个作家只有选择了自己擅长的或与自己创作个性相适合的文体，才更易形成自己特有的风格。

【本章概要】

本章主要讨论有关文学语言的一系列问题，从语言在文学活动中的地位开始，依次论及了文学语言的特征、文学语言的结构、文学语言的风格。通过本章的学习，我们应充分认识到，语言不是外在于文学的工具，而是文学活动的直接现实，无论是具体的文学文本还是整个的文学活动都必须以它为存在的基础和依据。语言在文学活动中的地位是双重的，既是构成文学活动的基本材料和第一要素，又作为作家所创造的文学审美世界发挥作用。文学语言虽然并不从根本上独立于一般的语言系统，但它与科学语言和日常语言又的确存在着明显区别，它是作家通过对语言的特殊使用创造出来的一种特殊话语系统，具有更倾向于主观世界的情感性、指向艺术世界和表达自身的内指性以及与自动化语言相对抗的陌生化等特征。在结构方面，亦呈现出不同于一般语言的张力性与可逆性。文学语言存在的最高形态是具有自己的语言风格，即一种可以识别的语言运用上的总体特色。一位诗人、作家，只有真正运用文学语言，才能创作出高水平的文学作品。一位读者，也只有知晓何谓文学语言，才能更好地欣赏文学作品、理解文

---

① 山东师范学院中文系文艺理论教研室，编．中国现代作家谈创作经验（下）．济南：山东人民出版社，1980：977－978.

学作品。

【本章关键词】

语言本体论：概括起来说，语言本体论是伴随着“语言学转向”，在20世纪西方哲学领域和文学理论领域出现的，把语言作为哲学研究和文学活动的本体的看法的总称。在这种“本体论”的视野中，文学作品的语言不再是模仿世界或表现情感的“工具”，或负载作品之外的更为重要的东西的“媒介”或“载体”，而是文学活动的本体，是文学作品本身，它具有独立自主的存在、价值和目的。文学研究因此也应立足于文学作品的语言，致力于发现使文学成为文学的东西，或潜藏于语言形式中的更为深层的意义。

内指性：文学语言作为一种情感性、想象性话语，可以超越对象世界的真实性和逻辑必然性的限制，与外在的客观世界不存在一一对应关系。人们也不能用对象世界的存在和逻辑去判断文学语言的真假，文学语言的真假指向文学语言所构筑的艺术世界自身。文学语言这种不假外求的自我指涉性，就是文学语言的内指性或自指性。正是这种内指性特征，使得文学语言有时不仅可以超越一切现实的真值标准，还可以超越一切现实的外在目的，而单纯靠把人们的目光吸引到文学作品的表达形式上而获得自身的存在价值。

陌生化：陌生化作为描述文学语言特质的术语，是由俄国形式主义者什克洛夫斯基首先提出来的。文学语言的“陌生化”是与普通语言的“自动化”相对立的。所谓“自动化”语言，是指那种由于反复使用而习惯化，再也引不起人们注意的过分熟悉的语言。而陌生化的语言，则是指那种力求通过对语言的新奇的、反常的使用，破除语言的“自动化”现象，以唤起对世界的新奇感受的语言。在文学语言中，陌生化的手法是多种多样的。

张力结构：“张力”作为描述诗歌语言特质的重要术语，首先是由美国“新批评派”理论家艾伦·退特提出来的，我们这里用以描述文学语言最重要的结构规律之一。所谓文学语言的张力结构，也就是指存在着相互联系的矛盾、冲突、对立或差距的文学语言结构，它存在于文学语言的各个意义层面之间的复杂紧张关系之中。反讽、悖论、隐喻等修辞手法的使用是张力结构生成的直接原因，生存困境和人性矛盾是其生成的现实土壤和深层心理根源，对多义化、朦胧化的审美效果的追求则是张力结构生成的美学动因。

可逆结构：可逆性是与单向度性相对而言的。文学语言的可逆性结构是指文学文本的语言在向前发展的维度中往往还内含着一个向后回返的维度，使得表面上看来向前延伸着的文本语言无论在形式上还是在语义上都不断地向起点回复。同时，语言的单向度性是“借自”不可逆的时间的特征，可逆的语言结构则是与一种可逆的时间结构直接相关的。可逆性结构从形式上看是由反复回环的语言手段造成的，从思维上看则表现为“时间逆流”，它是由作者对某种具有同一性的恒定价值或终极意义的追求或坚守造成的。

文学语言风格：文学语言风格是与文学风格一体相关的。如果说文学风格是由文学作品的语言表现出来的与作家的创作个性和表现对象相适应的一种可以辨认的整体艺术特色，那么文学语言的风格也就是指与作家的创作个性和表现对象相适应的语言运用上的可以识别的总体特色。从语言形式上看，它直接表现为对语言规范的偏离，从非语言的方面分析，它既是由作家的创作个性内在地决定的，也是与作家的题材选择、与作品的表现对象相适应的。同时，它也是与作家所处的时代、民族、地域等外部文化语境相关的。

【推荐阅读】

索绪尔．普通语言学教程．高名凯，译．北京：商务印书馆，1980.

歌德，等．文学风格论．王元化，译．上海：上海译文出版社，1982.

卡西尔．语言与神话．于晓，等译．北京：三联书店，1988.

巴赫金．陀思妥耶夫斯基诗学问题．白春仁，顾亚铃，译．北京：三联书店，1988.

热奈特．叙事话语 新叙事话语．王文融，译．北京：中国社会科学出版社，1990.

什克洛夫斯基，等．俄国形式主义文论选．方珊，等译．北京：三联书店，1989.

赵毅衡，编选．“新批评”文集．北京：中国社会科学出版社，1988.

赵奎英．混沌的秩序——审美语言基本问题研究．广州：花城出版社，2003.

李荣启．文学语言学．北京：人民出版社，2005.

周振甫．文心雕龙注释．北京：人民文学出版社，1981.

夏之放，孙书文，主编．文艺学元问题的多维审视．济南：齐鲁书社，2005.

【思考题】

1. 如何理解语言在文学活动中的地位？
2. 结合文学作品实际，谈谈文学语言的特征。
3. 如何看待文学语言与非文学语言的关系？
4. 什么是文学语言的张力结构？试析文学语言张力结构生成的原因。
5. 什么是文学语言的可逆性结构？试述话语反复与可逆性结构的关系。
6. 如何理解文学风格的语言特质？试析影响文学语言风格生成的诸种要素。

第六章

文学才能

历来文论家论及文学创作都强调才能的重要性。刘勰《文心雕龙》辟《才略》篇专论作者之才气，于《神思》篇论及艺术构思中才能的发挥："我才之多少，将与风云而并驱矣。"叶燮《原诗》论诗人之才能倡"才、胆、识、力"之说，以"才"居首。才能即才智和能力。今之所谓文学才能是指作家从事文学创作具有的各种综合能力，主要包括文学感悟能力、文学想象能力、文学表现能力等。本章主要讨论这些基本能力以及文学天才、文学修养等问题。

第一节
文学感悟

感悟本是心理学术语，就是指对事物的感受和领悟。人们对社会生活的感受和领悟涉及不同的领域和方面，譬如政治感悟、哲学感悟、宗教感悟、文学艺术感悟等。文学感悟特指文学活动领域的感悟，它是一种具有审美特质的感悟。文学感悟贯穿于整个文学活动中，既指作家创作中的感悟，也指鉴赏者、评论者在接受过程中的感悟。这里所讨论的主要是以作家的创作为中心的文学感悟问题。

一、文学感悟的特征

文学"感悟"之说源于中国古代诗学，中国的感悟诗学理论十分悠久而丰富，感悟的思想贯穿于整个中国诗论、文论发展史中。为此，有学者甚至说"中国的诗学又是一种感悟的诗学"①。

中外作家在谈到创作经过时，往往会提到其作品是在某种生活条件下由感悟而开始创作的。可知文学感悟是作家产生创作冲动的心理基础，是作品最初"受孕"的关键环节，作品的孕育、构思、表现都是以此为开端的。下面我们结合文学创作来分析文学感悟的主要特征。

（一）文学感悟是生命体验的艺术直觉活动

从诗人作家的创作经历中我们可以知道，创作主体对社会生活的感悟可能是在短短一瞬间出现的一种当下感触，这种情思顿生的直感现象其实是一种艺术直觉活动。中国古代诗论家提倡"直寻""目击道存""妙悟""现量"等，他们所强调的都是这类直觉的表现方式。朱光潜曾谈到诗歌阅读和创作活动的直觉特征："直觉的特色尤在凝神注视。读一首诗和做一首诗都常须经过艰苦思索，思索之后，一旦豁然贯通，全诗的境界于是像灵光一现的突然现在眼前，使人心旷神怡，忘怀一切。这种现象就是直觉，就是'想象'（Imagination，原谓意象的形成），也就是禅家所谓'悟'。"② 文学感悟还体现为一种生命的感悟。所谓生命感悟是指作家的感悟充满了生命的体验，即他们作为活生生的生命个体在心物交融的经历中产生出丰富多彩的人生感受，呈现为一种生命火花的碰撞、迸发。有的学者指出："感悟，也就是一种有深度意义又有清远趣味的直觉，是心灵对万物之本真的神秘的默契和体认，它以返本求源的方式，切入生命与文化、人生与宇宙的结合点，电光火花，千古一瞬。"③

---

① 杨义．中国诗学的文化特质和基本形态．东南学术，2003（1）．

② 朱光潜．朱光潜美学文学论文选集．长沙：湖南人民出版社，1980：188.

③ 杨义．中国诗学的文化特质和基本形态．东南学术，2003（1）．

作家对现实人生产生的感悟是心灵的触动、情感的摇荡、诗性的感召，在整个感悟过程中灌注着灵动、充沛的生命之气。这种生命之气往往是作者在现实生活中长期积蓄所致，一旦触景生情，便借助语言文字抒发出来。例如曹植创作《洛神赋》自言“感宋玉对楚王神女之事，遂作斯赋”（《文选》卷十九）。其实此赋的创作体现了他怀才不遇的苦闷和对爱情的向往，是其自身生命体验的结果。再如屈原在被谗言毁誉、遭受放逐的不幸境遇中积累了满腔怨愤不平之气，怀着对生命的感悟，创作了千古传唱的不朽之作《离骚》。司马迁在《史记·屈原贾生列传》中说屈原“故忧愁幽思而作《离骚》”。可以说除了“为赋新词强说愁”的“为文造情”之作，凡是真正出于感悟的文学创作通常都蕴含着深刻的生命体验。

（二）文学感悟是跃迁式的诗性认知思维

尽管文学感悟中的“感”与“悟”二者是彼此交融难以分隔的，但是“感”与“悟”却居于不同的心理层面上。“感”即感觉和知觉，属于认知心理的基础层面，常常与感官接触的具体事物紧密联系在一起，具有外在的机缘；而“悟”则属于认知心理更高、更深的层面，是意识内部的自证性运动，更多地展现为内在的机缘。中国诗学和诗歌创作传统中，“悟”是学诗、作诗的不二法门，论诗主悟的言论比比皆是。今人提倡感悟，自然包含对悟的强调，但是悟的本质是什么？其实，根据现代教育学、心理学认知理论，悟是一种跃迁式的认知行为，它是调动各种内部心理机能对认知对象进行综合整合、全面运作而实现认知跨越的一种心理活动。有学者用“跃迁式认知序”来说明跃迁式认知心理的特征，认为它是“从整体轮廓到整体结构的一种直入到位的认知方式和思维方式，而不是经过一连串步子逐渐到位的认知方式”，“这不是一种直线前进的程序，而是一种跳跃前进的程序”①。

值得注意的是，认知中的感应主体不是被动的接受者，而是在进行着复杂的心理活动的。正如皮亚杰发生认识论所指出的：认识不是被动的刺激-反应，而是能动的反应，“一个刺激要引起某一特定反应，主体及其机体就必须有反应刺激的能力”②。文学感悟的主体作为主动的认知者，不仅在感悟发生之前开启着敏锐的触觉，而且在感悟发生过程中调动意识、潜意识甚至无意识领域对其所掌握的所有信息进行着让人察觉不到的快速整合、处理，以搜索、探寻生活的意义或事物的本质。在灵光一闪之间，认知的慧眼穿透事物外在的层层包裹，直击本相，正所谓“踏破铁鞋无觅处，得来全不费工夫”，立即把握了事物的本质或生活的意义。

从上述心理学理论可以看出，这种跃迁式的认知与艺术直觉体验其实是一致的，不过艺术直觉是基于感觉、知觉的直观本相，而跃迁式认知则是基于综合把握的认知程序跨越。艺术直觉说的是感悟的方式，是相对于逻辑思维而言的；而跃迁式认知针对的则是感悟的内在机制，是相对于渐进式认知而言的。

二、作家的艺术感悟力

一般读者和理论家总是试图了解作家创作的奥秘。人们总是想知道，为什么在同样的生活

---

① 贺师礼．认知序——认知发展过程的整体规律和微型机制（下）．湖南教育，1992（9）．

② 皮亚杰．发生认识论原理．王宪钿，等译．北京：商务印书馆，1981：60．

环境下，对于一般人毫无感觉的事物，作家却能够产生独特的感悟呢？这里涉及一个十分重要的问题，那就是艺术感悟力的问题。所谓艺术感悟力，就是指作家艺术家在从事文学艺术创作的过程中对生活进行艺术体验、领悟、把握的能力。作家艺术家的艺术感悟力包括哪些要素呢？概括而言，其基本要素包括艺术感受力、艺术洞察力、艺术领悟力三个方面。

（一）敏锐的艺术感受力

作家艺术家与常人的不同大概在于他们大都具有敏锐的艺术感受力，他们能在人们习以为常的生活环境或事物中得到独特的艺术感受。我们通常说诗人大都“多愁善感”，诗人自己也常说有着“敏感的诗心”，其实就是指他们具有独特的艺术感受力。一次事不关己的偶遇可能引起他强烈的关注，甚至造成终生难忘的心灵烙印。例如法国作家雨果在 60 岁时曾经回忆他 16 岁时在街头见到的一件令人触目惊心的事情：一个犯了“仆役盗窃罪”的年轻姑娘被拴在巴黎法院门前广场的木柱上，残暴的刽子手不仅当众羞辱她，而且惨无人道地用烧红的烙铁折磨她，致使她发出惨痛的呼喊。这种残忍的场面在心灵麻木的看客面前已经引不起任何同情，而在怀有人道主义理想的雨果心里却产生了巨大的震撼，以至于事隔四十多年后仍然历历在目。[①] 这种永不磨灭的印象不仅成为他从事反强权暴力斗争的动力，而且成为他创作《死囚的末日》《巴黎圣母院》《悲惨世界》等一系列作品的启示。尤其是从他塑造的那个死于酷刑的美丽的吉卜赛女子艾斯米拉达身上更能体现出那种刻骨铭心的印象。

（二）独到的艺术洞察力

所谓艺术洞察力是指作家艺术家在现实生活中发现美和艺术元素的独到的观察能力和识别能力。人们常说某某作家艺术家“独具慧眼”“慧眼识金”等，指的就是这种洞察、识别美和艺术元素的独到的眼力。清代诗论家叶燮在《原诗》中论及诗歌创作之主观因素时提出“才、胆、识、力”四要素说，其中尤其强调“识”的重要性。所谓“识”即诗人的识辨能力、观察能力。他指出：“凡物之美者，盈天地间皆是也。然必待人之神明才慧而见。”（《集唐诗序》，《己畦集》卷九）清代文学评论家金圣叹在《读第六才子书〈西厢记〉法》中评点王实甫的《西厢记》时，特别推崇作者具备“灵眼”“灵手”，善于发现并捕捉最关键的时刻。他说：“文章最妙是此一刻被灵眼觑见，便于此一刻放灵手捉住。”“今《西厢记》若干文字，皆是作者于不知何一刻中灵眼忽然觑见，便疾捉住，因而直传到如今。”[②] 巴尔扎克在《〈驴皮记〉初版序言》中说：“作家应该熟悉一切现象，一切感情。他心中应有一面难以明言的把事物集中的镜子，变幻无常的宇宙就

巴尔扎克（1799—1850）

---

① 黎央，编著．外国文学艺术家轶话．杭州：浙江人民出版社，1980：75 - 76.

② 王实甫，著．金圣叹，批改．张国光，校注．金圣叹批本西厢记．上海：上海古籍出版社，1986：14.

在这面镜子上面反映出来……在真正是思想家的诗人或作家身上出现一种不可解释的、非常的、连科学也难以明辨的精神现象。这是一种透视力，它帮助他们在任何可能出现的情况中测知真相；或者说得更确切点，是一种难以明言的、将他们送到他们应去或想去的地方的力量。”① 此类言论说明，只有具备这种深入事物灵魂的非凡的透视力和洞察力，才能创作出睿智深邃的文学作品来。

（三）深刻的艺术领悟力

作家对生活产生感触的同时，往往包含着对其本质意义或规律、哲理的领悟，只有在某种事物的触发下有了深刻领悟，才能够开始创作。茹志鹃说：“创作是要有感而发的，‘感’从何来？‘感’就是作者以自己的思想、观点、爱憎，在对生活的体会、概括、对比中领悟出来的一个道理，这道理就是‘感’，也就是一创之见。”她进而指出：“除非自己从那些素材当中悟到一个新的意念，一种自己熟悉的情趣，甚至一句富于哲理的话，这点点滴滴，像火花，像流星，一闪即逝地照亮了一点什么……这时候我内心不宁静了，激动了，寻找了，日思夜想地思索了。”② 既然作家需要在悟出某种新的意念、情趣或哲理的基础上才能开始创作，那么作家的领悟力对于创作来说就是十分重要的。比如对于同样的一种事物或社会现象，普通人可能熟视无睹，作家却能够从中悟出深刻的道理，从而确立自己的创作主题。托尔斯泰创作《哈吉·穆拉特》这部小说的经历就充分体现了其独特的领悟能力。作家从尘土飞扬的大道旁一株饱受摧残的鞑靼花（牛蒡花）上感悟到了生命的坚韧顽强，由此想起了哈吉·穆拉特，并产生了写作他的英雄传奇故事的欲望。③ 当然这种创作冲动的产生与他当年在高加索服兵役时听到过关于这位民族英雄的大量传奇故事直接相关，不过更因为他有着深刻的艺术领悟力，能够从一草一木中领悟到生命自强不息，无论在如何艰难困苦的环境下都能够散发出美丽光华的精神实质。

深度思考

中国的“感悟”理论包含了“感应”说与“参悟”说两大思想体系。文学中的“感应”主要是指创作主体对客体发生的心物反应；“参悟”是指创作主体对事物和创作规律的探索、领悟。“感应”的最佳心理状态是“感兴”，即现代文论中所说的“灵感”；“参悟”的最佳形态是“妙悟”。与此相对应，文学感悟的最高形态就是灵感与妙悟。灵感与妙悟体现了中西方感悟论的融合、会通，对其心理特征及其产生原因还需要进行深入探讨。

---

① 段宝林，编．西方古典作家谈文艺创作．沈阳：春风文艺出版社，1980：318－319.

② 茹志鹃．漫谈我的创作经历．长沙：湖南人民出版社，1983：148，71.

③ 托尔斯泰．列夫·托尔斯泰论创作．戴启篁，译．桂林：漓江出版社，1982：171.

第二节 文学想象

作家从事文学创作固然是以自己的生活经历为基础，但是也离不开艺术想象。莫言曾说："个人的经历无论多么奇特也不可能原封不动地写进小说，小说必须虚构，必须想象。"① 对于作家来说，艺术想象是其创作才能的重要体现。对此，苏联心理学家科瓦列夫强调"艺术想象是文学才能的中心环节"②。可以说，作家创作的奥妙主要蕴藏在艺术想象之中。因此，要想解开作家的创作之谜，就必须了解文学想象的特征。

一、文学想象的特征

文学想象的特征问题在中国古代就深受关注。陆机在《文赋》中生动地描述了"收视反听，耽思傍讯；精骛八极，心游万仞"的文学想象及灵感思维的特征；刘勰在《文心雕龙·神思》中描绘了"寂然凝虑，思接千载；悄然动容，视通万里"的想象情状及一系列复杂的心理机制。文学想象具有独特的表现形式，其基本特征主要体现在以下几个方面。

（一）具象性

文学想象作为一种独特的艺术思维活动，不同于一般所说的抽象思维，作家在思维的过程中头脑里总是充满着活生生的形象，因此人们又称这种思维为"寓于形象的思维"③，或直接称形象思维。当然这种形象不同于现实生活中的实体形象，而是浮现在头脑中的虚幻之象，实为意象，或称为物象。康德把想象中的意象说成"审美的意象"，并解释说它"是指想象力所形成的一种形象显现"④。刘勰在《文心雕龙·神思》中曾提出"思理为妙，神与物游"之说，指出作家在进行艺术构思时精神与物象一起游动的特征。作家在想象中不仅感觉到物象的浮动，还能明确地看到人物的形象及其活动。俄国作家冈察洛夫说，在创作时他常常清晰地看到一些活生生的人物和场面："人物就不让我安宁，总是纠缠不休，做出各种姿态，我听得见他们谈话的片断——愿上帝宽恕，我常常感到，这都不是我凭空虚构出来的，而是在我周围的空

① 莫言．讲故事的人．文学报，2012－12－13.

② 科瓦廖夫．文学创作心理学．程正民，译．福州：福建人民出版社，1983：106.

③ 别林斯基．艺术的观念//中国社会科学院外国文学研究所外国文学研究资料丛刊编辑委员会．外国理论家、作家论形象思维．北京：中国社会科学出版社，1979：59.

④ 朱光潜．西方美学史：下卷．北京：人民文学出版社，1964：399.

间活动着的，我要做的只是观察和思索而已。”① 作家在艺术构思和想象中主要运用具象思维，但是并不排除抽象思维和逻辑思维。作家不仅在提炼主题、安排结构的过程中需要进行抽象思维的分析、判断、推理，而且在情节的推进、意象的组合排列上也离不开逻辑的推理、演进。如《敕勒歌》：“敕勒川，阴山下。天似穹庐，笼盖四野。天苍苍，野茫茫，风吹草低见牛羊。”这首诗中所描写的景象就完全是按照逻辑推理而逐步展开的。

（二）情感性

文学想象作为一种艺术思维，与一般抽象思维的不同之处还在于诗人作家想象过程中经常充满着各种丰富的情感。刘勰《文心雕龙·神思》说：“登山则情满于山，观海则意溢于海。”充分说明作者满怀的情感不仅自我激荡洋溢，而且投射到外界，使山川海洋为之充盈溢满。

文学想象中之所以充满情感，是因为诗人作家在思维过程中进行了全身心的投入，充满了生命的体验。人生的兴衰际遇、悲欢离合、喜怒哀乐，感遇于心中，沉浮于脑际，呈现于眼前，引起作者心灵的激动，荡漾起情感的波澜。巴金在谈到他的创作经历时说：“我写《家》的时候，我仿佛在跟一些人一同受苦，一同在魔爪下面挣扎。我陪着那些可爱的年轻生命欢笑，也陪着他们哀哭。我一个字一个字地写去，我好像在挖开我的记忆坟墓，我又看见了过去使我心灵激动的一切。”巴金之所以在创作中倾注了如此丰富的感情，是因为他早年亲眼目睹、亲身经历了那个封建大家庭中备受压抑的生活，其心“由于爱怜而痛苦，但同时它又充满憎恨和诅咒”，直到创作《家》，他“对于不合理的封建大家庭制度的愤恨才有机会倾泻出来”②。

当然，作家的创作并非都取材于个人经验，在很多情况下，他们是凭借对人物设身处地的体验而展开想象的。这种角色换位的想象自然也离不开喜怒哀乐的情感体验。只有基于情感体验而进行想象，所塑造的形象才能以情动人，从而产生感人的魅力。悲剧艺术的创作尤其如此。席勒在《论悲剧艺术》中说：“一切同情心都以受苦的想象为前提：同情的程度，也以受苦的想象的活泼性、真实性、完整性和持久性为转移。”“想象越生动活泼，也就更多引起心灵的活动，激起的感情也就更强烈，也就更要求它的道德功能起而反抗。”③

（三）创造性

心理学家一般把想象分为创造性想象与再造性想象。人们通常认为作家创作中的想象属于创造性想象，而读者鉴赏中的想象则属于再造性想象。作家在创作中通过联想、回忆、幻想、虚构等多种形式进行艺术构思，熔铸艺术形象，需要充分发挥创造的机能，况且想象本身就是一种主动的创造性思维，其创造性不言而喻。

关于想象的创造性特征，许多经典文论家、美学家都曾作过深入论述。黑格尔在《美学》中说：“真正的创造就是艺术想象的活动。”④ 康德在《判断力批判》中指出：“想象力（作为

---

① 冈察洛夫．迟做总比不做好//古典文艺理论译丛编辑委员会．古典文艺理论译丛：第1册．北京：人民文学出版社，1961：147.

② 巴金．谈《家》译//巴金全集：第20卷．北京：人民文学出版社，1993：415.

③ 古典文艺理论译丛编辑委员会．古典文艺理论译丛：第6册．北京：人民文学出版社，1963：94.

④ 黑格尔．美学：第1卷．朱光潜，译．北京：商务印书馆，1979：50.

康德（1724—1804）

创造性的认识功能）有很强大的力量，去根据现实自然所提供的材料，创造出仿佛是一种第二自然。”①

文学想象的创造性，主要表现在两个方面。一是表现在对文学形象的熔铸、情境的营造上。作家的头脑是一个无所不包的熔炉，自然的、社会的、人生的素材包罗万象、交融荟萃。意识、潜意识、无意识之流奔腾翻涌，犹如浮光掠影，造化万端，生生不息。二是表现在伴随着灵感而来的创造力的高度发挥上。当想象趋于成熟、进入高潮时，作家会灵机贯通，文思泉涌，创意勃发。正所谓“方天机之骏利，夫何纷而不理。思风发于胸臆，言泉流于唇齿”（陆机《文赋》）；“神思方运，万涂竞萌，规矩虚位，刻镂无形”（刘勰《文心雕龙·神思》）。例如《少年维特之烦恼》这部小说就是歌德处于创造力高度发挥的状态下写成的：“四星期的握管疾写，没有把全部的计划或一部分的描写方法预先打下草稿，就一口气写成了。”②

二、作家的艺术想象力

想象力在人类的发展过程中起着十分重要的作用。马克思称“想象力”是“促进人类发展的伟大天赋”，在古代社会创造出了“神话、故事和传说等等口头文学，已经成为人类的强大的刺激力”③。在丰富的想象力基础上产生的神话和史诗是人类艺术地把握世界的方式，“任何神话都是用想象和借助想象以征服自然力，支配自然力，把自然力加以形象化”④。

艺术想象是作家创作能力的最集中体现，也是其艺术创造本领最突出的标志。黑格尔论述“艺术创造的一般的本领”时说：“如果谈到本领，最杰出的艺术本领就是想象。”⑤ 尽管想象力是每个健全的人都具有的思维能力，但是作家艺术家的想象力却有着常人所不及的独到之处。这种独特的艺术想象力主要表现在以下两个方面。

（一）敏感细致的体察能力

作家艺术家的想象力与常人的不同之处，不在于想象力的丰富性和复杂性，而在于其精细性和敏锐性。英国哲学家休谟在《论趣味的标准》一文中说：“多数人所以缺乏对美的正确感受，最显著的原因之一就是想象力不够敏感，而这种敏感正是传达较细致的情绪所必不

① 朱光潜．西方美学史：下卷//朱光潜全集：第7卷．合肥：安徽教育出版社，1991：399.
② 段宝林，编．西方古典作家谈文艺创作．沈阳：春风文艺出版，1980：156.
③ 马克思恩格斯全集：第45卷．北京：人民出版社，1985：384.
④ 马克思恩格斯选集：第2卷．北京：人民出版社，1995：29.
⑤ 黑格尔．美学：第1卷．朱光潜，译．北京：商务印书馆，1981：357.

可少的。”[①] 所谓想象力的敏感，其实是指对事物敏锐、周密、细致的体察，是指想象的触觉能够深入容易被忽视的细部，而显示出善于捕捉微妙之处的非凡能力。当代作家余华在《飞翔和变形——关于文学作品中的想象》的演讲中曾经提出过想象力与洞察力结合的问题：“什么是想象的含义？当我们考察想象在文学作品中的作用时，必须面对另外一种能力，就是洞察的能力。我的意思是说，只有当想象力和洞察力完美结合时，文学中的想象才真正出现，否则就是瞎想、空想和胡思乱想。”[②] 他举例说，《西游记》中孙悟空和二郎神变形之后总是留下破绽，使二者的征战连续不断；古希腊神话中伊俄被宙斯点化成了小母牛，可是仍然带有人的心理、感情，使人对其充满同情怜悯等：这些微小的细节都体现出作家想象中非凡的洞察力。

这种细致入微的体察力往往体现出作者思致的深入、精湛和严谨，达到了洞察幽微、揭示奥妙的程度。正如叶燮所说：“诗之至处，妙在含蓄无垠，思致微渺，其寄托在可言不可言之间，其指归在可解不可解之会；言在此而意在彼，泯端倪而离形象，绝议论而穷思维，引人于冥漠恍惚之境，所以为至也。”（《原诗·内篇下》）

（二）设身处地的体验能力

诗人作家想象力的另一独到之处在于他们能够把自己想象成各种各样的人物，从而进行角色换位思考，设身处地地想象所要描写的人物的种种心理感受。对此，清代金圣叹在评点《水浒传》中人物塑造时提出了“亲动心”之说，谓“惟耐庵于三寸之笔，一幅之纸之间，实亲动心而为淫妇，亲动心而为偷儿”，“因缘和合，无法不有”，“因缘生法，一切具足”[③]。也就是说，作者由于在构思中不断变换角色，亲自动心体会其特定条件下的感受，所以才能够得心应手地塑造出各种人物，惟妙惟肖地描绘出其性格及心理特征，笔下人物因之变化无穷。

有时作家在创作中不仅把自己想象成各种人物，甚至还会把自己想象成各种动物、植物甚至行云流水、色彩弧光、爱情阳光，总之是无所不在的所有事物。西方作家谈论这种设身处地想象的突出代表是法国作家乔治·桑和福楼拜。乔治·桑在《印象和回忆》里说：“我有时逃开自我，俨然变成一棵植物，我觉得自己是草，是飞鸟，是树顶，是云，是流水，是天地相接的那一条横线，觉得自己是这种颜色或是那种形体，瞬息万变，去来无碍。”福楼拜谈到他写《包法利夫人》的经过时说：“写书时把自己完全忘去，创造什么人物就过什么人物的生活，真是一件快事。比如我今天同时是丈夫和妻子，是情人和他的姘头，我骑马在树林里游行，当着秋天的薄暮，满林都是黄叶，我觉得自己就是马，就是风，就是他俩的甜蜜的情话，就是使他们的填满情波的眼睛眯着的太阳。”[④] 除了上述例子，更有趣的是屠格涅夫写作时的换位思考，他在写《父与子》的时候，居然一直以书中人物巴札洛夫的身份和观点“记着巴札洛夫的日记”，“结果写成了厚厚的一大本，而且是非常奇怪的东西”[⑤]。正是这种能够在心中把自己转

---

① 古典文艺理论译丛编辑委员会．古典文艺理论译丛：第5册．北京：人民文学出版社，1963：7.

② 余华，等．文学：想象、记忆与经验．上海：复旦大学出版社，2011：3.

③ 陈曦钟，侯忠义，鲁玉川，辑校．水浒传会评本：下册．北京：北京大学出版社，1987：1018.

④ 朱光潜．谈美书简．杭州：浙江文艺出版社，2006：50-51.

⑤ 段宝林，编．西方古典作家谈文艺创作．沈阳：春风文艺出版社，1980：440.

换成各种人物、事物的奇妙想象力，使作家获得了创作的极大自由，从而能够成功地编写出各种引人入胜的故事，塑造出形形色色栩栩如生的人物，创造出比自然、社会、人生更加丰富多彩的艺术世界。

研讨平台

既然文学想象是以虚构的方式来构思故事情节、塑造艺术形象的，这就必然涉及真实性的问题。文论家们说作家的天职就是“编造美丽的谎言”，有的作家甚至说自己的工作就是“编瞎话”。但作家们所编造的“谎言”“瞎话”却能够吸引众多的读者，并且能够引起人们喜怒哀乐的各种情感反应。可见，在文学创作活动中，想象的虚构性是以情感的真实性为基础的。

第三节 文学表现

文学表现或者说文学传达是文学创作的重要环节，是艺术构思物化为文学作品的关键步骤。作家头脑中的想象再丰富、生动，如果不能充分地表达出来，诉诸文字，也是不会产生出优秀的文学作品来的。可见作家文学表现能力的高低直接决定着创作的成败得失，关系到作品的好坏优劣。托尔斯泰就把文学艺术才能直接看作艺术表达能力及观察记忆能力：“我所谓才能，是指能力而言：在文学中，指的是把自己的思想和印象很方便地传达出来，观察并记住富有特性的细节的能力。”① 华兹华斯在《抒情歌谣集·序言》中说：“总括说来，诗人和别人不同的地方，主要是在诗人没有直接的外在刺激也能比别人更敏捷地思考和感受，并且又比别人更有能力把他内心中那样地产生的这些思想和情感表现出来。”②

其实文学表现是个很宽泛的概念，它与艺术构思是紧密地联系在一起的。其具体内容包括作家如何塑造人物、构思情节、确定主题、设置结构、推敲词语等。总之，作家把想象中的内容转化成语言文字的整个过程都属于文学表现。作家的文学表现能力体现在上述各个方面，往往涉及极为复杂的主客观因素和技巧方法。本节主要从总体上阐述文学表现中涉及作家艺术表现力的关键性问题。

---

① 段宝林，编．西方古典作家谈文艺创作．沈阳：春风文艺出版社，1980：522.

② 古典文艺理论译丛编辑委员会．古典文艺理论译丛：第1册．北京：人民文学出版社，1961：14.

一、随物赋形，曲尽其妙

在文学创作中，想象是一回事，把想象形诸语言文字又是另一回事，准确、生动的文学表现需要独到的匠心和杰出的才能。文学表现之难已是中外作家所公认的事实。巴尔扎克在《〈古物陈列室〉〈钢巴拉〉初版序言》（1839 年）中曾风趣地说："谁不能叼着一支雪茄，就在公园散步的同时，弄出七八个悲剧出来呢?""不过，在这种初步的工作和作品的完成之间却存在着了无止境的劳动和重重的障碍，只有少数有真才实学的人方能克服这些障碍。""构思一部作品是很容易的，但是把它写出来却很难。"① 文学表现之难，当然包含了需要掌握创作技能的所有奥秘，但从创作的内在心理机制来讲，其关键在于作家需要突破心理转化中的两道难关。

陆机在《文赋》中说："余每观才士之所作，窃有以得其用心。夫其放言遣辞，良多变矣，妍蚩好恶，可得而言。每自属文，尤见其情。恒患意不称物，文不逮意。盖非知之难，能之难也。"陆机所叹作文之难，难在"意不称物，文不逮意"，是说意象之物往往失真于现实中的事物、文字表达之物又不及意象之物，意在慨叹事物在经过头脑中介呈现为意象，又经过文字转换为形象的两度转化过程中是需要高超的艺术技能的。这里所涉及的根本问题是：究竟如何才能够通过心物、眼手充分地表现事物之妙？对此，苏轼提出了"求物之妙"进而达物之妙的见解。其《与谢民师推官书》云："求物之妙，如系风捕影，能使是物了然于心者，盖千万人而不一遇也，而况能使了然于口与手者乎？是之谓辞达。辞至于能达，则文不可胜用矣。"（《苏轼全集·文集》卷四十九）通过观察捕捉事物之妙，使之"了然于心"，又进而"了然于口与手"，最终落实到词语写形状物上，而至于达物之妙的境界。这种微妙的境界往往转瞬即逝，需要想象与表现同时进行，即兴书写："作诗火急追亡逋，清景一失后难摹。"（苏轼《腊日游孤山访惠勤惠思二僧》，《苏轼全集·诗集》卷七）总之，这种同想象伴随的表现能力是一种"随物赋形"的能力，作家必须具有得心应手的非凡技能，才能达到"如行云流水""妙趣横生"的程度。

这种通过随物赋形的描绘而至于曲尽其妙的艺术表现能力不仅为中国作家所提倡，也为西方作家所推崇。果戈理在《谈〈死魂灵〉的创作》中谈到，在他曾对写作心灰意冷、准备放弃之时，普希金对他独特的艺术表现才能非常欣赏，鼓励他说："有了这种推断人和淡淡几笔就把他活灵活现地表达出来的能力，有了这种能力，怎么不动手写大作品？这简直是罪过!"果戈理在《谈普希金的诗作》中又指出"构成普希金的属性，以别于其他诗人的优点"："那就是在于描写的无限敏捷和以少数特征勾画整个对象的不平凡的艺术。他的形容语是这样明晰和大胆，有时候一句话就可以代替整段描写；他的画笔飞舞着。他的短小的作品常常抵得过完整的长诗。"② 这种通过敏捷的艺术手段将艺术想象转化为活灵活现的艺术形象的能力，其实就是作家进行文学表现的最重要的实践技能。

---

① 古典文艺理论译丛编辑委员会．古典文艺理论译丛：第 10 册．北京：人民文学出版社，1965：122.

② 段宝林，编．西方古典作家谈文艺创作．沈阳：春风文艺出版社，1980：406，416.

二、灌注生命，传神达意

在古希腊神话中，皮格马利翁爱上了自己雕刻的美丽少女，由此感动了爱神阿芙洛狄忒，她便对雕塑吹息以生命之气，使有情人终成眷属。这个神话故事其实就是古代艺术家追求对其作品全身心地灌注情感和生命之气的一种隐喻。

与此观念相类似，中国东晋画家顾恺之和南朝齐梁间的谢赫直接提倡表现生命精神的艺术主张，并分别提出了“传神写照”和“气韵生动”之说。其后“传神”之说在形似与神似的争论中得到发挥与倡扬。至宋代苏轼作《传神记》，提倡诗画一律，明确将“传神”说推及诗论，并在《书鄢陵王主簿所画折枝二首》中指出：“论画以形似，见与儿童邻。赋诗必此诗，定非知诗人。”（《苏轼全集·诗集》卷二十九）“气韵生动”之说与“传神”说同出一源，它作为“绘画六法”之首，成为后世绘画的经典理论，并直接影响诗论，产生了提倡“气韵”“神韵”的诗歌理论。今人宗白华在《中国艺术意境之诞生》中提出意境的“三层次”结构说，更将“活跃生命的传达”看作意境审美结构从“直观感相的摹写”到“最高灵境的启示”的过渡层次。[①] 总之，主张传达精神气韵、追求艺术的生命灌注，是中国传统文艺理论中关于艺术表现的最为重要的理念。

西方作家、艺术家也把对生命精神的表现看作最为重要的使命。巴尔扎克说：“艺术家的使命就是把生命灌注到他所塑造的这个人体里去，把描绘变成真实。”[②] 艺术作品要想收到感人的效果，就必须是心灵的结晶。作家、艺术家将自己心灵的生命气息吹拂进作品的形象之中，使之带有作者的生命特征。罗曼·罗兰说：“艺术所赖以活跃的思想圈子是最狭隘的；它的强力并不在于思想本身，而是在于它所给予思想的表情，在于个人的调子，在于艺术家的特征，在于他的生命的气息。”[③] 让作品中的世界灌注进作家的生命气息，使他所创造的艺术形象栩栩如生、出神入化，这就是文学表现所追求的完美境界。

作家怎样才能做到使其作品形象生命灌注、栩栩如生呢？最为关键的问题是要使艺术想象与艺术表现有机地融合，也就是说，作家的表现力与想象力能够达到并驾齐驱、交互为用、相互推动的地步，可以不假推敲地随即把想象转化成语词塑造的形象。巴尔扎克在《论艺术家》中说：“当一个诗人、一个画家或是一个雕刻家能使他的作品予人以栩栩如生的感觉，那是因为他的创作构思和他的创作过程是同时实现的。艺术家最优秀的作品就是这样创作成的。”[④] 最能体现这种双重才能的作家是莎士比亚。英国赫士列特在《论莎士比亚》中说：“莎士比亚的语言和诗法是和他其他方面一样的。他在遣词用字上有种魔术般的力量：他一招呼它们就展翅飞来，而且像是知道自己应在什么位置。它们是在特定情况促使下一气呵成的，因此具有从事物的实际印象中产生的全部真实性与生动性。他所用的语词和短句好像火花，从自身飞快地运动着的想象中迸飞出来。他的语言是象形的。它把思想翻译为可见的形象。”[⑤] 正是这种呼风唤雨、鬼

---

① 宗白华．美学散步．上海：上海人民出版社，1981：74.

② 古典文艺理论译丛编辑委员会．古典文艺理论译丛：第10册．北京：人民文学出版社，1965：120.

③ 段宝林，编．西方古典作家谈文艺创作．沈阳：春风文艺出版社，1980：669.

④ 段宝林，编．西方古典作家谈文艺创作．沈阳：春风文艺出版社，1980：98.

⑤ 古典文艺理论译丛编辑委员会．古典文艺理论译丛：第9册．北京：人民文学出版社，1964：42.

斧神工般的艺术表现力与想象力交织在一起，才让作者创造出“惊风雨、泣鬼神”的伟大作品。

相关知识

郑板桥描写画竹之感受云：“江馆清秋，晨起看竹，烟光、日影、露气，皆浮动于疏枝密叶之间。胸中勃勃，遂有画意。其实，胸中之竹，并不是眼中之竹也。因而磨墨、展纸、落笔，倏作变相，手中之竹，又不是胸中之竹也。总之，意在笔先者，定则也；趣在法外者，化机也。独画云乎哉？”（《郑板桥诗文书画全集·诗文卷·题画篇·竹》）“眼中之竹”即为自然之竹，“胸中之竹”当为意象之竹，“手中之竹”则为所画之竹。尽管郑板桥没有像陆机那样慨叹艺术表现之难，但他却指出了从艺术观察到艺术构思到艺术表现过程中物象-意象-形象转化的特征。

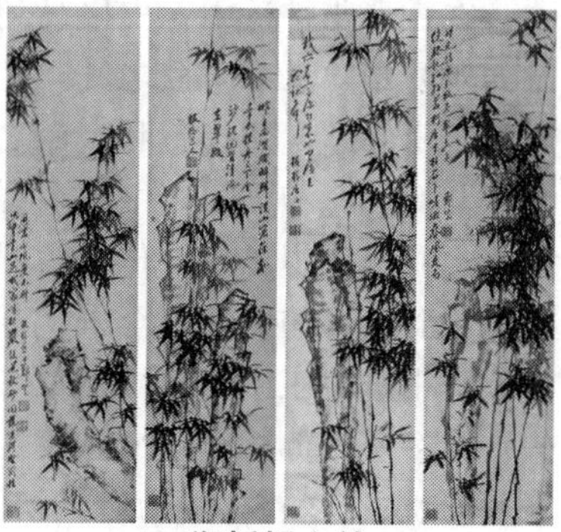
郑板桥之竹

第四节 文学天才

在文学史上诗人作家对于天才的推崇和赞赏比比皆是。或以天才自许，如李白《将进酒》“天生我材必有用，千金散尽还复来”；或以天才誉人，如方孝孺《吊李白》“惟有李白天才夺造化，世人孰得窥其作”（《逊志斋集》卷二十四）。天才似乎是对诗人作家文学才能的最高称谓，只有具有奇能异才之人足堪当之。袁中道称其兄袁宏道：“先生天纵异才，与世人有凡仙之隔，而学问自参悟中来。”（《中郎先生全集序》，《袁宏道集笺校》附录三）

无论在东方还是西方文论中都有大量关于天才的论述。不过天才却是个比较模糊的概念，其含义可谓众说纷纭、莫衷一是。归纳起来，可以得出关于文学天才的两种基本认识。其一，文学天才是一种先天具有的独特才能，或者说是作家天生的超常素质。唐代姚合《喜览泾州卢侍御诗卷》：“新诗十九首，丽格出青冥。得处神应骇，成时力尽停。正愁闻更喜，沉醉见还醒。自是天才健，非关笔砚灵。”（《全唐诗》卷五〇二）宋代谢尧仁《张于湖先生集序》：“文章有以天才胜，有以人力胜。出于人者可勉也，出于天者不可强也。”（《于湖居士文集》卷首）上述所谓“天才健”“出于天者”之说均在强调其创作乃出于天生之才能，而非人力能为之。其二，文学天才既是先天所赋又是经过后天学习、锻炼而养成并得到强化的一种出类拔萃的综合才能。贺拉斯《诗艺》说：“有人问：写一首好诗，是靠天才呢，还是靠艺术？我的看法是：苦学而没有丰富的天才，有天才而没有训练，都归无用；两者应该相互为用，相互结合。”① 可见天才与苦学、训练是分不开的，正所谓天才出于勤奋。不付出辛苦的劳动，无论具有怎样的天赋也将

① 亚里士多德，贺拉斯．诗学·诗艺．罗念生，杨周翰，译．北京：人民文学出版社，1962：158.

一事无成。对此，黑格尔曾说过一句有名的话："最大的天才尽管朝朝暮暮躺在青草地上，让微风吹来，眼望着天空，温柔的灵感也始终不光顾他。"[①] 王国维在《文学小言》中说："天才者，或数十年而一出，或数百年而一出，而又须济之以学问，帅之以德性，始能产真正之大文学。"又说："此有文学上之天才者，所以又需莫大之修养也。"[②] 对比上述两种观点，可以看出后一种说法较为合理。文学天才是先天天赋与后天学习修养有机统一的结果，过分强调天赋而轻视学习实践是不正确的。文学天才不同于常人之处到底表现在哪里呢？其基本特征主要包括以下两方面。

一、自然天放、自由表达的艺术表现才能

中西文学史上诗人作家灿若群星、不胜枚举，但是说到历代公认的天才却屈指可数。在这为数不多的天才身上所具有的基本特征就是他们自身像大自然一样丰富多彩、包罗万象，他们作品中描写的事物巧妙天然地合乎自然和生活的规律。在西方作家中，莎士比亚是后世最为推崇的文学天才，这种特点极为突出地体现在他身上。屠格涅夫说："莎士比亚像大自然一样，是所有的人都能了解的……如同大自然一样，他是又简单又复杂——好像俗话所说，一切了如指掌——他深刻有如无底深渊，他自由到粉碎了任何束缚，他经常充满了内在的和谐和那种作为一切生物的基础的一贯的合理性与合乎逻辑的必然性。"[③] 雨果也说过类似的话："就像一切神通广大、才智高超的人一样，莎士比亚把整个自然都斟在自己的酒杯里，他不仅自己喝，而且还让你也来喝。"[④]

一般作者在创作过程中总是需要努力克服构思与语言表现的矛盾，力求使二者和谐一致起来。而天才人物则无须刻意进行弥合也能够使二者自然而然地协调一致，得心应手地运用语言进行"规矩虚位，刻镂无形"，尽"以奴仆命风月"，甚至达到苏轼所说那种"行云流水"般的自由境界："吾文如万斛泉源，不择地皆可出。在平地滔滔汩汩，虽一日千里无难。及其与山石曲折，随物赋形，而不可知也。"（《自评文》，《苏轼全集·文集》卷六十六）由于拥有颖悟聪慧的天性并对创作规律的把握透彻，天才人物获得了创作的充分自由，从而更能够创造出合乎自然和生命规律的艺术形象。

二、独创开辟、冲破成规拘束的艺术创造才能

康德曾对天才作过经典性的解释："天才就是，一个主体在他的认识诸机能的自由运用里表现着他的天赋才能的典范式的独创性。"所谓"典范式的独创性"，是指其艺术创造能够作为某种范式或标本，成为他人或后世学习效法的榜样。天才的独创性实质是，"在艺术里从规则的束缚解放出来，以致艺术自身由此获得一新的规则，通过这个，那才能表现出自己是可以成

① 黑格尔．美学：第 1 卷．朱光潜，译．北京：商务印书馆，1979：270.

② 徐洪兴，编选．王国维文选．上海：上海远东出版社，2011：193.

③ 段宝林，编．西方古典作家谈文艺创作．沈阳：春风文艺出版社，1980：456.

④ 古典文艺理论译丛编辑委员会．古典文艺理论译丛：第 3 册．北京：人民文学出版社，1962：106.

为典范的"[①]。这就是说，天才的要义就是使艺术摆脱固有成规的束缚、禁锢，形成新的规范。这就意味着冲破旧规则、建立新规则是天才的使命。

天才人物在艺术创造中往往表现出改变故习、突破常规、大胆拓新的现象，这是因为他们以非凡的眼光，着眼于独创开辟，具有大刀阔斧地进行艺术创造的能力。晁补之评苏轼词云："居士词豪放杰出，自是曲子中缚不住者。"（吴曾《能改斋漫录》卷十六）严羽评李白诗曰："太白天才豪迈，语多率然而成者。"（《沧浪诗话·诗评》）说明天才人物超迈豪放、气势磅礴，可以冲决任何艺术形式的束缚，自立法度而天然成趣。歌德评论莎士比亚说："莎士比亚并不是一个适合在舞台上演的剧体诗人。他从来不考虑舞台。对他的伟大心灵来说，舞台太窄狭了，甚至这整个可以眼见的世界也太窄狭了。他太丰富，太雄壮了。"[②] 狄德罗写过两篇专论天才的文章，他说："有天才的人、诗人、哲学家、画家、音乐家都有一种我不知道是什么的特殊、隐秘、无从规定的心灵的品质；缺乏这种品质，人就创作不出极伟大、极美的东西来。"又说："鉴赏力的标准和规则会妨碍天才的发挥，为了上升到高尚的、感人的、伟大的境界，天才摧毁了这些标准和规则。"[③] 那些天才作家、艺术家出于独创的需要，在创作中有时甚至改变自然的规则，使之服从自己创立的规则。

相关知识

在《歌德谈话录》中，作者爱克曼记述他在歌德家里看到荷兰画家鲁本斯（1577—1640）的风景画中光线是从两个相反的方向投射过来的，感到很奇怪。这时歌德微笑着说："要点就在这里，鲁本斯就用这种办法显出他的伟大，显出他用自由的心灵去超越自然，使自然符合他的更高的目的。这种从两个方向来的光线确实是有些勉强，你可以说它是违反自然。但是它纵然违反自然，我还是要说，它高于自然，我要说它是大画家的大胆的笔法，趁此他就以天才的方式证明艺术并不完全受制于自然的必然规律，而是有它自己所特有的规律。"[④]

第五节 文学修养

优秀的诗人作家之所以能够创作出脍炙人口、千古不朽的作品，固然与其天才直接相关，但更在于他们有着高度的文学修养。文学修养是个内涵广泛的综合性概念，既指作者胸怀气度的养成、道德人格的涵养、人生境界的提升，也包括审美品位、艺术造诣的提高等。中国传统文论是最重视作家的文学修养的，如要求"有德者必有言""文如其人"，提倡"养气""积学以储宝""积理"与"练识"等。总之，诗人作家必须追求高度的思想道德人格和审美艺术境

① 康德．判断力批判：上卷．宗白华，译．北京：商务印书馆，1964：164，165.
② 爱克曼，辑录．歌德谈话录．朱光潜，译．北京：人民文学出版社，1978：93.
③ 古典文艺理论译丛编辑委员会．古典文艺理论译丛：第6册．北京：人民文学出版社，1963：135，131.
④ 爱克曼，辑录．歌德谈话录．朱光潜，译．北京：人民文学出版社，1978：145.

界，必须在身心、道艺各个方面进行全面的提升，才能创作出优秀的文学作品。本节主要介绍中国传统文论对诗人作家文学修养所提出的几点基本要求。

一、胸襟情怀的陶冶

在中国传统诗学中，衡量诗人作家的首要标准往往不是看其艺术才能的高低，而是看其是否具有宏阔博大的胸襟怀抱。例如叶燮《原诗》中说："我谓作诗者，亦必先有诗之基焉。诗之基，其人之胸襟是也。有胸襟，然后能载其性情、智慧、聪明、才辨以出，随遇发生，随生即盛。"（《原诗·内篇下》）他把胸襟看作诗人创作的根基或基础，认为这是决定其创作成功的基本条件。诗人的性情、聪慧、才能等因素都是在此基础上得以发挥光大的。的确，诗人创作能达到怎样的境界完全取决于其具有何等的胸怀抱负。沈德潜说："有第一等襟抱，第一等学识，斯有第一等真诗。"（《说诗晬语》卷上）徐增《而庵诗话》说："诗到极则，不过是抒写自己胸襟。"（王夫之等《清诗话》上册）

其实所谓胸襟怀抱包括胸怀气度以及志向抱负等多种含义。优秀作家往往具有宽广博大的胸怀抱负，具体体现为两方面。

一是生命情调和宇宙意识。宗白华在《论〈世说新语〉和晋人的美》一文中谈到晋人追求精神的自由、解放，因而催生和萌发了生命情调和宇宙意识。他说："魏晋时代人的精神是最哲学的，因为是最解放的、最自由的……这种精神上的真自由、真解放，才能把我们的胸襟像一朵花似的展开，接受宇宙和人生的全景，了解它的意义，体会它的深沉的境地。近代哲学上所谓'生命情调''宇宙意识'，遂在晋人这超脱的胸襟里萌芽起来。"这种生命情调和宇宙意识的交融会合使人生得以扩展升华，进入超越现实的艺术境界。而"艺术的境界，既使心灵和宇宙净化，又使心灵和宇宙深化，使人在超脱的胸襟里体味到宇宙的深境"①。

诗人作家一方面热爱生命、热爱生活，追求丰富多彩、自由潇洒的人生；另一方面反思人生、顾念生死，追寻生命的价值和意义，于是其作品便体现了独具特色的生命情调。

康德曾对宇宙意识作过精辟论述，他指出：世间最能引起我们景仰和敬畏之物是"在我之上的星空和居我心中的道德法则"，"前者从我外在的感觉世界所占的位置开始，把我居于其中的联系拓展到世界之外的世界、星系组成的星系以至一望无垠的规模，此外还拓展到它们的周期性运动，这个运动的起始和持续的无尽时间"②。作者虽然生活在特定的历史条件下，受到种种现实因素的制约，但是其精神却能超越有限伸展至无限，浮想宇宙太空的辽阔，思考时空的永恒、万物及人类的生灭等，将个人的小宇宙与世界的大宇宙有机地联系起来。伟大的诗人作家总是能够超越现实与个体人生的局限，在其作品中表现出深沉广阔的宇宙意识。叶燮在《原诗》中评价杜甫的《乐游园》诗："悲白发，荷皇天，而终之以'独立苍茫'，此其胸襟之所寄托何如也!"又谓王羲之《兰亭序》："寥寥数语，托意于仰观俯察，宇宙万汇，系之感忆，而极于死生之痛。则羲之之胸襟，又何如也!"（《原诗·内篇下》）叶燮所赞赏的正是杜甫、王羲之在其作品中所体现的那种生命情调和宇宙意识。

---

① 宗白华．艺境．北京：北京大学出版社，1997：139，173.

② 康德．实践理性批判．韩水法，译．北京：商务印书馆，1999：177.

二是悲天悯人的人文情怀。综观文学史，可以看出历史上那些伟大的诗人作家不是仅仅表现个人的情感体验，而是关怀他人、社会及人类的生存和命运，并表现出忧生忧世的人文情怀。王国维在《人间词话》中曾举《诗经》和宋词中的名句说明“诗人之忧生”“诗人之忧世”的不同，并比较道君皇帝赵佶与后主李煜的差别：“道君不过自道身世之戚，后主则俨有释迦、基督担荷人类罪恶之意，其大小固不同也。”① 也就是说，仅仅书写自身休戚的赵佶，与具有关怀社会、自愿承担道义和罪过的担当意识与人文情怀的李煜是不能相提并论的。

对此，托尔斯泰也有过类似的论述。他强调作家要有一种“对人类的爱”的大爱情怀。他在给罗曼·罗兰的信中指出：“只有使人类结合起来的艺术，才是唯一有价值的艺术。有价值的艺术家，是为他的信念作出牺牲的艺术家。一切真正的职业的先决条件，不是对艺术的爱，而是对人类的爱。也许只有充满了这样的爱的人，才适合作为艺术家而做出什么有价值的事来……”② 他主张艺术家只有充满了对人类的爱才能创作出真正有价值的优秀作品来，实际上是在提倡以普泛之爱为前提的博爱精神和人文情怀。

二、道德人格的涵养

中国古代历来有“文如其人”的说法，提倡“文如其人”也就是强调诗人作家要具有高度的道德人格修养。孔子说“有德者必有言，有言者不必有德”（《论语·宪问》），意在指出当世那些立言的人却未必有德，强调有德者必定有言，是说有德之人立言才是顺理成章的。程颐说：“孔子曰：‘有德者必有言’，何也？和顺积于中，英华发于外也。故言则成文，动则成章。”（《二程遗书》卷二十五）中国传统文论论及画家、诗人作家总是强调人品、人格的重要性，认为其作品的优劣好坏从根本上说是由其人品、人格决定的。郭若虚论画说：“人品既高矣，气韵不得不高，气韵既已高矣，生动不得不至；所谓神之又神，而能精焉。”（《图画见闻志·叙论》）李贽论苏轼云：“苏长公何如人，故其文章自然惊天动地。世人不知，只以文章称之，不知文章直彼余事耳。世未有人不能卓立而能文章垂不朽者。”（《又与焦弱侯》，《焚书》卷二）王嗣奭说：“作诗文须先树品，人品高而诗文能自成家，断然传矣。若其人无品，而欲取重于诗文，则古来名家车载斗量，我辈安所措趾耶!”（《文学》，《管天笔记外编》卷下）人品或人格并非中性词，而是带有价值判断的色彩，是指人的正面的、值得肯定的优良品格。历代对人品、人格的提倡，着重推崇的是作者高尚的道德、高洁的品质以及清刚雅正之气、光明磊落之怀等。人品、人格有高低之分，只有具有高尚人品或人格之人才能成为伟大的作家。如王国维说：“三代以下诗人，无过于屈子、渊明、子美、子瞻者。此四子者苟无文学之天才，其人格亦自足千古。故无高尚伟大之人格，而有高尚伟大之文学者，殆未之有也。”③ 西方美学家作家也有重视道德人格的观点，最有代表性的是康德和歌德。康德称“居我心中的道德法则”，“使心灵充满日新又新、有加无已的景仰和敬畏”，它“通过我的人格无限地提升我作为理智存在者的价值，在这个人格里面道德法则向我展现了一种独立于动物性，甚至独立于整个

① 滕咸惠，校注．人间词话新注（修订本）．济南：齐鲁书社，1986：93.
② 黎央，编著．外国文学艺术家轶话．杭州：浙江人民出版社，1980：94.
③ 徐洪兴，编选．王国维文选．上海：上海远东出版社，1997：193.

感性世界的生命”[①]。歌德则直接强调道德人格的重要性，尤其推崇作家的伟大人格。他说：“在艺术和诗里，人格确实就是一切。但是最近文艺批评家和理论家由于自己本来就虚弱，却不承认这一点，他们认为在文艺作品里，伟大人格不过是微不足道的多余的因素。”他对莱辛的人格十分推崇，说：“我们所缺乏的是一个像莱辛似的人，莱辛之所以伟大，全凭他的人格和坚定性！”他还认为作家的风格是由其人格决定的：“总的来说，一个作家的风格是他的内心生活的准确标志。所以一个人如果想写出明白的风格，他首先就要心里明白；如果想写出雄伟的风格，他也首先就要有雄伟的人格。”[②]

作家道德人格的形成，尽管与个人的气质、品性和创作个性等因素直接相关，但更主要的因素在于独特的社会历练和自身修养。那些人格高尚、卓然独立，堪当“社会脊梁”、代表“民族之魂”的伟大作家，往往是在身处逆境、屡遭磨难的人生经历中，不断砥砺、修炼、涵养，从而使其道德人格得到升华的。

三、艺术境界的提升

艺术境界这一概念，其含义本来就较为模糊，更因为近代以来王国维大倡“境界”说并引起后人的种种阐释而变得更加复杂了。其实就其本义而言，通常所说的艺术境界大致包括两层意思。其一是指作家艺术家的创作所达到的某种艺术程度，遂有境界高低、大小之别。王国维说：“境界有大小，然不以是而分高下。”其二是特指作家艺术家的创作所达到的较高的艺术境地，观其是否至此境地，遂有境界有无之分。王国维说：“能写真景物、真感情者谓之有境界，否则谓之无境界。”[③] 本章所说的艺术境界并不囿于王国维及今人之境界说，乃取其贴近艺术之原初本义，指的是作家艺术家在艺术创造上所达到的某种较高的境地。此艺术境界乃是相对于非艺术的、缺乏艺术高度的创作境地而言的。具体来说，诗人作家所应具有的或追求的艺术境界其内容包括以下三个方面。

一是虚静空明的创作心境。文学创作是一种需要个人独立思考、苦心孤诣经营的精神活动，诗人作家只有在虚廓静寂、聚思凝虑的心理状态下才能进行创作。刘勰《文心雕龙·神思》说：“是以陶钧文思，贵在虚静；疏瀹五藏，澡雪精神。”就是强调作者要排除内在外在的种种干扰，潜心沉思，进入一种空寂澄明的心理状态，从而使思维的意念自由地游动。关于虚静心境的作用，在于可以以静观动，接纳万物。苏轼说：“欲令诗语妙，无厌空且静。静故了群动，空故纳万境。”（《送参寥师》，《苏东坡集》前集卷十）苏轼在此不仅提出了“空”“静”的要求，还解释了其原因：只有在静观默处中才能体察各种事物的运动，在空明虚廓的状态下才能将整个大千世界接纳于心中。同时，处于虚静状态还可以使心慧识明，洞悉一切，艺至精纯。朱熹指出今人之所以做不好诗，“只是心里闹，不虚静之故”，“不虚不静，故不明；不明，故不识。若虚静而明，便识好物事。虽百工技艺，做得精者，也是他心虚理明，所以做得来精”（朱熹《论文下》，《朱子语类》卷一百四十）。

---

① 康德．实践理性批判．韩水法，译．北京：商务印书馆，1999：177.

② 爱克曼，辑录．歌德谈话录．朱光潜，译．北京：人民文学出版社，1978：229，92，39.

③ 滕咸惠，校注．人间词话新注（修订本）．济南：齐鲁书社，1986：47，36.

值得注意的是，虚静的创作心境并非无思无虑，它所体现的是凝神专注的思虑状态。诗人作家的创作是一种精力高度集中的心理活动，需要打通意识、潜意识甚至无意识的广阔思考领域，只有在虚廓澄明的心境下才能使想象力畅游于心灵的库府，使创造力得以充分发挥。虚静心境的产生尽管与作者自身的气质类型、心理特征直接相关，但靠的是一种沉潜内敛的修养功夫，需要进行长期的定力锤炼，静心独处、耽思凝虑，而至于潜心入神。

二是超越功利的创作态度。文学创作是一种表现人的本真性情、执着于美的创造的艺术活动，需要全身心地投入、神志专一，而不为利欲所动，不为赏誉所惑，如此才能达到完美的境地。《庄子·达生》篇记述梓庆削木为鐻时，“必齐（斋）以静心”，“齐（斋）三日，而不敢怀庆赏爵禄”，“斋（斋）五日，不敢怀非誉巧拙”，也就是要排除功利之心，以便进入虚己待物、专心致志的心理状态。苏轼曾提出“君子可以寓意于物，而不可以留意于物”（《宝绘堂记》，《东坡七集·东坡集》卷三十二）之说，追求一种超然物外的人生态度。其实无论是就人生还是就艺术创造而言，只有采取超然物外的态度，才能不为外物所累，获得人生的自由和创作的自由。王国维则从康德的审美无利害说出发，直接反对文学艺术的功利化倾向，强调文学艺术和科学一样都是“非职业的学问”：“非职业的学问何？科学、哲学、文学、美术四者是已。”而不可加之以官职，劝之以名利。指出“以官奖励学问，是剿灭学问也”（《教育小言十三则》）；以“名”“利禄”为目的的文学是“餔餟的文学”“文绣的文学”而“不足为真文学”①（《文学小言》）。此类说法虽然不无偏颇，但是他追求文学的独立性，要求作家摆脱名利的束缚而进行自由创作的思想还是很值得重视的。

三是出神入化的艺术化境。作家艺术家修养的最高境界是追求出神入化的艺术化境。艺术化境的思想渊源可以追溯到庄子。庄子在“庖丁解牛”的寓言故事中描述了庖丁解牛之时技入于道的神奇情状：“砉然响然，奏刀騞然，莫不中音。合于《桑林》之舞，乃中《经首》之会”，“以神遇而不以目视，官知止而神欲行”，“恢恢乎其于游刃必有余地矣”。（《庄子·养生主》）庖丁所说“臣之所好者，道也，进乎技矣”，即技通于道、道技合一的境界，其实就是指技艺的娴熟达到了出神入化的艺术化境。后来苏轼提倡“有道有艺”“道技两进”等，就是对庄子“道”通于“技”思想的发挥，强调文学艺术创作既要“了然于心”，又要“了然于口与手”；既要“求物之妙”，又要达物之妙，使艺入于道、得心应手，从而达到“随物赋形”“妙造自然”的高度艺术境界。严羽推崇盛唐诗歌所说的“羚羊挂角，无迹可求”，可以看作是对艺术化境的形象化比喻。清代贺贻孙提倡“化境”，并具体描述道：“诗家化境，如风雨驰骤，鬼神出没，满眼空幻，满耳飘忽，突然而来，倏然而去，不得以字句诠，不可以迹象求。”（《诗筏》，郭绍虞、富寿荪《清诗话续编》）意在追求一种浑然天成、不落言筌、不着迹象的圆融浑化之境。同时，他强调诗歌创作要“自写性灵”“真率”“自然”等，都体现出对艺术化境的追求。

诗人作家在创作过程中只有不断感悟、长期实践，进行深切体验、执着求索，经过苦心孤诣地修炼养成，才能达到这种妙造自然、技艺通神的艺术境界。

---

① 徐洪兴，编选．王国维文选．上海：上海远东出版社，1997：147，191-196.

深度思考

通过分析比较中西文论可以看出，在文学修养的问题上，中国传统文论涉及较多的是对于道德人格、人生境界和艺术境界的关注，而西方文论有关这方面的论述却要少得多。他们似乎更关注创作的艺术技能和技巧方法等问题。当然中国传统文论家也关注此类内容，历代产生了大量谈论创作技巧方法的诗话、词话之类的文章，但是他们最为重视的还是人品和文品。其实东西方这种差异体现了重道德人格与重道理法则的两种不同的文论特色。

【本章概要】

在我们的文学理论中，对于文学才能问题的研究，一直比较欠缺。尤其是关于艺术天才问题，或许是因不无唯心主义之嫌，鲜见有人进行专门性的探讨。实际上，世界上的每一个人，要取得某一方面的成就，与某一方面的才能是密切相关的。同样，文学创作作为人类的一种独特艺术创造活动，是有内在奥妙的。一位诗人、作家，要创作出真正优秀的作品，是需要独特的感悟能力、想象能力、语言表达能力等这样一些相应才能的。对于某一生命个体而言，这些才能的获得与两方面因素有关：一是先天性的生理与心理机制，二是后天的学习与训练。许多生理与心理学的研究成果业已证明，与先天性的生理与心理机制相关，人的个性气质、对事物的敏感程度、情感活跃程度是有差异的，这些差异，对其艺术创作才能会有直接的影响。一个人的艺术才能，当然也还可以经由诱导、培养与训练而获得。即使具备良好的先天才能质素者，也只有经过勤学苦练，才有可能获得创作的成功。关于这方面的问题，贺拉斯在《诗艺》中提出的辩证论断，是值得我们进一步深思的：“苦学而没有丰富的天才，有天才而没有训练，都归无用。”

【本章关键词】

文学才能：是指作家从事文学创作所具有的各种综合能力，主要包括文学感悟能力、文学想象能力、文学表现能力等。

文学感悟：是创作主体面对外在事物时在短短一瞬间产生的一种当下感触，是由外在事物引发的一种精神体悟，是创作冲动萌生的标志，是作品最初“受孕”的关键环节。如由一草一木领悟到生命的自强不息，从而产生创作冲动等。

文学想象：是一种独特的艺术思维活动，是作家在创作过程中，头脑中涌现活生生的形象的过程。作为一种思维活动，文学想象不同于一般所说的抽象思维，而是别林斯基所说的一种“寓于形象的思维”，或称形象思维。

文学表现：是与艺术构思紧密相关的一个概念，具体内容包括作家如何塑造人物、构思情节、确定主题、设置结构、推敲词语等，总之作家把想象中的内容转化成语言文字的整个过程都属于文学表现。

文学修养：指作者胸怀气度的养成、道德人格的培育、人生境界的提升，以及审美品位、艺术技巧、艺术造诣的提高等。

【推荐阅读】

科瓦廖夫．文学创作心理学．程正民，译．福州：福建人民出版社，1983.
杨义．感悟通论．北京：人民出版社，2008.
郁沅，倪进．感应美学．北京：文化艺术出版社，2001.
段宝林，编．西方古典作家谈文艺创作．沈阳：春风文艺出版社，1980.
鲁枢元．创作心理研究．郑州：黄河文艺出版社，1985.
杨守森．艺术想象论．天津：百花文艺出版社，1991.
王琢．想象力论——大江健三郎的小说方法．上海：上海文艺出版社，2004.
余华，等．文学：想象、记忆与经验．上海：复旦大学出版社，2011.

【思考题】

1. 文学感悟有哪些主要特征？
2. 作家的艺术感悟力体现在哪些方面？
3. 文学想象力有何作用？
4. 文学表现的基本要求是什么？
5. 谈谈你对文学天才问题的认识。
6. 优秀作家需要具有怎样的文学修养？

第七章

文学境界

从文学评价的角度来看，一首诗、一部小说、一篇散文，可以是“文学作品”，但不一定是“优秀作品”，更不一定是“伟大作品”。同是文学作品，何以会有优劣高下之分？语言表达、抒情技巧、叙述方式等方面的艺术素质当然是重要的，但这些素质决定的还只是作品的艺术水平，并不能说明作品的整体价值。事实上，从中外文学史来看，那些真正优秀或伟大的作品，除了达到很高的艺术水准之外，其中还会凝铸着作家关于现实、历史、人生、宇宙等方面的体悟与思考，能够给予读者心灵以震撼与启迪，能够提升人类的品性，促进人类文明的进步。因此，在评价文学作品的价值高低时，还应寻求更为有效的理论范畴与标准，这就是本章所要探讨的文学作品的境界问题。

第一节
文学境界的内涵

据许慎《说文解字》："竟，乐曲尽为竟"；"界，竟也。"段玉裁注曰："竟，俗本作境，今正。乐曲尽为竟，引申为凡边竟之称。""界之言介也，介者，画也，画者界也，象四田界。"可见"境界"一语，本义是指有一定边界的空间，即今所谓"疆界"。

在中国语言发展史上，地域空间之本义的"境界"，后被引申用来说明人的某种心灵状态、精神层次或整体性的人格风范。如《庄子·齐物论》中所推崇的"不相待""亦无辩""和之以天倪""忘年忘义"之"无竟"，指的便是一种世界观意味的心灵状态与整体性的人格风范。汉译佛教典籍如《无量寿经》中所说的"比丘白佛，斯义弘深，非我境界"，《华严经梵行品》中所说的"了知境界，如幻如梦"之"境界"等，指的亦是修行者所能达到的精神层次。中国现代著名哲学家冯友兰先生在《新原人》中，则径直以"境界"论人生，认为"人生境界"可分为四个层次，即自然境界、功利境界、道德境界与天地境界。自然境界是一种最低层次的自然生物意义上的生活境界，其特征是：一个人只是"顺着他的本能或其社会的风俗习惯"做他所做的事。功利境界的特征是：一个人做的事，结果虽有利于他人，而动机则是利己的。道德境界的特征是：一个人知晓自己只是社会的一员，能够为社会的利益做各种事。天地境界是人生的最高境界，其特征是：一个人，意识到自己不仅是社会的一员，还是宇宙的一员，能够为宇宙的利益做各种事。① 张世英先生在《哲学导论》中亦曾在人生境界意义上指出："'境界'就是一个人的'灵明'所照亮了的他所生活于其中的、有意义的世界。""人在这个生活世界中怎样生活、怎样实践，这就要看他的那点'灵明'怎样来照亮这个世界，也就是说，要看他有什么样的境界。一个只有低级境界的人必然过着低级趣味的生活，一个有着诗意境界的人则过着诗意的生活。"②

正是与"境界"被赋予的精神内涵相关，在中国古代文论史上，也早已不乏径直以"境界"论文学艺术的见解。如宋代画家郭熙在《林泉高致》中曾谈及："余因暇日阅晋唐古今诗什，其中佳句有道尽人腹中之事，有装出目前之景，然不因静居燕坐，明窗净几，一炷炉香，万虑消沉，则佳句好意亦看不出，幽情美趣亦想不成，即画之主意亦岂易及乎？境界已熟，心手已应，方始纵横中度，左右逢源。"郭熙这儿所说的绘画过程中所追求的与精神形态之"主意"密切相关的"已熟"之"境界"，即可谓画家在创作过程中体悟到的艺术境界。宋人李淦在《文章精义》中，曾谓："《庄子》寓言之类，是空境界文字；灵均《九歌》之类，是鬼境界文字；子瞻《大悲阁记》之类，是佛境界文字；《上清宫辞》之类，是仙境界文字。"王国维在《人间词话》中，曾以"千古壮语"之"境界"盛赞"明月照积雪""大江流日夜""中天悬明

① 冯友兰．中国哲学简史．北京：北京大学出版社，1996：291－292.
② 张世英．哲学导论．北京：北京大学出版社，2002：79，80.

月”“大漠孤烟直，长河落日圆”之类的诗歌。在我国当代文学研究领域，文学境界也早已是一个频频可见的术语，如“小说的境界”“某某作家的创作境界”“中国文学的最高境界”等。

那么，究竟何谓文学境界？细考古今有关论述，可以发现，人们在以“境”“境界”论及文学艺术或径直使用“文学境界”这一术语时，实际上有两种所指：一是指文学作品的“艺术化境界”，二是指文学作品中的“精神境界”。前者注重的是作者的艺术追求及作品所达到的艺术化程度。如明人王世贞在《艺苑卮言》中赞扬王维的诗“由工入微，不犯痕迹，所以为佳”，同时批评张籍虽善言情，王建虽善征事，“而境皆不佳”①。今人袁行霈先生在其主编的《中国文学史》中谓“《诗经》中赋、比、兴手法运用得最为圆熟的作品，已达到了情景交融、物我相谐的艺术境界”②。王世贞所说的“境”，袁行霈先生主编的《中国文学史》中所使用的“艺术境界”，见出的便正是文学作品的“艺术化境界”之意。后者注重的则是文艺作品中的精神内涵，以及达到的精神层次，如宋人郭熙所说的致其“境界已熟”之关键的“画之主意”，李涂所说的“空境界”“鬼境界”“佛境界”“仙境界”，今人所说的“某某作家的创作境界”“文学的最高境界”等，即体现为此意。比较可见，第一重含义的“文学境界”，主要可用于评判某一作品的艺术水平，而第二重含义的“文学境界”，则可以在此基础上，从精神层次的角度，进一步评价某一作品整体价值的高低。

以实例来看，如：“荷叶罗裙一色裁，芙蓉向脸两边开。乱入池中看不见，闻歌始觉有人来。”（王昌龄《采莲曲》）这样一首小诗，用生动的语言，再现了一幕情趣盎然、令人陶醉的人间生活小景，不能说不美，更不能说没有达到艺术化境界，但就其给予读者的情感感染与心灵震撼而言，无论如何难以与陈子昂的《登幽州台歌》、柳宗元的《江雪》之类作品相比。在文学艺术史上，还可常见这样一类现象：有许多题材相近，同样不乏情感，不乏想象，甚至有着很高艺术技巧，不乏艺术化境界的作品，其艺术价值却大不相同。如同是战争题材的小说，有多少如过眼烟云，而托尔斯泰的《战争与和平》、海明威的《永别了，武器》等，则成为世界文学名著；同是性爱题材的小说，有的被认为淫秽粗俗，难登大雅之堂，而劳伦斯的《查特莱夫人的情人》，则终被判定为一部严肃而富有诗意的杰作；同是凶杀犯罪题材的作品，有不少被指责为渲染暴力，而陀思妥耶夫斯基的《罪与罚》《卡拉马佐夫兄弟》等，则被人称颂为“伟大的天才之作”；古往今来，不知有多少诗人咏叹过梅花，但绝大多数默无声息，而宋人陆游的那首《咏梅》词与明人高启的那首《咏梅》诗，则常为后人念及。个中原因，当然是多方面的，而其关键正在于：在那些为人赞叹的高妙之作中，别有超凡深邃，能够给人以心灵震撼与启迪的精神涵蕴。这类涵蕴，不是一般所说的能够明确予以概括的“主题思想”，而是宋人严羽在《沧浪诗话》中所说的“言有尽而意无穷”之“意”。本章所论及的文学

《江雪》诗意图

① 郭绍虞，主编．中国历代文论选：第3册．上海：上海古籍出版社，1980：103.

② 袁行霈，主编．中国文学史：第1卷．北京：高等教育出版社，1999：4.

境界，便主要是就此含义而言的，即指的是诗人、作家通过一定的艺术手段，凝铸于特定艺术形象中的关于现实、人生、宇宙的体察、感悟与沉思，是在某一具体作品中，由艺术形象升华而生成达到的某一层级的诗性精神空间。

理论辨析

在我国文学研究领域，常以“意境”之有无论诗之高低。“意境”一语，本源于据传是唐人王昌龄作的《诗格》，令人不解的是，《诗格》中原本讲得很明确：“诗有三境：一曰物境，欲为山水诗，则张泉石云峰之境，极丽绝秀者，神之于心，处身于境，视境于心，莹然掌中，然后用思，了然境象，故得形似。二曰情境，娱乐愁怨，皆张于意而处于身，然后驰思，深得其情。三曰意境，亦张之于意而思之于心，则得其真矣。”从中可见，作者是在并列意义上概括归纳了诗歌创作中最为常见的三种境界，即重神之境、重情之境与重意之境，并没有从价值高低的角度特别推崇“意境”，但后人在论及诗歌的奥妙时，高度重视、大加张扬的则是“思之于心”的“意境”。也许正因“意境”原本仅指诗境之一，故而后人力图将其用于统辖所有诗歌现象，也就难免尴尬了。比如，当面对诸如直抒胸臆之陈子昂的《登幽州台歌》、重在彰显某种哲理的苏东坡的《题西林壁》之类说不上有什么“情景交融”的意境，但却时常为人称道的诗作时，又该如何评价呢？近些年来，在我国文论界，有学者试图进一步扩大“意境”的理论效应，将其用之于分析评价常以叙述事件、刻画人物见长的小说、戏剧之类作品，这也总让人感觉牵强。而以“境界”论之，则显然会更为得体与切实。

第二节 文学境界的创造

通过对文学创作过程及具体作品内涵的分析可知，作为诗性精神空间含义的文学境界的创造，主要与下列要素有关。

首先是人生境界。一位诗人、作家、艺术家，在其创作过程中，不论是寻找视点、取材、立意，还是形式技巧的选择，都必然会受到自己的社会观、人生观、哲学观、处世态度、趣味爱好、审美理想等人生境界因素的影响，从而形成作品和某种精神境界。在中外文学史上，我们可以发现，许多作品的精神境界，首先便是与作家的人生境界密切相关的。如陶渊明诗作中的恬淡闲适又内含愤世嫉俗的精神境界，即根源于“不为五斗米折腰”的处世态度；李白诗歌中豪放旷达的精神境界，即源之于敢于傲视权贵、向往自由的人生理想；托尔斯泰小说中博大浑阔的精神境界，即源之于其“爱一切人”的宗教哲学情怀。事实上，一位人生境界低下者，是不可能创作出具有很高文学境界之作品的。因此，人生境界，当是影响作品境界的第一要素。

其次，作为主体性的精神创造，文学境界的形成，亦与诗人、作家感受把握世界的能力与层次相关。按康德、黑格尔等人的分析，人类对世界的体认与感悟能力可由低到高依次分为感性、知性、理性三个层次。康德认为，感性（sensibility）能力是指“‘由吾人为对象所激动之形相以接受表象’之能力”；知性（understanding，又译为悟性、智力、理解力）能力是“使吾人能思维‘感性直观之对象’之能力”①；理性（reason）能力是对知性判断的最高综合统一能力，是“关于全部可能经验之集合的统一性的，这样一来，它就超出了任何既定的经验而变成了超验的”②。黑格尔的看法与康德相近，认为感性认识尚是对事物的直接性模糊性认识；知性认识则是通过分割，对事物的各个部分进行单独认识；理性认识要解决的则是超出知性经验的问题，如灵魂不灭、宇宙本体、上帝存在等。其实，在中国传统文化中，也早已出现过体悟能力三分的类似见解，如唐代禅师青原惟信有这样一段经常为人提及的参禅名论：“老僧三十年前未参禅时，见山是山，见水是水。及至后来，亲见知识，有个入处，见山不是山，见水不是水。而今得个休歇处，依前见山只是山，见水只是水。”（《五灯会元》）其中，“见山是山，见水是水”即类乎感性直观认识；“见山不是山，见水不是水”即类乎对山水的知性经验把握；“见山只是山，见水只是水”即类乎对事物超出知性经验的形而上之把握。

文学作品的成功，需要诗人、作家能够以康德、黑格尔所推重的真正的理性智慧，敏锐地从纷纭的自然景物或人生世相中捕捉、发现、把握到某种精神意蕴，而不是停留在感性或知性层面。黑格尔在其艺术哲学中所强调的“美是理念的感性显现”中之“理念”，即指创作主体经由理性所把握到的事物之独特精神意蕴；黑格尔所说的“美”，即指作者将事物的意蕴凝铸于一定感性形式而形成的某种“境界”所产生的诱人特征。以具体作品来看，如元代诗人杨维桢的“杨柳董家桥，鹅黄万万条。行人莫到此，春色易相撩”（《杨柳词》）一诗，读来之所以感觉比较乏味，便是因为前两句只是很实在的寻常自然景观的复述，后两句传达的也不过是普泛性的感觉经验，也就是说，诗中尚乏真正能够打动人心的精神境界。从体悟能力来看，诗人所达到的尚不过是康德、黑格尔所说的感性认识、青原惟信所说的“见山是山，见水是水”的层次。而同是春柳摇曳之景，宋人曾巩的“乱条犹未变初黄，倚得东风势便狂。解把飞花蒙日月，不知天地有清霜”（《咏柳》），给人的感受就大不一样了，会引发读者对诗中隐含的某些丑恶现象的厌恶，并唤起人们对光明正直的人生境界的向往。但从更高的要求来看，意蕴仍觉肤浅。其原因是，这首诗虽然超越了“见山是山，见水是水”的感性认知层面，但体现为“见山不是山，见水不是水”的“势便狂”“蒙日月”之类的比附性意蕴，尚是知性把握的结果，其精神空间仍然是有限的。在古今中外的咏柳诗中，唐人贺知章的那首“碧玉妆成一树高，万条垂下绿丝绦。不知细叶谁裁出，二月春风似剪刀”（《咏柳》），之所以最为人称道，其高妙之处即在于：诗人不仅超越了杨维桢诗中浅显的感性经验层面，亦超越了曾巩诗中只是比附性地抓住柳树某一特征立意的知性体认层面，而是借助“不知”二字，发出了对宇宙的探问，将诗境导入了更为高超的形而上之界域。在贺知章的这首《咏柳》中，诗人所达到的正是近乎康德所说的具有一定“最高综合统一”特征的“理性认识”层面，亦正类乎“见山只是山，见水只是

① 康德．纯粹理性批判．蓝公武，译．北京：商务印书馆，1960：49，73.

② 康德．未来形而上学导论．庞景仁，译．北京：商务印书馆，1978：104.

水”的最高禅境。由此可见，诗人、作家体悟事物独特意蕴的能力，也就成为构成文学境界的第二要素。

文学境界的生成，当然还必须凭依某种特定的感性形式。如恰到好处的文字组合，象征、比喻、拟人之类的艺术手段，以及由此而生成的可感形象等。特定的感性形式，不仅是人格精神境界的载体，有时候，甚至形式本身就是某种人格精神的体现，就独具一定的文学境界内涵。如在文学作品中，语体的生涩与酣畅、笔力的刚健与柔弱、节奏的舒缓与快捷等，即与诗人、作家的人格气质与风范相关。因此，与人生境界、意蕴体悟相谐和的特定艺术形式，是文学境界构成的第三要素。

综上所述，可进一步看出，就创作特征而言，文学境界是诗人、作家通过一定的艺术手段，在作品中创造出的某种精神境域。其中，创作主体所抵达的精神层级，是决定作品境界高低的关键。就创作结果而言，境界是一个弥漫着意蕴氛围，能够引发读者思绪与情感的形象场。这样一种“形象场”，虽仍具本原性的“具有一定边界的空间”之意，但已不同于三维性的自然疆界，而是诗性化的精神空间，是自然空间（形象）、心理空间（意蕴）以及时间（动态流程）的三重叠合。从内在构成而言，文学境界是人生境界、意蕴体悟与艺术形式三位一体的产物，是一位诗人、作家人格、体悟能力与艺术才华的综合体现。

研讨平台

人生境界与文学境界的关系尤为值得重视，从中外文学史上看，那些真正创造了辉煌文学业绩、赢得了读者喜爱的诗人、作家，往往正是拥有超凡的人生境界者。如苏东坡有着“竹杖芒鞋轻胜马，谁怕？一蓑烟雨任平生”的旷达与潇洒；曹雪芹宁愿“举家食粥酒常赊”，也不肯依附权贵；沈从文说过“我天性就对于一切活的人皆能发生尊敬与同情，从不知道有什么敌人”①；法国作家萨特强调，作家要“用人性去包笼世界”②；1970 年，苏联作家索尔仁尼琴也在诺贝尔文学奖的领奖演说中呼吁，一位作家，不仅要关心自己的国家，更要以宏大的视野，对世界的创伤负起责任③。在这些追求与主张中，闪耀的正是襟怀宏阔的人生境界的光辉。而又正是这样一些诗人、作家的作品，标志了人类文学艺术的高度。

索尔仁尼琴（1918—2008）

① 沈从文文集：第 11 卷．广州：花城出版社，1984：310.

② 柳鸣九，编选．萨特研究．北京：中国社会科学出版社，1981：18.

③ 宋兆霖，主编．诺贝尔文学奖文库（授奖词与受奖演说卷）：下册．杭州：浙江文艺出版社，1998：39.

第三节
文学境界的层级

文学艺术，之所以被冠以“创作”之名，一个重要规则即要创造出不同于现实生活也不同于已有文化生活的某种诗性精神空间。但仅据诗性精神空间之有无，仍不能判定作品整体价值之高低。欲判定作品整体价值之高低，还要进一步分析作品中所呈现出来的诗性精神空间的深度与广度，以及由此而给人审美刺激与灵魂震撼的程度。

从其根本构成来看，人类的文艺作品，是其精神之光的闪现与结晶，而人类的精神向往与追求本身，就是存在不同境界的。王国维曾以“隔”与“不隔”论诗之成败，“不隔”可以是诗，甚至是好诗，但不一定是最好的诗，还要看其达到的境界层级。

由于文学艺术作品中的精神境界层级与人生境界及主体体悟能力之间具有密切关联，故而在古今中外的文艺作品中，我们恰可以发现与冯友兰先生所说的人生境界层次基本对应，亦与康德、黑格尔所指出的不同体悟方式相关联的四重文学境界。

一、自然境界

按冯友兰先生的人生境界观，自然境界是一种最低层次的自然生物意义上的生活境界，至此境界的人，只是“顺着他的本能或其社会的风俗习惯”做他所做的事。与之相关，在文学艺术领域，某些作品的特征正近乎此，即注重的只是对客观事物或生活现象的描摹，或主要是作者本能经验的呈现。如“泉溜潜幽咽，琴鸣乍往还。长风剪不断，还在树枝间”（卢仝《新蝉》）、“散影玉阶柳，含翠隐鸣蝉。微形藏叶里，乱响出风前”（李世民《赋得弱柳鸣秋蝉》）之类的咏物诗，虽不无一定情感状态的呈现，但因传达出的主要还是诗人自己的视觉与听觉印象，尚缺乏独到的意蕴体悟，故而所达到的大致可谓自然境界。唐代诗人李贺，声名颇高，但有一首《竹》——“入水文光动，抽空绿影春。露华生笋径，苔色拂霜根。织可承香汗，裁堪钓锦鳞。三梁曾入用，一节奉王孙”——很少为人提及，关键原因恐亦正在于重在感性描摹，而未及知性、理性体悟的层次。性爱，本是人类文学艺术中有重要意义的题材领域之一，但有许多作品，如中国古代小说《如意君传》《疯婆子传》《欢喜冤家》、美国现代小说《玫瑰梦》、中国当今的网络小说《淫荡少妇之白洁》等，之所以受到严肃文学界的漠视乃至否定，原因亦正在于这些作品的意趣主要是本能情欲的宣泄。在这类作品中，有的虽也隐含着一定的社会批判意识，也透露出某些文化信息，或者不乏描写刻画的艺术技巧，但因由作者的主导意趣流露出来的尚属自然境界的眼光，其作品的价值也就可想而知了。近十几年来，在中国文坛上，有一些公然打出“垃圾诗派”“下半身写作”之类旗号的诗人、作家，虽自命为“先锋”，自以为“新潮”，但因基本上停留于感性认知阶段，体现的主要是生理本能层次的自然境界，其作品也就很难具有值得肯定的价值了。

二、功利境界

相关作品大致上可分为两种情况。

一是抒发个人怨愤。比如同是咏蝉，与卢仝、李世民基本上停留于视觉与听觉印象不同，骆宾王《在狱咏蝉》中涌动的是“露重飞难进，风多响易沉。无人信高洁，谁为表予心”的“孤愤”之情，李商隐在《蝉》中流露的是“本以高难饱，徒劳恨费声。五更疏欲断，一树碧无情”的“怨恨”之意。按冯友兰先生的见解，一位功利境界的人，所做事情的结果虽有利于他人，而动机则是利己的，上述“孤愤”与“怨恨”之作，似乎恰好合于此类，即虽有反抗不公、向往清明的社会功利意义，但就诗人的主观动机而言，主要尚是宣泄自己的不满。

二是批判社会现实。在文学艺术中，功利境界还表现在：作家并非仅是从个人功利出发，而是出于某种社会责任感，自觉地以文学艺术为工具，或宣传新的社会主张，或揭露社会黑暗。如 18 世纪涌现于欧洲文坛的以斯威夫特的《格列佛游记》、卢梭的《爱弥儿》、博马舍的《费加罗的婚礼》等为代表的“启蒙文学”，中国“五四”时代出现的冰心的《超人》、王统照的《微笑》之类的“问题小说”，“左联”时期出现的蒋光慈的《咆哮了的土地》、柔石的《为奴隶的母亲》、殷夫的《别了，哥哥》之类的“革命文学”；“文革”结束后出现的以卢新华的《伤痕》、刘心武的《班主任》为代表的“伤痕文学”等。

从作家的体悟能力来看，至功利境界的作品，虽已超越了自然境界之作的感性视野，而上升至思维“感性直观之对象”的知性经验层面，但因受制于知性思维仅是“对事物的各个部分进行单独认识”的局限，这类作品中呈现出的往往是好坏鲜明、是非清楚的二元对立的简单化倾向，因而开拓出的诗性精神空间也还比较浅显。尤其是那些出于某一明确的社会功利目的之作，虽因迫近现实，能够获得同时代许多读者的喜爱，甚至在某一时段中产生轰动效应，但又正因这类作品中的功利因素具有时效性，而当时过境迁，也就往往再也难以引起人们的阅读兴趣了。

三、道德境界

相关作品又可大致分为三类情况。一是批判落后道德。如中国古代文学史上汤显祖的《牡丹亭》、王实甫的《西厢记》，现代文学史上鲁迅的《狂人日记》、巴金的《家》等对封建礼教的批判；西方文学史上莫里哀的《伪君子》对虚伪的教会道德的批判，小仲马的《茶花女》对资产阶级世俗伦理道德和婚姻观念的批判等。二是痛恨道德的沉沦。如在福楼拜的《包法利夫人》、巴尔扎克的《高老头》《纽沁根银行》之类作品中，展现出来的便是人类社会生活中欲望吞噬道德、金钱毁灭良心而导致的悲剧。三是呼唤道德良知的觉醒。如在雨果的《悲惨世界》中由小偷而变得人格高尚、乐施好善的冉阿让，在托尔斯泰的《复活》中由品行不端的纨绔子弟变为灵魂救赎者的聂赫留朵夫等人物形象身上，见出的便是作家的这样一种道德视野。

就文学艺术之于人类生活的意义而言，道德价值无疑是重要的。正是通过这些有道德境界的作品，人类的心灵可以得到净化，情操可以得到提升，文明可以不断进步。从性质上来说，道德追求虽仍具功利性，但因超越了重在宣泄个人不满的自我功利而具有了普遍性，因超越了一般社会功利的时效性而具有了一定程度的永恒性，这就决定了道德境界的作品往往会具有更为久远的生命活力。但从体悟生活的能力来看，道德境界的作品，毕竟仍囿于知性经验范围，作者操持的往往仍是好人坏人鲜明对立的尺度，这就致使笔下的人物仍然难免具有表面化乃至概念化之弊，而难以达到更高的精神境界。歌德曾经深有感触地指出：“虽然一件优良的艺术作品能够而且也将会产生道德的后果，但向艺术家要求道德目的，等于是毁坏他的手艺。”① 歌德的话也许言重了些，但仅停留于一般的道德境界，仍不利于文学艺术水平的提高，应当是有道理的。

四、天地境界

天地境界亦可称为宇宙境界，相关作品的基本特征是：作家不仅超越了本能宣泄、感性描摹之类的自然视野，也超越了个人抗争、社会批判之类的功利视野与关注人类良知的道德视野，而且能够站在宇宙之一员的立场上，以凌空高蹈的博大襟怀，面对现实，观察万物，体悟人生，从而在作品中开创出更为宏阔的诗性精神空间。一位能够达至天地境界的作家，内心涌动的常常是我即宇宙，宇宙即我，不以物喜，不以己悲，独与天地精神相往来的情怀。在文学史上的一些经典名篇中，我们体验到的正是这样一种情怀。如在晋人王羲之“天朗气清，惠风和畅。仰观宇宙之大，俯察品类之盛，所以游目骋怀，足以极视听之娱，信可乐也”（《兰亭序》）之类的散文中，在唐朝诗人张若虚“江天一色无纤尘，皎皎空中孤月轮。江畔何人初见月？江月何年初照人？人生代代无穷已，江月年年只相似。不知江月待何人，但见长江送流水”（《春江花月夜》）之类的诗篇中，在苏东坡“大江东去，浪淘尽，千古风流人物”之类的辞章中，读者正可以体味到这样一种宇宙情怀。同是写性爱，在劳伦斯的《查特莱夫人的情人》中，男佣与贵妇人之间的野合，虽亦不无抗拒工业文明、冲破世俗观念之类的功利意义、道德意义，但更为重要的则是作者通过对肉欲及性爱过程的诗意描写，将其升华为忘我的天地境界。以世俗眼光来看，渡边淳一的《失乐园》，也许称得上淫秽，但因作者致力于发掘的是人类爱之极致的灾难，因而这部小说也就升华为天地境界之作。同是监狱生活题材的作品，苏联作家索尔仁尼琴的《古拉格群岛》之所以要比中国当代文坛上出现的同类题材的“大墙文学”更具灵魂震撼力，产生了更为巨大的世界性影响，重要原因亦在于，在我们的《大墙下的红玉兰》《远去的白帆》（从维熙）等“大墙文学”之作中，作家基本上还是停留于政治性的是非判断，以及个人性生命痛苦的倾诉，而索尔仁尼琴在《古拉格群岛》中，虽亦不乏此类内容，但却多了一层超越性的生命意识。正是凭依超越性的目光，索尔仁尼琴能够透过自己身为军官时，亦曾欺凌奴役过他人的生命体验，意识到自己的身体中亦流动着“狼血”，从而在作品中发出了如此痛切的自责：“我自以为具有无私的自我牺牲精神，然而却是一个完全培养好了的刽子手。要是我在叶若夫时期进了内务人民委员部的学校——那么在贝利亚时期不是适得其位了吗？”显然，正是与这类超越性视野相关，《古拉格群岛》才达到了更高的精神境界。

在达至天地境界的作品中，即使在陷入灾难的人物身上，也不时会迸发出宇宙精神的光彩，并借其宇宙之光而超越灾难。在托尔斯泰的《战争与和平》中，有这样一个震撼人心的经典场面：受了重伤的安德烈公爵躺在尸体堆里，血快流尽了，但他并没有感到痛苦，没有任何关于死亡的恐惧，而是在注视到的遥远的、公正的、慈祥的、永恒的苍穹，以及天空中飘动的浮云中，体悟到了生命与大自然的美好。甚至当敌人走过他身边的时候，他亦感到无所谓，他高兴的只是有人站到了他的面前；当原本他所崇拜的法军统帅拿破仑发现他还活着，向他问话时，他亦不屑一顾，他想到的是，与此时他自己的心灵与苍穹、浮云相比，拿破仑所关心的一切是

① 伍蠡甫，主编．西方文论选：上卷．上海：上海译文出版社，1979：447.

那么微不足道。在此时的安德烈公爵身上，托尔斯泰写出的正是一种博大的宇宙情怀。而这类宇宙情怀，又正是托尔斯泰的《战争与和平》不同于其他战争题材之作的伟大之处。

在一些达至天地境界的作品中，虽也不乏个人反抗、改造社会之类的功利成分，但更为动人心魄的是作者对人生作为宇宙性本体存在，以及个人与宇宙整体之和谐状态的体悟与思考；虽也不乏道德内容，但却超越了善恶对立的简单视角，而更为着力的是揭示人性本身的复杂，是对人类自我灵魂的拷问，是对“人在自然中的存在与同时又超越自然之间的矛盾”① 之类的反思，是海德格尔所说的“天地人神”的交融一体。在诸如莎士比亚的《哈姆雷特》、歌德的《浮士德》、曹雪芹的《红楼梦》、陀思妥耶夫斯基的《罪与罚》《卡拉马佐夫兄弟》、马尔克斯的《百年孤独》、索尔仁尼琴的《古拉格群岛》这样一些世界一流的文学名著中，见出的正是这样一种境界。

从体悟能力来看，天地境界的作品，正是康德、黑格尔所说的理性思维的产物。黑格尔曾将理性思维的结果称为“绝对理念”或“宇宙魂”“宇宙精神”，认为此乃一种超时空的（超人的、超自然的）客观理念，是客观独立存在的某种宇宙精神，是先于自然界与人类社会永恒存在的，是构成宇宙万物及一切现象的核心与灵魂。在天地境界的作品中，涌动的显然正是这样一种宇宙精神。而对这样一种宇宙精神的了悟，感性思维是不可能的，知性思维亦无济于事，而只有超验性的具有“最高综合统一”之特征的理性能力才能完成。

研讨平台

贾平凹曾经这样谈过：“你再看有些人的书，看过了就看过了，有些人的书你看过了还想做一些笔记，在书上画些符号，发些感慨，受到启发，得到顿悟，能联想到更多的东西。所以说，好的作家不在乎你写了些什么，而在乎你给读者心灵唤起了多少东西。”“每个作家都要思考，如何使自己的精神更大一些，更广一些，更高一些，有了这个精神基点，写出来的作品才会具有某种伟大品格。”贾平凹还进一步谈到，文学艺术的技巧固然重要，但“你写了几十年了吧，这些都是无关重要了，我常想这和书法界的情况类似，学书法的学碑呀临帖呀，大家都那么练，都能写到一定的水准，所以你看展览，在北京在上海在广州，总能看到好多书法家字写得都差不多，说好也好，但都差不多，书法写到一定程度，技术上的那一套都不重要了，最后比的就是精神境界”②。贾平凹基于自己的创作与欣赏实践得出的这类见解，是值得深入思考的，他所说的好作家的作品，能令读者“发些感慨，受到启发，得到顿悟，能联想到更多的东西”，正是文学作品达到了高境界的特征。

---

① 弗洛姆．人的呼唤．王泽应，等译．上海：上海三联书店，1991：32.

② 贾平凹，谢有顺．文学比的就是精神境界．南方都市报，2003-03-15.

第四节
文学境界的追求

在文学评论中，常见大诗人、大作家、大家风范、大家气势之语。而这“大”，便主要是着眼于文学艺术的精神境界之高超而言的。与之相关，文学艺术的最高境界，也就一直为许多诗人、作家、艺术家所向往，也是批评家、理论家们时常论及的一个重要命题。

钟嵘在《诗品序》中指出：“诗有三义焉：一曰兴，二曰比，三曰赋……宏斯三义，酌而用之。干之以风力，润之以丹彩，使味之者无极，闻之者动心，是诗之至也。”宋人严羽认为：“诗之极致有一，曰入神。诗而入神，至矣，尽矣，蔑以加矣！惟李、杜得之。他人得之盖寡也。”唐人张怀瓘在《书断》中，曾将书法作品分为神品、妙品、能品三等。宋人黄休复在《益州名画录》中，曾将绘画分为逸品、神品、妙品、能品。钟嵘、严羽所提出的“至矣”，指的即是诗的最高境界；张怀瓘所说的“神品”、黄休复所说的逸品，指的亦是书画艺术的最高境界。只是在古人的相关论述中，有关这“最高境界”的所指，我们尚不得其详，因为钟嵘所说的“使味之者无极，闻之者动心”，严羽所说的“入神”，张怀瓘所说的“体法百变，穷灵尽妙”，黄休复所说的“拙规矩于方圆，鄙精研于彩绘，笔简形具，得之自然，莫可楷模，出于意表”之类标准，还比较普泛含混。

在现代人的视野中，对“最高境界”的关注就更为直截了当了，讲得也更为明确。如朱光潜先生认为“静穆”是诗歌的最高境界，并以陶渊明的诗为例，赞其“全是自然本色，天衣无缝，到艺术极境而使人忘其为艺术”①；巴金认为“艺术的最高境界，是真实，是自然，是无技巧”②；王蒙说：“一种永恒，连接着一种永恒，这是小说的最高境界”③；冯骥才认为“最高的艺术境界是一种理想境界”④；陈逸飞认为“大雅大俗是艺术最高境界”⑤。但这些论断，基本上还是从风格、技巧、体裁、艺术表现能力等某一方面着眼的，也就同样未能让人明了“最高境界”的根本。有的见解，甚至只是从个人的审美趣味着眼的，就更难以说清问题了。如“静穆”是诗歌的最高境界，“狂放”就不是诗的最高境界了吗？“大雅大俗是艺术最高境界”，“阳春白雪”就不是艺术的“最高境界”了吗？

无论是从创作实践还是理论批评角度而言，将本书所论及的“宇宙境界”（“天地境界”）视为文学艺术的最高境界，或许是更具理论意义的。如前所述，人类历史上那些真正伟大的作品，所达到的正是宇宙境界。在中国现代文论史上，一些卓有见解的学者，也往往是从“宇宙境界”视角论及文学艺术的“最高境界”的。王国维《红楼梦评论》中，曾盛赞《红楼梦》为“宇宙之大著述”“我国美术上之唯一大著述”，即主要是就作品所达到的最高精神境界而言的。王氏曾将《红楼梦》与《桃花扇》作比，认为“《桃花扇》，政治的也，国民的也，历史的也；《红楼梦》，哲学的也，宇宙的也，文学的也”。他这样分析道：在《红楼梦》中，“金玉以之

---

① 朱光潜美学文集：第2卷．上海：上海文艺出版社，1982：224.

② 巴金．随想录．北京：三联书店，1987：218.

③ 王蒙．可能性与小说的追求．青岛海洋大学学报（社会科学版），2002（3）.

④ 王爱红．诗画天下之魅——冯骥才先生访谈．文艺报，2005－11－22.

⑤ 黎宛冰，卢北峰．陈逸飞：大雅大俗是艺术的最高境界．北京青年报，2002－12－12.

合，木石以之离，又岂有蛇蝎之人物，非常之变故，行于其间哉？不过通常之道德，通常之人情，通常之境遇为之而已。由此观之，《红楼梦》者，可谓悲剧中之悲剧也”[①]。可见王国维视《红楼梦》为“宇宙之大著述”，根本原因即因《红楼梦》中体现出了超乎寻常的“宇宙精神”，这“宇宙精神”就是：如梦如幻，流变无常，人生中存在着难以抗拒的悲剧。由于王国维接受的是叔本华悲观哲学的影响，故而在其“最高境界”论中，难免虚无意味，但只要我们想到历史上那些最伟大的作品多悲剧而少喜剧的事实，就会意识到王国维的“最高境界”论，至少在一定程度上，是揭示了文学艺术“最高境界”之内涵的。我国著名美学家宗白华先生亦曾指出：“大艺术家最高的境界是他直接在宇宙中观照得超形相的美”；他认为“歌德生平最好的诗，都含蕴着这大宇宙潜在的音乐”，宇宙的气息，宇宙的神韵，往往包含在歌氏一首小小的诗里；晋人艺术境界造诣高，是因“晋人富于这种宇宙的深情”[②]。可见，宗先生也是从宇宙精神角度来探讨艺术之“最高境界”的。

宗白华（1897—1986）

文学艺术创作，首先要追求境界。有境界，方为艺术。一位诗人、作家、艺术家，如果放弃了对境界的追求，只是盲目地随波逐流，如像后现代主义思潮中的有关主张那样，将深度模式削平了，将一切都平面化了，甚至于嬉皮士化了，我是流氓我谁也不怕了，其作品也就丧失了价值与意义。

文学艺术创作，不仅要追求境界，更应追求大境界、高境界乃至最高境界。如果仅仅满足于感性思维基础上的自然本能宣泄或感性描摹，则其作品境界尚是浅显的，甚至是谈不上什么境界的；如果仅及知性思维层面，以作品宣泄个人怨愤，或过分看重文学作品批判社会现实、道德教谕、道德呼唤之类作用，其作品境界也还是不够高的；而只有通过理性思维，体悟把捉到事物的宇宙精神，才能实现文艺作品的最高境界。

对一位诗人、作家、艺术家而言，要达至最高境界，必须首先具备真正的理性思维能力。但长期以来，在我国哲学认识论领域，由于将人的认识过程简化为由感性到理性，未能注意到“知性”环节，结果就导致了知性往往被混同于理性的弊端，影响到文艺创作，也就妨碍了作家、艺术家体悟能力的提高。黑格尔在《小逻辑》中，曾经这样不厌其烦地申明“知性”与“理性”的区别：“知性”虽然认识到概念的内容，并揭示其普遍性，但却是一种抽象的普遍性，与特殊性是彼此对立的。此法虽然有用，是通向理性的必要阶段，但却是一种孤立的片面的认识事物的方法。从本质上看，知性思维是独断思维，往往坚执着非此必彼的方式。“譬如说，世界不是有限的，则必是无限的，两者之中，只有一种说法是真的。殊不知，具体的玄思的真理恰好不是这样，恰好没有这种片面的坚执，因此也非片面的规定所能穷尽。玄思的真理包含有这些片面的规定自身联合起来的全体，而独断论则坚持各分离的规定，当作固定的真

① 王国维学术经典集：上卷．南昌：江西人民出版社，1997：60－61.
② 宗白华．艺境．北京：北京大学出版社，1987：74，55，131.

理。"[①]"知性形而上学的独断论主要在于坚执孤立化的片面的思想规定，反之，玄思哲学的唯心论则具有全体的原则，表明其自身以统摄抽象的知性规定的片面性。""在思辨的哲学里，知性也是必不可少的一个'阶段'（moment）或环节，但这个环节却是不能老停滞不前进的'阶段'。"[②] 黑格尔所说的坚守"全体原则"的"玄思"，无疑才是真正高级的"理性"思维。对于德国古典哲学中所发现的"知性"与"理性"之别，早在20世纪80年代初，我国已有学者给予了充分重视。李泽厚在1979年出版的《批判哲学的批判》中即曾指出：理性"不同于感性，也区别于知性。它指的是一种更根本更高级的东西"[③]。王元化先生在1982年写作的《论知性的分析方法》一文中也曾指出："我觉得用感性-知性-理性这三个概念来说明认识的不同性能是更科学的。把知性和理性区别开来很重要。作出这种区别，无论在认识论或方法论上，都有助于划清辩证法和形而上学的界限。"[④] 但这类见解，在我国哲学界、思想界、文学艺术界，似乎并未产生应有的影响。如前所述，一位诗人、作家、艺术家，如果误将"知性"视为"理性"，虽自信是在思考社会、体悟人生，却往往因陷入了片面的规定性而导致作品境界的难以提升。而只有通过黑格尔所说的"玄思"理性，才能把握到更为宏大的"宇宙精神"，创作出具有最高"宇宙境界"的作品。

深度思考

在中国文论史上，以《人间词话》为代表的王国维的诗学论著，已经得到了很高的评价，但迄今为止，学术界更看重的仍是他的"意境论"。我们认为，在王国维的理论中，更应重视的是他自己虽不自觉但却别有内涵的"境界论"。他的"意与境浑""言外之味，弦外之响"之类的"意境"论，从主旨来看，并没有超越唐人司空图、宋人严羽等人的见解，尚缺乏独到的理论建树。而他所论述的与胸襟的"豪旷与窄狭"，眼界的"浅近与深远"，作品"气象"的"大与小"，以及勇于"担荷"的人格质素，独到的"创意""观古通今"，以及"诗人对宇宙人生，须入乎其内，又须出乎其外。入乎其内，故能写之；出乎其外，故能观之。入乎其内，故有生气；出乎其外，故有高致"之类论述相关的"境界论"，则闪射着独特的理论光彩。

【本章概要】

在我们的文艺学领域，虽早有"境界"一语，却一直没有将其作为独立的理论范畴予以重视。在许多学者那儿，往往是将其与"意境"混为一谈的。如朱光潜先生认为"诗的境界是情

---

① 黑格尔．小逻辑．贺麟，译．北京：商务印书馆，1980：101.
② 黑格尔．小逻辑．贺麟，译．北京：商务印书馆，1980：101，110.
③ 李泽厚．批判哲学的批判．北京：人民出版社，1979：213.
④ 王元化．九十年代反思录．上海：上海古籍出版社，2000：256.

景的契合”[①]，这儿的“境界”，指的即是通常所说的“意境”；李泽厚先生也径直认为“‘意境’也可称作‘境界’”[②]；宗白华先生认为：“化实景而为虚境，创形象以为象征，使人类最高的心灵具体化、肉身化，这就是‘艺术境界’。艺术境界主于美。”[③] 宗先生这儿所说的“艺术境界”，内涵基本上亦可等同于“意境”。实际上，“境界”与“意境”应是内涵与效应不同的两个理论术语。仅从语义构成来看，“意境”强调的是“意”与“境”、“物”与“我”之和谐，而“境界”强调的则是艺术形象中所含蕴的诗性精神空间。更为重要的是，“意境”是一个浑然整体概念，“境界”则是一个深度层级概念。一首仅有“意境”的诗，可以是好作品，但不一定是大作品。大作品还需有“大境界”“高境界”。此外，从理论效应来看，“意境”更适于论及托物言志或借景抒情之类的诗作，而“境界”则不仅可用之于分析各类诗歌，亦可用之于分析小说、散文、戏剧以及书法、绘画、音乐等各类艺术作品精神空间之大小、层级之高低。由此可见，“境界”及作为具体形态的“文学境界”，应该是具有独立内涵、有待深入探讨的重要文艺理论范畴。

【本章关键词】

文学境界：指的是诗人、作家通过一定的艺术手段，凝铸于特定艺术形象中的关于现实、人生、宇宙的体察、感悟与沉思，是作品中的精神意蕴。这类意蕴，不是一般所说的能够予以明确概括的“主题思想”，而是宋人严羽在《沧浪诗话》中所说的“言有尽而意无穷”之“意”，是一种由艺术形象升华而生成达到的某一层级的诗性精神空间。

自然境界：是最低层级的文学境界。在相关作品中，诗人、作家往往只是停留在对客观事物或生活现象的描摹，或主要是作者本能经验的呈现，尚缺乏诗性精神空间的开拓。

功利境界：指诗人、作家重在抒发个人怨愤或批判社会现实的作品所达到的境界层次。这类作品，虽已超越了自然境界之作的感性视野，但因受制于明确的功利目的，呈现出的往往是好坏鲜明、是非清楚的二元对立的简单化倾向，因而开拓出的诗性精神空间也还是浅显的。

道德境界：指诗人、作家从道德视野出发，重在批判落后道德、痛恨道德沉沦、呼唤良知觉醒之类作品所达到的境界层次。这类作品，因超越了重在宣泄个人不满的自我功利而具有了普遍性，因超越了一般社会功利的时效性而具有了一定程度的永恒性，因而会具有更高的文学价值。

天地境界：亦可称为宇宙境界，是文学作品的最高境界。相关作品的基本特征是作家不仅超越了本能宣泄、感性描摹之类的自然视野，也超越了个人抗争、社会批判之类的功利视野，以及关注人类良知的道德视野，而且能够站在宇宙之一员的立场上，以凌空高蹈的博大襟怀，面对现实，观察万物，体悟人生，从而在作品中开创出更为宏阔的诗性精神空间。

理性思维：是一种既不同于感官经验式的感性思维，亦不同于坚执于非此必彼的知性思维，在知性基础上形成的全体性的辩证思维。一位诗人、作家、艺术家，只有立足于真正的理性思维，才能把握到更为宏大的“宇宙精神”，才能创作出具有最高“宇宙境界”的作品。

---

① 朱光潜美学文学论文选集．长沙：湖南人民出版社，1980：189.

② 李泽厚．美学论集．上海：上海文艺出版社，1980：325.

③ 宗白华．艺境．北京：北京大学出版社，1987：151.

【推荐阅读】

丹托．美的滥用．王春辰，译．南京：江苏人民出版社，2007.

王国维学术经典集．南昌：江西人民出版社，1997.

宗白华．艺境．北京：北京大学出版社，1987.

朱光潜美学文学论文选集．长沙：湖南人民出版社，1980.

杨守森．艺术境界论．上海：上海人民出版社，2008.

蒋寅．语象·物象·意象·意境．文学评论，2002（3）.

吕家乡．意境诗的形成、演变和解体．文史哲，2004（3）.

程相占．王国维的意境论与境界说．文史哲，2003（3）.

【思考题】

1. 何谓文学境界？其与“意境”有何区别？
2. 文学境界是怎样产生的？
3. 联系作品实际，试述文学境界的层级。
4. 文学作品为什么要追求境界？
5. 怎样才能创作出最高境界的作品？
6. 试从境界角度，分析评价某一作品。

第八章

文学思潮

在文学的历史发展中，某一个历史阶段的文学活动往往会表现出相同或相近的思想倾向、发展趋势并形成潮流，成为与时代发展的洪流相表里，并且反映历史前进方向的主旋律。例如西方文学史上的浪漫主义和批判现实主义，中国文学史上的唐宋古文运动和五四新文学运动，这些文学活动在文学史上都产生了巨大的影响，反映了特定历史时期文学的独特风貌。这种在文学史上形成潮流，并产生一定影响的文学活动，就是本章所要讲述的文学思潮。

第一节
文学思潮的界定

文学思潮是社会思潮的一种。就“思潮”而言，它主要具有三方面的属性。一是精神性，即指在某一特定历史时期形成的具有鲜明倾向的思想潮流。二是动态性，即会经历一个萌发、生成、兴盛到消亡的过程。三是群体性，即为许多人所接受，从而形成一定的声势。文学思潮是具有历史属性的群体性文学意识的活动过程，因而具有社会思潮的一般属性。文学活动的主体总是处于复杂的社会关系中，总是希望以文学活动的方式介入生活，这就决定了文学思潮不可能脱离社会而孤立存在。正如弗莱明曾经指出的：“不管艺术家是改革派还是保守派，是革命论者还是进化论者，是未来事物的憧憬者，还是留恋往昔黄金时代的梦幻者，他们自己时代的社会及其思潮，都是他们进行艺术活动的出发点。”① 文学思潮既有社会思潮的普遍特征，同时也具有特殊性及相对独立性。文学思潮的特殊性主要体现在它遵循文学自身的发展规律，并以其特殊的方式参与到社会历史的发展进程中。巴赫金指出：“文学是作为一个独立的部分进入周围的意识形态现实的，它以有一定组织的文学作品的形式，带着一种特别的、唯有它才具有的结构，在现实中占据着特殊的地位。”② 而文学思潮的相对独立性则表现为，社会思潮不会直接掌控文学思潮。社会思潮转化为文学思潮是需要中介的，即文学思潮中所包含的文学规范。韦勒克强调文学规范系统的重要性。他认为：“一个时期是一个由文学的规范、标准和惯例的体系所支配的时间的横断面。”③ 如出现于 20 世纪 80 年代的“伤痕小说”“反思小说”，它们既是对国家过去时代的政治生活、经济生活和文化生活的“惯性”写作，包含着对于时代的思维定式，同时也以文学自觉的形式唤回了现实主义文学的本性，以文学的方式对过去进行反思与批判。

所谓文学思潮，是指在特定历史时期，由于受时代生活、哲学思想以及社会思潮等因素的影响而形成的受某种文学规范制约的文学潮流。它是在某种文学规范系统支配下形成的群体文学活动的整体观念系统。文学规范不仅在文学本质、意义、功能等方面提供基本观点，还有针对题材、主题、文体、手法和审美趣味等方面的一系列程式。一种特定的文学思潮，通过其特定的文学观念、创作方法、文本结构、文体风貌乃至批评范式和理论框架等，把属于自身的众多文学现象连接成一个整体。如西方 18 世纪末至 19 世纪初的浪漫主义文学，其特点在文学活动的每一个方面都有所体现。在文学风格上，追求绝对的自由，强调个人感情的自由抒发；在创作立场上，或者坚持民主主义的立场，或者从迷恋旧制度的立场，抨击封建制度或资本主义的罪恶现象；在艺术创作方面，从民歌民谣、民间传说中撷取题材，学习表现手法，采用民间

---

① 弗莱明．艺术与观念．宋协立，译．西安：陕西人民美术出版社，1991：2－3.

② 巴赫金．文艺学中的形式主义方法//巴赫金全集：第 2 卷．李辉凡，等译．石家庄：河北教育出版社，1998：127.

③ 韦勒克．文学思潮和文学运动的概念．刘象愚，选编．北京：中国社会科学出版社，1989：28.

口语、民歌韵律创作，大大丰富了文学的表现手法。这些问题往往包含在一个完整的过程中，体现为一个“历史”的叙事状态。因此，一个特定的文学思潮作为观念系统体现在整个群体性文学活动的各个领域。

一、文学思潮的形成

文学思潮不是一些相似的文学现象的汇集，而是在一定时期围绕着某种文学观念或纲领形成的文学活动整体，它以其特殊的形态和方式蕴含着世界观、价值观及其他社会性存在的精神性成分。这些精神性的成分影响了或直接构成了文学思想。所谓文学思想，是指人们对于文学的总体的看法和态度，也可称为文学观念和文学理论，是特定时代的文学家对文学的意义、使命、艺术方式等基本问题的认知。如陈独秀在五四新文化运动中坚持批判的文学思潮，倡导“文学革命”，坚决反对从“道”出发，主张为人生，强调“国民文学”“写实文学”和“社会文学”的基本创作方向等，其目的显然就在于用新的思想、新的出发点来代替“文以载道”命题中那个陈腐、僵化、古旧的“道”的出发点，这在当时就是一种崭新的文学思想的体现。

就文学思潮形成的过程而言，文学思潮的产生往往会经历由“点”到“面”、由弱到强、由隐至显的过程。思潮的形成往往离不开“先锋思想”的启发与推动，它起着一种引领、吸附与凝聚的作用，将个体性的思想观念触发为群体性的思潮。如丹麦批评家勃兰兑斯在论述 19 世纪德国浪漫主义文学思潮形成时就认为：“某一位杰出的人物，经过长期无意识的和半意识的斗争后，终于具备充分的意识，从各种偏见中挣脱出来，并在视觉上达到晶莹清澈的境地；然后，一切就绪，天才的闪电照亮了他看到的一切……最初是一个人，接着是另一个人，然后是第三个人，各自带着他自己的观点，各自带着他的反抗精神、他的抱负、他的需要、他的希望、他的决心，走向这个新倾向的代言人。”① 德国文学史上的浪漫主义思潮就是如此形成的，最初只是一个组织松散、具有模糊的自我意识的知识运动。当时，许多作家聚会于耶拿的 A. W. 施勒格尔家中以及文学沙龙中，自由而坦诚地谈论哲学、诗歌、政治、宗教等，随着 1801 年瓦肯罗德及诺瓦利斯的逝世，以及翌年施勒格尔兄弟离开耶拿，这个小圈子便解散了。但由他们开始的浪漫主义追求并未随着他们集会的解散而终结，而是继续发挥影响，最终成为西方文学史上最具影响的文学思潮之一。

二、文学思潮的存在状态

作为群体意识、具体精神的文学思潮是流动的，是一个由盛到衰的过程，有其历时性、动态性。卢铁澎认为：“文学思潮是个具有历史规定性的群体文学意识的活动过程，它同所有思潮（政治的、哲学的、宗教的……）一样，都是一个具有发生、发展和衰落等不同流变阶段的过程。”②

---

① 勃兰兑斯．十九世纪文学主流：第五分册“法国的浪漫派”．李宗杰，译．北京：人民文学出版社，1982：13－14.

② 卢铁澎．文学思潮特性论．首都师范大学学报，1999（5）.

首先，文学思潮的存在与发展是多种因素合力推动的结果。正如历史发展是由许多单个意志的合力构成的，文学思潮的发展也体现出多种因素共同作用的结果。在文学思潮形成与发展的过程中，文化背景、现实状况、文学规范、审美态度以及读者接受情况等因素都能够产生重要的影响。日本学者竹内敏雄认为文学思潮的产生、发展受到了文学自律性因素与他律性因素的综合作用。"一方面受诸如地理的风土的环境、人种的血族的条件、社会的经济形势、个人的心理的影响等等属于在精神之下的诸存在层次所制约；另一方面，文学思潮作为精神的存在又保持着固有的规律性。"① 另外，在一个文学思潮的内部也会出现观点不同甚至相互排斥的批评流派或创作流派。它们相互竞争、相互影响也相互促进，这是从内部激发探索与创造活力的重要因素。

其次，文学思潮一般都有一个萌发、生成、兴盛到衰亡的过程，表现为不同的发展阶段。了解特定文学思潮的前后承继关系，不同发展阶段的时间与空间特点，以及影响其发展的自律因素与他律因素，对于认识文学思潮有重要意义。勃兰兑斯在描述英国浪漫主义文学思潮时，就清晰地勾勒出其发展的历史脉络。他认为，虽然浪漫主义的所有作家都遵循自然主义倾向的浪漫主义规范，但是在不同的发展阶段也呈现出不同的理解。在开端阶段的湖畔诗人那里，华兹华斯等诗人往往以真挚的感情赞美单纯的自然。到了雪莱和拜伦，浪漫主义达到了顶峰，从歌颂自然化成了抒发自我的激进主义。到达顶峰之后，浪漫主义很快衰落，被现实主义的创作思潮取代。

最后，文学思潮的发展具有反拨性与反复性。文学思潮的发展不是直线式的单向度变化，而是在多种合力的推动下出现的整体趋向性的活动。它可能是阶段性的反方向的发展，或者是由一种倾向向另一种倾向的变化，但是就其整体而言都是其发展过程中的有机组成部分。如中国现代文学中左翼文学思潮就经历了曲折与反复的发展历程，在萌芽时期倡导所谓"革命底浪漫蒂克"情调的创作，流露出小资产阶级的狂热性和感伤情绪，在艺术方法上带有公式化、概念化的弱点。此后对"革命底浪漫蒂克"倾向的批判直接又导致了对"唯物辩证论创作方法"的倡导，强调世界观对创作直线式的决定作用，完全用哲学方法或世界观取代艺术方法，从一种偏向走向了另一种偏向。而左翼文学运动正是在不同倾向、不同观念的相互抗衡与碰撞之中蜿蜒前行的，推动了中国革命文学的不断进步。

三、文学思潮中的创作方法与创作群体

文学创作是文学实践的重要活动之一，文学思潮是创作方法形成的重要原因，而创作方法则是文学思潮的重要特征，二者的关系是互动的。美国学者威廉·弗莱明提出："不管艺术家是改革派还是保守派，是革命论者还是进化论者，是未来事物的憧憬者，还是留恋往昔黄金时代的梦幻者，他们自己时代的社会及其思潮，都是他们进行艺术活动的出发点。"② 人的社会属性决定了他必须在特定的社会文化环境中从事艺术活动。任何一位作家都不可能在没有任何阅读和鉴赏经验的前提下进行成功的文学创作，因此任何作家的创作都不可能远离文学

① 竹内敏雄．文艺思潮论//卢铁澎．文学思潮发展论．学术研究，2001（8）．

② 弗莱明．艺术与观念．宋协立，译．西安：陕西人民美术出版社，1991：2-3.

思潮的影响。

首先，特定时代的文学思潮及其所呈现出的文学风气会对艺术创作产生或隐或显的影响。对于这一点，钱锺书有过深刻的阐释。他认为："一个艺术家总在某些社会条件下创作，也总在某种文艺风气里创作。这个风气影响到他对题材、体裁、风格的去取，给予他以机会，同时也限制了他的范围。就是抗拒或背弃这个风气的人也受到它负面的支配，因为他不得不另出手眼来逃避或矫正他所厌恶的风气。正像列许登堡所说，模仿有正有负，'反其道以行也是一种模仿'；圣佩韦也说，尽管一个人要推开自己所处的时代，仍然和它接触，而且接触得很着实。"[①] 文学思潮主要通过创作方法的中介，起沟通组织的作用，促成群体性的创作潮流。很多时候创作方法就是在文学思潮中产生和发展的，如自然主义的创作方法就产生于自然主义文学思潮。自然主义文学思潮倡导一种追求纯粹的客观性和真实性、从生理学和遗传学角度去理解人的行动的创作理念。左拉在《论小说》中强调："文学自然主义就是要返回自然，返回生活，返回人本身，即在对现实的接受中，经由直接的观察和精确的剖析达成对人世真相的描写。"这种文学理念体现在文学作品中就是力图事无巨细地描绘现实，作者完全消失在叙述后面，做一个冷漠的解剖学者，给人一种实录生活和照相式的印象。

其次，文学思潮的理论也会直接或间接地指导作家进行创作。"文学思潮主体有无自觉的科学的文学思潮理论指导，关系着文学创作思潮的盛衰起落，支配着文学创作思潮的社会意义和文化价值。"[②] 文学思潮中所包含的理论内涵和精神因素会触动和激发文学领域乃至整个社会对于相应的文学问题的思考，引起群体性的效仿或论证。我们可以看到，在一定的文学思潮的影响下，往往会聚拢一批自觉地按照相同或相近的创作原则进行写作的作家。如在现实主义的大旗下，无论是国外的现实主义大师如司汤达、巴尔扎克、托尔斯泰，还是中国现代文学泰斗如鲁迅、茅盾、老舍，乃至新时期的古华、路遥等作家，都在同一规范下在不同的时间和国度里释放出个体创造性的最大能量，以缤纷的色彩丰富着现实主义文学思潮，不论在程度上或风格上有多么不同，他们再现生活的创作原则是一致的。再如新时期中国文学出现的对现代主义倾向的反应，也能说明这一问题。据统计，从 1978 年至 1982 年这五年间，有近四百篇介绍和讨论西方现代派文学的文章见诸全国各种报纸和杂志。现代主义成了中国文坛的热门话题，文坛弥漫着一股仿效、追随西方现代主义文艺的热潮，也存在着毫不示弱的拒斥和质疑。正是在这种理论批评的引导和刺激下，具有现代主义倾向的文学创作在中国不断升温、蔓延并最终形成了引领整个时代的文学思潮。

最后，创作方法是文学思潮得以确立的标志，文学思潮的特殊性可以通过创作方法体现出来。文学思潮影响的领域非常广泛，但最终还是要在创作领域集中体现出来。有学者就文学思潮对创作方法的依赖性特点进行了界定。具体表现为如下两个方面。其一，创作方法是文学思潮区别于社会思潮的特殊性——文学性之所在，同时又是社会思潮、文学思想转换为审美形态的文学思潮的"中介"，没有特定创作方法的形成，就不算是文学思潮。其二，创作方法是文学思潮的超越性之所在，即文学思潮的产生演变更迭递移，其内在根源主要是创作方法的变迁。[③] 西方公认的几种主要文学思潮与创作方法的共名就能够很好地说明这一问题。

---

① 钱锺书．七缀集．上海：上海古籍出版社，1985：1.

② 卢铁澎．文学思潮理论研究的意义．中国人民大学学报，1998（5）.

③ 周晓风．论文学思潮的创作方法特征．重庆师院学报（哲学社会科学版），1992（4）.

四、文学思潮的接受

文学思潮是对文学活动整体的界定，贯穿于整个群体性文学活动的各个领域，通过创作、批评、鉴赏等不同的文学实践呈现出来。创作、接受和批评往往是融为一体的，作家和批评家一般首先是接受者，然后再把文学思潮中的信息反馈到创作和批评实践中。因此文学思潮之所以形成，还在于产生了较为广泛的影响和接受。对于文学思潮接受的研究主要包括考察接受的状态和接受结果。接受的状态主要是指文学思潮在特定历史环境中的传播状况、接受群体以及社会反应等，决定了文学思潮影响的时空范围和接受结果。每一种文学思潮的接受与传播都具有其历史性和特殊性，这在很大程度上决定了文学思潮的面貌。17 世纪的古典主义文学思潮由于服务于君主专制政体的需要，在对古希腊罗马文学理论的传承中存在着大量的误读，这种独特的解读方式在理论、批评和接受领域形成思潮，然后支配创作并形成创作思潮。诸如布瓦洛、高乃依等作家高举复古的旗帜，并循着服务现实的规范，不断地阐释与创新古典文本，进一步加强了古典主义的权威性和合法性，使之能绵延 200 年之久。接受结果则是指文学思潮作用于人生、审美或其他精神领域而产生的直接或间接的影响。五四新文学思潮与当时的新文化运动一样，对封建的旧观念旧思潮具有彻底的破坏性，但从其诞生之时始也同时以树立新观念、建设新文化新思潮为己任。1917 年初，胡适和陈独秀相继在《新青年》上发表的《文学改良刍议》和《文学革命论》被视为五四新文学思潮发端的标志与划时代的宣言。无论是胡适主张的文学改良的“八事”，还是陈独秀所提倡的“三大主义”，都非常明确地提出了破坏和建设并重的双重任务。在这种新的文学观念规范下形成的新文学思潮，推动了中国文学的嬗变和发展，构建了中国文学的全新体系，创立了中国文学的崭新传统。

《新青年》杂志封面

理论辨析

文学思潮之“思”应该是一种体系性的文学思想，既可以是显在的体系，也可以是潜在的体系。作为规范系统，它类似于科学史上的“范式”。体系性的文学思想作为文学思潮的支配型模式，可以是理论性的，也可以包含在具体的文学范例或者文学文本中。同时，文学思想的体系是文学活动系统中主体群体在文学规范体系支配下的动态的观念整体，这种群体活动既受其制约和支配，又对其产生反作用，促使其随着社会现实的发展演变而兴衰生灭。

第二节
文学思潮的特征

文学思潮作为一种观念系统，与社会文化环境有密切联系，具有自觉的文学思想和明确的文学纲领，同时还具有流变性、群体性、历史性、复杂性、系统性以及互动性等多方面的特点。这些方面相互关联，互为因果，有着不可割裂的整体联系。以下就文学思潮的主要特征做进一步的阐释。

一、文学思潮与一定的社会文化环境密切相关

文学思潮往往会积极回应社会现实的需求，在文学活动的各个环节打上时代的印记。如古典主义的产生与发展就受到了当时社会文化的深刻影响。茅盾提出："古典主义之所以能从法国扩展到其他欧洲国家，除了当时法国的强盛的国力和辉煌的文化成就而外，主要的原因还在于其他欧洲国家也有适宜于古典主义的气候（那时候风行于欧洲的唯理论）和土壤（经济社会生活条件）。然而也因为各国'土壤'的肥瘠并不完全相同，所以古典主义在各国开花结果的情况也大有差别。"① 可以说，离开了对特定时代社会心理氛围和历史发展趋势的深刻了解，就不可能真正理解文学思潮的发生及其意义。

文学思潮与社会文化环境之间不是简单的决定与被决定的关系，而是存在着程度不同的互动关系。一方面文学思潮会受到社会经济文化等因素的影响，另一方面文学思潮具有巨大的政治、哲学、道德、伦理、宗教、史学等多种功用，会直接或间接地渗透到社会生活中。文学思潮以及由文学思潮支配的文学运动、文学流派大多与社会文化思潮支配的运动和流派等活动或相互配合或交叉重叠，社会文化思潮借助于文学思潮的反映才更易于深入人心，更有力地影响社会历史的发展。通常我们所看到的，文学思潮在时代生活和社会思潮的推动下产生和发展，主要是因为外在的社会因素在相互的关系中往往处于主要方面和强势地位。实际上，并不存在完全单向度的互动关系。苏联学者卡冈提出："艺术由于它形象的、综合的本质，能够成为作为整体的、各种成分彼此统一和相互联系的镜子。文化在这面镜子中照见自己，依赖它在镜子中的所见所视而臻于完善。"② 从这段话中可以看出，艺术不仅可以同镜子一样反映文化，而且可以使文化日臻完善。在特定的社会文化背景下，文学思潮能够以特殊的传播方式和介入现实的方式为社会发展提供强劲动力，甚至改变社会的旧有格局。

---

① 茅盾．夜读偶记．天津：百花文艺出版社，1958：42.

② 萨莫伊洛维奇·卡冈．美学和系统方法．凌继尧，译．北京：中国文联出版公司，1985：186.

二、文学思潮具有自觉的文学思想和明确的文学纲领

文学思潮不是文学中反映的思潮，而是关于文学的思潮，是由对于文学的思考而形成的潮流。任何文学思潮都需要文学思想的支持，文学的独立与文学思想的自觉是文学思潮得以形成的必要条件和重要标志。在文学史上，每个历史时期都存在着不同形态的文学活动，但由于缺少成熟的文学思想，真正形成文学思潮的并不多。人类文明形成初期，即出现了较为丰富的文学活动。如在古希腊，不仅创作活跃，且已出现了“反对贵族统治的思想倾向”的“戏剧派”和“抒情诗派”等，但到17世纪的法国，欧洲文学才产生了第一个文学思潮，这就是围绕布瓦洛《诗的艺术》提出的创作原则而形成的古典主义。此后出现的启蒙主义、浪漫主义、现实主义、自然主义等文学思潮，也都有明确的文学思想原则。

文学思想往往是通过明确的文学纲领体现出来的。俄国学者波斯彼洛夫把作家们有没有“明确的成文的”共同创作纲领，是否自觉地以这一纲领原则指导自己的创作，看作文学思潮的具体衡量尺度。文学纲领不仅包括文学手法、艺术技巧的理论和创作内容方面的东西，还有对文学传播和接受等方面的要求，是对文学活动整体的规范。在“明确的成文”的共同创作纲领拟定之后，作家们又以之为自己创作的指导方针。作家们必须达到这样“高度的”或表现出这样“巨大的”“创作自觉性”，文学思潮才算形成了，他们才是该思潮的作家。“自觉性”确是文学思潮形成的一个重要条件，而且不只是作家们的创作自觉，还要是遍及文学活动系统各个领域的自觉。19世纪欧洲各国的现实主义文学家，都曾从不同角度推崇现实主义的主张。司汤达在《拉辛和莎士比亚》中认为：“一切伟大作家都是他们时代的浪漫主义者，表现他们的时代的真实的东西，因此感动他们同时代的人。”巴尔扎克在《〈人间喜剧〉序言》中也明确提出，文学能够真实地反映社会发展的客观规律，应该把小说创作提高到社会历史概括的高度。这些理论共同形成了现实主义思潮的文学纲领。当然也有不经明确的文学纲领的统合而自发形成的文学思潮，如英国的现实主义。它没有形成纲领，没有和敌对思想产生斗争，但是其基本的文学思想和文学观念是明确的。

三、文学思潮呈现出具体性、生动性与流变性

具体的文学思潮概念属于历史范畴，它是一种动态的精神结构。按韦勒克的意见，文学思潮的嬗替也就是文学规范体系的变动。文学思潮主体群体遵循某一共同的规范体系从事文学活动，而主体群体本身的主观多样性，在社会现实的外部条件影响下，不断反作用于文学规范体系，使其在发展过程中显示无限的丰富变化和多向度探索，主体群体也不断分化组合，使文学思潮从量变达到质变。文学思潮在不断流动的过程中，通过具体生动的文学运动和文学潮流展示其存在。围绕某一种文学思潮，许多作家和创作集团会发起各种文学运动，通过文艺论争等形式推动文学思潮的传播与发展。在20世纪30年代，中国就出现了马克思主义文艺思潮与自由主义思潮之间的对立，具体表现为左翼作家团队与“新月派”“性灵派”以及“京派”等流派代表作家的论争。如鲁迅与梁实秋就文学的阶级性展开过激烈的论争。梁实秋提出，真正的

文学是超阶级的，其真正的主宰是“基本人性”——爱、憎、怜悯、恐惧、死亡，它们不局限于任何阶级。而鲁迅则提出欣赏文学也是一种特权，也有阶级性：“煤油大王那会知道北京捡煤渣老婆子身受的酸辛?”通过文艺论争，马克思主义文艺思想得以明确，并且在当时的文坛逐渐占据了主流的位置。文学思潮的流动性不仅是时间上的延续，更有空间的流动性。一种成熟的、在社会范围内影响较大的文学思潮，往往会跨地区甚至跨国家进行传播，推动新的区域产生文学运动和社会运动。

在文学思潮流变的过程中，其中的文学思想也不是一成不变的，内在因素与外在因素会导致文学思想的变化。如无产阶级革命文学曾是五四新文学运动的一部分，最初只是为传播无产阶级思想而进行的文学活动，随着社会革命需求的高涨，后来发展为独立的文学思潮。不同的文学思潮在不同历史阶段的关系也有很大的差异。一般而言，每一种文学思潮多少都体现出对其所继承的文学思潮的批判与超越。如批判现实主义是资本主义时期现实主义的代表，在艺术上反对偏于理想主义的浪漫主义。但是观点对立的思潮并不永远是泾渭分明的，“古典主义、浪漫主义等流派虽然各个有和现实主义不同的契机，然而并不是完全和现实主义对立的。在某方面或某些艺术领域来说，也有和现实主义相同之点。尤其是初期的古典主义，承继了文艺复兴时期现实主义的余绪，现实主义的倾向反比浪漫主义还浓厚。”① 因此，文学思潮不是凝固的，而是存在于发生发展的过程之中的。

深度思考

文学思潮的产生变化不是线形的、单向度的，而是在多重合力的影响下自我超越、自我否定的。对同质因素的“吸附”“聚合”，无疑在获得从正面证明自己的同时，也使“新异”思想的“价值属性”突显出来。对这样的因素实施“整合”，要么“改造”，以形成自身新因素；要么排斥，达到“中心”与“边缘”的换位。因而，无论是顺应还是反对，最后的作用点都将集中在对“新异”思想“价值属性”的确立方面。

第三节 文学思潮的功能

文学思潮对文学活动系统进行整体性整合，在观念层面上对参与文学活动的个体进行沟通、组织和同化，突出或放大了文学活动某一方面的特性，并且促进或改变了群体性文学实践

① 蔡仪．现实主义艺术论．北京：作家出版社，1958：143.

的发展与演变。文学思潮的这种功能不仅影响了文学活动本身，而且强化了文学活动参与社会实践的力度，对整个时代的文化氛围和社会实践产生了重要影响。

一、文学思潮有助于激励作家群体出现，会形成浩大的文学声势

思潮的状态或“现象”是以复数的形式存在的，并且以某种“共性”将群体中的个体吸附、团结在一起，形成创作、批评及文学理论等各个领域的共鸣。只有当这种“共性”在共时性或历时性里被判定为“群体”状态时，我们才可以认为某种思潮开始登上了历史舞台。某种文学活动之所以被看作文学思潮，就在于从形式上，它是一种群体性的文学活动，是涉及文学领域的特定群体的观念整体。在文学史上，从来没有一个作家或文论家能够单独支撑一种文学思潮的产生与发展。勃兰兑斯在对浪漫主义文学思潮进行描述时，生动地展示了文学群体的形成过程。他提出，某位杰出的人物，冲破了种种偏见，提出了与时代格格不入的新思想，就像雨果在《〈克伦威尔〉序言》中所表达的观点。这些新思想在招致敌对阵营的强烈抗议和全力抵触时，也吸引了一大批人走向这位新倾向的代言人。这些前不久还是各自离群索居沮丧颓唐彼此互不相知的人，现在聚会一起，他们惊奇地发现，原来他们是互相理解的，他们说着同一的语言，这种语言是他们同时代其余的人所不能领会的。[①] 在浪漫主义作家中，华兹华斯强调“所有的好诗都是强烈情感的自然流露”，主张诗人“选用人们真正用的语言”来写“普通生活里的事件和情境”。柯勒律治在梦境中创作了他的代表作之一的《忽必烈汗》，用浪漫神秘的笔触把西方人的眼光带到了遥远的东方，成为当时西方人向往东方文明的指路标牌。雪莱的诗则是典型的心灵化了的社会生活，在《西风颂》中，他借用西风的形象表达了对革命终将胜利和光明未来的热切希望和坚定信念，深刻揭示出新事物必将战胜旧事物的客观规律。正是这些作家对于浪漫主义文学的共同体认，才形成了异彩纷呈的英国浪漫主义思潮。由此，我们可以看出，文学思潮的形成在于引起了特定群体在感情上、思想上的共鸣。正如梁启超所说：“其国民于一时期中，因环境之变迁，与夫心理之感召，不期而思想之进路，同趋于一方向，于是相与呼应汹涌，如潮然。”[②] 这种群体的共鸣最终会凝结升华为文学活动的整体观念系统，影响和制约一个时代文学发展的潮流与趋势。

当然，作家群体的出现并不会抹杀每一个创作个体的光芒，文学思潮的群体性是建立在群体成员个体性基础之上的，个体的创造性是文学思潮扩张、蔓延的前提。前面我们已经提到，文学思潮在产生之初，是由某种卓尔不群的文学观念（常体现为文学个性）在不断地吸附、引领具有相同志向的个体加入其中，并使之迅速接受了新的价值判断方式和对事物的认识方式。同时，文学个性的张扬又是文学思潮不断发展的根本动力。在文学思潮中，个体主动自觉地融入群体中，而群体本身，实际上就是个体的融合与上升。在文学思潮的发展中，文学活动的整体观念与每个个体的文学个性往往能够达到高度的统一，而文学思潮也就具有了旺盛的生命

① 勃兰兑斯．十九世纪文学主流：第五分册“法国的浪漫派”．李宗杰，译．北京：人民文学出版社，1982：13－14.

② 梁启超．梁启超论清学史二种．上海：复旦大学出版社，1985：1.

力。当然，文学思潮的整体观念系统是理性化与范式化的，它对个体不仅具有巨大的吸附性与支配力，而且也对个体的文学活动做出必要的规范。这里就存在群体与个体之间的张力问题。如莫言的创作就包含对魔幻现实主义的接受与突破。诺贝尔文学奖评奖委员会表示，莫言“将魔幻现实主义与民间故事、历史与当代社会融合在一起”。莫言本人对这个概念则刻意保持距离，在《檀香刑》的后记中，莫言写道：“1996 年秋天，我开始写《檀香刑》。围绕着有关火车和铁路的神奇传说，写了大概有五万字，放了一段时间回头看，明显地带着魔幻现实主义的味道，于是推倒重来，许多精彩的细节，因为很容易有魔幻气，也就舍弃不用。”但是魔幻现实主义对于莫言的影响还是非常明显的，这也就体现出思潮的内在规范与作家自由创作之间的张力关系。

二、文学思潮的出现是文学兴盛的标志

文学思潮不仅会激励群体性作家创作出一批表现特殊文学观念和独特文学风貌的优秀作品，而且会发挥更大的文学影响力。一般而言，文学史的变化总是在参与文学活动的主体之间相互影响的合力之下曲折地发展，呈现为有序与无序的互动。在某种文学思潮产生之前，文学领域内或者缺少统一的文学观念的影响力，或者这种观念的影响力已经走向衰亡。已有的秩序或惯例日益显现出与当下生活的全面脱节，这一时期更多地呈现出文学发展的无序状态，常常会出现“文学往何处去”的困惑与感慨。文学思潮恰恰在此时应运而生，它一改文学往昔的颓势，让之前散居在不同领域，关注不同问题的作家迅速凝聚起来，形成一股强大的文学力量，造成浩大的文学声势。文学思潮以崭新的观念进行号召和示范，激励越来越多的创作个体在此观念下进行创作，从而完成对无序状态的整合。

文学思潮对文学活动的影响主要体现在对文学活动的组织和完善等方面。就组织功能而言，文学思潮往往通过新观念的号召与新作品的示范，对文学活动进行整合。当一类文学创作因其不同的特点被普遍接受和“命名”之后，人们对它的认识会趋向概念化，并将此“命名”涵盖下的全部内容进行吸收和转化，创作出更多具有相同价值取向和思想内涵的作品。这种状态被波斯彼洛夫称为“联合起来”的方式，也是文学思潮存在的真实写照。文学思潮的完善功能也会对文学活动产生整合的作用，这一特点能够让文学观念在传播发展的过程中思想内涵越来越完善，边界越来越明晰，风格或格调越来越富有共性，并且在此基础上形成一套相对比较固定的文学规范。我们可以说，这时的文学思潮已经逐渐成熟，文学思潮凭借这种规范与旧有的历史告别，同时又以新的价值状态进入文学活动的发展之中。文学思潮创造的声势不仅会催生一大批作家和优秀的作品，而且会左右一个时代的文学精神和文学面貌，甚至会影响文学史的发展进程。文学思潮对于文学发展的影响是由文学思潮的规模决定的，主要包括覆盖的空间广度、延展的时间长度等方面。如唐代复古思潮，无论在诗歌领域还是在散文领域，都产生了相当大的影响，它不仅影响了当时的文学创作，而且起到了一个承前启后的作用，对其后的复古文学产生了示范和导向的作用。它直接启示了北宋的古文运动，在文体与文类等诸多方面的体认上影响了明代的复古文学思潮，其对散文的影响又远及清代。

三、文学思潮会吸引广泛的社会关注，影响社会的发展

“文变染乎世情，兴废系乎时序。”[①] 文学活动在不同的历史时期都会以特殊的存在方式介入社会实践，而文学思潮强化了这种参与的力度与广度，它以一种集体性的文学行为与社会变革、政治形势等发生着千丝万缕的联系。文学思潮具有巨大的政治、哲学、道德、伦理、宗教、史学等功用，甚至有的文学思潮直接就是社会运动政治斗争的组成部分。文学思潮以及由文学思潮支配的文学运动、文学流派大多与社会文化思潮支配的运动和流派等活动或相互配合或交叉重叠，对相应的社会文化思潮起到推波助澜的作用。社会文化思潮借助于文学思潮的反映才更易于深入人心，更有力地影响社会历史的发展。英国学者特里·伊格尔顿在《文学原理引论》中即曾由此角度论述过文学介入现实的政治功能。他写道：“现代文学理论的历史就是我们这个时代的政治与意识形态的历史的一部分。从波西·比希·雪莱到诺尔曼·N. 霍兰德，文学理论一直是同政治信仰与意识形态密切联结在一起的……任何与人的意义、价值、语言、感觉和经验有关的理论都不可避免要涉及个人和社会的性质、权力与性的问题，对以往历史的解释、对当前的看法以及对未来的希望等等更为深广的信念。”[②] 伊格尔顿认为，即使像后结构主义这样的文学思潮，虽然表面上与历史和政治无关，但就其产生的思想基础和理论旨趣而言，亦具有非常强烈的政治性，乃至“完全是一种政治实践”，其目的在于“摧毁一个特定的思想体系，以及它背后的那一整套的政治结构和社会制度赖以生存的逻辑”[③]。因此，文学思潮总是以其精神性的因素影响文学自身的发展，并渗透到社会生活的各个层面。文学思潮中的思想观念可能被抽象为哲学意念或转化为具体的生活式样，从而被接受和传播。如 17 世纪法国古典主义文学思潮直接服务于法国君主专制的王权统治；19 世纪欧洲现实主义文学思潮深刻地揭露与批判社会的黑暗，提倡社会改良，同情下层人民的苦难；20 世纪以来欧美的现代主义文学思潮则增强了社会文化发展的多元化趋势；我国新时期以来的文学思潮，如“人文主义文学”“新写实文学”等，作者以敏感的心态和前瞻的视野，在当时以文人的良知和勇气对现实的痼弊提出挑战，引领整个时代走出了“文革”留下的阴影。这些例子都体现出文学思潮对社会思潮的直接影响。

伊格尔顿（1943— ）

先进的文学思潮对于社会能够起到正向的推动作用。例如 19 世纪法国现实主义文学思潮，反映了西方资本主义文明历史进程中出现的种种反人性的弊病，其中探讨的是关于人的自由与解放的问题。现实主义的作家如巴尔扎克、司汤达、福楼拜等，以人道主义为武器研究社会，同情下层人民的苦难，对社会历史现象作出了广阔的再现和深刻的批判，具有强烈的批判性，

---

① 郭绍虞，主编．中国历代文论选：第 1 册．上海：上海古籍出版社，1979：285.

② 伊格尔顿．文学原理引论．刘峰，译．北京：文化艺术出版社，1987：228－229.

③ 伊格尔顿．文学原理引论．刘峰，译．北京：文化艺术出版社，1987：175－176.

同时还深刻地展示资本主义条件下人与物、人与社会的矛盾关系，表现人的异化现象，寻求人的心灵自由，表现出深度意义上的人道主义精神。而错误的文学思潮对社会发展也会产生不可估量的危害。17 世纪法国的古典主义文学思潮具有强烈的保守性和封建色彩，其审美标准是与当时君主专制政体的政治需要相统一的。当时古典主义文学的旗手、权臣黎塞留建立了法兰西学院，制定了严格的艺术规则，监督一切艺术活动，利用古典主义的理论，打着艺术使命的旗号，干涉作家的创作。他奉行国家体制与公民纪律的原则，不仅在政治上无情取缔一切危害专制政体的行为，而且要求文学艺术也从属于专制王权的政治。他以违反规则为借口，发起对高乃依著名悲剧《熙德》的围攻，强迫作家依附于政治，客观上扼杀了作家的创造性和开拓精神。又如中国“文革”期间以“三突出”“高大全”为标志的极左文学思潮，不仅使文学事业遭到了空前的劫难，而且在“文学工具论”的指挥下，使文学成了政治的有力武器，社会文化与社会心态陷入了长期的压抑与扭曲之中。这类文学思潮延宕了历史的发展，阻碍了社会的进步，对某一时期的文学生态和社会生态造成了不可估量的损失。

如何评价一种文学思潮？怎样才能形成具有积极价值的文学思潮？文学思潮复杂而多变，文学思潮的价值在多种合力的作用下也不断地发生迁移。我们不能以静止的、形而上的观点去看待不同历史时期的文学思潮，而应该凭借科学的评价尺度，结合相应的社会文化思潮、特定的文学发展进程等因素对其进行综合的价值评判。唯有如此，我们才能正确地认识一种文学思潮，才能推进具有积极价值的文学思潮的形成。

其一，要有真善美的价值诉求。真善美是一切艺术追求的至高目标，文学思潮也不例外。虽然不同时代的审美风尚和价值诉求有所不同，对真善美的侧重有所不同，但只要文学思潮展现出对这些人类永恒价值的不懈追求，且三者之间互不妨碍，我们就有理由认为这种文学思潮是具有积极价值的。古典主义、浪漫主义、现实主义等文学思潮，在发展的上升阶段，我们都能看到其观念内核中闪烁的真善美的光芒。古典主义文学宣扬理性，要求克制个人情欲，并且敢于揭露社会上的恶习和弊端，对贵族的奢侈淫逸、腐化堕落给予毫不留情的打击；浪漫主义文学以一种超越现实的文学精神，执着于对人生理想甚至幻想的表现，力图用文学给人类展现出一幅理想的生活景象；现实主义文学注重典型化方法的运用，力求在艺术描写中，通过细节的真实表现生活的本质，以对生活真实的描写增强批判揭露的力量。这些文学思潮都从不同的侧面反映出人类的永恒价值。其二，文学不能脱离社会，但也不能完全服从政治、经济等社会因素的指挥，要有独立的文学品格，要与社会保持一定的距离。一个时代的文学思潮要有一个时代的文学气象、文学风格，而这一点恰恰是在与社会文化思潮若即若离的张力中形成的。从中西文学史中，我们可以看到，具有积极价值的文学思潮正是因为有了独立于社会的文学品格，才能产生推动社会前行的力量。如自 20 世纪 80 年代后期开始，与西方“后现代思潮”的影响有关，我国文坛陆续出现了刘索拉的《混沌那个哩登愣》《你别无选择》、徐星的《无主题变奏》、陈染的《世纪病》、王朔的《浮出海面》《千万别把我当人》等一批看起来比较“另类”的作品。这些作品，或疏离主流意识形态，甚或是解构或从本质上揭露一些意识形态的虚伪性；或无视高雅文化和通俗文化的划分，有意模糊艺术与日常生活的界限；或重在表达被遗弃的孤独感，以及对现实的迷茫与困顿等。虽曾引发争议，但不能不承认，这些作家作品在当时形成了一种新的文学批判的力量，有利于推动中国社会的变革。其三，文学思潮要体现出创新意识和开拓精神。亚里士多德在《诗学》中曾说过：“诗人的职责不在于描述已发生的事，而在于描述可能发生的事，即按照可然律或必然律可能发生的事。”① 文学思潮也总是以一种集体性的姿态走在社会历史的前面，以文学的方式对未来进行合理的、合情的判断。

研讨平台

文学思潮的对象是一个相对独立时期的文学的整体存在，是历史存在的全部。对文学思潮的价值与功能的探讨是一个实践性的课题，既要关注其理论内涵，又要把握诸如创作、批评、接受等具体的文学事件；既要从宏观着眼，考察分析其发展的历史概貌，又要透视不同文学领域里出现的具有代表性的微观现象。对文学思潮的研究，应当是整体性的、全方位的。

第四节 文学思潮与相关范畴

文学思潮涉及文学活动的各个层面，是某个时期文学的整体发展概貌。在文学活动的不同领域，或文学发展的不同层面，存在着与文学思潮相近或相似的理论范畴，如文学流派、文学运动和创作思潮等，在进行具体研究时往往会出现不同程度的混淆。我们可以从相关概念的比对与辨析中更为深入地探讨文学思潮的理论特点。

一、文学思潮与文学流派

文学流派是与文学思潮含义相近的概念，两者既有交叉也有区别。所谓文学流派，是指在特定社会历史条件下，在某种相同或相近的思想倾向、审美理想、艺术主张、风格方法的基础上自觉不自觉地形成的作家群体。王朝闻在论及文学流派时提出：“一般说来，艺术流派是由一批风格相近的艺术家所形成的；他们或者由于其思想感情、创作主张（当然也要体现于创作实践）上的共同点，或者由于其气质上的接近，或者由于取材范围的一致，或者由于表现方法、艺术技巧方面的类似，而与另一批风格相近的艺术家相区别。”② 从概念的界定上来看，两者的相关性要大于其相异性。

文学流派形成的重要原因之一，就是具有明确的文学主张和自觉的组织形式。在文学思潮

---

① 伍蠡甫，主编．西方文论选：上卷．上海：上海译文出版社，1979：64.

② 王朝闻．美学概论．北京：人民出版社，1981：291.

的影响下，某一个时期的文学活动会围绕共同的文学观念展开，从而形成文学流派。在文学史上普遍存在从“思潮”提出“流派”的现象，许多文学流派是与相应的文学思潮同名存在的。如“现实主义文学流派”“浪漫主义文学流派”和“现代主义文学流派”等，这些文学流派大都是从思潮的角度进行命名的。另一方面，任何形式的思潮，其产生与发展都与一定时代的总的文化形势相关联。文学思潮与社会文化环境的关联往往通过特定的文学流派展现出来。文学流派具有非常强的实践性特点，能够通过风格鲜明的创作实践及时地反映社会与人生。同时，文学流派的产生与发展，本身就是对特定文学思潮的理解与执行，是文学思潮的动态展现。在一种文学思潮的影响下，往往会出现众多的文学流派。朱光潜认为，围绕现实主义思潮，欧洲出现了许多以不同方式实践现实主义创作原则的流派与作家。尽管创作风格不同，甚至“被尊为批判现实主义大师的司汤达和巴尔扎克、狄更斯和萨克雷以及果戈理都不曾用‘现实主义’这个名词来标明他们的新型文学”，但是他们却共同构成了欧洲的现实主义流派。对文学流派的研究，大多会最终归结到特定的文学观念上来，从而展现文学思潮的存在。因此，文学思潮需要文学流派不断地从现实生活中汲取发展的动力，并且形象、具体地呈现文学思潮的构成过程。

文学思潮与文学流派也存在十分明显的差异。首先，文学思潮倾向于一种规范性的文学思想体系，它涉及最高层面的文学观念系统；文学流派倾向于艺术派别，是涉及人（作家）的集合，主要依靠艺术风格相互区分。从存在形态上来看，文学思潮属于文学活动中的观念系统，决定着活动主体的实践行为，而文学流派更多倾向于创作领域中人的集合。因此，文学思潮强调文学观念系统，而文学流派强调艺术派别。由于内涵所指不同，所以文学思潮与文学流派互有交叉，但不会完全重合。一种文学思潮不只包含一种文学流派，如属于 18 世纪末 19 世纪初欧洲浪漫主义文学思潮的就有德国的耶拿派、海德堡派、施瓦本诗派，英国的湖畔派、“恶魔”派等。而一种文学流派也未必忠于特定的文学思潮，例如中国现代文学史上的浪漫派从一开始就不是完全属于浪漫主义文学思潮的流派，它是浪漫主义，却又具有较强的现实性和革命性，对现代主义也兼收并蓄，后来甚至还转向了提倡“社会主义现实主义”的无产阶级文学思潮。其次，从发生学层面上看，文学流派的产生早于文学思潮。在古希腊时期就出现了文学流派，而真正的文学思潮要迟至 17 世纪才诞生。波斯彼洛夫就认为：“在古典主义以前的各流派文学中，虽然还没有已明确形成的思潮，但是各种不同流派始终是存在的。”① 再次，有一些文学流派，其出现与文学思潮毫无关联，不完全具有甚至根本不具有明确的文学主张。这些文学流派之所以形成派别，有的是因为流派成员在知识谱系上具有内在关联性，有相近的学养基础，如明代的“公安派”“竟陵派”。有的是自发性流派。有一两个成就很高的作家创作出了著名作品，提出了著名的理论主张，引起同道推崇并在创作中体现了某些共同倾向和创作风格。有的是因地域文化的因素而被统一起来，如“山药蛋派”就是受到了“三晋文化”的影响而形成的。有的是因为对某种创作个性的刻意模仿，如“京派文学”“海派文学”。还有的是因为创作手法和创作内容相近，如唐代诗坛上以王维、孟浩然为代表的田园诗派和以高适、岑参为代表的边塞诗派等。这些文学现象在文学思潮的产生与发展过程中都是看不到的。

① 波斯彼洛夫．文学原理．王忠琪，徐京安，张秉真，译．北京：三联书店，1985：180．

二、文学思潮与文学运动

在文学活动实际生成与发展的过程中，文学思潮与文学运动是两个相近的概念。所谓文学运动，是指在特定的历史阶段内产生的旨在自觉地改变文学活动状况的影响较为广泛的历史性事件。当某种文学思潮处在一个历史时期审美风尚的主导地位时，它往往会以运动的方式将自身所包含的文学观念拓展播衍出去。因此，当我们面对某种占主导地位的文学活动时，无论在“命名”上，还是在确定对象的特征和研究方式上，都有可能出现文学思潮与文学运动重叠的情况。从 20 世纪中国文学的发展来看，像“启蒙主义”“革命文学”“社会主义现实主义”，或者是 80 年代的“人道主义”等文学现象，都可以说明文学思潮与文学活动的相近性。但是我们在文学史的实践过程中，也往往会看到二者并不兼容甚至相对立的情况。比如 20 世纪 30 年代活跃在中国文坛上的“自由主义”“现代主义”，或者是此后出现的“存在主义”“唯美主义”等，这些曾以思潮的形式存在的文学现象却很难发现它们有过“运动”的形态。

文学思潮与文学运动的相似之处是非常明显的。首先，不论是文学思潮还是文学运动，都以文学史的视野存在于某一历史时期的整个文学活动中，其影响的领域都是全局性的。作为对象性的存在，在文学史的视域中，二者都无法只在某一个文学活动的局部领域完整地呈现自身，它们一般都是作为完整的、具有时段意义的历史事件被对待的。文学思潮和文学运动在发生和发展的过程中，往往以较大范围和较长时间阶段的群体性、普遍性等特点彰显自己，在创作、理论与批评、接受与研究等领域中共同得到反映。其次，文学思潮与文学运动都充分体现了文学活动在具体的历史发展过程中的复杂性和整体趋向性。二者的发展显然不是依靠单一的文学现象或文学事件来支撑的，而是依靠文学活动各领域和各因素之间的“结构功能”来推进的。例如 20 世纪 30 年代的“左翼文艺运动”和“革命文学思潮”在发展壮大的过程中，不仅经历了对新月派、论语派、“第三种人”等文学派别的斗争式的批判，同时也在斗争中不断调整自身，暗中吸纳和改造了斗争对象的诸多思想，表现了 30 年代中国文坛“思潮”和“运动”的整体趋势。再次，文学思潮与文学运动都呈现出对整个文学活动的整合功能。在文学史中，转型期的文学发展往往会陷入无序、混乱与停滞的状态中，旧有的秩序正在失去其威慑力，已有的惯例也逐渐显现出与现实生活相脱节的状况。此时，文学思潮与文学运动的产生，能够以一种新的观念进行号召和示范，使陷入迷茫的创作个体重新找到文学发展的方向和文学存在的意义，从而完成对无序、混乱状况的整合。如“五四”落潮后的启蒙文学的内在调整就曾导致文学发展的混沌与无序，而“革命文学论争”开启的 30 年代“革命文学思潮”，以一种新的文学形态完成了与“五四”文学的告别。此外，“延安文艺运动”与 20 世纪 70 年代末的文学思潮都曾对文学活动的整体起到整合、引导与推动的作用。

文学思潮与文学运动在交集之外，也存在着比较突出的差异。首先，从存在形态上来看，文学思潮一般是在多种合力的作用下自然生成的，或者表现为社会领域的重大变化在文学领域的体现，或是由于文学或审美的内在需求而推动文学活动的更新与变革，其中人为的因素相对比较少。“它并没有借助于体制的力量推行自身，而是以新理念之于审美历史的超越性以及对生活现实对应化，吸引着文学活动主体自觉地加以认同、接纳，并迅速以自觉实践自塑为文学思潮的构成因素。"[①] 相比之下，文学运动具有较为明确的动机与目的，常常借助于某种组织化和体制化的力量介入文学活动的整体运行中。有时文学运动并不一定有非常明确的和统一的文学理念作支撑，促进运动发展的背后推力和运动的过程本身实际上成了文学运动的真正目的。如"白话文学"和抗战时期的"朗诵诗运动"等，往往因为其过于明显的人为力量和组织化的形式，被称为文学运动而不是文学思潮。其次，从发生与发展的特点来看，文学思潮的生成一般是循序渐进的，会按照文学活动自身的发展规律对文学进行整体化的推进。因此，我们往往能够从某种文学思潮中找到其思想渊源和发展的脉络，并且能够循其规律判断文学活动的发展方向。"五四启蒙主义文学思潮"就是受到近代启蒙主义的影响，并在"五四精神"的感召下出现的文学现象，是启蒙精神集聚到一定的程度，在文学领域的总爆发。而文学运动则具有突发性、偶然性的特点，这使得文学运动往往能在较短的时间内以高潮迭起的形式取得效果。从这个层面上来讲，文学运动并不太关注文学观念自身的建设，而是更为强调传播的力度与效度，希望通过极具震撼力的文学活动对社会产生某种影响。

三、文学思潮与创作思潮

创作方法是文学思潮形成的重要标志之一，文学思潮必须依赖文学创作而存在。在实际研究中，经常会出现将"文学思潮"与"创作思潮"相混同的现象。创作思潮是指在创作领域出现的较大规模的文学潮流。文学思潮存在于文学活动的各个领域，不同文学领域的存在形态和可感知的程度是不同的。文学活动的实践领域如文学创作和文学鉴赏等往往以比较明确的文学现象呈现出来，相对容易被感知和接受。文学活动的理论领域如文学理论和文学批评等则因客体化的程度与范围比较有限而在文学现象领域的声音比较薄弱。我们在讨论一种文学思潮时，往往从某种文类或现象展开，结果使个别性的文学现象成为文学思潮的具体表征和典型代表。如当我们谈到"伤痕文学"时，总会不由自主地想到"伤痕文学"名下所含涉的作品《班主任》《伤痕》《神圣的使命》《大墙下的红玉兰》等，论述的重心也围绕着"小说"这一文学类型展开。这种论述方式实际上是以最具代表性的文学现象涵盖文学领域的所有问题，把创作思潮等同于文学思潮。文学史的发展历程中随处可见这样的例子，因为文学的发展是不均衡的，文学活动所有的领域并非都能取得相同的成就，文学创作站在文学思潮的前沿，自然会成为文学思潮中最引人注目的文学活动。因此，文学思潮与创作思潮之间的关系常常呈现为复杂的、模糊的状态，甚至在有关文学实践研究中可以自由地相互置换来进行阐述和应用。

文学思潮与创作思潮的不同之处主要体现在以下两个方面。首先，二者指涉的领域是不同的。文学思潮的视野是全局性的，必然要在文学的所有领域展开。文学思潮除了关注容易使文学产生显著变化的创作与批评领域，还要关注理论和接受等领域的变化，甚至是附着在主导现象之外的衍生现象也往往能反映文学思潮整体或部分的特点。而创作思潮则被限定在创作领域，是在某种文学类型的创作活动中贯穿的思想活动，它由一批在审美上具有共性的作品来支撑。人们通过阅读作品就能够较为轻易地把握到这种审美特征，并将其归纳为某种创作类型。其次，对文学思潮的认知需要对一个历史时期所有的文学现象进行谨慎的整合，而创作思潮因

---

① 席扬．文学思潮：理论 方法 视野．上海：上海三联书店，2009：122.

涉及的领域十分明确，其单一性是比较明显的。文学思潮的研究属于一种特殊的文学史的研究，需要在所有的文学现象的背后找到贯穿其中的思想脉络和逻辑线索。“文学思潮这个纲并不容易把握，它隐藏在许多文学现象的背后，渗透到许多方面。”① 文学思潮的重点和难点在于分析文学思潮的运动过程，在文学现象的发展变化中考察文学性的思想的产生、流变，以及最后呈现的思想形式等，它对于文学现象的取舍标准在于其是否具有思想价值的形式意义。创作思潮不像文学思潮那样需要在文学现象的整合中探索文学活动的思想脉络，也不需要在不同的文类中进行筛选和辨析。在一般的创作思潮的研究中，需要研究创作思潮的状态、创作边界，具体的作品、作家，并从一般美学要素的方面进行研究概括，这些方面具有很大的趋同性。因此，对创作思潮的研究也需要概括和整合，只是其视野被严格地限定了。

研讨平台

对文学思潮内涵的研究长期存在两种极端。其一是抽象化和狭义化的研究方法，如日本文论家厨川白村认为整个文学史贯穿的是“灵”与“肉”两种思潮的交替或交融，又如长期以来一直有观点认为文学的历史就是现实主义文学思潮与反现实主义文学思潮斗争的历史等。这种研究方法的弊端是将文学史的特殊性作为普遍性来对待，往往会以偏概全，遮蔽或淹没了逻辑主线以外的文学现象。另一种研究方式是将一般的文学现象扩大化为文学思潮，如在中国当代文学界，“伤痕文学”“寻根文学”“改革文学”“新写实小说”等就常被纳入文学思潮的研究范畴。显然，这种以题材作为分类依据的研究方式是社会学的，而非文学的。

【本章概要】

文学思潮是一个时期相对独立的文学的整体存在，它不能等同于社会思潮、时代思潮，也不完全是文学的时代思潮，而是一种包括创作、理论、批评、文学史的建构和文学教育等文学活动在内的总体性的文学现象。文学思潮不仅会在文学史的发展中散发出巨大的文学能量，而且会渗透延伸到社会文化的层面，对社会人生产生不可估量的影响。文学思潮具有流变性、群体性、历史性、复杂性、系统性以及互动性等多方面的特点，这些方面相互关联，互为因果，有着不可割裂的整体联系。我们在面对特殊时代的文学思潮时，不仅要用宏观的视野梳理文学的思潮史状态，而且需要对文学思潮中的具体事件进行微观的理论辨析；不仅要有明确的理论自觉，正确把握文学思潮的理论内核，而且要结合相关的文学范畴进行深入的比对和辨析。唯其如此，才能把握文学思潮的实际存在状态，对文学思潮的面貌有较为清楚的认识。

---

① 严家炎．文学思潮研究的二三感想//五四的误读——严家炎学术随笔自选集．福州：福建教育出版社，2000：216.

【本章关键词】

文学思潮：是在特定历史时期，由于受时代生活、哲学思想以及社会思潮等因素的影响而形成的受某种文学规范制约的流行的文学潮流。

文学思想：是指人们对文学的总体看法和态度，也可称为文学观念和文学理论，是特定时代的文学家对文学的意义、使命、艺术方式等基本问题的认知。

文学流派：是指在特定社会历史条件下，在某种相同或相近的思想倾向、审美理想、艺术主张、风格方法的基础上自觉不自觉地形成的作家群体。

文学运动：是指在特定的历史阶段内产生的旨在自觉地改变文学活动状况的影响较为广泛的历史性事件。

创作方法：是指文学家在进行文学创作时，处理文学与生活的关系以及构成文学形象所遵循的基本原则。

【推荐阅读】

勃兰兑斯．十九世纪文学主流．李宗杰，等译．北京：人民文学出版社，1982.

伊格尔顿．文学原理引论．刘峰，译．北京：文化艺术出版社，1987.

波斯彼洛夫．文学原理．王忠琪，徐京安，张秉真，译．北京：三联书店，1985.

韦勒克，沃伦．文学理论．刘象愚，等译．北京：三联书店，1984.

梁启超．梁启超论清学史二种．上海：复旦大学出版社，1985.

陆贵山．中国当代文艺思潮概论．北京：中国人民大学出版社，2002.

席扬．文学思潮：理论　方法　视野．上海：上海三联书店，2009.

卢铁澎．文学思潮特性论．首都师范大学学报，1999（5）.

【思考题】

1. 何谓文学思潮？其与一般社会思潮有何联系与区别？
2. 如何理解文学思潮的产生与发展？
3. 文学思潮的特征体现在哪些方面？
4. 文学思潮与文学流派有何异同？
5. 文学思潮与创作思潮有何异同？
6. 结合中西方文学中的文学思潮现象谈谈文学思潮的流变性特点。

第 三 编

文学存在

本编主要探讨与文学存在相关的几个主要问题，包括文学生态、文学价值、文学接受、文学界定等。文学活动的兴衰、发展、变革，均与构成文学生态的政治、经济、道德、宗教、科技等因素密切相关，因此，由文学生态切入，会使我们更为科学地把握人类文学活动的某些特征与规律。文学价值，是文学存在的理由。而文学价值是多方面的，除通常所说的审美价值之外，亦不能忽视其认识、教育及商品价值。如何通过共生、竞生的多重途径，创造多元化的文学价值，无疑是决定文学存在效果，并需要我们深入探讨的重要问题。文学接受，是文学存在的根基，如果没有了读者的接受，文学也就不存在了。正是对文学接受的研究，才使我们进一步了解了文学存在的奥妙。何谓文学？长期以来，这一直是一个歧见纷呈、不易回答的难题。在探讨文学生态、文学价值、文学接受等的基础上得出的认识，或许会更为切合实际。

第九章

文学生态

生态指生物的生存状态，以及生物之间、生物与环境之间的关系。文学生态，指影响文学生成、存在、发展的各种因素的总和，包括作家生存状态，文学作品的发表、出版、传播、读者接受等方面的条件，以及各种文学因素与自然环境、社会状况之间的复杂关系。从文学起源阶段的原始形态的文学，到数字时代的文学，文学沿革是文学生态各因素综合作用的结果。

第一节
文学生态与文学起源

在人类的史前时代，文学何以会发生，如何发生……这些问题非常有趣，但又异常神秘。起源问题，难以用纯粹客观的方式进行研究。正因如此，所以中西方都有关于文学起源的神话。中国的《山海经》中记载："西南海之外，赤水之南，流沙之西，有人珥两青蛇，乘两龙，名曰夏后开。开上三嫔于天，得《九辩》与《九歌》以下。"① 从这段话看，诗歌是拜上天所赐。古希腊神话中也有对文学的神话式的解释。文艺的保护神阿波罗神统率着九个分管各种艺术的"缪斯"，人身上附着了缪斯，才创作出了文艺作品。文学起源的神话透露出人类对文学起源这一问题认识的朦胧性和神秘性。但不可否认的是，关于文学起源的探讨，又形成了一门学问，被称为文艺发生学或发生学文艺学。德国人类学家格罗塞的《艺术的起源》、芬兰美学家希尔恩的《艺术的起源》、俄国普列汉诺夫的《没有地址的信》，都是其中极有影响的代表性作品。

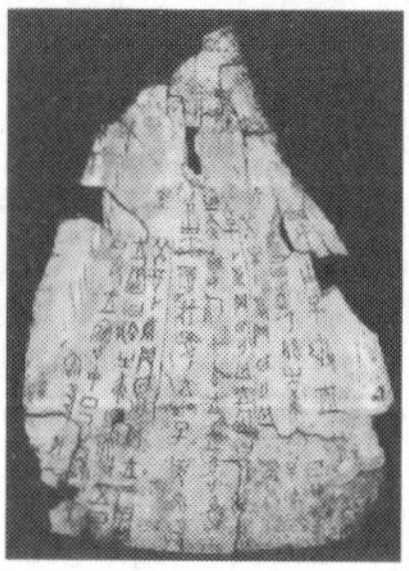

甲骨文卜辞

文学是人类最早的文明成果之一，是文学生态中多种因素共同作用的结果。"癸卯卜，今日雨。其自西来雨？其自东来雨？其自北来雨？其自南来雨？"这则甲骨文卜辞便有很强的文学味道，与汉乐府中的《江南》"江南可采莲，莲叶何田田，鱼戏莲叶间。鱼戏莲叶东，鱼戏莲叶西，鱼戏莲叶南，鱼戏莲叶北"有异曲同工之美。许多学者甚至认为，文学发生于文字之先。研究中国文学要追溯到《诗经》，研究欧洲文学要追溯到《荷马史诗》，讲印度文学要追究到《梨俱吠陀本集》。当然，这些还不是最早的文学。正如鲁迅所说："人类是在未有文字之前，就有了创作的，可惜没有人记下，也没有法子记下。"② 人类最早的文学样式是诗，诗最初的形态不是文字，而是声音。郑樵《通志·乐略》总序中曾说："浩歌长啸，古人之深趣"，"诗在于声，不在于义"③。早期的文学发展，大都经历了口耳相传的史诗阶段。因而我们对于文学起源的探讨，只能是一种遗憾的探讨。不能像知道某个历史事件或某个人的生卒年月那样，有迹可考、确切翔实。但可以肯定的是，人类的文明成果是逐渐积累起来的，文学的起源也绝不是突发的、偶然的，而是有一个生长过程的；同时，文学作为人类文明早期的重要成果之一，不会孤立出现，而是与其他文明要素发生了相当复杂的作用。

对文学起源的探讨，有着重要的理论意义，它是对文学本体、文学特质、文学与其他社会现象关系进行研究的一种方式，因为事物的发生过程也就是事物的形成过程，对这一过程的研究往往能更好地揭示其各种性能。文学是人类最重要、最具有标志性的文明成果之一。因而，

---

① 袁珂，校注．山海经校注．上海：上海古籍出版社，1980：414.

② 鲁迅．门外文谈//鲁迅全集：第6卷．北京：人民文学出版社，1981：93-94.

③ 蔡仲德，注释．中国音乐美学史资料注释．北京：人民音乐出版社，2004：619.

文学起源问题的研究又与人类文明的探讨结合在一起：人类文明的研究推动了文学起源的探讨，反过来，文学起源的研究又在一个特定的方面推进了人类文明的研究。

需要注意的是，作为文学最初萌芽的诗歌是和音乐、舞蹈三位一体的，同时在现在发现的原始艺术中，各种艺术相互联系、相形无间。因此，文学起源问题需要置于整个艺术起源中加以考察。

对文学起源的探讨，一般采取三种路径。一是基于考古学理论对史前艺术遗迹进行研究。依据考古学的发现，人类艺术的起源，最早可以追溯到距今约3万年的欧亚大陆冰河期。这与人类300万年的历史相比，微不足道。二是从现代残存的原始民族文化来考察艺术起源的可能状况。当代一些原始民族保留着许多史前社会的生活痕迹，他们的生活在一定程度上可当作原始状态的反映。三是从儿童心理与原始人心理存在相似之处出发，通过对儿童艺术心理的研究来推测艺术的起源。朱光潜曾言："儿童在个体生命史中和野蛮人在种族生命史中是相平行的。"① 另外，还有口头文学采风的搜集、历史文献研读、理论综合分析等方法。

目前，关于文学起源的种种研究，大多是立足在必要的历史环节的基础之上，结合文学的特点、文学的功能所进行的假设和推论。在文学理论史上，基于对文学不同的认识，曾经有过许多关于文学起源的理论。它们因立论基础不同、论述角度殊异，得出的结论也见仁见智。其中，产生过巨大影响的有模仿说、巫术说、游戏说、劳动说等几种学说。

一、模仿说

文学起源的模仿说认为，文学起源于人类对自然生灵及社会现实的模仿。模仿是人的一种重要本能，也是一种重要本领。人的认识、实践，有相当一部分来源于模仿。模仿是人类文明推进的一种重要方式。人类的文明成果，有许多来自模仿。《吕氏春秋·古乐》认为，原始歌舞产生于"听凤凰之鸣""效八风之音"。这是认为艺术起源于对自然的模仿。古希腊哲学家德谟克利特提出："在许多重要的事情上，我们是模仿禽兽，作禽兽的小学生的。从蜘蛛我们学会了织布和缝补；从燕子学会了造房子；从天鹅和黄莺等歌唱的鸟学会了唱歌。"② 亚里士多德在《诗学》中提出："一般说来，诗的起源仿佛有两个原因，都是出于人的天性。人从孩提的时候起就有模仿的本能（人和禽兽的分别之一，就在于人最善于模仿，他们最初的知识就是从模仿得来的），人对于模仿的作品总是感到快感。经验证明了这一点：事物本身看上去尽管引起痛感，但惟妙惟肖的图像看上去却能引起我们的快感，例如尸首或最可鄙的动物形象。"③ 文学起源的模仿说，有着极大的合理性。它从文学的原始形态出发，抓住了文学与现实密切相通的根基，凸显了文学的认识作用。但同时，将文学简单地归于模仿，又不无理论局限。从历史起源上说，这种学说将文学活动与原始人类的其他社会活动割裂开来，因而没能更为切实地说明原始人为什么模仿的问题。从创作过程来说，对创作者的主体创造性重视不够；就具体作品来看，难以解释神话之类原始文学作品产生的原因。

---

① 朱光潜．朱光潜美学文集：第1卷．上海：上海文艺出版社，1982：74.

② 德谟克利特．著作残篇//伍蠡甫，编．西方文论选：上卷．上海：上海译文出版社，1979：4－5.

③ 亚里士多德．诗学//亚里士多德，贺拉斯．诗学·诗艺．罗念生，杨周翰，译．北京：人民文学出版社，1962：11.

二、巫术说

这种学说主张文学起源于巫术。它诞生于19世纪末20世纪初。英国人类学家泰勒在1871年出版的《原始文化》一书中提出，原始人认为自然万物都像人一样拥有灵魂，并在此基础上创立了图腾崇拜、魔法、禁忌、仪式等巫术活动，希望借此来影响神灵，为自己消灾招福。另一位英国人类学家弗雷泽在泰勒理论的基础上进一步深化，提出了巫术的两种思想原则：一是“相似律”，“把彼此相似的东西看成是同一个东西”；二是“接触律”或“触染律”，认为“物体一经互相接触，在中断实体接触后还会继续远距离地互相作用”[①]。在这些研究的基础上，法国人类学家洛蒙·雷纳克通过研究欧洲旧石器时代的艺术，正式提出艺术起源于巫术。与模仿说相比，巫术说对文学起源的论述更具可信性。一是从人类文明发展历史看，确实存在过一个巫术占统治地位的时代。即使在当代人类社会生活中，也依然或多或少地存在着巫术思维的迹象，如崇拜特殊的石头、特殊的植物、某一种动物，赋予某些数字以奇特功能，等等。二是巫术活动与文学活动之间的关联确乎更为密切。具体表现在：第一，巫术是在人与自然、人的自身能力与观念意志的矛盾中以想象来弥合整体世界的，正是由此最早形成了物我不分的艺术思维方式，基于这种思维方式的巫术仪式又给文学提供了丰富的审美创造元素，如融合了香草美人等奇特形象的屈原的《九歌》，就带有巫歌的特点。第二，巫术仪式中的情感活动和歌舞形式，对于原始诗、乐、舞相结合的综合艺术产生了直接的影响。我国学者王国维即认为戏剧乃始源于巫：“是则灵之为职，或偃蹇以象神，或婆娑以乐神，盖后世戏剧之萌芽，已有存焉者矣。”[②] 第三，巫术所体现出的强烈的情感、高度的精神愉悦，类乎文学特征；原始巫术的神用观，亦与文学的终极信仰、彼岸关怀有相通之处。第四，中外历代文学作品中都不乏这种巫术思维色彩，至今犹盛。如在引领了魔幻现实主义文学潮流、自成一体的拉美作家马尔克斯的《百年孤独》中，人被床单卷上天空，老吉卜赛人梅尔加德斯留下的羊皮书手稿预言着家族命运，马孔多整座城最后被一阵飓风刮走，大自然的神秘景观之类描写，即给人巫术思维之感；在诺贝尔文学奖获得者、中国作家莫言创造的那个高密东北乡世界中，红高粱肃穆庄严、壮阔神圣、充满灵性，在“奶奶”中弹倒地时，一群雪白的野鸽子突然飞来落在高粱梢头。此类描写，也让人感受到巫术思维的独特感染力量。关于文学起源的巫术说，亦存不足，主要有两点：(1) 无法确认巫术要早于文学艺术；(2) 原始艺术中，有许多作品源于人们饱餐后的满足，或与性的表现有关，与巫术没有直接的关联。

三、游戏说

这种学说认为，文学艺术起源于游戏。这种理论由18世纪康德首先提出，后经席勒和斯宾塞阐发为系统理论。康德认为，艺术与游戏一样，都是“自由的”活动，“它是对自身愉快

---

① 弗雷泽．金枝（上）．徐育新，等译．北京：中国民间文艺出版社，1987：19.

② 王国维．宋元戏曲考//王国维戏曲论文集．北京：中国戏剧出版社，1957：6.

的，能够合目的的成功”[①]。席勒强调游戏的心理基础，认为艺术最深刻的根源不是模仿，而是“游戏的冲动”，“以外观为快乐的游戏冲动一出现，立刻就产生模仿的创造冲动，这种冲动把外观作为某种独立的东西来对待”[②]。英国的哲学家、社会学家斯宾塞则从生理基础出发强调人的游戏和艺术基础活动。他认为，高级动物需通过发泄的方式来释放过剩精力，游戏是有效的方式，并逐渐发展为艺术。他提出：“我们称之为游戏的那些活动是由于这样的一种特征而和审美活动联系起来的，那就是它们都不以任何直接的方法来推动有利于生命的过程。”[③]这也正如王国维所说：“文学者，游戏的事业也。人之势力，用于生存竞争而有余，于是发而为游戏。”[④] 文学起源的游戏说主要是基于文艺的特点、功能而做出的理论推测。这一见解的合理性在于，文学与游戏有着许多相通之处。一是文学确乎如同游戏，有时源于精力过剩，带有发泄疏导、平复心理的功能，正如中国古人所说“消愁莫如诗”“愁来半凭诗遣兴”。二是文学与游戏都具有以假为真的特点，蕴含一种虚拟的真实，并在虚拟的真实中体现出人的自我主体性。在游戏中，人在游戏的同时，观照自身。从文学史上看，中外文学史上确有许多带有游戏特点的作品。大诗人杜甫曾作《戏作俳谐体遣闷》，其中有“家家养乌鬼，顿顿食黄鱼”的游戏诗句。苏东坡有一首题为《赏花》的回文诗——“赏花归去马如飞，去马如飞酒力微。酒力微醒时已暮，醒时已暮赏花归”，本来就是游戏之作。鲁迅也曾作题为《由她去吧》的爱情诗。欧·亨利的《警察和赞美诗》、契诃夫的《变色龙》、莫泊桑的《羊脂球》、钱锺书的《围城》等作品，确都或多或少地有着游戏的特点。游戏说把文学与日常生活中最能张扬人的主体性、自由性的游戏结合起来，有其值得重视的独特理论价值。文学起源游戏说遭受质疑之处在于，这种学说重视从游戏冲动、从生理学的意义来看待文学艺术的发生，忽视了其中所蕴含的丰富的社会意义。

四、劳动说

这种学说认为，文学起源于劳动。这种学说在我国文学理论界影响尤为巨大。德国学者毕歇尔在《劳动与节奏》中探讨了劳动、音乐和诗歌之间的相互关系：“在其发展的最初阶段，劳动、音乐和诗歌极其紧密地互相联系着，然而这三位一体的基本的组成部分是劳动，其余的组成部分只有从属的意义。”[⑤]《淮南子·道应训》中曰：“今夫举大木者，前呼‘邪许’，后亦应之。此举重劝力之歌也。”[⑥] 鲁迅曾说：“我们的祖先的原始人，原是连话也不会说的，为了共同劳作，必须发表意见，才渐渐的练出复杂的声音来，假如那时大家抬木头，都觉得吃力了，却想不到发表，其中有一个叫道‘杭育杭育’，那么，这就是创作；大家也要佩服，应用的，这就等于出版；倘若用什么记号留存了下来，这就是文学……”[⑦] 这种学说的理由在于以下三点。第一，劳动创造了文学创作的主体——人，创造了人灵巧的双手和发达的头脑、各种

---

① 康德．判断力批判：上卷．宗白华，译．北京：商务印书馆，1964：149.
② 席勒．美育书简．徐恒醇，译．北京：中国文联出版公司，1984：133，135.
③ 斯宾塞．心理学原理：第2卷//朱狄．艺术的起源．北京：中国社会科学出版社，1982：121.
④ 王国维．文学小言//郭绍虞，王文生，主编．中国历代文论选：第4册．上海：上海古籍出版社，1980：378.
⑤ 普列汉诺夫．没有地址的信　艺术与社会生活．曹葆华，等译．北京：人民文学出版社，1962：40.
⑥ 淮南子·道应训//诸子集成：第7册．北京：中华书局，1954：190.
⑦ 鲁迅全集：第6卷．北京：人民文学出版社，1981：94.

感官和人对世界认识和感受的能力，这是文学产生的基础。第二，在创造人的过程中，劳动生活提供了文学创作的内容。第三，由此也就可以理解，劳动生活是原始艺术的直接的表现对象。这种学说的不足之处在于以下两点。一是忽视了劳动之外其他物质生活、精神生活对原始艺术的意义。人类文明是一个复杂的综合体，除了劳动之外还有悼念、娱乐、爱情、战争等内容。例如，原始社会中哀悼死者的挽歌，情真意切，凄婉动人，但与劳动的关系不大。二是劳动创造了人本身，但并不直接构成文艺起源于劳动的理由。成为人，是一切人类文明形式的前提，但某一种文明形式的产生还有着各自特殊的原因。

除此之外，影响较大的还有文学的情感表现说、文学的本能起源说等。情感表现说认为文学起源于人表现情感的愿望。刘勰在《文心雕龙・明诗》中曾言："人禀七情，应物斯感，感物吟志，莫非自然。"[①] 英国诗人雪莱在《为诗辩护》中提出：诗可以解作想象的表现，自有人类便有诗。人是一个工具，一连串外来和内在印象掠过它，有如一阵阵不断变化的风，掠过埃奥利亚的竖琴，吹动琴弦，奏出不断变化的曲调。托尔斯泰的《论艺术》认为：艺术起源于一个人为了要把自己体验过的感情传达给别人，在自己的心里重新唤起这种感情，并用某种外在标志表现出来。本能起源说的代表人物有柏格森和弗洛伊德。柏格森提出，生命冲动是人的一切创造的根源，艺术就是人的生命冲动的表现。弗洛伊德则把艺术归结为被压抑的"潜意识"和"性本能"，艺术是人类童年时期被压抑的欲望，在不自觉的情况下被发现并表现出来的结果。这些见解，虽各有局限，但也都在一定程度上丰富补充了人类关于文学起源的认识。

文学起源是人类文明各方面因素综合作用的产物，是人类原初生态的综合结果。模仿、巫术、游戏、劳动、表现、本能等都起着重要的作用，但很难说哪一种因素是文学唯一的起源。现代学者谭正璧曾对文学起源有一个形象的描摹："文学发生于文字之先，此说已为多数学者所赞同。至于文学的起源，以诗歌为先，此说亦有相当的理由。讲到诗歌的起源，大家都引《诗传序》：'人生而静，天之性也；感于物而动，性之欲也；夫既有欲矣，则不能无思；既有思矣，则不能无言；则言之不能尽，而发于咨嗟咏叹之余者，必有自然之音响节奏，而不能已焉。此诗之所以作也。'这一段虽然是诗的起源说，但也可以当它是文学的起源说。此外，如近人所说：'歌谣之兴，在未有文字之前，性情所至，自然流露。'这'性情所至，自然流露'八字，真能形容尽致，尤为言简而有味。我们试想，在太古时代，人类刚从猿人进化为纯粹的人类；对付环境，渐由用手而进于用脑；既用脑，思想自然便发达了。'他们在饱腹嬉游的时候，感着山川云霞自然的美丽，心脑中鼓舞欣感到极端，便不期然而然的发出一种赞叹歌慕的声音，自然而和谐，流丽而清亮，可以感动他人，促起同样的快乐'，于是文学便胎生了。"[②]

综合以上种种理论，从人类文明发展的角度来考察文学起源问题，可以得出以下结论。文学起源问题尚无确切单一的答案，似亦不可能找到确切单一的答案。事实上，文学的起源，应是人类的原始思维、本能性的自由冲动、娱乐游戏与情感表达需要、生产劳动需要等综合因素作用的结果，正是这些因素，构成了特定的文学生态，孕育了原始文学艺术。此外，文学的起源也是一个长期的过程，内含在人类文明发展的历程之中；同时，又是一个复杂的过程，与人的生理、心理的不断完善都有密切关系。德国理论家卢卡契依据系统性原则，就曾提出：人类的审美活动不可能由唯一的一个来源发展而成，它是逐渐的历史发展综合形成的结果。

---

① 范文澜，注．文心雕龙注．北京：人民文学出版社，1958：65.

② 谭正璧．中国文学史大纲．上海：光明书局，1940：13-14.

理论辨析

对文学艺术起源的考察，推动了文艺本体、文艺功能等方面的探析。德国理论家格罗塞在《艺术的起源》一书中提出："没有一种民族没有艺术……就是最粗野的和最贫困的部落也把他们的许多时间和精力用在艺术上。"他发现艺术具有多方面的功能，集中体现在："艺术不是无谓的游戏，而是一种不可缺少的社会职能，也就是生存竞争中最有效力的武器之一。""原始艺术之最高的社会职能是统一，而文明人的艺术则因作品丰富繁复之故，不仅造成统一，而且更能提高人类的精神。"他由此反思社会上对艺术的轻视：虽然"文明国民站在实用和科学的高台上"，贱视艺术为"无谓把戏"，但"艺术必将因生存竞争而发展得更加丰富更加有力"[①]。当下社会，不断出现否定文学艺术的声音。格罗塞的这种论断依然具有强大的力量。数字时代、图像社会、消费经济……在新的时代境遇之下，更应高度重视文学艺术的作用。文学艺术不仅能够提升人性、开拓人的精神境界，亦能为心烦气躁的现代人提供诗意的生存方式。

第二节 文学生态与文学沿革

"时运交移，质文代变。"（《文心雕龙·时序》）从诞生之日起，文学就走上了"沿革"的历程。这里以"文学沿革"替代常用的"文学发展"，原因在于文学沿革更能包含文学变化的复杂性。"文学发展"一词，面临着许多质疑。王国维在《宋元戏曲考》中提出："凡一代有一代之文学，楚之骚，汉之赋，六代之骈语，唐之诗，宋之词，元之曲，皆所谓一代之文学，而后世莫能继焉者也。"[②] 楚辞、汉赋、唐诗、宋词、元曲、明清小说，史诗、悲剧、十四行诗、荒诞派戏剧，每一种艺术形态都依据自己的标准，在特定的时代达到了顶峰，成为后世不可企及、不可复制的范本。因而，用"文学发展"来描绘文学变化的轨迹，会引发偶然性与必然性、物质生产与精神生产发展不平衡等诸多问题。

文学沿革是在文学生态各因素的相互作用中进行的。文学沿革，同文学起源一样，也是一个复杂的问题，文学生态中的各种因素如自然、经济、政治、文化、宗教、道德等都起着或大或小的作用。从文学生态的角度入手，更利于深入研究文学沿革的表现、影响文学沿革的因素等问题。

文学沿革，主要体现在以下几个方面。

---

① 格罗塞．艺术的起源．蔡慕晖，译．北京：商务印书馆，1984：236－241.

② 王国维．王国维戏曲论文集．北京：中国戏剧出版社，1984：3.

（1）文学在社会生活中地位和作用的变化。首先，总体的变化趋势为从实用到审美的转变。文学最初和其他实用文体处于相混融的状态，如《尚书》中大都是一些誓词、文诰和记事文字。随着社会分工的细化、财富的积累、阶级的分化，文学逐步独立，最终形成了以语言创造审美观照对象的特殊艺术门类。其次，文学在形成自己审美特点的同时，又不断地和其他文体、其他艺术形式相互渗透、相互结合，向社会生活的各个层面扩大自己的功能和影响。如把广告与文学结合，形成特殊的广告体文学；把文学与网络多媒体结合，形成文字、声、光、电并俱的多媒体文学；等等。再次，在特殊的时期，文学还会发挥引领时尚、教育受众甚至影响社会政治发展等重要作用。如歌德的《少年维特之烦恼》，改变了当时德国青少年的穿着习惯、审美风尚；革命战争时期，文学被当作揭露敌人、打击敌人的武器；20 世纪 70 年代末，伤痕文学引领当时中国整个社会的反思。

（2）文学观念的沿革。大致说来，文学最初曾被当作神的启示。近代，文学则成为社会生活的反映。20 世纪，一些文学家将文学视为人类救赎的工具，认为文学能把人类从秩序化、机械化的僵死机制中拯救出来。随着时代境遇的不同，文学观念不断变化。在中国，近 30 年来，文学观念便发生过一系列的变化。20 世纪 70 年代末 80 年代初，文学是时代反思的重要途径。以刘心武的《班主任》、卢新华的《伤痕》等为代表的伤痕文学，以蒋子龙的《乔厂长上任记》、张洁的《沉重的翅膀》等为代表的改革文学，以刘心武的《钟鼓楼》、阿城的《棋王》等为代表的寻根文学，都有着强烈的理性思辨色彩。80 年代中期以后，文学向非理性倾斜。以方方的《风景》、池莉的《烦恼人生》、刘恒的《伏羲伏羲》等为代表的新写实主义小说，以徐星的《无主题变奏》、刘索拉的《你别无选择》为代表的先锋派小说，以苏童的《妻妾成群》、陈忠实的《白鹿原》等为代表的新历史主义小说，不再倚重于理性的阐释、批判，而是转向现实的感知。90 年代以后，文学观念中表现出重感觉的倾向，身体写作、美女作家（美男作家）作品、八零后作家作品都体现出这一特征。

（3）文学反映的社会生活内容的变化，以及与之相关的对社会认识的变化。各个时代都有大量反映同时代社会生活、风土人情的作品。《诗经》反映出先民时期到春秋战国时代人们的生活，《红楼梦》写的则是明清时代的社会百态，莎士比亚的戏剧折射的是文艺复兴时代，高乃伊剧作折射的是古典主义时代。与此相关，文学作品中所蕴含的对社会的认识也发生了变化。同是写潘金莲，《水浒传》中的她是丑恶的典型；1927 年，欧阳予倩则把她写成了一位觉醒反叛的女性；1985 年，魏明伦又把她塑造成不得不沉沦、带有荒诞特色的女子。凡尔纳的科幻小说，如《海底两万里》《从地球到月球》等在今天看来，许多情节已难称科幻，这恰恰反映了人们对社会认识的变化。

（4）文学形式的变化。这主要表现为三方面的情况。第一，文学形式日趋丰富。诗歌、小说、剧本、散文、报告文学、影视文学、网络文学等，构成了一个多姿多彩的文学大家族。第二，表现为某种文学形式自身的变化。如王国维曾历数诗的变化："四言敝而有楚辞，楚辞敝而有五言，五言敝而有七言，古诗敝而有律绝，律绝敝而有词。"① 第三，文学的整体格局发生变化。在人类文明的早期阶段，史诗是最重要的文学形式，诗曾在相当长的历史时期独领风骚，当下则是小说占据重要位置。

有哪些因素会影响文学沿革？不同的文学观念，有着不同的认识。黑格尔强调"绝对精

---

① 王国维．王国维文学论著三种．北京：商务印书馆，2001：42.

神”“绝对理念”对文学发展的影响。苏联理论家弗理契认为，艺术的盛衰与经济上的盛衰有着密切的依存关系。还有的理论家提出，政治斗争影响了文学的兴衰。这些观念上的不同，源于对文学生态的构成元素、这些构成元素之间相互关系的认定不同。当前，学术界普遍认同普列汉诺夫对于文学在政治社会中地位的分析。文学处于一个五层结构关系之中：一定程度的生产力的发展；由这个程度所决定的人们在社会生产过程中的相互关系；这些人的关系所表现的一种社会形式；与这种社会形式相适应的一定的精神状况和道德状况；与这种状况所产生的那些能力、趣味和倾向相一致的宗教、哲学、文学、艺术。影响文学沿革的因素可概括为自然条件、社会整体状况、其他文学艺术审美经验等几个方面。

（1）自然条件影响文学沿革。地理环境、气候等自然条件，通过社会因素，影响文学沿革。温克尔曼在《论希腊人的艺术》等文中把希腊艺术之所以较其他民族繁荣的第一个因素归结为“气候的影响”[①]。斯达尔夫人在《从文学与社会制度的关系论文学》中，把西欧分为南北两方。南方气候清新，又多丛林溪流，人们情感奔放、很少拘束，因此，南方文学比较普遍地反映民族意识和时代精神。北方土地贫瘠，天气多云阴沉，容易引起人们对生命的忧郁感和哲学沉思，因而人们都有独立的意志，反映在文学上，则是较多表现个人的性格。[②] 中国《汉书·地理志》中，把《诗经》中“秦风”所表现的尚武精神以及“郑风”“卫风”所表现的男女爱悦，归之于受它们所产生的地理条件的影响。法国的泰纳认为，环境是文学艺术产生、发展的“外部压力”，与种族——“天生的遗传的那些倾向”，文学艺术产生、发展的“内部资源”，时代——文学艺术产生、发展的“后天动量”一起决定文学艺术的创作和发展。[③] 文学地理学认为，地理环境对文学家的气质、心理、知识结构、文化底蕴、价值观念、审美倾向、艺术感知、文学选择等构成影响，进而对文学作品的主题、题材、人物、原型、意象、体裁、形式、语言、风格等构成影响。

（2）社会整体状况影响文学沿革。社会整体状况包括经济、政治、哲学、社会心理、伦理道德、宗教等各方面因素。

经济影响文学沿革。其一，从历史发展上看，物质生产与精神生产的分工对文学的发生产生了巨大的影响。社会大分工之后，物质财富积累增多，引发阶级、阶层分化，文学才逐渐摆脱简单、幼稚、粗糙的原始状态，从内容到形式都发生了深刻的变化。其二，经济水平的提高改变文学创作的主客体条件，表现在知识结构的更新、思维方式和审美心理的变化，文学传播媒介和方式的日新月异。其三，经济影响文学内容和形式的变化。例如，宋朝城市经济繁荣，市民人数增加，才产生了词、曲、话本等艺术形式。当前，影视文学的繁荣，与经济发展水平也有着直接的关系。同时，文学产品的商品性增强，也在影响着文学存在的状态和审美品位。

政治影响文学沿革。不同社会、不同时代、不同阶级的政治要求，形成了不同的政治思想，造就了不同的审美观念，影响着作家对题材的选择、处理和形象的塑造。其一，包括文艺政策在内的政治制度直接影响文学沿革。较为宽松、符合文学发展规律的政治制度、文艺政策，促进文学的发展，反之，则阻碍文学的发展。明末清初，统治者基于维护理学思想、礼教传统与缓和政治斗争、民族矛盾的需要，通过法律、行政等手段禁止小说的刊印、传播、阅读

---

① 温克尔曼．论古代艺术．邵大箴，译．北京：中国人民大学出版社，1989：134.

② 斯达尔夫人．论文学．徐继曾，译．北京：人民文学出版社，1986：145－152.

③ 伍蠡甫，主编．西方文论选：下卷．上海：上海译文出版社，1979：226－229.

与租赁，形成了诸多的创作禁区与忌讳。制度与文学之间关系的研究，是近年来的一个热点，研究表明，科举、教育、谏议、礼制、文馆、交通与文学等制度都对文学产生了或大或小的影响。其二，领袖人物的审美趣味影响文学的沿革。政治人物对社会各方面的发展都会产生影响，文学也不能例外。刘勰在《文心雕龙·时序》篇中分析，汉大赋到了汉武帝至汉哀帝一百多年间才得以发展，就是缘于“孝武崇儒，润色鸿业，礼乐争辉，辞藻竞骛”。曹操喜欢创作慷慨悲凉的诗作，引领了以“建安风骨”著称的建安文学。其三，激烈的政治斗争、动荡的政治局面影响文学沿革。乱世文学兴，波云诡谲的时代，往往也是文学繁盛的时代。19 世纪的俄国，列夫·托尔斯泰、契诃夫等大师云集，这与巨大的政治变革、社会动荡有着直接关系。

哲学思潮影响文学沿革。从社会的整体文学发展看，一种新的文学思潮往往以新的哲学思想、哲学思潮为先导。俄国批判现实主义文学便受到 19 世纪俄国革命民主主义者别林斯基、车尔尼雪夫斯基、杜勃罗留波夫提出的民主主义思想的极大影响。反理性现代派文学作品，与尼采的“酒神精神说”、柏格森的“直觉说”、弗洛伊德的潜意识理论、克罗齐的“直觉表现说”，以及存在主义的艺术理论等有着密切关系。从作家个体来看，文学家受制于自己所信奉的哲学思想，甚至把文学创作当作宣扬某种哲学思想的方式。18 世纪，法国孟德斯鸠创作的哲理小说、伏尔泰创作的正剧、狄德罗创作的书信体小说、卢梭创作的教育小说等，都以宣扬启蒙思想为主旨。20 世纪 50 年代的存在主义小说、荒诞派戏剧的哲学味道更加浓重，甚至可以看作哲学的形象文本。达到很高境界的文学作品，一定也蕴含着哲学上的深刻思考。

社会心理影响文学沿革。社会心理指某一社会群体的稳定的心态，它以经济发展、政治状况为基础，又直接作用于意识形态。“社会人的心理被视为该时代的包括艺术在内的一切意识形态的共同底土”①。特定时代的社会心理影响文学作品表现内容、刻画主题。盛唐时代，经济繁荣、政治昌明、国力强大、朝气蓬勃、发扬蹈厉、高度自信，加之“入幕制度”的刺激，文人士子普遍存在一种投笔从戎、赴边求功的心态，“宁为百夫长，胜作一书生”（杨炯），“忘身辞凤阙，报国取龙城。岂学书生辈，窗间老一经”（王维），“功名只向马上取，真是英雄一丈夫”（岑参），形成了中国边塞诗的顶峰。进入封建社会后期的清代，整个社会的心理发生了巨大变化，这一时期的《儒林外史》刻画了周进、范进、马二先生、匡超人等一批为功名奔波的儒生形象，正如闲斋老人在《儒林外史序》中所说：“其书以功名富贵为一篇之骨：有心艳功名富贵而媚人下人者；有倚仗功名富贵而骄人傲人者；有假托无意功名富贵自以为高，被人看破耻笑者……”② 优秀的文学作品，总是深入挖掘、淋漓尽致表现社会心理。正如泰纳所说：“如果一部文学作品内容丰富，并且人们知道如何去解释它，那么我们在这作品中所找到的会是人的一种心理，时常也就是一个时代的心理，有时更是一个民族的心理。”③

伦理道德影响文学沿革。伦理道德是一种维护社会秩序的精神手段，在一定时期和地域内，伦理道德具有共通性、稳定性的特点，对艺术发展的影响广泛而又深刻。一个时代的伦理道德，往往会成为一个时代艺术作品的主题。因而，伦理道德的变迁会影响文学沿革。《简·爱》符合了当时张扬个性、主张平等的伦理要求，《钢铁是怎样炼成的》则是个人服从革命需要的革命道德的范本。莎士比亚的作品张扬人的理性，受人文主义道德观的影响，洋溢着人类

---

① 普列汉诺夫．马克思主义基本问题//维戈茨基．艺术心理学．周新，译．上海：上海文艺出版社，1985：9－10.

② 吴敬梓．儒林外史．济南：齐鲁书社，2008：1.

③ 泰纳．《英国文学史》序言//伍蠡甫，主编．西方文论选：下卷．上海：上海译文出版社，1979：241.

中心主义的豪情；当前，生态主义的作品，则是受到祛除人类中心主义的生态伦理的影响。

宗教影响文学沿革。宗教是一种重要的人类文明成果。梁漱溟曾指出："人类文化都是以宗教开端，且每依宗教为中心。人群秩序及政治，导源于宗教；人的思想知识以至各种学术，亦无不导源于宗教……非有较高文化不能形成一大民族；而此一大民族的统一，却每都有赖于一大宗教。"① 近代社会学奠基人涂尔干也曾说："宗教宛如孕育了人类文明所有萌芽的子宫。"② 强烈的情感性，鲜明的形象性，深远的超越性，在这三点上，宗教与文学有相通之处。也正因此，宗教对文学沿革有时会产生强大的影响。其一，宗教诱使文学为其服务时，会束缚甚至窒息文学的发展。在宗教世界观的支配下，欧洲中世纪文学被紧紧地束缚在宗教题材和宗教主题之下，成为神学的婢女。其二，宗教经过长期发展、演变，内涵极为丰富，为文学提供了大量素材。列夫·托尔斯泰小说的厚重，得益于其深厚的宗教底蕴。佛教人物与故事，成为《西游记》吸引人的重要因素。其三，独特的宗教思维方式启发和丰富了历代作家的玄想与构思，这对于扩展创作领域和创作方法都具有重大意义。基督教的罪感意识，对西方文学产生了极大影响。佛教、道教也极大扩展了中国文学的空间。中国的文学传统强调兴、观、群、怨，注重对现实的忠实反映。而佛、道提供了放诞无忌、大胆夸饰的思维方式，给文学创作注入了新生机，有助于创作风格的丰富和多样化。

除此之外，自然科学发展也会影响文学沿革。自然科学的新成果，拓展了人们对客观世界的认识，促进了人们对世界整体认识水平的提升，同时也会不断丰富文学的内容和形式。医学、生理学、遗传学等领域的研究成果，往往会成为情节转变的契机，时空变体、外太空等研究也开拓了文学想象的空间。

(3) 其他文学艺术审美经验影响文学沿革。其他文学艺术审美经验，主要包括四个方面的内容：其他艺术类型审美经验、本民族文学传统、其他民族文学、民间文学等。

其他艺术类型的审美经验影响文学沿革。文学被称为艺术之母，为其他艺术类型提供了丰富的营养；同时，其他艺术类型的审美经验也会影响到文学。闻一多便曾提到："诗的实力不独包括音乐的美（音节），绘画的美（辞藻），并且还要建筑的美（节的匀称和句的均齐）。"③ 鲁迅在谈到"力避行文的唠叨"时，举中国旧戏"没有背景"为例；在谈到写人要传神时，引证中国传统绘画中的"点睛"，"要极省俭的画出一个人的特点，最好是画他的眼睛"④。电影的蒙太奇结构方式，音乐对节奏的强调等，都给文学提供了借鉴。19 世纪后期至 20 世纪初期曾在欧洲流行的印象主义，就是先在绘画、音乐领域里发展，然后影响到文学，形成了致力于捕捉模糊不清的转瞬即逝的感觉印象、否定对事物之间的联系进行理性提炼加工的印象主义文学。同样的例子还有，表现主义绘画、新现实主义电影都曾对文学沿革产生了极大影响。许多文学大师是通才，如老舍既会写小说，又懂得曲艺，曲艺的叙事方式、人物塑造、语言运用影响了其文学创作。现代多媒体艺术，也给予文学一定的影响。文学在借鉴其他艺术门类的过程中大大丰富了自身的表现力，获得了新的发展。

本民族文学传统影响文学沿革。文学具有继承性。杜甫曾言："杨王卢骆当时体，轻薄为文哂未休。尔曹身与名俱灭，不废江河万古流。"（《戏为六绝句》之二）。其后世的韩愈则针对

---

① 梁漱溟全集．济南：山东人民出版社，1990：97.

② 涂尔干．宗教生活的基本形式．渠东，汲喆，译．上海：上海人民出版社，1999：294.

③ 闻一多．最后一次的讲演．呼和浩特：内蒙古人民出版社，1999：26.

④ 鲁迅．我怎么做起小说来//鲁迅全集：第 4 卷．北京：人民文学出版社，1981：512－513.

贬低李白、杜甫的现象作诗道："李杜文章在，光焰万丈长。不知群儿愚，那用故谤伤。蚍蜉撼大树，可笑不自量。"（《调张籍》）前人创造的文学遗产成为文学沿革的推动力。这种影响在相邻时代的文学发展中格外明显。刘勰便曾指出："楚之骚文，矩式周人；汉之赋颂，影写楚世；魏之策制，顾慕汉风；晋之辞章，瞻望魏采。"（《文心雕龙·通变》）这种影响还可以跨越历史时空。中国诗与骚，西方的神话与史诗，在文学沿革中形成强大的传统。这种影响表现为以下三点。其一，人物、故事、主题、场景的继承。古希腊神话中的俄狄浦斯王、美狄亚，成为莎士比亚戏剧、当代影视文学中的主人公。描写杨贵妃与唐明皇两人爱情故事的文学作品，在唐代便有陈鸿的《长恨歌传》、白居易的《长恨歌》、丹丘的《开元遗事》，元代则有白仁甫的《梧桐雨》，明代有《彩毫记》《惊鸿记》，清代则有洪昇的《长生殿》。经典的人物、故事、主题、场景往往给人说不尽之感。其二，文学形式的继承。新的文学形式是在旧形式基础上改造而来的，传统的五言、七言的近体诗和五言、七言的古体诗以至汉乐府中的五言、楚辞中的七言有着密切联系。有时旧形式衰落，但其某些部分传承下来。《诗经》中四言诗的句式整齐、隔句用韵的特点对新诗也发挥着影响。我国传统的格律诗、词、曲等文学样式，用以表现当今的生活仍有一定的生命力。其三，思想观念、审美情趣的继承。在一个民族发展的历程中，往往会形成一些固定的思想观念、审美情感，并在文学中集中体现。屈原的"长太息以掩涕兮，哀民生之多艰"，杜甫的"穷年忧黎元，叹息肠内热"，范仲淹的"先天下之忧而忧，后天下之乐而乐"，体现出了中国文学中一脉相承的浓郁的忧患意识。

其他民族文学影响文学沿革。各民族早期的文学，因民族成员语言、文化心理等方面的障碍，交流较少。随着交流手段的发展，各民族文学间的相互影响越来越大。从整个文学沿革来看，任何民族的文学都曾受到外来文学的影响。不同民族间的文学影响一般与经济、政治等交流相伴而生，经济、政治等方面的交流越频繁，文学影响越深入。比如，中国文学所受到的欧洲文学的影响，在古代要远远小于近现代。各民族文学的相互影响，具有时代性特点。是否符合时代的要求，往往决定着被影响民族的取舍。在大变革的时代，其他民族文学的影响甚至要远远大于本民族文学传统的影响。文艺复兴时期，古希腊文学中所表现出的自由民主的精神，与意大利、英国、法国反封建反教会的思想相契合，古希腊文学对这些国家文学沿革的影响，就远远大于这些国家自身古代文学传统的影响。我国"五四"时期，19 世纪欧洲的浪漫主义和现实主义产生巨大影响的原因，也正在于这些文学中所蕴含的人道主义精神契合了要求个性解放的时代要求。另外，这种影响具有不对等性。文化强势民族对文化弱势民族的影响，要远远大于后者对前者的影响。

民间文学影响文学沿革。民间文学是生活在社会底层的大众所创作的神话、民间故事、歌谣、话本等类型的文学作品，多以口头的形式存在。它一般没有固定的作者，在传播的过程中不断丰富、完善。淳朴、真率是其主要特点。明代文学家李梦阳提出的"真诗乃在民间"的观点，经常为后世所提及。俄国著名的诗人普希金曾说："我听民间故事，我想借此来矫正我受的该死的教育的缺陷。"① 从这些观点中，不难看出民间文学对文学的影响力。这种影响主要表现为以下三点。其一，民间文学为后世文学提供了丰富的创作题材。中国《诗经》的十五国风，采自民间的土风歌谣，是后世文人不断开掘的文学富矿，正如杜甫所言"别裁伪体亲风

① 阿扎多夫斯基．普希金与民间传说//中国民间文艺研究会，编．苏联民间文学论文集．北京：作家出版社，1958：129.

雅”。西方的希腊神话，成为欧洲文学的一个传统，每个时代都有自己的普罗米修斯、俄狄浦斯王。一些世界名著，有着民间故事的背景。歌德著《浮士德》，其中浮士德的故事在民间流传了近两百年。元末明初的罗贯中著《三国演义》，其中的三国故事晚唐时就在民间流传，《东坡志林》曾记载北宋时有一个“说三分”的民间艺人，能使听众“频蹙眉”甚至“出涕”。《西游记》的成书更是酝酿了七百多年，融汇了众多民间艺人的智慧。其二，民间文学提供了新的文学形式，从而推进文学沿革。春秋末期的民歌《孺子歌》、秦时的《长城歌》，开启了东汉五言诗。宋词的源头，可追溯到敦煌的曲子词。唐代的参军戏，宋代的说唱文学、傀儡戏、话本小说等都为戏曲的发展打下了基础。中国传统的章回小说，也是在讲史话本的基础上发生发展的。其三，民间文学的许多创作方法成为文学创作的准则。《诗经·国风》中表现的“饥者歌其食，劳者歌其事”，逐渐形成了中国文学的现实主义传统，并成为后世文艺方向纠偏的有力工具。初唐诗人陈子昂不满于齐梁诗歌的“彩丽竞繁”，认为同时代的创作“风雅不作”“兴寄都绝”，于是发起了诗歌革新运动。汉乐府民歌“缘事而发”的精神，在杜甫的“因事立题”、白居易的“歌诗合为事而作”中都能找到回响，最终成为一种写作准则。

清代诗人赵翼写道：“李杜诗篇万口传，至今已觉不新鲜。江山代有才人出，各领风骚数百年。”文学沿革，是一个在文学生态多种因素综合作用下的复杂过程。

深度思考

文学史是对文学沿革的描述与研究。因对文学沿革形式、动力等看法不同，理论家形成了不同的文学史观。俄国形式主义理论家提出，作家对“陌生化”的追求推动文学变化：一个已有的文学形式由于不断被仿制、被重复，于是“自动化”了，不能再引起人们的阅读兴趣，于是文学家不得不依赖于“陌生化”，去寻找新的艺术形式以代替失去了艺术性的旧形式。接受美学的代表人物德国理论家尧斯则提出，读者的期待视野影响文学创作，文学史是读者接受作品和作品在读者中产生影响的历史。美国学者韦勒克在其《文学理论》中提出，将决定文学现象的原因简单地归结于经济条件、社会背景和政治环境都是僵化的做法，更不能因袭生物学或病理学的概念来探讨文学，“大多数最主要的文学史要么是文明史，要么是批评文章的汇集。前者不是‘艺术’史，而后者则不是艺术‘史’”[①]。钱中文总结了以下几种文学史的原则：编年史的原则、进化论的原则、文化史派的原则、社会学派的原则、形式主义原则、接受理论的原则及全景式的文学史观。[②] 从以上看，单纯认为文学沿革源于一种动力，或自然生理的或社会的或文学形式自身的变化，尽管可以产生一系列的研究成果，并不乏启发意义，但同时又存在偏颇。这也证明了，文学沿革是文学生态各因素综合作用的结果。

---

① 韦勒克，沃伦．文学理论．刘象愚，等译．南京：江苏教育出版社，2005：303.

② 钱中文．文学原理：发展论．北京：社会科学文献出版社，2007.

第三节 文学生态与文学现状

以计算机技术与网络信息技术的飞速发展与大规模普及为标志，人类业已进入了数字时代。数字时代是电子信息时代的代名词，因电子信息的所有机器语言都是用数字代表而得名的。从生存环境到生活方式，数字技术广泛而深刻地改变着人类的生活，使文学生态发生了巨大变化。伴随着多媒体与互联网技术的发展，文学与互联网相结合，催生出网络文学这一文学新形态。文学作者普通化，超文本、多媒体文学等新的文学样式出现，文学语言产生新变，文学批评表现出新特征，形成了独特的文学景观。

在数字时代的文学生态中，作家与读者的区别逐渐弱化，文学作者普通化，甚至可称为“全民写作”。网络世界是一个低门槛的世界，每个人都可以进行文学写作，都可以在网络上发表自己的作品。从 20 世纪 90 年代起，诞生了痞子蔡、李寻欢、宁财神、安妮宝贝、今何在、何员外等一系列网络写手。他们呈现出新的特征。其一，青春性。网络写作需要技术支撑，年轻人在计算机网络技术方面更有优势，对此也更有兴趣，因此以 20～35 岁年龄段的网络写手居多。因而，网络文学又称“青春文学”。其二，业余性，即非职业化写作。许多人没有文学背景。痞子蔡学的是水利，何员外学的是热能工程，沧月则是建筑学硕士。因为写作具有业余性，所以这些创作者较少束缚。其三，凭兴趣写作，随意性强。网络写手大多没有明确的写作目的。如罗莎夜罗说自己是一个“满脑子充满幻想的人”，七点 77 则表白：“因为孤单？我的文字正在记录所有不变的东西，因为我试图变得越来越有安全感。”莫言曾言：“网上的文学比网下的文学更加随意，更加大胆，换言之，就是更加可以胡说八道。”①

超文本小说《下午，一个故事》作者迈克尔·乔伊思（Michael Joyce）

文学存在与传播的载体日新月异，促进写作者不断求新，基于数字技术创生了许多新的文学样式。代表性的有超文本文学、多媒体小说等形式。超文本文学，是最能体现网络文学特征的文学形式。超文本的概念，由美国学者托德·尼尔逊于 1969 年提出。他认为，世界上所有存在物之间都存在联系，人类全部文本可以合成一个总文本。1987 年，美国的迈克尔·乔伊思发布了世界上第一部超文本小说《下午，一个故事》。在这部作品中，作者在每一个页面的底部设置了一个链接按钮，点击后可进入不同的事件。1996 年，马休·米勒的《旅程》问世，被认为是超文本小说的典范。小说的主线是主人公走遍美国，为两个孩子寻找母亲。读者

① 莫言．人一上网，马上就变得厚颜无耻．2000－09－05．http：//tech.sina.com.cn/review/media/2000-09-05/35870.shtml.

可以用鼠标点击地图上的任何一个州，也可以随时改变自己的行程。超文本小说具有迷宫式的情节构成，多种可能的故事结局，能够给读者以独特的阅读感受。数字时代另一种代表性的文学样式是多媒体作品。在这类作品中，创作者根据情节和情感表达的需要，常常在文字文本的背景上通过 Flash 画面的流动或增设旁白来实现虚拟真实叙事，还可以用歌声、音乐、音响等听觉效果来酿造故事氛围。2003 年，李臻创作了我国首部多媒体小说《哈哈，大学》。作者用校园照片、调侃或煽情的文字、伤感的音乐做成 Flash。文字、图片、声响，集合性的阅读感受能引发读者深深的共鸣。

在数字时代的文学生态中，市场的作用得到突显。能够生存下来、获得发展的网络文学网站，都已建立起成熟的商业运营模式。比较常见的有 VIP 收费制度，即先提供部分章节的免费阅读以吸引受众注意，若点击量达到某上限，网站便会与作者沟通，将小说内容转移到 VIP 区中，读者若想继续阅读，就要交纳一笔费用。另外，原创网站通过签约有影响力的作家提高人气，吸引广告商投资获得收益；还可与游戏厂商、电视剧电影制造商、出版社合作，将适合包装的作品推向市场，获得更大的资金回报。商业化的运营模式虽然给网络文学的发展带来一些负面的影响，如创新性不强、重复过多等，但同时，在商业化的推动之下，中国的网络文学发展越来越迅速，写手队伍越来越壮大，作品数量也急剧增加，网络文学在文学界的地位日益提高。

在数字时代，文学语言呈现出新的特点。第一，对节奏感的重视。数字时代，是键盘写作的时代。键盘输入的节奏感比较强，使写作者更偏爱简单化、时尚化、生活化的带有口语色彩的简短句子。例如："长乐宫四周四五万人，慢慢退却，足足花费了将近一个时辰。这些将士都觉得今晚似乎做了一个不知所云的大梦，不知何所为，何所往，何所归。"（宜炫《转世汉王》）陈村就曾指出："从文学的历程看，书写越来越容易，文字也越来越'水'。"[①] 徐坤则自称越来越习惯于大量运用网络符号写作和交谈："网络在线书写就是越简洁越好，越出其不意越好，写出来的话，越不像话的样子越好。一段时间网上聊天游玩之后，我发现自己忽然之间对传统写作发生了憎恨，恨那些约定俗成的、僵死呆板的语法，恨那些苦心经营出来的词和句子，恨它们的冗长、无趣、中规中矩。整个对汉语的感觉都不对头了。我一心想颠覆和推翻既定的、我在日常工作中所必须运用的那些理论框架和书写模式，恨不能将它们全都变成双方一看就懂的、每句话的长度最多不超过十个汉字的网络语言。"[②] 第二，强烈的炫技色彩。写作者为了张扬个性，表现自己的与众不同，或者营造轻松幽默的阅读氛围，往往打破语言常规，费尽心机地炫耀自己的语言技艺。比如，把匈牙利诗人裴多菲的诗《自由与爱情》进行改造："肉丝诚可贵，肉片价更高。若有大肉块，两者皆可抛。"（唐家三少《冰火魔厨》）把著名的诗句改编，既显示写作者诗歌修养的积累，还显示了写作者作诗的才能，并体现了其幽默感。再如："但大师就是大师，他跟我说一句惊世绝艳的话，导致我死心塌地崇拜上了他，以至于才有了后来一连串的霉运。"（张小花《史上第一混乱》）连用了"惊世绝艳""死心塌地"两个成语，并用形容人容貌的"惊世绝艳"来修饰"话"，收到了奇特的效果。

文学批评在数字时代发生了变革。首先，批评者的责任感弱化。传统的文学批评观念认为文学批评是对以文学为中心兼及一切文学活动和文学现象的理性分析、评价和判断，认为文学批评活动是作为一种意识形态评价方式而对文学及社会生活特别是社会意识形态产生深刻影响

① 陈村．网络两则．作家，2000（5）．

② 徐坤．网络是个什么东西．作家，2000（5）．

的。传统的文学批评肩负着重要的社会责任和文学使命，而在网络文学批评中，这种责任感大量缺失。网络空间中，文学批评者可以根据自己的主观爱好对网络文学的文学作品、文学现象随意作出自己的评价，在很多时候，这种评价并没有多大的文学思想价值，甚至有的时候是一种恶意的人身攻击。其次，文学批评是一种"在线性"批评，改变了传统文学批评的时间性。传统的文学批评是通过纸质媒介传播的，一篇批评文章从产生到公布于世一般要经过很长的一段时间，而网络文学批评是一种在线性批评。如此，网络文学就不能再按照传统的文学批评标准，它就需要以"人气"来评价，赛博的文学空间中判断"人气"的表现就是点击率。

数字时代，文学既有变化的因素，又有不变的因素。在写作工具、传播方式等技术层面上发生了变化，不变的是，文学的价值与魅力关键还要靠内在的艺术品质与精神境界。正如作家陈村所说："重要的是积累作品，尽可能写得更好，而不是标出一个名目。有人一口咬定网上的文学作品都是垃圾，那是精神错乱，我们应该怜悯他。有人说网上的作品才是文学，那是理想，我们要努力。"① 因此，诗人、作家、艺术家只有保持稳健而又平和的心态，守住自己的心灵世界，注重诗意创造，才能赢得文学的更大辉煌。

深度思考

关于数字时代对文学的影响，学术界大致已形成了三种看法。第一种看法，高度肯定数字技术对文学艺术的积极影响。如姜奇平在《数字时代的人与商业》一文中指出："信息时代的字，机器味只在形式上，骨子里是很'个人'的；倒是工业时代的字，形式上是很'个人'的，但骨子里却是很'机器'的。"② 任晓雯认为："文学在网络时代的发展，将是艺术和技术携手作用的结果，也许，这会是一场翻天覆地的革命。"③ 第二种看法与第一种看法相反，认为在电影、电视、电脑网络成为未来世纪主导文化媒介形式的情况下，"文学式微是历史发展的一种必然"④。德里达甚至断言"在特定的电信技术王国中，整个的所谓文学的时代将不复存在"，"'电信时代'的变化不仅仅是改变，而且会确定无疑地导致文学、哲学、精神分析学，甚至情书的终结"⑤。第三种看法则较为审慎，既意识到随着声画信息传输形式的发达，书面文学必将"边缘化"，但同时又认为"'边缘化'不是死亡，不是价值的消失。传统的艺术形式将在新的媒体、新的时代找到新的定位，将融入新的艺术门类之中并为之增添光彩"⑥。鲁枢元以积极迎接挑战的姿态，主张进一步高扬"文学艺术"的精神

---

① 陈村．我看网络文学．http：//news. eastday. com/epublish/gb/paper29/20000519/class002900014/hwz31927. htm.

② 姜奇平．数字时代的人与商业．http：//www. cj888. com/book/kepu/shuzishidai/002. htm.

③ 网络、文学——一种众语喧哗背后的传播学现象．http：//www. shuku. net：8082/novels/netters/nenxiaowen/rxw24. html.

④ 许兵．文学式微是历史发展的一种必然．兰州大学学报，2000（3）．

⑤ 米勒．全球化时代文学研究还会继续存在吗？．文学评论，2001（1）．

⑥ 黄鸣奋．危机与际遇：电脑时代的中国古典文论研究．东方丛刊，1998（1）．

价值，以规避“计算机统治”及“数字化”的风险。[1] 第一种看法是不切实际的，数字技术虽然对文学的发展产生了积极的影响，但尚看不出实质意义的“革命性”；第二种看法未免过于悲观，数字化生存固已构成了对文学的迫压，但文学自身固有的特质决定了文学不可能必然地走向“式微”，更不可能彻底终结；第三种看法才是值得重视的，数字化时代的到来，对于文学艺术，既是严峻的挑战，也是促使其在更为本原的意义上得以提高与发展，使之进一步强化与凸显自身魅力的机遇。

【本章概要】

文学生态中多种因素的综合作用推动了文学沿革。从文学最初的、原始的形态，到数字时代的文学，文学沿革贯穿在人类整个文明史的发展之中。文学起源的探讨，在很大程度上只能是带有遗憾的研究，很难有一个确切的结论。文学起源探讨的意义在于，它是探究文学本体、文学功能的诸多途径中一种行之有效的途径。文学起源于史前人类的全部社会生活。文学沿革的推动力，不能定于一种因素，不管是经济因素、政治因素还是其他因素。文学沿革是一个在文学生态多种因素综合作用下的复杂过程。数字时代，文学面临的机遇与挑战同在，变与不变并存，技术层面的改变，改变不了文学依靠诗意取得地位的原理。创作者只有力避功利诱惑，保持平和稳定的创作心态，注重诗意创造，才能创作出文学精品。

【本章关键词】

文学生态：包括作家生存状态，文学作品的发表、出版、传播条件，读者的反作用等多方面，以及各种文学因素与自然环境、社会状况之间的复杂关系。

模仿说：一种重要的文学艺术起源理论。认为文学艺术起源于人类对自然生灵、社会事件的模仿，文学艺术最初根源于人模仿的天性。古希腊的德谟克利特、亚里士多德，中国古代思想家都对此理论做出过贡献。这种理论对后世产生了深远的影响，后来进一步得到发展。文学艺术不应只是对现有现实的模仿，更应是对应有的、理想化的事实的模仿；不仅是对物质化的事物、事件的模仿，更应是对人的内心心像的模仿。

巫术说：主张文学艺术起源于巫术。诞生于19世纪末20世纪初，是基于人类学研究成果提出的文学艺术起源理论。最早由人类学家泰勒提出，后弗雷泽著有《金枝》，影响巨大。这种理论认为，原始艺术是为了巫术这一目的而被创造出来的，运用了巫术的思维方式，发挥了巫术的作用。

游戏说：主张文学艺术起源于游戏。最早由康德提出，后经席勒、斯宾塞等人阐发为系统理论。这种理论认为，文学艺术最深刻的根源在于“游戏的冲动”，游戏是高级动物发泄释放过剩精力的有效方式，后来逐渐发展为艺术。这种理论注重从生理学意义上来看待文学艺术的起源，相对忽视了其中蕴含的丰富的社会意义。

劳动说：主张文学艺术起源于劳动。这种学说在我国文学理论界影响尤其巨大。这种理论

---

① 鲁枢元. 生态批评的空间. 上海：华东师范大学出版社，2006.

认为，劳动创造了文学艺术创作的主体——人，劳动生活提供了文学艺术创作的内容，劳动生活是原始艺术的直接的表现对象。

民间文学：是生活在社会底层的大众所创作的神话、民间故事、歌谣、话本等类型的文学作品，多以口头的形式存在。它一般没有固定的作者，而是在传播的过程中不断丰富、完善。淳朴、真率是其主要特点。

超文本小说：也称超文本文学、超链接小说。是20世纪90年代后期美国先锋小说界提出的一个概念，指由文字、图片、影音片断及多路径进入的结构组成的电子文本。一般认为，1987年美国的迈克尔·乔伊思发布了世界上第一部超文本小说，即《下午，一个故事》。超文本小说以网络为载体，具有非线性、互动性、开放性、非中心化、未完成性等特点。

多媒体小说：数字时代的一种典型文学样式。创作者根据情节和情感表达的需要，常常在文字文本的背景上通过Flash画面的流动或增设旁白来实现虚拟真实叙事，还可以用歌声、音乐、音响等听觉效果来酿造故事氛围。2003年，李臻创作了我国首部多媒体小说《哈哈，大学》。文字、图片、声响等集合性的阅读感受，能引发读者深深的共鸣。

【推荐阅读】

格罗塞．艺术的起源．蔡慕晖，译．北京：商务印书馆，1984.

郑元者．艺术之根．长沙：湖南教育出版社，1998.

钱中文．文学发展论．北京：高等教育出版社，2005.

杨守森，孙书文，李辉，等．数字化时代与文学艺术．济南：齐鲁书社，2010.

欧阳友权．网络文学论纲．北京：人民文学出版社，2003.

【思考题】

1. 研究文学起源问题的意义是什么？
2. 文学沿革体现在哪些方面？
3. 政治如何影响文学沿革？
4. 哲学如何影响文学沿革？
5. 民间文学如何影响文学沿革？
6. 在数字时代，写作者有哪些特征？
7. 在数字时代，文学语言有哪些新的变化？
8. 如何评价数字技术对文学的影响？

第十章

文学价值

文学，作为人类的一种文化活动、精神活动现象，自古至今，一直陪伴在人类的左右。但在有些人看来，文学是没什么用处的；而在另一些人眼中，文学则如同圣洁的殿堂，不可亵渎；在市场经济和文化产业快速发展的今天，又有人将文学视为一般的商品，将赚钱视为文学活动的主要目的。文学的价值究竟何在？对此，文学理论界已经做出过许多回答，其中，特别被看重的是审美价值。实际上，文学价值是复杂多元的，除审美价值之外，另有认识世界人生、提升人的精神境界、推动历史进步等多方面的社会文化价值。此外，文学的商品价值和娱乐价值，亦值得我们正确对待。

第一节 文学的审美价值

文学的价值内涵无论多么复杂，审美价值都是文学作品的基本价值，如果没有了审美价值的依托，文学的其他价值也就无从谈起了。那么，何谓审美？何谓审美价值？文学的审美价值体现在哪些方面，又有哪些特别之处呢？

我们先来看一下我国著名美学家朱光潜先生在《谈美》中举过的一个例子：

> 假如你是一位木商，我是一位植物学家，另外一位朋友是画家，三人同时来看这棵古松。我们三人可以说同时都“知觉”到这一棵树，可是三人所“知觉”到的却是三种不同的东西。你脱离不了你的木商的心习，你所知觉到的只是一棵做某事用值几多钱的木料。我也脱离不了我的植物学家的心习，我所知觉到的只是一棵叶为针状、果为球状、四季常青的显花植物。我们的朋友——画家——什么事都不管，只管审美，他所知觉到的只是一棵苍翠劲拔的古树。我们三人的反应态度也不一致。你心里盘算它是宜于架屋或是制器，思量怎样去买它，砍它，运它。我把它归到某类某科里去，注意它和其他松树的异点，思量它何以活得这样老。我们的朋友却不这样东想西想，他只在聚精会神地观赏它的苍翠的颜色，它的盘屈如龙蛇的线纹以及它的昂然高举、不受屈挠的气概。①

朱光潜（1897—1986）

朱光潜所说的那位画家面对古松时的态度就是审美。他所看到的“昂然高举、不受屈挠的气概”，就是古松的审美价值。由此可见，审美价值，既不同于实用功利价值，也不同于科学知识价值，而是事物的形象给予人的一种情感愉悦、精神感染、生命激励与心灵净化价值。这样一种审美价值，既体现于大千世界中的花草树木、山川河流、人生世相，而更为突出、更为集中的体现则是在诗歌、小说、音乐、绘画之类文学艺术作品之中。

与所有的艺术一样，文学也是一种“美的艺术”②。作为一种“美的艺术”，文学不像科学成果那样追求对研究对象精准、客观的分析与评价。作为人类认识世界最重要的方式，科学追求的是真理，需要的是严谨求实的理性精神。而在

① 朱光潜．朱光潜美学文集：第1卷．上海：上海文艺出版社，1982：448-449.

② 康德．判断力批判．邓晓芒，译．北京：人民出版社，2002：158.

这方面，文学艺术恰恰与之形成了鲜明的对比。对于诗人、作家来说，夸张、比喻、含混、歧义、陌生化都是他们经常使用的创作手法，这使得文学艺术所具有的认识是艺术化了的，是一种感性认识。加之诗人作家在进行创作的时候，对世界一草一木的感知无不具有自己强烈的主观倾向性，这就使得文学艺术既是感性的，又是主观的。就如同“桃花潭水深千尺，不及汪伦送我情”一般，诗人对于潭水深度的判断完全是服从于其主观情感表达的需要，而无需也绝不会借用科学、理性的数理分析来从事创作。倘若文学也如科学一般严谨、理性，那反而枯燥无趣，也就不是文学了。

作为一种艺术，文学也不似宗教、哲学般对世界、人生进行抽象的思考与认识，而是把这种思考与认识用具体、生动的文学形象表达出来。无论哪一派别的宗教或哲学，都有其基本的逻辑起点，比如“理念”“彼岸”之类。这些理性的逻辑起点，以及相关的教义、论述，往往是抽象的，难以为大众所接受，故而古往今来，才出现了众多的宗教故事和哲理寓言。这些具有形象性，亦能给人情感感染的宗教故事和哲理寓言，虽近似文学，但与文学是有根本区别的，这就是：其骨子里仍是功利性的，试图利用文学的独特感染力去帮助宗教教义、哲学理念的宣扬与推介。通过以上比较，我们可以看出：文学的审美价值是与主观性、情感性、形象性密切相关的一种情感感染与精神激励价值。

与音乐、绘画等其他艺术门类相比，作为语言的艺术，文学的审美价值自然又有其特殊性，即其价值是蕴含在由抽象的语言文字符号塑造的艺术形象之中的。正是因为语言的文字符号特性，所以文学的审美价值有着独特的呈现方式。具体来看，文学与音乐不同，它不是仅靠直接刺激人们的听觉给人以美感，亦与绘画不同，不是通过直观性的画面给人以美感，而是要读者通过对文字符号的理解，借助于想象的帮助，来获得审美体验。由于抽象的文字符号本身，既有确定性，又有非确定性，加之读者自身生活阅历、知识背景以及理解能力与想象能力的差异，不同的读者，即使面对同一部作品，把握到的形象，得到的审美感受，也既有共通性，亦会存在差异性。所谓“一千个读者就有一千个哈姆雷特”，体现的正是文学审美过程的特点。这句话可分两层意思理解，即“哈姆雷特各不相同”，但“哈姆雷特总是哈姆雷特”。在不同读者那儿，哈姆雷特之所以各不相同，即是与文字符号的不确定性及读者的自身条件相关的；在不同读者那儿，哈姆雷特毕竟还是哈姆雷特，而不会被误读为贾宝玉或于连，这便是与文字符号的确定性相关的。由此可知，与其他艺术门类，尤其是与视觉性的造型艺术相比，文学审美呈现出封闭性与开放性相统一的特点。正是其封闭性，保证了文学审美价值的统一尺度；正是其开放性，会使文学作品形成无限的审美想象空间，释放出不同于其他艺术形态的特殊美，体现出特殊的审美价值。从这个意义上来说，文学的审美价值的实现是以激活人们的想象力为起点的。

值得注意的是，长期以来，由于受考试尤其是高考题式与规则的制约，在我们的中小学语文课堂上，教学的重点通常是词汇、章法、中心思想、段落大意等。即使面对一些诗歌、小说、散文等文学类的篇目，教师亦往往不重视引导学生感受其中的审美价值。其结果是无论面对怎样的文学作品，学生们往往都会局限于“本文揭露了……”“批判了……”“歌颂了……”之类的认知套路。在这样的认知过程中，文学作品应有的更为重要的审美价值，也就无从体现了。这类的教学弊端，无疑是不利于我们民族的审美文化建设的。

深度思考

何谓“美”？这一直是古今中外的思想家们争论的焦点和难点。这种争论从某种层面上反映了现实中美的复杂性与矛盾性。与之相关，何谓文学的审美价值？其有何特点？不论是人们的实际感受、需求还是理论观念，都不尽相同。我们之所以既愿意接受“杏花春雨江南”，也愿意接受“骏马秋风冀北”，既快意于“仰天大笑出门去”，也感伤在“竟无语凝噎”中，根本原因即在于文学审美价值本身，以及人们对美的感受、需求本身亦存在多面性。因此，我们在研究文学的审美价值时，又应根据其复杂性，具体情况具体分析。

第二节 文学的文化价值

文学作品是诗人、作家的思想、情感、知识的综合体现，从根本上来说，更是诗人、作家的文化创造，是人类精神文明的宝贵结晶。因而，除了审美价值之外，文学还能给人以多方面的文化影响。文学作品中的文化价值主要表现在以下几个方面。

一、认识世界人生

早在两千多年前，孔子就明确提到，诗既可以“兴观群怨”，亦能“迩之事父，远之事君”，还可以“多识于鸟兽草木之名”（《论语·阳货》）。孔子这儿所说的“观”以及“多识于鸟兽草木之名”事实上就是谈到了文学的认识价值，它指的是文学作品具有能够使人增长见识、了解外在世界、认知自我的价值。与科学帮助人类认识自然世界的客观规律不同，文学的认识价值更多地体现在认识人类社会生活的内部上。

由于生活的时间、空间以及职业、经历等诸多方面的原因，人们对社会生活的了解总是存在着一定的局限性，而文学则为我们提供了打破这一局限的最好方式。与科学认识不同，文学的认识是一种审美认识、一种诗意的主观认识。文学中的认识不以客观物质世界的本质属性为重心，而是以人为中心，尤其注重探究人类的情感世界和社会生活的奥秘。因此，文学对于认识形形色色的人生、探寻人内心深处的情愫、认识复杂的人性、丰富读者的人生阅历等方面发挥着重要的作用。比如《聊斋志异》对于人性的挖掘，让人们真切地感觉到那些道貌岸然的伪君子真真不如花妖狐仙来得可爱。而网络小说《后宫·甄嬛传》则能够让今天的读者们深切地认识到古代封建制度下后宫华丽的情爱背后血淋淋的皇权本质。放眼世界，无论是古希腊的史诗、悲剧，还是文艺复兴时期莎士比亚等文豪的作品，抑或是现代主义、后现代主义的代表性作家作品，无一不是“字里行间所燃烧着的电一般的生命……以无所不包、无所不入的精神，度量着人性的范围，探测着人性的奥秘”①，它们都是文学试图认知人类自我的种种努力的记载，更是文学认识价值的重要显现。

人是世界上最难懂的动物，人类社会自然也是世界上最复杂的社会形态。

人类的社会生活涉及方方面面，从物质到精神，从历史到未来，很难有哪一门学科能够独立承担起认识人类世界的功能。而在这方面，文学反倒具有自己特殊的优势。文学之中包含着政治、经济、社会、科技、历史、文化等众多因素，更重要的是，文学是文学家对整个人类社会的整体性体悟和思考。正因如此，所以文学能够以自己独有的方式去认识整个人类世界。恩格斯曾经这样评价巴尔扎克：“他用编年史的方式几乎逐年地把上升的资产阶级在 1816 年至 1848 年这一时期对贵族社会日甚一日的冲击描写出来……在这幅中心图画的四周，他汇集了法国社会的全部历史，我从这里，甚至在经济细节方面（如革命以后动产和不动产的重新分配）所学到的东西，要比从当时所有职业的历史学家、经济学家和统计学家那里学到的全部东西还要多。”② 恩格斯这儿所说的，亦正是巴尔扎克小说即文学的认识价值。

不借用概念，不经由理性的逻辑推演，文学为何具有这种独特的认识价值？

从主观方面来说，无论诗歌、小说、散文抑或其他文学体裁，也无论是偏于再现的叙事性作品还是倾向于表现的抒情性作品，它们都属于文学家对世界、人生的真切感受与深沉体验，是文学家人生智慧的艺术化体现；从客观方面来说，文学以艺术化的形式记录了文学家的情感历程和社会生活的方方面面，因此就成为人类个体、时代、民族情感和社会生活、历史事件的特殊见证者。前者为文学的认识价值提供了主观意愿，后者则提供了客观可能性。不过，正如前文所述，文学作为一种艺术，它对于世界、人生的认识与科学世界中的认识存在着重要的区别。文学的认识是以形象性为载体的主观性认识，这决定了文学认识的感性与诗意性。如果说单个作家、单篇作品的认识是主观、偶然的话，那么众多作家作品中的认识价值就显示出一种深刻的必然性，尤其是在建构属于人的目的和意义的世界方面，具有科学认识所不具备的独到优势。也正因如此，文学的认识价值重在体验，让人在身临其境中逐渐体验和领略人生，而非重在结论。

二、提升人的精神境界

一般认为，道德教人向善，具有鲜明的教育价值。至于文学，虽然“没有一个十六岁以上的人会仅仅为了诗歌所讲的意思去读诗”③，但其中确实存在着独特的教育价值，这就是阅读优秀的文学作品，可以纯化人的心灵，善化人的心性，提升人的精神境界。法国启蒙运动时期

① 伍蠡甫．西方文论选：下卷．上海：上海译文出版社，1979：56.

② 恩格斯．致玛格丽特・哈克奈斯//马克思恩格斯全集：第 37 卷．北京：人民出版社，1971：41－42.

③ 韦勒克，沃伦．文学理论．刘象愚，等译．北京：三联书店，1984：113.

的著名思想家狄德罗在《论戏剧诗》中写道：“只有在戏院的池座里，好人和坏人的眼泪才融汇在一起。在这里，坏人会对自己可能犯过的恶行感到不安，会对自己曾给别人造成的痛苦产生同情，会对一个正是具有他那种品性的人表示气愤。当我们有所感的时候，不管我们愿意不愿意，这个感触总是会铭刻在我们心头的；那个坏人走出了包厢，已经比较不那么倾向于作恶了，这比被一个严厉而生硬的说教者痛斥一顿要有效得多。”① 狄德罗这儿指出的，正是文学艺术作品提升人的精神境界的价值。

从中外文学理论史来看，对于文学的这样一种文化价值，许多学者早就有着充分的认识。古希腊时代，就连扬言要把诗人驱逐出“理想国”的柏拉图，也注意到那些出于“迷狂”诗人的作品对培养儿童和青年有益，能使他们从小就在春风化雨般的潜移默化下“不知不觉地受到熏陶，从童年起就与美好的理智融合为一”②，并将这类作品视为可以服务于他的“理想国”的政治工具。对于文学的这类价值，柏拉图的弟子亚里士多德有着更明确的论述。他在《诗学》第 6 章中谈到了悲剧的“卡塔西斯”，无论我们将其译为“陶冶”还是“净化”，指的其实都是那些具有崇高内容的悲剧作品对人类情怀的影响作用。

在我国古代的《尚书·尧典》中，也早就有“夔！命汝典乐，教胄子，直而温，宽而栗，刚而无虐，简而无傲”的记载，这也是中国古代文论中对于文艺教育价值高度认可的力证。虽然这里表面说的是“典乐”，但在那个艺术尚未细致分化的年代，这其实是对包括文学在内的艺术作品的教育价值的颂扬。孔子就曾用“乐”来教育他的学生。他指责郑声“淫”，批评《武》“未尽善”，高度赞扬“尽善尽美”的《韶》。在中国古代文论中，文以载道、明理一直属于主流认知。“在中国方面，从周秦一直到现代西方文艺思潮的输入，文艺都被认为是道德的附庸。这种思想是国民性的表现。中国民族向来偏重实用，他们不欢喜把文艺和实用分开，也犹如他们不欢喜离开人事实用而却讲求玄理。”③ 也正是在这一维度上，我们的老师、家长才更愿意让孩子们去阅读那些对他们的成长“有意义”的书和作品。

文学作品之所以具有独特的提升人的精神境界的教育价值，是因为文学在对生活的反映中不可避免地渗透着作家主体强烈的思想和情感倾向。如前所述，无论是多冷静的作家，采用的是如何客观的视角，他的理想信念和思想情操都会以文学特有的审美评价方式渗透在作品的描绘当中，尤其是他所塑造的理想人物身上。因此，当读者在阅读这些作品时就不可能不受到其中蕴含着的思想感情的影响。从这个角度而言，优秀的文学作品确实具有能使人向善的教育价值，但跟道德的教育不一样的是，这是一种通过潜移默化的“感化”而实现的教育价值。感化的教育似润物细雨般悄无声息地发生作用，它基于作家与读者、文本与读者之间的情感共鸣而得以实现，是读者对于文本所蕴含的审美价值尤其是道德指向的认可与潜意识追随。可以说，文学的教育价值寓于形象之中，实现于动之以情的感染之上。正如雪莱所说的那样：“只要你曾一度欣赏过他们，他们便永远留在你心中！”④

---

① 狄德罗．论戏剧诗//伍蠡甫，胡经之，主编．西方文艺理论名著选编：上卷．北京：北京大学出版社，1985：230.

② 柏拉图．柏拉图全集：第 2 卷．王晓朝，译．北京：人民出版社，2003：368.

③ 朱光潜．朱光潜全集：第 1 卷．合肥：安徽教育出版社，1990：294.

④ 雪莱．为诗辩护//19 世纪英国诗人论诗．南京：江苏人民出版社，2007：8.

三、推动历史进步

文学艺术的重要文化价值还表现在，它具有不可估量的促进现实变革、推动历史前行的力量。这是因为：第一，文学作品所追求的真善美，能够激起读者对现实的不满，对更为理想的社会生活局面的追求；第二，文学毕竟是现实的“镜子”，对人类社会的发展具有警醒和引领作用。

鲁迅先生之所以弃医从文，就是因为看到了文学对于改变人的精神世界的巨大作用。在鲁迅先生看来，一个人，无论身体如何健全，一旦精神麻木，其人生就没有了意义，社会就没有了希望。因此，鲁迅才创作了《阿Q正传》《狂人日记》《药》等一篇篇直刺当时半封建半殖民地社会愚民灵魂深处的檄文，在中国社会的现代化转型过程中，发挥了重大作用。对于文学的拯救灵魂之功效，论述最充分的当属德国的法兰克福学派。其代表人物马尔库塞明确说道：“艺术不能改变世界，但是，它能够致力于变革男人和女人的意识和冲动，而这些男人和女人是能够改变世界的。”[①] 正是基于这种思想，法兰克福学派的思想家们才格外地重视用文学、艺术去拯救思想麻痹的人们，以至于人们把他们的观点称为“审美乌托邦”。如果想仅仅依靠文学就改变世界，当然是一种徒劳。但如果充分利用文学对于人类精神世界的警醒作用，那么就很有可能进而激发起人们改造社会、推动历史进步的积极性。也正因为看到了这一点，王国维先生才发出了“生百政治家，不如生一大文学家”[②] 的感慨。

同时，文学作为现实的“镜子”，对人类社会起到了警醒与引领的作用。梁启超在《论小说与群治之关系》一文中有过精彩的论述：“人之读一小说也，不知不觉之间，而眼识为之迷漾，而脑筋为之摇飏，而神经为之营注；今日变一二焉，明日变一二焉，刹那刹那，相断相续；久之而此小说之境界，遂入其灵台而据之，成为一特别之原质之种子。”[③] 正因为小说具有独特的魅力，所以会让人为之“迷漾”“摇飏”“营注”，以至在不知不觉之中，就按照作品中的模样改造现实世界了。据此，文学能够使人摆脱麻木与沉睡，还能够作为不完满之现实的“镜子”，提示不足、提供参照，从而以自己特有的方式推动历史进步。

马尔库塞（1898—1979）

综上所述，可以看出，文学的文化价值是指文学帮助读者认识世界与人生，提升其精神境界，并以特殊的方式推动历史进步的功能。

---

① 马尔库塞．审美之维．李小兵，译．桂林：广西师范大学出版社，2001：212.

② 王国维．王国维学术经典集：上卷．南昌：江西人民出版社，1997：112.

③ 童庆炳，马新国，主编．文学理论学习参考资料新编：中册．北京：北京师范大学出版社，2005：1921.

深度思考

文学的文化价值表现多样，且影响重大，但文化价值的实现，仍要以审美价值为基础。对于文学而言，一切价值的实现都依赖于它是否是文学，而且是真正有魅力的文学。如若不然，仅仅是把文学当成实现某一文化价值的工具，忽视对审美属性的追求，也就谈不上文学价值了。譬如在我国现当代某些时段的文学史上，与片面强调文学是“革命斗争”“阶级斗争”的工具相关，许多作品成了马克思曾经批评的“时代精神的单纯的传声筒”①，而丧失了文学作品应有的美感。这类作品难以得到读者的喜爱，其“工具”目的，自然也是难以实现的。

第三节 文学的商品价值

作为人类精神活动结晶的文学作品，从本质上来说，体现的是难以用金钱衡量的审美价值与文化价值，但载有文学作品的图书、报刊，可以定价出售，可以进入市场流通，这就决定了文学作品亦拥有商品属性。且随着市场经济的发展，其商品属性越来越突出，商品价值也越来越被看重。

但文学作品，毕竟又不同于一般商品。

首先，一般商品的价值是以价格为标志的，而其价格通常主要是根据原材料与生产成本及利润确定的。而这些因素，在文学作品的生成过程中，是难以测算的，其价值当然也就无法体现于价格。如一本时下走红的畅销书，其价格可能高于《红楼梦》，但其真正的文学价值，则恐与《红楼梦》有天壤之别。同理，每年见之于稿费收入排行榜前列的作家，并不意味着其作品的价值一定高于其他作家。由此可见，市场价值决非一位作家创作成就的标志。

其次，印制成读物的文学作品虽有一定物质价值，但精神价值仍是本质性的。相对于物质性商品而言，消费者购买文学商品，亦都与生活的实际需要无关，也无法像一般商品那样，从中得到直接的物质性享受与满足，而往往是在物质生活得以保障或比较优裕的前提下，希望从中得到更高层次的精神满足。这也就是为什么文学消费指数在发达国家、发达地区要远远高于贫困国家和贫困地区。

文学商品的特殊性还表现在其价值的长久性上。物质消费品都会有一定的使用期限，如一座房屋至一定期限就会倒塌，一辆汽车届时就要报废，文学商品则截然不同。我国的唐诗、宋

① 马克思．致斐迪南·拉萨尔//马克思恩格斯全集：第29卷．北京：人民出版社，1972：574.

词，虽已有上千年的历史，但价值毫无减损，仍为当代人所喜爱；尽管福楼拜、莫泊桑等人早已作古，他们的作品却被翻译成各国文字，在世界各地的书店销售至今，为出版商、销售商带来源源不断的财富。

就文学的特殊价值属性而言，过分看重其商品价值，是不利于文学艺术真正兴盛发展的，会诱使作家因注重市场效应而不顾文学原有的使命与特征。作为人类的文化创造，文学肩负的还应是净化人心、提升人性等重大责任，商品价值不应成为其追逐的目标。

当然，我们也应意识到，文学的商品价值与相应的市场机制，也会在一定程度上促进文学的发展，这就是：能够使作家们更关注当代读者的精神世界与阅读兴趣。长期以来，作家们往往只是根据自己的艺术追求进行文学创作，不太关注读者的精神需求，而且越是大作家、有成就的作家就越是如此。必须承认，作家们保持自己的创作个性而不去随意地迎合读者原本不是一件坏事，这对于保持文学创作的独立性和相应的美学品格是有着积极意义甚至是必要的，但保持文学艺术的独立性与关注读者的精神世界和阅读习惯之间并不冲突，它们之间可以而且应该形成辩证统一的和谐关系。作家如果能将自己的审美理想、艺术追求与时代的脉搏、读者的阅读期待统一起来，则不仅有助于创作出成功的文学作品，而且会取得更好的市场效果，从而实现精神与物质的双赢。

深度思考

文学的商品价值和其他价值之间的关系如何，这是当代文坛应进一步思考的问题。在我国的传统语境当中，文人耻于谈钱，认为文章沾染上铜臭是一件有悖于“圣人之道”的事情。作为人类最主要的精神产品类型之一，文学自然应与物质利益保持距离，也只有这样，才能保持文学自身的特殊品格。但这并不意味着文学应该回避市场，而是应勇敢地接受市场的挑战。可以相信，随着社会文化的发展、人们审美水平的提高，真正优秀的文学作品终会得到读者的青睐，也必会在市场竞争中占据优势。

第四节
文学的多元价值

通过对文学的审美价值、文化价值、商品价值的分析可知，文学决非仅仅是文学。除本质性的审美价值之外，其他方面的价值亦值得高度重视，尤其是文化价值。

事实上，不论在中国还是西方历史上，文学与文化原本就是同义语。《论语》就把文学归入孔门四科（德行、言语、政事、文学）当中，这儿的“文学”即泛指作为文化形态的一切文章。至今，在我们的古代文学史上，诸如《左传》《史记》《国语》《尚书》等文化著述，仍被视为先秦时代的文学作品。西方同样如此，诸如哲学、历史、演讲术、辩论术等，都曾归属于文学范畴。

当今，文学虽已具有了独立的地位，但其中丰富的文化价值，仍是文学存在的生命根基。文学作品，当然不应成为表达某种文化观念的工具，但如果缺少文化内涵，其文学价值也就大受影响了。试想，屈原的《离骚》、曹雪芹的《红楼梦》、莎士比亚的《哈姆雷特》、司汤达的《红与黑》、托尔斯泰的《战争与和平》等，如果不是蕴含着丰富深厚的文化价值，会成为伟大的世界名著吗？当代文坛中的许多作品如《白鹿原》《秦腔》《檀香刑》等也都因蕴含于其中的丰厚文化属性而添色颇多。也许正因如此，古罗马诗人贺拉斯才在《诗艺》中强调："一首诗仅仅具有美是不够的，还必须有魅力，必须能按作者愿望左右读者的心灵。"① 美国当代学者阿瑟·C. 丹托亦认为："在某种程度上，艺术中的真可能比美更重要。它之所以更重要，是因为意义重要。"② 贺拉斯所强调的能够"左右读者心灵"的"魅力"，丹托所说的"艺术中的真"所显示的"意义"，即乃文化价值。

值得进一步探讨的是，在我国，长期盛行的"工具论""内容决定形式"之类主张严重危害了文学的发展，但新时期以来，文学的审美价值受到了前所未有的重视，这对于深化我们的文学观念，促进文学创作艺术水平的提高，自是有重大意义的，但也导致了某些方面的偏颇。如不少诗人、作家不怎么关心社会现实，鄙弃"宏大叙事"，不怎么顾及文艺作品的"思想价值"，不追求"文化品位"，要"躲避崇高"。这样从一个极端走向另一个极端，显然也是不利于中国当代文学兴盛发展的。

此外，文学的娱乐价值也理应得到高度重视。虽然娱乐不可能是艺术的唯一目的，但缺少了娱乐性，艺术的目的就很难实现。文学所具有的娱乐价值被视为一种"理性的兴奋"，它虽然也是一种快感，却不是个人实际功利欲望的满足。文学的娱乐价值是建立在作品的审美价值的基础之上的，它在人们心中唤起的不是低级、本能、自私的情绪，而是一种高级的、社会化的、理性化了的愉悦。文学之所以具有娱乐价值，是因为文学与其他艺术门类一样，在其结构中蕴含着游戏的因子。在西方美学史上，柏拉图最早开始思考文艺与游戏之间的关联，而康德、席勒、格罗塞等学者则把这一命题给扩大、深化了。文学与游戏一样，都是在现实世界之外想象一个世界，朱光潜先生把这种想象称为"佯信"。在亦真亦假的文学世界，人们能享受到巨大的阅读快感。而这种快感并非只是可有可无的心灵慰藉，在亚里士多德的眼中，它涉及人类何以填充自己"闲暇时间"的社会问题。也正是基于这一维度，文学亦被视为"有意思的"艺术：在文学中，"因作家、艺术家在声音、色彩、造型等方面的新奇创造，而使之能够更为有效地刺激我们麻木与日常生活中的感官，更强有力地激发人们的生活活力"③。因此，也就不难理解为何在工作繁重的状态下，人们仍然不愿意放弃对文学作品的阅读了。

需要指出的是，文学的各种价值都有自己独立的意义，谁也不能彼此取代，但它们又相辅相成，共同构成了文学价值的整体。文学的文化价值可谓文学作品的灵魂，文学的商品价值是值得重视的客观存在，但这些价值应是以审美价值为基础的。因此，我们在探讨文学价值时，

---

① 亚里士多德，贺拉斯．诗学·诗艺．罗念生，杨周翰，译．北京：人民文学出版社，1962：42.

② 丹托．美的滥用．王春辰，译．南京：江苏人民出版社，2007：8.

③ 杨守森．文学艺术与人类生活．山东社会科学，2012（10）．

要注意把握多元价值之间的辩证关系。古今中外的许多伟大作品证明，只有注重文学的多元价值，才能创造文学的辉煌。从文学研究角度来看，也只有坚持多元价值视角，才能认清文学之于人类的意义。

理论辨析

20世纪80年代，晚年的巴金，在总结自己一生的文学经验与教训时，曾经反复强调：一位作家，要讲真话，要“讲自己心里的话，讲自己相信的话，讲自己思考过的话”，“要把心交给读者”。甚至从人生哲学的高度断言：“人只有讲真话，才能够认真地活下去。”① 作为文学主张，巴金的话，实际上只说对了一半。他所说的“真话”，主要体现的还是文学的文化价值。从古今中外文学史来看，许多作品的成功，显然不仅在于讲“真话”，同时还在于将“真话”讲得“动听”，讲得“艺术”。这样的作品，才能既具文化价值，又具审美价值，亦更为读者所喜爱，才能体现文学的多元价值。

【本章概要】

文学的价值构成是一个复杂的命题，人们的认识差别恰好表明文学价值原本就是一个复杂的整合体。但无论多么复杂，审美价值仍是文学的本质属性。正是审美价值，使文学区别于其他人类精神产品。在审美价值之外，文化价值也是文学价值的根本性构成。对于文学而言，其文化价值不仅在于文学能够形象地展示人类千姿百态的文化现象，更在于人类可以用文学这种形象化的方式，去获得各种文化知识，了解奥妙无穷的大千世界及人生世相，可以经由文学作品所呈现的艺术形象的感染，而得到心灵净化与人格提升。对于今天的文坛而言，文学的商品价值相较于以往任何时候都显得格外重要。这既是因为市场经济对文学提出了新的要求，也是文学或者说严肃文学在当代社会不能不面对的挑战。如何把握文学的多元价值，如何正确处理多元价值之间的关系，当是文学理论进一步探讨的重要问题。

【本章关键词】

文学的审美价值：这是文学最重要的价值属性之一，它指的是文学既是文学家审美观念、艺术追求的具体体现，同时也能给读者带来特殊的审美享受。文学的审美价值是多样化的，主要从文学的外在形式和内在意蕴两个方面表现出来。审美价值，既不同于实用功利价值，也不同于科学知识价值，而是事物的形象给予人的一种情感愉悦、精神感染、生命激励与心灵净化价值。

文学的文化价值：主要是指文学除审美价值之外的文化功能，具体表现在能够帮助人类认识世界与人生，提升人们的精神境界，并以特殊的方式推动历史的进步。文学的文化价值虽然

---

① 巴金．随想录（上）．北京：三联书店，1987：506，282.

具有独立意义，但必须依赖于审美价值才能得到应有的释放。

文学的商品价值：这是文学价值构成当中的物质化、商业化元素，也是文学在当代社会中凸显的特殊价值属性之一。作为一种特殊的精神产品，文学经过市场化的运作之后也能成为一种商品在市场上流通，而且创造出良好的经济效益。虽然文学的商品价值和文学成就未必等同，但文学成就和商品价值的统一是当代文学应有的价值追求。

文学的多元价值：文学的价值是复杂多元且共融共生的。从分析的层面来说，文学具有审美价值、认识与教育之类的文化价值、商品价值等，但在具体的文学活动中，文学的价值很难进行严格的板块切割，任何偏执于单一方面价值的追求都是对文学价值的损害。

【推荐阅读】

英加登．对文学的艺术作品的认识．陈燕谷，晓未，译．北京：中国文联出版公司，1988.

丹托．艺术的终结．欧阳英，译．南京：江苏人民出版社，2001.

敏泽，党圣元．文学价值论．北京：社会科学文献出版社，1997.

程麻．文学价值论．北京：人民文学出版社，1991.

程金城．中国20世纪文学价值论．兰州：甘肃人民美术出版社，2008.

王一川．中国形象诗学．上海：上海三联书店，1998.

姚朝文．文学研究泛文化现象批判．上海：上海三联书店，2008.

【思考题】

1. 如何理解文学作品的审美价值？
2. 联系作品分析文学的审美价值是如何形成的。
3. 文学的文化价值表现在哪些方面？除了教材所提的，你还能列举出哪些？
4. 如何理解文学的文化价值与审美价值之间的辩证关系？
5. 如何理解文学的特殊魅力与商品价值之间的关系？
6. 从自己的阅读体会出发，分析文学价值为什么是多元的。

第十一章

文学接受

文学接受是指读者在特定审美经验的基础上，对某一文学文本进行阅读理解，并受其意蕴影响的过程。文学作品在作家创作完成之后，必须经过媒介的传播，才能到达读者那里，才有可能被接受。因而，文学传播也就成为文学作品与读者接受之间的桥梁。由于传播方式、传播环境以及读者自身素养的不同，文学作品的接受效果也会有所不同。本章拟讲述的就是文学传播的方式与发展历史、文学接受的形成、文学接受的心理机制等相关问题。

第一节
文学传播概观

文学传播指的是作者以及媒介机构通过媒体与受众展开的文学交流和沟通行为。它涵盖了从作家创作到出版社等机构编辑、发行、宣传、零售，再到读者购买或借阅、阅读、批评等一系列过程。具体说来，文学的传播包括如下几个要素：(1) 传播者，主要是创作者以及相应的传播机构，既可以是个体，也可以是多个人和组织机构。(2) 符号，也就是包含多重信息内涵的文学文本。(3) 媒介，也就是符号的承载者，如竹简、锦帛、杂志、报纸、广播、电视、电影、互联网等。(4) 受众，也就是具有一定文化审美素养的文学接受者。(5) 传播环境，也就是影响文学传播的外在因素，包括政治、经济、文化、法律等宏观环境，也包括传播者与受众所处的微观环境。

一、文学传播的形式

从传播学的角度来说，文学传播的形式主要有人际传播、组织传播和大众传播等几种不同的类型。

（一）人际传播

文学的人际传播指的是个体之间直接的文学信息交流行为。如个体之间通过面对面交谈、书信往来、说书人说书等进行的文学交流都是人际传播的方式。文学的人际传播有着鲜明的特点。首先，双方或多方能借助语言、表情、姿态等进行交流，接受者可以调动听觉、视觉等多种感官捕捉信息。其次，人际传播互动性强，各方可以互相变为传播者和接受者，都能积极参与，发送信息，接受信息，并做出反应。最后，人际传播范围相对狭小。人际传播主要是依靠人与人之间的交流方式进行，每次传播的范围有限，加上不能大规模复制，故受众人数相对较少，影响力相对有限。

（二）组织传播

文学的组织传播是指在某一组织或团体内进行的文学信息交流行为。如学校课堂上进行的文学欣赏与讲解、新作品出版后的座谈会、定期举办的文学学术研讨会等。相对于人际传播而言，文学的组织传播能更为有效地进行文学信息的传递。第一，文学的组织传播范围较人际传播广泛。人际传播一般是在几个人之间展开，有着较强的私密性。作家可以与要好的批评家进行私下交流，倾听他们内心最为真实的看法。而组织传播人数较多，能在几十人甚至上百人之间进行，具有较强的公共性。第二，文学的组织传播是按照一定组织程序进行的，信息流动有着较为明确的方向。第三，组织传播能形成特有的文学流派。由于文学组织具有明确的组织目标，大致共同的审美取向，相对固定的成员，故能产生明显的文学流派。汉末时期的“建安七子”、宋代的江西诗派、明代的“前七子”和“后七子”等文学流派，均是在相对固定的组织传播基础上形成的。第四，文学的组织传播是文学教育的重要形式，是保留文学传统的重要方式之一。学校的文学教育是文学的重要组织传播方式之一。如现在中国的综合性大学普遍设有文学院或中文系，这些教学院系能系统地传授古今中外的文学知识，培养学生的文学审美趣味，提高学生的文学素养，为无数的文学爱好者进入文学殿堂开启大门。

（三）大众传播

文学的大众传播指的是运用报纸、杂志、电影、电视、互联网、移动媒体等现代媒体向数量极为广泛的受众传递文学信息的方式。相对于传统的人际传播和组织传播方式，文学的大众传播有着更为突出的优势。首先，空间广泛。人际传播和组织传播的范围是有限的，而现代的传播技术使得文学的传播突破了空间的限制。其次，时效性相对较强。如刊载文学作品的报纸副刊，尤其是互联网，会及时地发表作品及相关信息，并将其传递给读者。再次，单向性很强。在大众传播中，文学信息由传播者通过媒介向受众单向性传递，数量庞大的受众难以及时地向文学信息的传递者反馈自身的信息，信息的传播者也很难迅速地根据受众的意见和建议做出相应的调整。随着互联网和移动媒体的发展，传播的交互性在逐渐增强，单向性在逐渐变弱。

二、文学传播的媒介形态历史

从古至今，人类的文学传播形式大体经历了口语媒介、文字媒介、印刷媒介、电子媒介与网络媒介等几个阶段。[①] 我们将其划分为口语媒介、文字媒介、电子媒介和网络媒介四种形式。

（一）口语媒介

据史料可知，早在一万多年前，随着人类语言的产生，原始形态的文学活动就已相应出现，此后，一直在不断发展，并形成了民间歌谣、民间传说等相应的作品。但在远古时代，这类文学作品的传播，主要是通过口头进行的。如中国古代的《诗经·国风》就是从民间采集而来的民谣，里面大量采用口语、押韵、叠字、重复等形式，便于记诵。

口语传播媒介时期的文学大致具有以下特点。第一，大多是便于记诵流传的诗歌，语音押韵，并往往与音乐、舞蹈密切结合在一起，具有鲜明的原始艺术特色。第二，篇幅大多数短

---

① 王一川．文学理论．成都：四川人民出版社，2003：112.

小，仅有少数为长篇之作。早期的文学句子较短，每句字数较少，语法结构相对简单。第三，作品不易保存。在多年的传播过程中，仅有少数不断被补充和润色，经由文字记载流传下来，大多则已失传，被淹没在历史的尘埃之中。第四，早期的口传作品多是由民间百姓创作，是集体智慧的结晶，没有明确的作者，所谓的早期文学作者大多是才华横溢的作品整理者和编纂者，而非独立创作人。第五，文学的传播受到很大的时空限制，既无法长久地流传，也无法广泛地传播。

（二）文字媒介

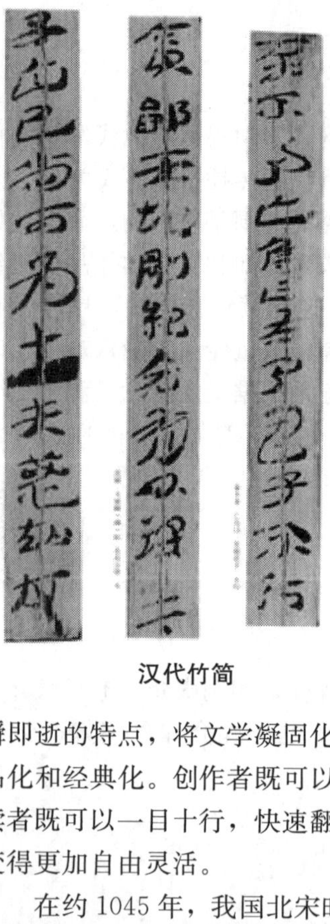

汉代竹简

自文字出现之后，人类的文学传播方式产生了质的变化。在口头传播的同时，其作品已被镌刻在石头、青铜器、竹简和木简上，书写在锦帛、羊皮以及后来发明的纸张上，这就大大促进了文学的发展。文字媒介又依先后分为书写阶段和印刷阶段。

在书写阶段，文字传播时代的文学具有以下特点。第一，文字的使用使文学作品被固定下来，不再随着流传而变化。第二，文学突破了时间和空间的限制，不再局限于此时此地，传播者和接受者发生了分离。镌刻在石头和青铜器上的文学突破了时间的限制，甚至可以在作家去世之后依然流传久远；竹简、木简、锦帛以及纸张便于携带，可以突破空间的限制，传播到很远的地方，甚至是作家从来没有涉足过的异国他乡。第三，文学作品由具备相当文学素养的作家创作，不再由民间集体完成。文字的发明和使用使得文学的创作者需要进行专门的学习和训练，具备较高的文学素养。独立的文人开始成为创作的主要力量，普通百姓则因文化局限，很难登上文学殿堂，文学从民间走向了精英阶层。第四，文字传播改变了口语传播转瞬即逝的特点，将文学凝固化。传播者和接受者都不再受对方的约束，这有助于文学作品的精品化和经典化。创作者既可以兴会来临，洋洋洒洒，下笔千言，也可以反复推敲，精雕细琢；读者既可以一目十行，快速翻阅，也可以凝神遐想，反复吟咏。关于文学作品的审美活动，也变得更加自由灵活。

在约1045年，我国北宋时期的毕昇发明了活字印刷术。大约400年后，德国的古腾堡又发明了铜活字印刷术，并制造了世界上第一台机械印刷机，用来印刷《圣经》。对文学来说，印刷术的发明具有重大意义，使作品传播的范围与方式产生了飞跃式发展。尤其是机械印刷术的发明，进而促成了专门性的文学杂志、报纸副刊、商品性的文学读物及职业作家的出现。

在印刷阶段，文字媒介有着以下特点。第一，机械印刷大规模地准确复制了文学作品，使文学传播进一步突破了时间和空间的限制。第二，机械复制促进了长篇小说等新的文学形态出现，并使之取代了传统诗词、散文的主导地位。如明清时期，正是随着印刷能力的提高，长篇章回小说逐渐兴盛。第三，大规模的机械印刷促进了文字的使用及大众阅读能力的提高，文学随之得以大规模普及，与之相关，高雅文学和通俗文学的界限日渐模糊。第四，机械印刷方式为中外文学交流提供了充分的条件。如正是得力于机械印刷术，汉译外国作品广泛涌入中国，外译中国作品大量传至外国，从而加强了中外作家之间的相互借鉴与学习，使文学越来越具有世界一体化的特征。

（三）电子媒介

运用电磁波或其他电子手段传递信息的方式都可以称为电子传播。电子媒介主要有广播、电影、电视、电子书等几种形式。

1924 年，英国广播公司播出了世界上第一个广播剧《危险》。1938 年 10 月 30 日，美国哥伦比亚广播公司播放了科幻广播剧《火星人入侵地球》。由于广播员表演得惟妙惟肖，结果很多人信以为真，误以为是新闻节目，并引发了巨大的社会恐慌。广播剧具有以下特点。第一，广播剧以声音为主要手段，以音乐和音响来塑造氛围，具有很强的情境性。第二，广播剧传播范围广，转瞬即逝，不易保存。第三，广播剧比较个性化、口语化、通俗化，能适应不同社会阶层收听的需要，具有雅俗共赏的特点。

1895 年 12 月 28 日，卢米埃尔兄弟在法国巴黎的咖啡馆正式放映了他们自己拍摄的《火车进站》《水浇园丁》等十多部影片。这一天被定为世界电影的诞生日。1925 年，英国工程师贝尔德发明了机械电视。1936 年 11 月 2 日，英国广播公司开始了全球第一个电视播送服务。电影和电视，作为一种新的传播媒介，为文学的发展开辟了新的天地。首先，许多优秀的文学作品被改编拍摄成大众喜闻乐见的电影和电视艺术品，从而进一步促进了文学的普及与发展。其次，适应影视产业的需要，作为新兴文学样式的电影剧本和电视剧本正在兴盛繁荣。

随着数字技术与国际互联网的发展，电子图书开始出现。它运用计算机和网络技术，将文字、图像、声音、视频等数字化，以光、电、磁作为媒介来承载信息。与以往的纸质媒介相比，它具有节约纸张、节省保存空间、降低成本、容量巨大、随时下载、表现方式灵活等特点。

（四）网络媒介

网络指的是通过计算机、软件系统以及相关协议将不同地域的计算机联系起来，实现资源共享、信息传递的系统。1986 年，美国国家科学基金会建立了主干网、地区网和校园网等三个级别的互联网。1993 年，互联网对公众开放。自此以后，互联网迅猛发展。

网络媒介的出现，又一次为文学带来了革命性的变化。第一，文学的表现方式日渐多样化。音乐、音响、图片、视频等多媒体技术丰富了文学的表现形式，使得文学不仅仅限于语言的表现。第二，传播方式逐渐多元化。由于网络既可以一对多、多对一，也可以一对一、多对多，既可以单向传播，也可以双向传播。这就打破了报纸、杂志、电视、广播等大众媒介的一对多的单向传播方式。第三，网络实现了文学的民主。文学的进入门槛大大降低，传统的媒介“把关人”作用大大弱化。网络文学充分体现了文学创作的无拘无束性，怀揣文学梦想的人都可以在网络上自由地进行创作，发表作品。作家头顶的神圣光环日渐消失，网络写作开始盛行。第四，网络复制成本低，传播速度快，便于保存。最后，网络的发展为百花齐放的文学花园增添了新的品种。网络媒体的发展，造就了网络文学的繁荣。网络写手们充分利用网络的传播优势，发明创造了超链接诗歌和小说、接龙小说、多媒体诗歌和小说等不同的文学形式。

深度思考

当今时代，电子媒介、网络媒介的迅速发展，在促进文学发展的同时，也为文学带来了许多不容忽视的负面影响。首先，爆炸的信息、喧嚣的现实，在一定程度上扰乱了作家的心态，影响了创作质量。其次，创作的低门槛化在提高了文学活动自由程度的同时，也加剧了低劣之作的泛滥。再次，电子化、网络化所产生的图像化极大地削弱了文学的功能，如影视作品天然具备的声画兼备优势让以语言为媒介的文学作品吸引力下降，读者数量大为减少。最后，伴随着数字化和网络化而来的文学商业化使得文学日益染上“铜臭气”。如为了畅销，为了点击率，很多作者被绑架上“商业高速列车”，在没有任何生活体验的情况下，以胡编乱造招徕读者，这自然亦不利于文学艺术的健康发展。

第二节 文学接受机制

在文学接受机制中，有两个必具要素：一是文本，即文学接受的客体；二是读者，即文学接受的主体。文学接受过程，实际上也就是读者在阅读某一文学文本时，经由对文字符号的理解，通过自己的想象，感受其中的人物形象，体味其中的情感意绪，得到审美愉悦或心灵震撼的过程。正是在这样的接受过程中，可以进一步看出作为接受客体的文学文本的特征，以及作为接受主体的读者的相关条件与心理活动特征等。

一、文学接受的客体

文学接受的客体，即具体的文学文本。读者所接受的文学文本，既不同于绘画与影视作品，更不同于理论著述、新闻报道。绘画与影视作品具有直观呈现性，文学文本提供的则是抽象的文字符号。理论著作的目的是阐明学术观点，所以理论著作概念明确、逻辑严谨、注重推理、语言朴实；新闻报道的目的是传递信息，所以新闻报道注重时效性和真实性，要求时间、地点、人物、事件、原因清楚。而文学作品则是虚构的语言艺术，以传达作家对生活的情感体验为主旨。文学指向内部的虚构世界，故而不必严格遵循外部世界的逻辑，只要能把“谎话”说圆即可。文学作品有生动具体的人物形象，充满了作家对生活的独特体悟，语言追求陌生化的效果，常常故意打破“自动化”的叙述方式。正是这些，决定了作为文学接受客体的文学文本的特征。

首先，文学文本并非一个完满的自足体。由于诗人、作家在创作活动中所使用的语言主要是描述性、情感性的，具有含混性、模糊性之类特征，加之比喻、象征之类修辞手法的运用，文本中会存在大量的空白与未定点。而正是这些空白与未定点构成了文学文本存在的基础，形成了与一般文本不同的“召唤结构”，在召唤读者运用自己的想象、联想和理解，将文本中的空白与未定点予以有效补充与完善。这种召唤结构并非层次鲜明的序列，而是纵横交错的，有时相互作用，有时互不关联，有时甚至对立。这些空白与未定点，不是文学文本的缺陷，而恰是作者期待读者能够体悟到的作品内涵。

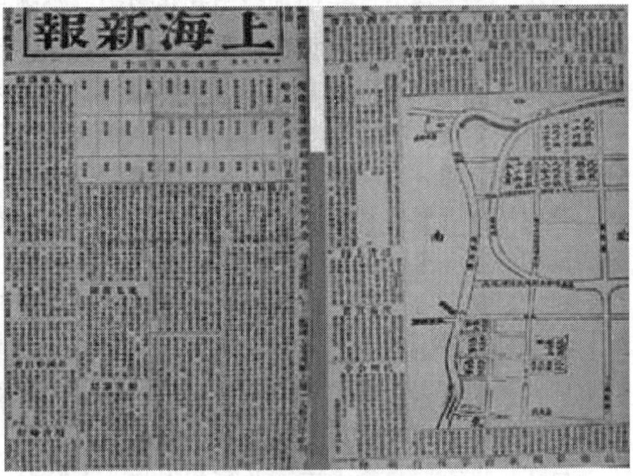
上海新報

上海最早的中文报纸

在传统的文学理论中，一首诗、一篇小说，即被称为文学作品。从文学接受的角度来看，这实际上还只是作为文学接受客体的文本。而只有在读者那里，经由阅读理解、补充完善，才能使文本最终实现为作品。由于读者人生经历、思想观念、理解能力、文化修养、艺术旨趣的不同，作家创作的文本虽是唯一的，而在读者那里完成的作品则会千差万别，会呈现出“一千个读者就有一千个哈姆雷特”的现象。

其次，文学文本的生成，虽基于作家的虚构，虽可追求语言、情节的“陌生化”，虽不必严格遵循外部世界的逻辑，但一首诗、一篇小说，毕竟要经由读者的阅读理解才有意义。这就要求诗人、作家，在创作过程中，要掌控有度，要顾及文学接受活动的某些内在规律与特征。如果恣意妄为，故弄玄虚，或语言晦涩，难以为读者介入，所创作的文本，也就失去了文学文本应有的价值与意义。

二、文学接受的主体

文学接受的主体即读者。读者是文学活动中的重要因素之一，但是在很长时间内，读者往往只被视为文学文本的被动接受者，其独立性、主动性被忽视了。接受美学、读者反应批评兴起以后，读者的地位才受到了前所未有的重视。德国接受美学的创建者之一伊泽尔强调读者对于文本的能动介入。他说：“对于读者实现文本来说，读者的介入是必不可少的。因为从实质上说，文本只是作为潜在的现实而存在——它需要一个主体（也就是说，需要一个读者）来具体实现这种潜在的现实。”[1] 事实正是如此，在阅读文学作品过程中，读者不是以复现作者隐藏在文本[2]中的内蕴为目的，而是通过文本中介与作者平等地进行交流和对话，读者的阅读理解既有可能还原作家赋予文本的意义，也有可能超越作者的原意，在文本中发现新的意义。文学

① 伊泽尔．审美过程研究——阅读活动：审美响应理论．霍桂桓，等译．北京：中国人民大学出版社，1988：89.

② 原译“本文”。下同。

的意义与审美价值在阅读的过程中得以实现，文本的生命亦正存在于读者的创造性阅读之中。

对于接受者来说，这样一种创造性阅读，当然只是有条件的。

首先，读者要有一定的理解力和想象力。绘画是线条和画面的艺术，电影、电视则是声音与画面兼备的艺术，具有很强的直观性，而文学作品则是语言文字的艺术，具有很大的抽象性和模糊性。没有一定的语言理解力和想象力，就难以鉴赏和理解唐朝诗人李贺作品中那种奇伟瑰丽、想象丰富、神秘奥妙的意境，也就很难理解林黛玉“心较比干多一窍，病如西子胜三分”的病态之美。

其次，读者要有相对于文学艺术的接受动机。接受动机是引发读者阅读活动，维持并使阅读活动朝向某一个具体目标前进的内部动力。诚然，接受动机有娱乐和审美动机、认知与受教育动机、模仿借鉴动机、成就动机、交往动机和批评动机等多种，但最基本的是娱乐和审美动机。如果是出于别的目的，就无法形成文学接受。娱乐和审美动机是以在阅读活动中得到娱乐消遣以及获得审美享受为目的的动机。只有基于此动机，读者才可以在阅读欣赏过程中与文本进行自由对话，才能感受语言魅力、欣赏动人形象、领略无穷意蕴。

再次，读者要具备一定的文学知识与艺术修养。大量的文学阅读活动实践经验表明，只有文学作品的读者受过较为系统的专业教育，具备了相当丰富的文学知识与相当的艺术修养，才能更好地实现文学接受，才能产生深刻的审美体验。如不熟悉现代主义思潮中的“意识流”小说，就很难理解乔伊斯为何在《尤利西斯》中对梦幻情有独钟，也很难欣赏其中采用的不加标点的书写方式。如果不了解夸张、拟人、通感之类的修辞手法，也就难以充分理解“白发三千丈，缘愁似个长”（李白《秋浦歌》）、“高城秋自落，杂树晚相迷”（杜甫《晚秋陪严郑公摩诃池泛舟》）、“红杏枝头春意闹”（宋祁《玉楼春·春景》）之类诗词的情味与意境。

最后，读者要有相应的人生阅历和生活体验。读者所能体验到的文学作品魅力，与自身的人生阅历和生活经验有着密切的关系。人生阅历不同，生活经验各异，在阅读同一作品时，不同读者的感受与体验也必会各不相同，甚至会导致对作品的不同评价。如一位饱经人生坎坷而又有着坚定人生信念的读者，会更易为“告诉你吧，世界/我——不——相——信！/纵使你脚下有一千名挑战者，/那就把我算作第一千零一名”（北岛《回答》）这样的诗句所打动。在面对美国诗人保罗·安格尔的“我捡起一块石头。/我听见一个声音在里面吼：/‘不要惹我，我到这里来躲一躲’”（《文化大革命》）这首小诗时，一位经历过中国“文革”的读者，才可能更为深切地体味到其中凝聚的动乱风云与独特的艺术张力。

相关知识

接受美学由德国美学家汉斯·罗伯特·姚斯创立，代表性人物还有德国美学家沃尔夫冈·伊泽尔。接受美学主要活跃在20世纪六七十年代。姚斯认为，传统文学研究以作者和文本为中心的研究方法忽视了文学与历史的关系，忽略了读者在文学活动中的重要作用。在他看来，文学阅读的读者不是消极地接受文本，而是能动性地介入其中。作品本身的生命力存在于读者的阅读接受过程中，文学的历史实质上是文学的接受历史。接受美学提出了期待视野、召唤结构、隐含的读者等颇具新意的概念，拓展了文学研究的领域。

德国接受美学理论家
姚斯（1921—　）

第三节 文学接受过程

接受文学作品的读者并非一张白纸，而是有着七情六欲，有着一定审美趣味、审美能力的读者。读者阅读文学作品的过程也并非消极被动地接受，而是具有主动性和积极性的，阅读的心理过程也是极为复杂的。读者的阅读经验期待视野、阅读心境会影响阅读。在理解文学作品时，既有复原作者创作意图的理解，也有超越作者创作意图的再创造式理解。

一、阅读经验期待视野

读者不是任人涂抹的“白纸”，而是具有一定艺术修养，掌握着丰富的语言表达技巧，有着良好的文学感受和体验能力、审美评价，有着丰富人生经验的社会人。他们在阅读文本之前，都有着“前理解”，对作品展现的方式具有一种潜在的、定向的期待，这就是姚斯所说的“阅读经验期待视野”，简称为“期待视野”，即读者在阅读文本之前的先入之见所形成的审美期待，是业已形成的艺术心理结构图式。

这种心理结构图式是基于丰富的人生社会体验、文学艺术知识所养成的文学能力。随着人生阅历的增加，阅读经验期待视野也在不断地发生变化，每一次新的艺术鉴赏和批评活动，都会修正和补充原来的期待视野。姚斯说：“一部文学作品，即便它以崭新面目出现，也不可能在信息真空中以绝对新的姿态展示自身。但它却可以通过预告、公开的或隐蔽的信号、熟悉的特点或隐蔽的暗示，预先为读者提示一种特殊的接受。它唤醒以往阅读的记忆，将读者带入一种特定的情感态度中，随之开始唤起‘中间与终结’的期待，于是这种期待便在阅读过程中根据这类文本的流派和风格的特殊规则被完整地保持下去，或被改变、重新定向，或讽刺性地获得实现。在审美经验的主要视野中，接受一篇文本的心理过程，绝不仅仅是一种只凭主观印象的任意罗列，而是在感知定向过程中特殊指令的实现……这一新的文本唤起了读者（听众）的期待视野和由先前文本所形成的准则，而这一期待视野和这一准则则处在不断变化、修正、改变甚至再生产之中。”①

阅读经验期待视野的形成和以下因素有着密切的关系。首先是读者自身的世界观和人生观。对世界和人生的基本态度和看法决定了读者的期待视野，影响了读者阅读的注意和选择。其次是读者的文化修养。文化修养水平的高低直接影响读者的阅读知识面，影响着读者的文本选择以及对文学文本的理解深度。最后是读者的艺术素养。对古今中外文学史、文学理论知识、文学技巧和艺术手法等的掌握程度决定着阅读经验期待视野的宽窄与深浅。

---

① 姚斯，等．接受美学与接受理论．周宁，等译．沈阳：辽宁人民出版社，1987：29. 其中，“文本”原译“本文”。

阅读经验期待视野具有强烈的指示性。它实际上是读者在阅读文本之前的心理期望。那么，读者的期望主要有哪些呢？

第一，整体的文本期待。图书的装帧、作者的姓名、文本的题目、文本的摘要、图书的分类甚至获奖等均能影响到读者的文本期待。莫言完成长篇小说《大地母亲》后，出版社建议将小说的名字改为《丰乳肥臀》，结果让无数读者浮想联翩，争相购买。国外许多作家的文本一直是不温不火，一旦获得了诺贝尔文学奖、英国布克图书奖或美国普利策奖就会引发销售热潮。

《丰乳肥臀》封面

第二，体裁期待。诗歌、小说、散文、影视剧本、戏剧剧本等均有自身的特点。读者在阅读之前，对于这些特点已经熟烂于心，与这些特点不相符合的东西都会遭到读者的追问。读者听说《等待戈多》属于戏剧，就会按照戏剧的规则来鉴赏；如果进一步了解它是荒诞派的戏剧，就会明白，按照传统戏剧的特点来鉴赏和批评是徒劳的，因为它破坏了古希腊以来整个戏剧的美学法则。

第三，形象期待。读者在欣赏文本之前，对于文本中人物形象是否鲜明、生动，性格是否复杂都有着某种期待，尤其是文学名著、报纸杂志中的鉴赏评论文章、文学史中的详细介绍等都会引发读者对于形象的期待。名著改编的影视剧之所以经常引发一些接受者的不满，很大程度上在于接受者经由阅读已经形成了自己心目中的人物形象，一旦改编的影视剧中的人物形象与他们心目中期待的人物形象不相吻合，不满之意也就随之产生了。

第四，故事情节期待。叙事类文学文本的题材类型不同，故事情节就不同。阅读爱情题材类的文本时，读者期待爱情故事的悲欢离合，有情人终成眷属；欣赏间谍侦探类题材文本时，读者期待巨大的悬念、起伏跌宕的情节，以及真相大白于天下的结局；面对家族题材类的文本时，读者期待缤纷复杂的家族关系和矛盾，以及随着时局而变化的人物的坎坷命运。

第五，内蕴期待。文学文本中蕴含着作者对社会的态度、对人生的把握、对宇宙的感悟。读者阅读文本的过程中，期望通过文本的解读，寻找这种深层次的内蕴，并以此来衡量文本价值的高低。《三国演义》开篇诗歌：“滚滚长江东逝水，浪花淘尽英雄。是非成败转头空。青山依旧在，几度夕阳红。白发渔樵江渚上，惯看秋月春风。一壶浊酒喜相逢。古今多少事，都付笑谈中。”此诗具有开阔的意境和浓郁的哲理性。英雄豪杰、功名利禄，相对于永恒的自然，只不过是白驹过隙、转瞬即逝。人生苦短，要以宽广的胸怀去容纳、消解多年的恩恩怨怨，不要过分在意成败。读者在阅读这首点睛的开篇诗歌时，就会对整个《三国演义》的深厚哲理产生浓厚的期待。

二、阅读心境

阅读心境是读者阅读时的情绪和情感等心理状态。也就是说，读者在日常生活中的经验、情绪和情感状态不会戛然而止，而是会继续发挥作用，进入阅读之中，影响阅读的心理效果。阅读心境具有弥散性，也就是说人在日常生活中所具有的某种特殊心境会影响他的整个阅读心态体验，指向他所阅读的所有文本。阅读心境还具有时间的持久性。它对阅读过程的影响时间很长，并非转瞬即逝。从影响的因素来说，大到国家的命运前途、外在的天气与气候环境，小到社会生活的遭遇、个人的身体健康状况等，都能影响读者的阅读心境。

影响阅读的心境性质较为复杂，强度也不相同，持续时间也有差异，但大致可分为心平气和的虚静状态、兴高采烈的欣喜状态、悲观绝望的沮丧状态等几种。

心平气和的虚静状态持续时间较长，心态稳定，能让读者很快进入文学的虚拟世界，抛却世俗的烦忧；兴高采烈的欣喜状态和悲观绝望的沮丧状态持续时间相对较短，但强度较高而不稳定，前者乐观向上，后者悲观而失望。身处兴高采烈的欣喜状态时，读者“春风得意马蹄疾，一日看尽长安花”，即使是平庸之作，也能获得愉悦的心理体验；身处悲观绝望的沮丧状态时，即使是经典之作，也难以激发读者的阅读热忱，获得较强的审美快感。然而，随着阅读过程的展开，读者的阅读心境会逐渐发生变化。悲观的心态会随着喜剧性的文本而逐渐“拨云见日”，心情爽朗；喜悦的心态会随着悲剧性的文本而逐渐“乌云密布”，愁上眉梢。

三、复原式理解与再创造式理解

接受美学和读者反应批评的学者认为文本中充满了大量未定点和空白，读者阅读文本的过程，就是对这些未定点和空白进行填充的过程，也是与文本进行交流和对话的过程。在阅读过程中，对文本有两种理解方式：一种是复原式理解，另一种是再创造式理解。

复原式理解指的是在文学阅读过程中，尽可能恢复作家创作的彼时彼景，以把握作家赋予文本的原始含义。这种理解方式以作家的生活经历、创作感悟、所用材料等作为基础，力图通过蛛丝马迹，寻找出作家创作文本时的真实意图。复原式阅读在把握人物形象时，力图再现作者描写的真实形貌；在体验文本中的情感时，力图设身处地，成为作家的知音，重温作家当时的心路历程；在把握文本的内蕴时，竭力追踪作家的创作本意。

而再创造式理解的特征是，在阅读的过程中，读者由原始的文本出发，根据自己对生活的体验和把握，充分运用自己的理解力，对文本进行了创造性的阐释，能够发掘出当初作家未曾预想的新含义。在再创造式理解中，文本中的人物形象已经打上了读者的主观性烙印，表现了其所处时代、民族和地域的明显特征；文本中的情感也变成了读者根据自己人生经历而体验过的变异情感；读者所理解的文本内蕴亦往往超出了作家创作的初衷。

《红楼梦》在研究的过程中，逐渐形成了三个派别：考据派、评点派和索隐派。考据派偏重于《红楼梦》史料的发掘和整理，对作者身世以及各种版本进行研究。评点派着眼于文本艺术性的评价。而索隐派则力图通过历史史料、野史杂记等来探究《红楼梦》背后的“真实意图”。

索隐派的王梦阮、沈瓶庵在《红楼梦索隐》中指出：“书中以葫芦庙开始，是作者狡猾处，言将真事隐去，全装天下后世于闷葫芦之内也。”他们认为，《红楼梦》的内容与大清皇帝有着密切关联，且言之凿凿地宣称贾宝玉与林黛玉的原型是清世祖与董鄂妃。那么，凭什么说林黛玉的原型就是董鄂妃呢？他们提出了如下证据。

> 小琬名白，故黛玉名黛，粉白黛绿之意也。小琬书名，每去玉旁，专书“宛”；故黛玉命名，特去宛旁，专名玉，平分各半之意也。且小琬苏人，黛玉亦苏人。小琬在如皋，黛玉亦在扬州。小琬来自盐官，黛玉来自巡盐御史之署。巡盐御史，即为“盐官”二字，谜语趣甚（原注：书中用谜语者甚多）。小琬入宫，年已二十有七；黛玉入京，年只十三余，恰得小琬之半。老少相形，抑亦谑矣。不特此也：小琬爱梅，故黛玉爱竹；小琬善曲，故黛玉善琴；小琬善病，故黛玉亦善病；小琬癖月，故黛玉亦癖月；小琬善栽种，故黛玉爱葬花；小琬能烹调，故黛玉善裁剪；小琬能饮不饮，故黛玉最不能饮；小琬爱闻异香，故黛玉雅爱焚香；小琬熟读楚词，故黛玉好拟乐府；小琬爱《义山集》，故黛玉熟《玉溪诗》；小琬有《奁艳集》之编，故黛玉有《五美吟》之作；小琬行动不离书史，故黛玉卧室有若书房。且小琬游金山时，人以为江妃踏波而上，故黛玉号潇湘妃子。潇湘妃子之义，实从江妃二字得来。不然，闺人断无以妃自名名人者，盖有本也。况小琬实为贵妃，故黛玉不但有妃子之称，且现妃子之服。又小琬着西洋褪红衫，人惊绝艳；故潇湘窗帧，独言茜纱，均有意关合处也。[①]

他们认为，林黛玉与董鄂妃在名字、出身、嗜好、身体状况、文化修养等方面皆惊人地相似。作者曹雪芹塑造的林黛玉艺术形象实为董鄂妃的真实写照。

而蔡元培则认为《红楼梦》的主旨是“排满”：“《石头记》者，清康熙朝政治小说也。作者持民族主义甚挚。书中本事在吊明之亡，揭清之失，而尤于汉族名士仕清者寓痛惜之意。当时既虑触及文网，又欲别开生面，特于本事以上加以数层障幕，使读者有横看成岭侧成峰之状况。”[②] 蔡元培认为，《红楼梦》实际上是以曲折的方式表达了作家明显的民族主义倾向，哀悼了明朝的灭亡，揭露了清朝的黑暗统治。

作为考据派的胡适对此极为不满。他在《〈红楼梦〉考证》中指出，以往的索隐派方法存在着谬误。他们没有从时代、背景、版本等角度进行考证，而是依据捕风捉影的证据进行无中生有的穿凿附会。他根据自己的考证，提出：“《红楼梦》是一部隐去真事的自叙，里面的甄、贾两宝玉，即是曹雪芹自己的化身；甄贾两府即是当日曹家的影子。”[③] 也就是说，《红楼梦》是曹雪芹的自传体小说。

《红楼梦》研究中的上述各派，都在力图猜测作家创作的真实意图。尽管索隐派遭到了学术界的很多批评，但是从实质上来说，索隐派属于再创造式理解，他们根据自己的立场，运用相关史料，得出了自己创造性的见地。而考据派则是一种复原式理解，力图通过作家的真实生活经历与身世，揭示作家与文本中人物的关系。正是不同的阐释角度，导致了对《红楼梦》理解的天壤之别。

---

① 王梦阮，沈瓶庵，索隐．红楼梦索隐．北京：北京大学出版社，1989：18.

② 蔡元培，胡适．石头记索隐 红楼梦考证．北京：北京大学出版社，1989：6，99.

③ 蔡元培，胡适．石头记索隐 红楼梦考证．北京：北京大学出版社，1989：6，99.

理论辨析

文学文本中的未定点和空白，虽可导致读者对作品理解的差异，但这差异又是有相应阈限的。比如在读者的“阅读经验期待视野”中，“母亲”的形象会是丰富多彩的，如吃苦耐劳、纯朴善良、关爱子女等，但在读孟郊的“慈母手中线，游子身上衣。临行密密缝，意恐迟迟归。谁言寸草心，报得三春晖”（《游子吟》）这首诗时，因受制于特定文本，读者只能基于“临行缝衣”的场面，深为一位“慈母”形象所感动，并形成对“慈母”形象的认知与理解。由此可见，尽管不同读者对同一作品的体验会有差异，但一般来说，在对作品主旨的把握方面，又是可以沟通的。

第四节 文学接受效果

读者在阅读接受文学文本过程中，会为其中的人物形象所打动，会为其中的情感所感染，会为其中的精神境界所震撼，这就是阅读接受效果。文学阅读接受效果的产生，从接受效果的表现特征来说，主要有以下几种。

一、共鸣

共鸣原本是物理学术语，指发声体的频率与外来声音的频率相同时，产生共振作用而发出声音。借用到文学研究中，则指读者与文本中的人物形象具有大体相同或类似的情感体验或人生经历，受到强烈的感染，产生了休戚与共的情感。不同时代、不同民族、不同地域的读者在阅读同一部作品时，也能产生大致类似的情感体验。能够产生共鸣的读者被称为“知音”。

共鸣之所以发生，与下列因素有着密切的关系。首先，读者有着大致相似的人生经历。伤春与悲秋、离愁与别绪、思乡与怀远在人生中经常遭遇到。季节的轮回引发了人们情感的变化，也触动了作家们的敏感神经。交通工具的不便使得人间的普通离别宛如生死离别、阴阳相隔。背井离乡的种种艰难加重了游子的怀乡之感。其次，读者有着大致类似的审美体验。由于时代、民族、地域的相同，读者可能形成了具有共同倾向的审美体验或趋向。中国人大多喜欢言有尽而意无穷的含蓄之美，而欧美诸国的人则多喜欢畅快淋漓的情感宣泄。最后，读者可能与文本中所透露出来的意志愿望大致相似或相同。外敌入侵，国难当头，岳飞的《满江红》常令爱国志士扼腕而叹。

从表现特征上来说，首先，产生共鸣时，读者常常移情而入，与文中的人物合而为一。也就是说，审美主体在进行审美观照时，设身处地，把自己的感觉、情感、思想、意志愿望等灌注于审美对象，使得审美对象与审美主体达到“物我合一”的状态。

其次，在共鸣发生时，读者首先与日常的世俗生活暂时隔离，进入虚幻的艺术世界中，达到一种自由虚静的无利害境界。伴随着阅读的进程，读者逐渐进入文中的人物角色，忘却了自身的存在，与其中的角色完全合为一体，体验人物的悲欢离合，感受他的所经所历，分享他的人生向往。

《红楼梦》第23回记载了林黛玉听《牡丹亭》出神，并与戏文中的情感产生共鸣的状况。

> 这里林黛玉见宝玉去了，听见众姊妹也不在房，自己闷闷的。正欲回房，刚走到梨香院墙角上，只听墙内笛韵悠扬，歌声婉转。黛玉便知是那十二个女孩子演习戏文呢。……偶然两句吹到耳内，明明白白是一字不落，唱道是：“原来姹紫嫣红开遍，似这般都付与断井颓垣。”林黛玉听了，倒也十分感慨缠绵，便止住步侧耳细听，又听唱道是：“良辰美景奈何天，赏心乐事谁家院。”听了这两句，不觉点头自叹，心下自思道：“原来戏上也有好文章。可惜世人只知看戏，未必能领略这其中的趣味。”想毕，又后悔不该胡想，耽误了听曲子。又侧耳听时，只听唱道：“则为你如花美眷，似水流年……”林黛玉听了这两句，不觉心动神摇。又听道：“你在幽闺自怜”等句，亦发如醉如痴，站立不住，便一蹲身坐在一块山子石上，细嚼“如花美眷，似水流年”八个字的滋味。忽又想起前日见古人诗中有……“流水落花春去也，天上人间”之句，又兼方才所见《西厢记》中“花落水流红，闲愁万种”之句，都一时想起来，凑聚在一处。仔细忖度，不觉心痛神痴，眼中落泪。①

林黛玉之所以黯然神伤、默默流泪，主要在于杜丽娘与林黛玉在身份地位、生活环境以及情感方面非常类似，所以一听到《牡丹亭》就“感慨缠绵”，继而感叹，戏中有好文章，接着“心动神摇”开始移情，加之想到刚才读过的《西厢记》，便更为“心痛神驰，眼中落泪”，遂进入了“如醉如痴”的共鸣状态。

但是，知音经常难觅。刘勰在《文心雕龙·知音》中说：“音实难知，知实难逢，逢其知音，千载其一乎！”从客观的角度说，由于文学文本的复杂性，读者可能难以把握其中的奥妙。从主观的角度来说，每个读者的生活经历不同，情感体验千差万别，审美鉴赏水平参差不齐，各有偏好，所以，不少诗人作家又常因难以寻找到知音而唏嘘感叹。

二、净化

净化是在共鸣之后畸形的心态得以纠正，杂乱的思绪得以梳理，堵塞的情感得以疏导，扭曲的人格得以提升的阅读心理状态。在净化的状态下，读者的心灵去除了杂念，人生的境界得到了全面的提升。

净化原为物理学术语，指的是清除杂质和污秽，使品质变得纯正。在宗教中，净化指的是

① 曹雪芹，高鹗．红楼梦．北京：金城出版社，1998：117.

斋戒沐浴祭神，医学上指的是排泄有毒物质。

而最早将“净化”一词引入文学艺术领域的是古希腊的哲学家亚里士多德。他在《政治学》中提出：“因为像哀怜和恐惧或是狂热之类情绪虽然只在一部分人心里是很强烈的，一般人也多少有一些。有些人受宗教狂热支配时，一听到宗教的乐调，就卷入迷狂状态，随后就安静下来，仿佛受到了一种治疗和净化。这种情形当然也适用于受哀怜恐惧以及其他类似情绪影响的人。某些人特别容易受某种情绪的影响，他们也可以在不同程度上受到音乐的激动，受到净化，因而心里感到一种轻松舒畅的快感。因此，具有净化作用的歌曲可以产生一种无害的快感。”①

净化的最重要特征是让激荡的情绪变得平静，恢复和保持心理健康。读者在世俗生活中处于喜怒哀乐等不同的情绪状态，这种阅读心境会带入阅读活动之中。然而，随着阅读过程的展开，读者逐渐脱离了现实的世界，进入文本中想象的艺术世界，原本激荡起伏的情感会随着艺术鉴赏的过程而逐渐平静。所以，管子深有感触地说：“止怒莫若诗，去忧莫若乐。”（《管子·内业》）诗歌让读者愤怒的心情变得平静，音乐让鉴赏者忧伤的情愫得以排解。

其次，净化能够使得读者的人格得到提升，人生境界得到升华。《毛诗序》对于儒家的诗歌功用说进行了系统的阐发，提出：“故正得失，动天地，感鬼神，莫近于诗。先王以是经夫妇、成孝敬、厚人伦、美教化、移风俗。”诗歌能够匡正人的得失，感动天地和鬼神，能够使夫妇关系美满和谐，人们尊老爱幼，能使得伦理关系稳定，感情敦厚。席勒在论及艺术家的使命时，曾谈道：“人丧失了他的尊严，艺术把它拯救，并保存在伟大的石刻中；真理在幻觉中继续存在，原型从仿制品中恢复原状。正如高贵的艺术比高贵的自然有更长的生命力一样，在振奋精神方面它也走在自然的前边，起着创造和唤醒的作用。”② 艺术拯救了人性，恢复了人的尊严，振奋了人的精神，唤醒了人的意识，提升了人的品格，涤除了肮脏污秽的蒙蔽，使人重新得到了李贽所说的纯真“童心”。高尔基在自传体小说《在人间》中说：“书籍使我变成了不易为种种病毒所感染的人。我知道人们怎样相爱，怎样痛苦……罗庚保黎教我要做一个坚强的人，不要被环境征服；大仲马的主人公，使我抱着一种必须献身伟大事业的愿望。”③ 正是对文学作品的如饥似渴的阅读使得小说的主人公能感受人间冷暖，性格变得坚强，志向变得高远。优秀的文学作品以其永久的魅力影响着世代的读者。

三、妙悟

所谓妙悟指的是在共鸣、净化之后的阅读心理状态，读者不依赖于抽象的理性和逻辑思维方式，不借用概念，而对文学内蕴、艺术规律以及社会规律、宇宙人生真谛进行直接把握。

“悟”原本是佛教用语，东汉的僧肇最早使用“妙悟”一词，他在《长阿含经序》中说：“晋公姚爽质直清柔，玄心超诣，尊尚大法，妙悟自然。”还在《涅盘无名论》中说：“然则

① 亚里士多德．政治学//朱光潜．西方美学史（上）．北京：人民文学出版社，1979：88.

② 席勒．关于对人进行审美教育的书简//文艺理论译丛：第2辑．北京：中国文联出版公司，1984：266.

③ 高尔基．在人间．楼适夷，译．北京：人民文学出版社，1956：214.

玄道在于妙悟，妙悟在于即真。”他所说的“妙悟”指的是对玄奥佛道的顿悟。后来南宋时期的严羽在《沧浪诗话·诗辨》中发扬了这种说法，将妙悟运用于诗学，他说：“大抵禅道惟在妙悟，诗道亦在妙悟。且孟襄阳学力下韩退之远甚，而其诗独出退之之上者，一味妙悟而已。惟悟乃为当行，乃为本色。”意思是说，诗歌与佛理一样，需要依靠妙悟的方式来把握。孟浩然的学识不如韩愈，但诗歌水平高于韩愈，主要在于他以妙悟的方式把握了诗歌的规律。

首先，妙悟是对艺术规律、作品内蕴、社会规律以及宇宙人生真谛的主动思索、直接领会。文学文本是一个复杂而浑然一体的艺术世界，很难用理性的逻辑判断来穷尽其所有内涵，条分缕析只能破坏艺术的完整性。而且，由于“篇章杂沓，质文交加；知多偏好，人莫圆该”（刘勰《文心雕龙·知音》），不同的读者对文本的洞悉程度是不一样的。要想真正悟到文本世界的美妙之处，只能如刘勰所说：“凡操千曲而后晓声，观千剑而后识器；故圆照之象，务先博观。”（《文心雕龙·知音》）广泛地阅读才能养成洞悉一切的能力。

其次，妙悟之感难以言传。妙悟以非逻辑性的审美直觉来把握，其中微妙的艺术规律、复杂的文本底蕴、宏大的社会规律、玄奥的宇宙人生真谛，只可意会，不可言传，不能用抽象的语言来传达。晋代的王弼在《周易·略例》中坦言：“得意在忘象，得象在忘言。故立象以尽意，而象可忘也；重画以尽情，而画可忘也。”只有忘掉言和象，才能真正得意。《红楼梦》里面曾记载了黛玉教香菱学写诗时，香菱向黛玉等人表达的自己的读诗之悟。

> 一日，黛玉方梳洗完了，只见香菱笑吟吟的送了书来，又要换杜律。黛玉笑道：“共记得多少首?”香菱笑道：“凡红圈选的我尽读了。”黛玉道：“可领略了些滋味没有?”香菱笑道：“领略了些滋味，不知可是不是，说与你听听。”黛玉笑道：“正要讲究讨论，方能长进。你且说来我听。”香菱笑道：“据我看来，诗的好处，有口里说不出来的意思，想去却是逼真的；有似乎无理的，想去竟是有理有情的。”黛玉笑道：“这话有了些意思，但不知你从何处见得?”
>
> 香菱笑道：“我看他《塞上》一首，那一联云：‘大漠孤烟直，长河落日圆。’想来烟如何直？日自然是圆的：这‘直’字似无理，‘圆’字似太俗。合上书一想，倒像是见了这景的。若说再找两个字换这两个，竟再找不出两个字来。再还有‘日落江湖白，潮来天地青’：这‘白’‘青’两个字也似无理。想来，必得这两个字才形容得尽，念在嘴里倒像有几千斤重的一个橄榄。还有‘渡头余落日，墟里上孤烟’：这‘余’字和‘上’字，难为他怎么想来！我们那年上京来，那日下晚便湾住船，岸上又没有人，只有几棵树，远远的几家人家作晚饭，那个烟竟是碧青，连云直上。谁知我昨日晚上读了这两句，倒像我又到了那个地方去了。”
>
> 正说着，宝玉和探春也来了，也都入坐听他讲诗。宝玉笑道：“既是这样，也不用看诗。会心处不在多，听你说了这两句，可知‘三昧’你已得了。”①

香菱聪慧，读诗以后知晓，诗歌的魅力就在于有口说不出，只能体悟，难以传达，看似无理，实则合理合情。所以宝玉说她，已经得到要诀，洞悉了作诗规律。

---

① 曹雪芹，高鹗．红楼梦．北京：金城出版社，1998：253－254.

研讨平台

接受美学在美国演变为读者反应批评，代表人物为美国文学批评家斯坦利·费什。他认为，在对文本意义追寻时，不应该问文本中“包含了什么意思”，而是应该追问“文本做了什么”。读者是“有知识的读者”，文本意义则是读者的一种阅读事件，是一种不断体验、不断反应的过程。针对接受美学过于突出读者在文学活动中的倾向，费什认为，读者所得到的意义并非任意的创造，而是受到业已形成的解释团体的影响，呈现出一致性来。他所说的解释团体，并非实际存在的读者团体，而是指已经形成的文化规范和审美经验。

【本章概要】

文学接受，是文学价值得以实现的终端环节。而文学接受，不仅是以文学传播为前提条件的，且传播方式本身，亦在影响着文学接受效果。因此，文学传播与文学接受之间的关系，也就成为研究文学接受的重要问题之一。按照接受美学的看法，只有经由读者接受，文学作品才最终得以完成。在一定程度上，读者是作品的再创造者。在这样的再创造过程中，读者的阅读经验期待视野、阅读心境，都在影响着接受效果，使读者产生的共鸣、净化、妙悟程度各不相同。这就是何以同一部作品，在不同的读者那里，会有不同反应、不同评价的重要原因。又正是据此可知，文学接受研究的意义，即不仅有助于我们看清文学价值实现的特征，也有助于我们进一步认识人类的文学创作、文学欣赏及文学批评等方面的某些规律。

【本章关键词】

文学传播：指作者以及媒介机构通过媒体与受众展开的文学交流和沟通行为。它涵盖了从作家创作到出版社等机构编辑、发行、宣传、零售，再到读者购买或借阅、阅读、批评等一系列过程。主要包括以下几个方面。(1) 传播者，主要是创作者以及相应的传播机构，既可以是个体，也可以是多个人和组织机构。(2) 符号，也就是包含多重信息内涵的文学文本。(3) 媒介，也就是符号的承载者，如竹简、锦帛、杂志、报纸、广播、电视、电影、互联网等。(4) 受众，也就是具有一定文化审美素养的文学接受者。(5) 传播环境，也就是影响文学传播的外在因素，包括政治、经济、文化、法律等宏观环境，也包括传播者与受众所处的微观环境。

阅读经验期待视野：由德国美学家姚斯提出。他认为，读者具有不同的审美趣味、审美价值观、审美取向，是具有一定艺术修养，掌握着丰富的语言表达技巧，有着良好的文学感受和体验能力、审美评价，有着丰富人生经验的社会人。他们在阅读文本之前，都有着“前理解”，对作品展现的方式具有一种潜在的、定向的期待，这就是“阅读经验期待视野”，简称为“期待视野”，即读者在阅读文本之前的先入之见所形成的审美期待，是业已形成的艺术心理结构图式。

复原式理解：在文学阅读过程中，尽可能恢复作家创作的彼时彼景，以把握作家赋予文本的原始含义。这种理解方式以作家的生活经历、创作感悟、所用材料等作为基础，力图通过蛛丝马迹，寻找出作家创作文本时的真实意图。把握人物形象时，力图再现作者描写的真实形貌；在体验文本中的情感时，力图设身处地，成为作家的知音，重温作家当时的心路历程；在把握文本的内蕴时，竭力追踪作家的创作本意。

再创造式理解：在阅读的过程中，竭力根据文本的阅读，创造出当初作家未曾预想的新含义。这种理解是读者在作家创造文本基础之上的、自由能动的再次创造。读者由原始的文本出发，根据自己对生活的体验和把握，充分运用自己的理解力，对文本进行了创造性的阐释和理解。在再创造式理解中，文本中的人物形象已经打上了读者的主观性烙印，表现了其所处时代、民族和地域的明显特征；文本中的情感变成了读者根据自己人生经历而体验过的变异情感；读者所理解的内蕴则成了作家在创造时始料未及的感悟。

共鸣：指读者与文本中的人物形象具有大体相同或类似的情感体验或人生经历，受到强烈的感染，产生了休戚与共的情感。不同时代、不同民族、不同地域的读者在阅读同一部作品时，也能产生大致类似的情感体验。

净化：指在共鸣之后畸形的心态得以纠正，杂乱的思绪得以梳理，堵塞的情感得以疏导，扭曲的人格得以提升的阅读心理状态。在净化的状态下，读者的心灵去除了杂念，人生的境界得到全面的提升。

【推荐阅读】

耀斯．审美经验与文学解释学．顾建光，等译．上海：上海译文出版社，2006.
费什．读者反应批评：理论与实践．文楚安，译．北京：中国社会科学出版社，1998.
中国艺术研究院，编．读者反应批评．北京：文化艺术出版社，1989.
刘小枫，选编．接受美学译文集．北京：三联书店，1989.
朱立元．接受美学导论．合肥：安徽教育出版社，2004.
金元浦．文学解释学．长春：东北师范大学出版社，1997.

【思考题】

1. 传播媒介对文学活动具有什么影响？
2. 怎样评价网络对文学的影响？
3. 阅读经验期待视野与阅读心境对文学接受有何影响？
4. 文学作品的接受主体和客体与一般理论著作和新闻作品的接受主体和客体有什么不同？
5. 以熟悉的作品为例，描述文学接受的过程是如何发生的。
6. 如何理解文学接受过程中的共鸣、净化、妙悟？
7. 如何理解“一千个读者就有一千个哈姆雷特”这类现象？

第 四 编

文学学术

本编主要从三个方面讲述文学学术研究的相关问题。一是文学界定，重点阐述文学与文学活动、文学的本质特征、文学的多元属性等理论问题。二是文学批评，重点探讨文学批评的基本标准、文学批评的理论方法、文学批评的实践方法、文学批评的四重境界等。意在通过该章的讲述，使同学们能够掌握文学评论文章的基本写作方法，并认识到怎样才是一篇高水平的评论文章。三是文学研究，主要讲述除作家作品评论之外，从事其他文学学术研究，如关于文学创作、文学思潮、文学史、文献资料以及文学理论本身等方面研究的规则、方法、要求等。

第十二章

文学界定

什么是文学？这是任何一本文学理论教材都无法回避、必须解答的问题。界定文学的含义看起来似乎是一件很简单的事情，其实要阐明此问题并非易事。一方面，文学本身就是一个难以说清道明的模糊概念，并且因其本身不断超常越界的发展演变以及历来学者们对其进行的反复阐释而变得更加复杂了；另一方面，文学的界定并不是简单地解释其内涵和外延，而是涉及一系列相关的因素和问题。本章主要阐述文学与文学活动、文学的本质特征、文学的多元属性等理论问题，力求从多维视角对文学作出较为全面的解释和界定。

第一节 文学与文学活动

当我们说到文学的时候总会涉及与之相关的某些问题：文学所涉及的范围；文学作品所关涉的创作与欣赏评论行为，即文学活动；等等。本节主要论述文学涉及的范围与文学活动两个问题。

一、“文学”概念辨析

文学这一概念就其产生发展流变来看，在中西方有着明显的不同。因此，要辨析文学概念必须充分考察其特殊性与相似性，从而进行整体把握和全面分析。

（一）“文学”概念的发展演变

在中国古代，“文学”概念早在春秋时代就产生了。《论语・先进》把“文学”列为孔门人文教育四科之一：“文学：子游、子夏。”宋代邢昺疏之为“文章博学”。其后在长期的历史发展过程中，“文学”概念的所指逐渐丰富起来。据《汉语大词典》，“文学”之义有十种之多，包括文章博学、儒家学说、文章经籍、文书文件、文才才学等。其中值得注意的是对文章经籍之类的指称。如《史记・李斯列传》：“臣请诸有文学《诗》《书》百家语者，蠲除去之。”《史记・太史公自序》：“叔孙通定礼仪，则文学彬彬稍进，《诗》《书》往往间出矣。”上述例句中“文学”与《诗》《书》并列或对举，可见《史记》所言“文学”已包含以《诗经》《尚书》为首的诗歌、散文等经籍著作，即广义之文学。

“文学”概念的语源是“文”。“文”的概念产生更早，在甲骨文、楚简、金文中经常出现。《周易・系辞下》“物相杂，故曰文”，已指出其基本含义是指色彩交错。“文”的概念指涉更为广泛，多达三十种以上，具体包括色彩交错、纹理花纹、文章或韵文、礼乐制度、文采丽辞、文才才华等。其中所指文章或韵文与今之文学较为接近。

“文学”有时又可拆分为“文”与“学”，各有所指。如韩愈《为韦相公让官表》：“臣本非长才，又乏敏识，学不能通达经训，文不足缘饰吏事。”（《全唐文》卷五百四十七）“学”指研究学问，“文”指做文章。近代章炳麟说：“文学者，以有文字著于竹帛，故谓之文；论其法式，谓之文学。”（《国故论衡・文学总略》）他在解释“文学”时直接把“文”说成文章，把“学”看作“论其法式”，即研究文章的学问。

由此可见，在中国“文学”这一概念本来就有歧义。近代以来，引进西方“文学”观念，又与一般所谓“哲学”“美学”“历史学”等表示学问的术语不同，既带“学”但不表示“学问”，似乎显得不伦不类。况且今天所说的“文学”概念主要是移植了西方的文学理念，与古之“文学”概念已大相径庭了。

西方“文学”概念出现也很早，但具有现代意义的“文学”概念的产生却较晚。“文学”概念在长期的发展过程中含义发生了一次次嬗变。英国学者雷蒙德·威廉斯说：“‘文学’这一概念的现代形式最初出现在18世纪，但直到19世纪它才得以发展。不过，促使它出现的条件则从文艺复兴以来就一直在发展着。随着在法语和拉丁语中的先行使用，‘文学’一词于14世纪进入了英语。它的词根是拉丁文中的‘littera’，意即‘字母’。按其早期的通用拼法，‘文学’（literature）实际上是指阅读的条件——有阅读能力和阅读对象。这很接近现代英语中‘有读写能力’（literacy）一词的意思，而后者直到19世纪晚期才在英语中出现——它的出现又必然在一定程度上使得‘文学’（literature）一词派生出不同的意思。”① 美国学者乔纳森·卡勒关于现代意义上的文学的认识与威廉斯比较吻合，他具体指出了此种文学观念出现的标志，认为在莱辛1759年起发表的《关于当代文学的通讯》一书中，“‘文学’一词才包含了现代意义的萌芽，指现代的文学生产”，斯达尔夫人的《从文学与社会制度的关系论文学》（简称《论文学》）“则真正标志着文学的现代意义的确立”②。可见，西方早期的文学概念与现代的文学概念所指颇为不同，现代意义上的文学概念是在18世纪末到19世纪才真正确立起来的。

法国学者德里达曾说：“诗、史诗、抒情诗等不仅一直是口头的，而且不会引起一直被称作文学的东西发生。‘文学’这一称谓是十分近期的一种发明。”③ 美国学者彼得·威德森在《现代西方文学观念简史》中指出，“最近”的“文学”概念，是产生在19世纪与20世纪，不过“这更是历史建构的概念，而不是什么‘本质的’‘原初的’概念，所以，‘文’（the literary）的观念（例如，写作将自己同普通的交流话语相区别）由来已久，源自古代，而‘文学’的概念在‘限定的意义’上则并非如此，是后起的”④。这就是说，产生于19世纪至20世纪的西方“文学”概念其实是对传统的诗、史诗、抒情诗等文体的归纳，是学者们建构起来的，它与原初意义上的“文”已不可同日而语。

（二）文学概念的广义、狭义区分

从东西方“文学”概念的发展演变中，可以看出“文学”的含义不仅在不同的历史时期复杂多样，而且在同一历史时期也多种多样。但从总体上划分，主要可分为广义、狭义两种不同的含义。

无论东方还是西方，早期的文学概念所指都是比较宽泛的，属于广义的文学。所谓广义的文学主要是指文章著作等，或者进而扩大到现在一般所说的文化。

中国古代的“文学”“文”涉及世界万物、天文地理、人伦生物，几乎无所不包。《周易·贲·彖传》首倡“天文”“人文”之说：“刚柔交错，天文也；文明以止，人文也。观乎天文以察时变，观乎人文以化成天下。”刘勰《文心雕龙·原道》继而将天文、地文、人文“三才”都归之于“道之文”，世界万物凡是美的事物都属于“文”的范围。这种阐发《周易》精神的

---

① 威廉斯．什么是文学？．王尔勃，译．马克思主义美学研究，2000（1）．

② 卡勒．文学性//昂热诺，等主编．问题与观点——20世纪文学理论综论（修订版）．史忠义，田庆生，译．开封：河南大学出版社，2010：23.

③ 德里达．文学行动．赵兴国，等译．北京：中国社会科学出版社，1998：7.

④ 威德森．现代西方文学观念简史．钱竞，张欣，译．北京：北京大学出版社，2006：8.

大“文”观念在古代一直占据主流地位，直到清代仍然十分流行。例如顾炎武《日知录》云：“《传》曰，文明以止，人文也。观乎人文以化成天下，故曰，文王既没，文不在兹乎？而谥法经纬天地曰文。”（《日知录》卷七）以现在的眼光来看，这种大“文”观念所倡导的是一种大文化，既包括物质文明又包括精神文明。当然刘勰所说的“道之文”最终还是落实到“人文”的“心之文”上的，也就是文章。据有关资料统计，仅刘勰《文心雕龙》一书“文”的运用，其含义就达近十种。[①] 当然其中主要还是指包括文学作品在内的文章。历史上把“文学”或“文”看作文章经籍书策者也是大有人在，如王安石《与祖择之书》说：“治教政令，圣人之所谓文也。书之策，引而被之天下之民，一也。”（《临川先生文集》卷七十七）章炳麟说：“文学者，以有文字著于竹帛，故谓之文。”（《国故论衡·文学总略》）凡是书写成文的文章著作都可以称为“文”或“文学”。

西方文论中早期所谓文学也具有此种宽泛之义，指文章甚至书本知识等。法国斯达尔夫人《论文学·绪论》说：“所谓最广义的文学包括哲学著作和出自形象思维的作品，即包括所有运用思维的作品在内，但自然科学除外。”[②] 她说的这种广义文学实际上已包括文学作品和一切社会科学著作。乔纳森·卡勒说：“我们谓之曰文学作品的创作已经有两千五百年历史了，然而，关于文学的现代思想，仅仅可以上溯两个世纪。直到19世纪，‘文学’以及欧洲其他语言的类似说法，总体上仅仅意味着‘文章’，甚至‘书本知识’。”[③]

除了上述广义文学之外，东西方都有关于狭义文学的论述。中国古代关于“文学”“文”的认识，魏晋以前一直比较宽泛，其后由于出现了“文的自觉”意识，人们对文学的审美和抒情特征有了较为明确的认识，“文学”概念所指渐趋狭窄，主要指有审美性的文章，即美文。例如刘勰《文心雕龙·总术》说：“今之常言，有文有笔，以为无韵者笔也，有韵者文也。”就把“文”说成是有韵的文体，即歌辞骚赋之类。梁元帝萧绎《金楼子·立言篇》云：“今之儒，博穷子史，但能识其事，不能通其理者，谓之学。至如不便为诗如阎纂，善为章奏如伯松，若此之流，泛谓之笔。吟咏风谣，流连哀思者，谓之文。”萧统《文选序》提出选文标准所谓“综辑辞采”“错比文华”，“事出于沈思，义归乎翰藻”，则十分明显地倾向于文学作品了。不过他们那时所指的“文学”还是很不具体的，与现代的“文学”观念相去甚远。

西方狭义的“文学”概念大约是在19世纪后期至20世纪初期逐渐确立起来的。瑞典学者吕德霍尔姆（Lena Rydholm）说：“一直到19世纪末西方的文学概念都很宽泛，意味着广泛的文化教育与知识……但是西方文学理论在19世纪末20世纪初给文学下的定义趋于狭窄。文学往往指的是属于某一些文学体裁的作品，不管作品本身艺术价值高低如何。”[④]

虽然西方现代以来“文学”概念的指称趋于狭义，但也是众说纷纭，并无一致的说法，直到当代具体包括哪些文体仍不明确。此种情况，我们可以从彼得·威德森引用的20世纪80年代编写的《大英百科全书》简编本里的“文学”条目中窥见一斑：“某个写作成品的实体，这个称谓用于诗歌、散文的想象性作品，依据其作者的意图及其完成的精良程度来确定。”[⑤] 西

---

① 陈书良.《文心雕龙》释名.长沙：湖南人民出版社，2007：48－50.

② 斯达尔夫人.论文学.徐继曾，译.北京：人民文学出版社，1986：12.

③ 卡勒.文学性//昂热诺，等主编.问题与观点——20世纪文学理论综论（修订版）.史忠义，田庆生，译.郑州：河南大学出版社，2010.

④ Rydholm.重新思考中国文学概念与文学文体概念.文化与诗学，2011（1）.

⑤ 威德森.现代西方文学观念简史.钱竞，张欣，译.北京：北京大学出版社，2006：8.

方现代对文学的理解通常是指富有想象性、虚构性的作品。

比较明确统一的是，“五四”以来，我国引进了西方的现代“文学”概念，习惯于把诗歌、散文、小说、剧本（戏剧和影视）等文学体裁看作狭义的文学。

二、文学活动说及其意义

有关文学活动的理论主要有两方面的来源：一是马克思的艺术掌握世界方式说；二是艾布拉姆斯的艺术构成要素说。

关于艺术掌握世界的方式的观点是马克思基于历史唯物主义阐述人类实践活动时提出的。马克思在《〈政治经济学批判〉导言》中说：“整体，当它在头脑中作为思想整体而出现时，是思维着的头脑的产物，这个头脑用它所专有的方式掌握世界，而这种方式是不同于对世界的艺术的、宗教的、实践精神的掌握的。”① 马克思把人类掌握世界的方式即人的精神活动分为四种：（1）以理论方式掌握世界的精神活动，如哲学或科学活动等；（2）以艺术的方式掌握世界的精神活动，如文学艺术活动等；（3）以宗教方式掌握世界的精神活动，如宗教或巫术活动等；（4）以实践-精神方式掌握世界的精神活动，如基于实践理性的道德、伦理活动等。

人的活动可以划分为物质实践活动和精神活动两大类别。物质实践活动是直接满足人的基本生存需要的活动；精神活动指人的意识领域的活动，用以满足人的精神生活需要。人的精神活动包括哲学、宗教、科学、文学艺术活动等。文学活动属于精神活动的范畴，是人类掌握世界的特有方式之一，是一种审美的精神活动。

艺术构成要素说是美国学者艾布拉姆斯在《镜与灯——浪漫主义文论及批评传统》一书中提出的一种理论观点。他指出，艺术涉及艺术家、作品、世界、欣赏者四个要素，并解释说：“作品，即艺术产品本身”；“生产者，即艺术家”；“由人物和行动、思想和情感、物质和事件或者超越感觉的本质所构成，常常用自然这个通用词来表示，我们不妨换用一个含义更广的中性词——世界”；“欣赏者，即听众、观众或读者”②。艾布拉姆斯的这种艺术活动说延伸到文学领域，便产生了文学活动说，即文学活动由作家、作品、世界、读者四要素所构成，各要素之间存在着密切的关系。

无论是马克思的艺术掌握世界方式说，还是艾布拉姆斯的艺术活动四要素说，都是把文学艺术定位于一种特殊的社会实践活动，认为它具有独特的规律和运作方式。这种把文学艺术看作一种活动的思想对于全面理解和认识文学具有极为重要的意义。

首先，使我们认识到“文学”不仅仅是个静止的概念，而是静态、动态结合的概念，从而丰富拓展了我们思维的视角和对文学认识的视野。就是说，我们既可以把文学看作以作品为中心的静态之物来探讨其质的规定性和多元特征；又可以将其看作动态的活动，在从创作到欣赏、评论的整个流程中探索其复杂的结构体系和运作过程。这样，我们就可以突破那种静态的、单一的思维模式而代之以静态、动态相结合的多维和综合的思维方式，从而对文学进行全面、深入的研究。

---

① 马克思恩格斯全集：第46卷，上册．北京：人民出版社，1979：39.

② 艾布拉姆斯．镜与灯——浪漫主义文论及批评传统．郦稚牛，等译．北京：北京大学出版社，2004：4.

其次，关于文学活动包括世界、作家、作品、读者四种基本要素之说的提出，使人们对文学活动构成的复杂性及其关涉问题的多面性有了充分的认识和理解。文学作为一种创造性的精神活动，作家所生活的世界即特定生活环境对其创作具有决定性的制约和影响，而作家自身的气质个性、创造才能、思想艺术境界等对其作品的形成更起着关键作用，直接决定作品的成败得失。作品的好坏又决定了读者、批评家接受的程度及其产生的社会影响程度。当然，在当今商品经济时代，还涉及作品的流通问题。从作品作为商品的商业价值来看，包装、推销、译介等营销流通环节固然重要，但从作品作为艺术品的艺术价值来看，最为关键的仍然是其思想水平和艺术水准达到的程度。我们愈是把文学放在活动的动态流程中进行考察，愈能发现作品所处的不可动摇的中心地位；愈是把作品放在四要素的整体及其各个环节中去观照，愈能发现决定文学价值的核心因素仍然是作品所达到的思想艺术境界。

再次，文学活动既表现为作家个体的创作和接受者个人的赏评行为，同时又表现为民族的、时代的集体的创作和赏评活动行为，它们共同构成并推动了人类的整个精神活动。如果说作家个人的艺术创作离不开他所生活的特定的世界，其作品必然会诉诸当时特定的接受者，那么从历史发展的眼光来看，无数作家及其作品构成了灿若群星的艺术长河，从而构成了文学活动的历史。这种文学活动以其缤纷多彩的艺术形式成为整个人类精神文化活动的一个组成部分，以其鲜活律动的生命形态推动着人类思想文化的滚滚潮流不断向前发展。

深度思考

我们对文学的研究实际上包括两个问题。一是关于文学概念的外延与内涵的问题。所谓文学的外延就是其所指的范围领域。我们指出，有广义的文学，又有狭义的文学。广义的文学有层次的不同，往往指文化、文章著作等；狭义的文学即我们常说的诗歌、小说、散文、剧本（戏剧、影视）等。二是关于文学的静态与动态观照的问题。我们在研究文学时，一方面可以把它看作以作品或文本为中心的静态事物，进行多视角、多维度的考察；另一方面也可以将其看作一种由作家、作品、读者、世界构成的文学活动的动态过程，进行流动、综合的分析探讨。

第二节 文学的本质特征

探讨文学的本质问题，必然要涉及几个相关问题：一是本质主义与反本质主义问题；二是文学本质与文学性问题；三是本质、本体与存在的关系问题。

近年来，学界对文学本质的坚信不疑与对其大加质疑甚至彻底否定的各种矛盾观点同时并存、彼此冲撞。我们认为：一方面，在关于文学的认识上坚持本质主义的态度，或者说认为文学只存在单一、唯一的本质的观点当然是不可取的。正像彼得·威德森所说："事到如今，即使是最彻底的文学批评家也不会轻易接受那种单一的'文学'观念了，或是认为关于文学这个概念只能有一种基本定义，即只存在某种天生的、自我确证的文学'要素'的定义。"① 事实上，不仅文学，任何事物都存在着多重本质或者说质的多重规定性，简单的定性、定位都是不科学的。另一方面，出于反本质主义的需要，质疑或否定文学的本质，认为文学根本不存在什么本质，取消对本质问题的探讨，也是极为片面的。因为不承认本质、规律和真理，也就否认了人们认识、把握文学性质和特性的可能性，将现象与本质混为一谈，从而也取消了科学认识文学的可能性和现实性。

鉴于文学的本质或"什么是文学"始终是个难以解答且难有定论的问题，于是有的学者便另辟蹊径，转向"文学性"的研究。从俄国形式主义者到法国解构主义者，都倾向于避开直接回答"什么是文学"的问题，试图从对"文学性"的阐释中对文学问题作出新的解答，从而开辟出新的天地。但是人们发现"什么是文学性"似乎是个比"什么是文学"更难以解释清楚的问题，而且问题的关键还在于：要想说清楚"文学性"还是需要回答"什么是文学"的问题。于是即使一些解构主义大师也不得不重回到文学本质问题上来。例如德里达说："文学的本质——如果我们坚持本质这个词——是于记录和阅读'行为'的最初历史之中产生的一套客观规则。"② 乔纳森·卡勒也指出："文学是一种可以引起某种关注的言语行为，或者叫文本的活动。"③

为了避开文学本质这一纠缠不清的难题，有人主张把文学本体或文学存在作为文学理论研究的重心。其实，研究文学存在不可能避开文学本体问题，研究文学本体也不可能避开文学本质问题。关于本体、存在与本质的关系，有学者指出："事实上文学本体论研究的对象应该是文学的存在问题，除了要探讨文学的本体之外，还必须探讨文学的各种属性。至于本体和存在的关系则更是十分简单：本体（ousia）是存在（on）的一部分，存在不仅是指本体，还包括各种属性……本体是存在的首要含义，本质又是本体的首要含义，因而广义的文学本体论（存在论）归根到底要解决的仍是文学的本体问题，而狭义的文学本体论主要解决的又是文学的本质问题。"④

无论人们如何试图取消或避开文学本质问题，事实上，文学本质问题始终是无法绕过的理论焦点，一直是文学研究的核心问题。文学理论是以此为基石而进行建构的，文学理论的发展也是沿着对这一基本问题的阐释而向前推进的。

一、关于文学本质认识的发展历程

我国当代文学理论的建构集中体现在文学理论教材建设上，而文学理论教材建设的基本思想观点又集中体现在对文学本质问题的认识上。从 20 世纪 60 年代到改革开放的八九十年代，

---

① 威德森．现代西方文学观念简史．钱竞，张欣，译．北京：北京大学出版社，2006：10．

② 德里达．文学行动．赵兴国，等译．北京：中国社会科学出版社，1998：12．

③ 卡勒．当代学术入门：文学理论．李平，译．沈阳：辽宁教育出版社，1998：28．

④ 苏宏斌．何谓"本体"？——文学本体论研究中的概念辨析之一．东方丛刊，2006（1）．

文学理论教材中对于文学本质的认识前后有着较为明显的变化。应当如何评价文学理论建设上的成绩？这是一个值得慎重思考、认真对待的问题。不过，无论对我国当代文学理论遗产采取何种态度，无论对文学本质理论阐释作何评说，有几点必须明确：一是我国文学理论尤其是关于文学本质问题的认识都是与国际国内的政治环境、社会思潮、文化走向直接相关的，是在其制约和影响下形成的；二是历来文学理论中关于文学本质问题的观点都是在历史发展的过程中不断探索而提出来的；三是特定时代关于文学本质问题的解释不能完全归结为个人的创见，而是学者们集体思考的产物。

蔡仪（1906—1992）

20 世纪 60—80 年代产生的、被定为全国高校文科教材的蔡仪主编的《文学概论》、以群主编的《文学的基本原理》[①]，作为我国当代文学理论教材的奠基之作，是当时学者集体智慧的产物，其关于“文学是社会意识形态”的经典阐释也是当时政治气候下的一种必然选择。一方面，受苏俄的政治幽灵与国内极左思潮和政治革命气氛的影响，文学理论领域充斥着“党的组织和党的文学”“文学的阶级性”“文艺从属于政治”等政治化主导思想；另一方面苏联毕达柯夫的《文艺学引论》、季莫菲耶夫的《文学原理》等文学理论教科书又提供了理论建构的样本[②]。值得注意的是，当时学者们在提出“文学是意识形态”的同时，又指出“文学用形象反映生活”“文学是语言的艺术”。这说明人们在意识形态论的整体框架下也充分认识到了文学自身的其他基本特征。尽管此期的文学理论观点深受“左”的政治思潮影响，具有严重的偏颇和历史局限性，但对其也不能采取一概否定的态度。

20 世纪 80 年代初到 90 年代，由于改革开放的不断发展和深入，受西方各种文化艺术思潮尤其是美学思潮的影响，人们越来越不满于文学理论的政治化倾向，越来越意识到把文学本质定义为意识形态存在的问题，力图使文学理论摆脱政治的束缚。在这种历史背景下，“文学是一种审美意识形态”的说法便应运而生了。其实，“审美意识形态”说存在的前提仍然是意识形态说，即认为文学既属于一般意识形态，又是一种特殊的意识形态即审美意识形态。这种认识的产生除了受当时的美学思潮影响外，还与恩格斯提倡的“美学和历史的观点”具有某种联系。20 世纪 90 年代初这种关于审美意识形态的思想被写进童庆炳主编的《文学理论教程》。应该说，“审美意识形态”说是当时社会历史条件下提出的一种进步的文学观点，体现了人们对文学本质的认识进一步得到了解放，一定程度上使文学摆脱了政治的束缚，而与其本来性质更为接近。

进入 21 世纪以来，关于文学本质的“审美意识形态”说受到了质疑。近年来围绕着对此问题的不同认识学界展开了论争，从而使对文学本质问题的探讨成为新的理论焦点。其实，关于“审美意识形态”说的争论，体现了“进入新世纪以后文学理论的发展不断向前推进，其建构又面临着新的突破”。“这种突破是什么呢？人们对文学的理解愈来愈接近文学的本体或本质，既需要摆脱单纯的意识形态说的束缚，又需要摆脱单纯的审美说的局限。实质上，‘审美

---

① 蔡仪主编《文学概论》于 1961 年编写，1979 年由人民文学出版社出版；以群主编《文学的基本原理》于 1960 年编写，1980 年修订本由上海文艺出版社出版。

② 毕达柯夫《文艺学引论》中译本于 1958 年由高等教育出版社出版；季莫菲耶夫《文学原理》中文版由查良铮译，于 1955 年由平明出版社出版。

意识形态’说存在的问题，不仅在于将‘审美’与‘意识形态’牵强地连在一起，而且在于把文学仍然定位于意识形态，或者说仍然等同于意识形态。这说明论者在对文学本质问题的理解上并没有摆脱意识形态说理论框架的局限，正像80年代以前对文学的认识没有摆脱政治说、阶级说理论框架的束缚一样。愈来愈多的学者指出，文学具有意识形态性，不过它既不是意识形态，也不是审美意识形态。文学到底是什么？这正是这次争论试图解答的难题，在不否定其意识形态性的前提下来回答其非意识形态的本体特性，以求对文学本质问题作出较为科学的解释。”①

正像雷蒙德·威廉斯所说：“文学不应受束于某种既定概念，它是一种既恒定持久又不断超越自身旧形式的实践。”② 关于文学的界定及其本质的阐释取决于文学自身的特质和发展变化的现实，而不是主观的臆想，人们对文学本质问题的认识是随着文学自身的发展而不断嬗变和超越的过程。

二、文学的本质特征

本章对文学本质问题的讨论，主要从历史的、发展的观点，着眼于不同的视角，同时聚焦于文学自身，力求在对文学进行全面考察、观照的基础上，实事求是地指出文学所具有的多重本质特征。

通过从不同的视角对文学和文学活动进行系统分析，可以看出其多方面的特征：(1) 以语言文字塑造想象性艺术形象——艺术创造特征；(2) 包含想象性形象的文本（纸质文本或电子文本）——作品存在特征；(3) 直接诉诸心灵直觉——接受心理特征；(4) 诗性思维和艺术话语创造的纯意识形式——艺术思维及意识特征；(5) 蕴含审美意识的文化形态——审美文化特征。在这种分析的基础上进行归纳，可以把文学的本质特征集中归为以下三个方面。

(一) 文学是塑造想象性形象的语言艺术

究竟应把文学首先定位为艺术还是意识形态？文学虽然可归之于意识形态或意识形式，它与政治、哲学、宗教、道德等都是一种思想形式（观念形态），但其不同之处在于，文学是一种具象性的意识形式，即艺术。显然它与绘画、音乐、戏剧、影视等均属于艺术的范畴，因此定位于艺术显然比定位于意识形态更为科学。产生于20世纪80—90年代的辞书大多侧重于把文学定位为艺术。如《辞海》对文学解释的：“社会意识形态之一……现代专指用语言塑造形象以反映社会生活，表达作者思想感情的艺术，故又称‘语言艺术’。”③《现代汉语词典》解释为：“以语言文字为工具形象化地反映客观现实的艺术，包括戏剧、诗歌、小说、散文等。”④ 由于艺术是文学最贴近的种属，所以从质的规定性来看，文学首先应定位于语言艺术。

---

① 周波．中国传统文化链接中的毛泽东文艺思想研究．山东师范大学学报，2011 (5)．中国人民大学复印报刊资料《毛泽东思想研究》全文转载，2012 (1)。

② 威廉斯．什么是文学？．王尔勃，译．马克思主义美学研究，2000 (1)．

③ 辞海（1999年版缩印本）．上海：上海辞书出版社，2002：1769.

④ 现代汉语词典（第5版）．北京：商务印书馆，2005：1428.

通常人们把文学归之于语言艺术，指出它用语言塑造形象的特点。不过这种解释只是从一般表现形式上进行归类，并未指明其用语言塑造形象的独特性，即与想象直接相关的问题。

文学作为语言艺术，其最为突出的特征包括两个方面。

其一，它所塑造的形象不同于绘画、戏剧、影视等艺术种类塑造的可视性形象，而是一种想象性的形象。也就是说，文学创作其实就是作家运用语言文字把头脑想象中的物象、意象、意境等描述出来，使之物态化，从而形成以文字为载体的文本。无论是纸质文本还是电子文本，字面上并无直观的形象，就是说在文学作品乃至整个文学活动中自始至终都看不到可见的形象。所谓的文学形象是在作者的想象中塑造又在读者的想象中还原的一种想象性形象。

其二，文学塑造形象的过程体现为意象与语词紧密交织结合在一起的思维活动，意象在头脑中直接转化为语言形象。文学形象的创造即意象的符号化是在想象中完成的，体现为一种内化的方式。文学写作在很大程度上是记录想象中涌现的语言形象，使之物态化。尤其是靠灵感写作的诗人作家更是如此。这与绘画、雕塑、戏剧、影视等主要靠形式的外化而塑造形象的生成方式是颇为不同的。

因此，文学作为语言艺术的基本特性就是它运用语言文字塑造潜在的、隐含的艺术形象，亦即想象性的艺术形象。

除了一般意义上的文学作品之外，语言艺术还应包括属于民间说唱曲艺的相声、小品、评书等。此类语言形式因其具有表演性而被归为表演艺术。不过相声、小品的脚本或剧本应归于文学，至于作为民间传统讲说艺术的评书，讲说的底本往往直接就是小说或文学传奇故事，与古代行吟诗人所用底本为英雄传奇史诗一样，自然亦属文学。

（二）文学是传达生命精神的纯意识形式

通常我们说文学是一种意识形态或意识形式，其中的意识概念指的是一种意识存在，它是相对于物质存在而言的。其实说文学艺术是意识形态或意识形式只是就其意识形态性或意识性而言的，实际上它既是意识存在又是物质存在。也就是说，文学艺术需要特定的物质载体，这种物质载体因各种艺术类别的不同而呈现出不同的物质性。如果以物质与意识作为两极，沿着两极之间的中轴线把各类艺术分别排列起来，就可以清楚地看出从三维实体到二维图像、影像载体再到音响文字载体，由物质实体逐渐过渡到纯意识形式的过程（如图 12－1）。以语言文字为载体的文学已经没有什么物质重量，差不多是一种纯粹的意识形式。

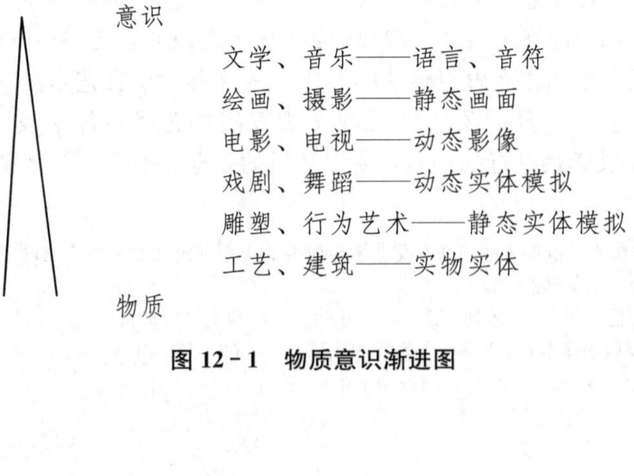

图 12－1　物质意识渐进图

当然，从电子或网络信息传输的角度来看，图像、影像亦不再需要画纸、拷贝等物质载体，而完全代之以数字信息载体。不过从意识的本原意义上来说，真正的意识仍然是抽象或具象的思想观念，而非人造的图像、影像，因而只有文学堪称纯意识形式。恩格斯所说“那些更高地悬浮于空中的意识形态的领域，即宗教、哲学等等”①，其实就相当于这种纯意识。显然文学也属于这种纯粹意识形态或意识形式的领域。

关于文学纯意识形式特征只是对文学形式的表述，文学最为重要的特性还在于它通过作家主体的视角对自然、社会、人生的丰富多彩的生命精神的全面表现。在文学用语言所创造的那种无所不包、充满生命活力和艺术魅力的想象世界里，任何类别的学术、科学和任何艺术门类都相形见绌。文学对生命精神传达的独特性、全面性、丰富性与深刻性，不仅使它与哲学、道德、宗教、科学等任何一种其他意识形式区别开来，而且也使它与绘画、音乐、摄影、影视、雕塑、建筑等任何一种其他艺术形式区别开来。

（三）文学是诉诸心觉的审美文化形态

如前所言，既然文学是用语言文字来塑造想象性形象，是传达生命精神的纯意识形式，那么与此直接相联系的就是它可以诉诸人的心灵直觉。这种通过语言文字媒介实现心灵沟通的直觉可称为心觉，即各种感官共同作用而形成的一种综合性心灵知觉。这种综合的心灵知觉与道家所说“无听之以耳而听之以心，无听之以心而听之以气”的虚静说颇为接近，同时与佛教唯识学“八识”中的“意识”也有相同之处。佛法唯识学中的“八识心王”是指眼识、耳识、鼻识、舌识、身识、意识、末那识、阿赖耶识。前五识是感识，即认识具体对象；第六识是意识，具有综合认识的功能。前五识中有一识起作用，意识及诸识同时俱起。如果借用“六识”之说与不同的艺术门类联系起来，就可以看出各种艺术与各种感觉类型的关系（见图 12－2）。

六识种类　感觉类型	艺术门类
1. 眼识——视觉	绘画、摄影、舞蹈、影视（视听觉）
2. 耳识——听觉	音乐、戏剧（听视觉）
3. 鼻识——嗅觉	烹饪
4. 舌识——味觉	烹饪
5. 身识——触觉	工艺、雕塑、建筑、行为艺术（触视觉）
6. 意识——心觉	文学（诗歌、小说、散文、戏剧影视剧本）

图 12－2　“六识”、感觉与艺术门类关联图

上述各种感觉类型只是相对而言的，例如被称为综合艺术的戏剧、影视艺术就是通过视觉、听觉的结合进行欣赏的。毫无疑问，对任何一种艺术形式的欣赏，不可能只限于某一种感觉，心灵的综合作用无处不在。不过对文学作品的欣赏与对一般具有直观形象的其他艺术作品的欣赏有着根本的差别，读者在阅读中看不到可见形象，需要充分调动心灵的感知要素，通过积极、主动、活跃的想象这种综合性心理活动，将用语言文字塑造的形象再造、还原出来。这种综合性的心觉活动是文学欣赏活动的突出特征。

① 恩格斯．致康·施米特（1890 年 10 月 27 日）//马克思恩格斯选集：第 4 卷．北京：人民出版社，1995：703.

如上所述，把文学归属于意识形态和定性于“审美意识形态”都具有历史的局限性和学理的缺陷性，无论在意识形态还是在“审美意识形态”的框架内研究文学都难以真正揭示其综合本质和多元属性。只有把文学从上述框架内解放出来，将其定性于一种审美文化，从而置于更广阔的文化领域，才能全面认识文学的本质特性，才有助于推动文学理论的科学建构，进而推动文学自由、健康地发展。

近年来“审美文化”越来越受到普遍的关注，不过学界对“审美文化”内涵的解释却众说纷纭，难有定论。“审美文化”与文学之间存在着怎样的关系？学界倾向于认为“审美文化”是包括文学艺术在内或以文学艺术为核心的综合性文化形态。叶朗在其主编的《现代美学体系》中较早对此概念做了界定：“所谓审美文化，就是人类审美活动的物化产品、观念体系和行为方式的总和。”在构成“审美文化”的三个基本部分中，处于第一位置的就是“包括各种艺术作品”的“审美活动的物化产品”①。有学者更进一步指出，“可以把‘审美文化’表述为具有一定审美特性和价值的文化形态”，“审美文化”可以界定为“以文学艺术为核心的、具有一定审美特性和价值的文化形态或产品”②。其实审美文化与文学，一方面具有共同的审美特性，另一方面又有文理或文脉的相互连通。审美文化对文学拥有顺理成章的涵盖关系，与之有着肌理相通的有机联系。这种关系显然比意识形态与文学之间的关系要密切得多，因此，“与其说文学是一种意识形态不如说它是一种文化形态”，“作为语言艺术的文学，它是通过包含人生意蕴的体验性话语形式表达思想感情、反映社会生活的一种审美文化形态”③。

这里之所以使用“审美文化形态”而不直接说“审美文化”，主要是因审美文化的物化形式，如同说“意识形式”“意识形态”一样。

研讨平台

关于文学的本质特征的认识，关键是要打破那种单一的、固定不变的本质的思维和认知模式，从而确立一种多层的、发展变化的认知观念。一方面，文学本身是极其复杂多样、丰富多彩的，同时又是在社会历史的发展中不断发展变化的，其内涵、外延都可能扩大或缩小，因而其质的规定性并不是绝对稳定、一成不变的，而是在旧质的基础上还会不断增加新的质。另一方面，人们对文学的认识、理解也是随着时代的发展不断发展变化的，譬如人们对于文学的认识从意识形态到审美意识形态再到审美文化形态，经历了一系列历史发展的过程。

---

① 叶朗，主编．现代美学体系．北京：北京大学出版社，1988：259.

② 朱立元．“审美文化”概念小议．浙江学刊，1997（5）.

③ 周波．中国传统文化链接中的毛泽东文艺思想研究．山东师范大学学报，2011（5）．中国人民大学复印报刊资料《毛泽东思想研究》全文转载，2012（1）。

第三节
文学的多元属性

上一节我们阐述了文学的本质特征，意在指明文学之所以为文学的质的规定性，其实在很大程度上是回答“文学是什么”这个文学理论“元问题”。不过对文学的界定还不能停留在此层面上，还必须进一步回答“文学有什么属性”这样一个次生的问题。因此，本节主要讨论文学的属性即类属的特征问题。文学的本质特征是处于核心层面的根本性质，文学的其他属性是处于本质核心层外的相关属性。当然，文学本质特征与文学属性是彼此相互联系的论题，甚至可以说是一个事物的两个侧面，二者之间既有所区别又相互交叉，其类说虽有别，其元旨则归一。

正像文学具有多重本质一样，文学的属性也是多元的。所谓多元属性，是指从不同的视角、侧面可以看到其不同的性状。从不同的学科类别例如诗学、美学、语言学、心理学、社会学、哲学、艺术学、文化学等，可以分别看出其所具有的相关属性。下面主要联系与文学关系密切的相关学科和理论观点来说明文学最为突出的几种属性。

一、文学的诗学属性

文学的诗学属性，就是指从诗学的视角探讨文学而把握到的某种属性。文学的诗学属性主要是诗艺性。

西方从亚里士多德的《诗学》开始就探讨广义的诗即诗歌、散文、悲剧、喜剧等文学体裁的特征，以“模仿说”建立起其诗学理论。贺拉斯《诗艺》则直接探索诗的艺术即上述文学体裁的艺术特征。他对诗歌的审视已经超出了一般的审美范围，他强调诗歌要有吸引人、感动人的艺术魅力，指出：“一首诗仅仅具有美是不够的，还必须有魅力，必须能按作者愿望左右读者的心灵。你自己先要笑，才能引起别人脸上的笑，同样，你自己得哭，才能在别人脸上引起哭的反应。”他主张诗歌创作所要遵循的基本原则是要合乎情理，强调“或则遵循传统，或则独创；但所创造的东西要自相一致”。他要求诗歌努力发挥“寓教于乐”的功能：“诗人的愿望应该是给人益处和乐趣，他写的东西应该给人以快感，同时对生活有帮助。”①

17世纪古典主义诗论家波瓦洛的《诗的艺术》为诗歌创作重新制定“法典”，被称为“巴纳斯山的立法者”。《诗的艺术》开头就说：“巴纳斯何等崇高！精诗艺谈何容易！/一个鲁莽的作者休妄想登峰造极：/如果他感觉不到吟咏的神秘异秉，/如果星宿不使他生下来就是诗人，/则他永远锢闭在他那偏小才具里，/飞碧②既不听呼吁，/天马也不听指挥。”显然，他既重视诗人的先天禀赋，又强调诗艺对于创造的极端重要性。他崇尚古典主义的理性精神，强调理性是一切文章的灵魂。他说：“因此，首须爱义理：愿你的一切文章/永远只凭着义理获得价

① 亚里士多德，贺拉斯．诗学・诗艺．罗念生，杨周翰，译．北京：人民文学出版社，1962：142，143，155.

② 巴纳斯指古希腊神话中阿波罗所居之山名。飞碧指诗神阿波罗的别称。

贺拉斯雕像

值和光芒。”[①] 他不是一般地谈论审美，而是力求把真与美结合起来，甚至直接把真看作美。如说：“只有真才美，只有真才可爱；/真应该到处统治，寓言也非例外；/一切虚构中的真正的虚假/都只为使真理显得更耀眼。”[②] 其实波瓦洛谈论的诗艺已经不限于一般的艺术方法，而是涉及诗的思想内容等多种因素。并且其诗艺范畴也大大超出了诗歌的范围，涉及广泛的文学领域。文学史家尼萨尔在《法国文学史》中说：“《诗的艺术》不只是一个卓越的人的作品，还是一个伟大世纪的文学信条的宣言。只把它局限在诗作品上去应用就未免误解了波瓦洛的精神和《诗的艺术》的价值了。波瓦洛的教训不限于能以诗句表达出来的思想，也不限于诗的语言；它们扩及于一切思想与一切思想的表达方式，推而广之，扩及于一切以求真为理想的艺术。”[③]

与西方的上述探讨诗艺的著作相似，中国古代大量的诗话、词话、曲话、小说评点等著作也是以论述诗、词、曲、小说创作技巧方法为主要内容的。此类著作有的属于狭义诗学的范畴，有的则延伸到广义的诗学领域。如王国维《人间词话》乙稿序云：“文学之事，其内足以摅己而外足以感人者，意与境二者而已。”[④] 其“意境”说已经远远超出诗词范围，延伸到了整个文学领域。

综上所述，诗艺性是一个综合性概念，其内容涉及文学理念、艺术元素、技巧方法、艺术风格、作者人格及道德修养等。

二、文学的美学属性

文学的美学属性是指以美学的观点审视文学从而把握到的特有属性。文学的美学属性主要是审美性。

通常认为，文学具有审美性似乎是天经地义、至当归一之论。因为从康德提倡“审美无利害关系”到黑格尔主张“美是理念的感性显现”，再到马克思强调“人也按照美的规律来建造”，似乎直接或间接地表明文学艺术与审美之间存在着毋庸分辨的密切关系。于是似乎只需根据西方审美理论引申说明文学，指出其无功利性、感性化、情感性等方面的审美特征即可。但其实这只是指出了一般艺术共有的审美特征，并未揭示出文学作为语言艺术所独具的审美特征。

探讨文学的审美特征必须针对其作为语言艺术的独特性，结合文学的物化形式即作品与文学动态性状即文学活动进行全面考察。理解文学的审美性需要注意以下三点。

其一，文学之所以具有审美性是因为文学作品是作家审美意识的物化形态，作家把自己的

---

① 波瓦洛．诗的艺术．任典，译．北京：人民文学出版社，1959：1－2，4.
② 朱光潜．西方美学史（上）．北京：人民文学出版社，1979：187.
③ 波瓦洛．诗的艺术．任典，译．北京：人民文学出版社，1959：10.
④ 滕咸惠．人间词话新注（修订本）．济南：齐鲁书社，1986：106.

种种审美感受熔铸进用语言文字塑造的具体形象中，从而使之能够诉诸读者的审美感官，使读者产生审美愉悦和各种情感反应。只有作者自己感受到美的那些事物，才能引起读者美的感受。文学作品中能够打动读者的审美因素必定同样感动过作者，那种能够使读者产生刻骨铭心的美感的瞬间必定也是曾经引起作家灵魂战栗的时刻。

其二，文学的审美性是作品的语言美、形象美、意蕴美的综合体现。文学的审美性首先体现于语言美，包括富有文采的词语，比喻、象征的修辞手法，节奏、韵律等音乐手段的运用。其次体现于运用语言文字所塑造的形象之美，包括人物、景物、环境的形象化描绘。再次体现于形象所包含的意蕴之美，如健康的思想感情、优美的情调、感人的意境等。

其三，文学的审美是在意会的即心领神会式的想象中进行的。我们对文学作品的审美与对绘画、戏剧、影视的审美有着明显的不同，后者是通过对可见形象的观照所进行的一种视觉或听觉的审美，前者则是对不可见的形象通过头脑的再造而进行的一种想象性的审美。这种通过想象进行的审美具有非直观性、不确定性、模糊性等特征，具有更多的发挥余地和更广阔的联想空间。所谓“一千个读者就有一千个哈姆雷特”，就是就文学想象的丰富性和多样性而言的。

还需注意的是，文学的审美与其他艺术的审美一样，并非专指对美的事物的欣赏、观审，也包括对丑的事物的否定性审视，或者美丑对照及其相互转化等。当然，审美是一种体现正能量的价值判断，首先是对美的肯定和欣赏，在美的价值标准下观审一切事物。

另外，文学的审美性只是其诸多属性之一，不能把文学的审美性看作高于一切其他属性，或者认为审美性就是文学的决定性因素，其实上述诗艺性就是与审美性同样重要的属性。试想如果把属于文学作为语言艺术的那些特有的艺术特性都去掉，只有审美性的文学还剩下什么呢？那就根本谈不上是文学，只能是一般的审美文化罢了。

三、文学的心理学属性

文学的心理学属性，是指从心理学的视角研究文学所得出的有别于其他种类文章的属性。文学的心理学属性主要包括情感性、想象性、虚构性等。

作家在进行文学创作时总是充满着丰富的情感体验，因而文学作品中总是包含着各种各样的情感。尽管作家的情感表现或隐或显、或弱或强，但其通过创作达到抒发情感的作用却是一致的。《毛诗序》说“情动于中而形于言”，陆机《文赋》说“诗缘情而绮靡”，刘勰《文心雕龙·神思》说“登山则情满于山，观海则意溢于海”，都指出了诗人作家创作中情感的重要作用。托尔斯泰甚至把传达感情看作艺术创作的目的，他在《论艺术》中说：“艺术是这样的一项人类的活动：一个人用某种外在的标志有意识地把自己体验过的感情传达给别人，而别人为这些感情所感染，也体验到这些感情。”① 可见，从作家的创作到作品自身再到读者的阅读，整个文学活动过程中始终离不开多种多样的情感体验。

想象性、虚构性作为文学的重要心理属性一直受到诗人作家和文论家的重视。陆机《文赋》以“精骛八极，心游万仞”、刘勰《文心雕龙·神思》以“思接千载，视通万里”来描绘想象力发挥时天马行空、心游思驰的情状。刘勰在《文心雕龙·情采》中所说“为文而造情”

① 托尔斯泰．艺术论．丰陈宝，译．北京：人民文学出版社，1958：47-48.

指的就是艺术虚构。明清小说理论中，熊大木提倡“传奇贵幻”（《隋史遗文序》），指出小说的虚构性。金圣叹更明确提出“因文生事”之说，进而探讨小说不同于历史著作的虚构特征。他指出：“《史记》是以文运事，《水浒》是因文生事。以文运事，是先有事生成如此如此，却要算计出一篇文字来，虽是史公高才，也毕竟是吃苦事；因文生事却不然，只是顺着笔性去，削高补低都由我。”（《谈第五才子书法》）所谓“因文生事”就是为了写小说而编出一系列故事情节来。当代作家有的干脆把虚构说成“杜撰”或“编瞎话”。如马原说：“我其实与别的作家没有本质不同，我也需要像别的作家一样去观察点什么，然后借助这些观察结果去杜撰。天马行空，前提总得有马有天空。”[①] 刘震云说：“我不聪明也不笨，所以我一辈子就干一件事情，‘编瞎话’。”[②]

西方学者、作家对文学的想象、虚构问题作过大量论述。早在亚里士多德的《诗学》中就指出了诗人创作以虚构为主的特征。他说：“诗人的职责不在于描述已发生的事，而在于描述可能发生的事，即按照可然律或必然律可能发生的事。”[③] 近代以来，西方文论家更习惯于用“想象性”“虚构性”来界定文学。他们对文学定义的时候往往更多地关注“想象”“虚构”等特点，如德国学者沃尔夫冈·伊泽尔说：“文学的特殊之处在于，它是虚构与想象两者水乳交融的产物，文学作为媒介的多变性也正是想象与虚构造成的。”[④] 另外在韦勒克、沃伦所著的《文学理论》及雷蒙德·威廉斯所著的《什么是文学?》中都涉及文学的“想象性”“虚构性”问题。当然也有学者对此定义提出质疑，指出虚构性不能概括所有类型的文学作品，或认为非文学的著作也可能有虚构现象。

尽管文学想象的特性是很突出的，但用“想象性”来界定文学无疑是有缺陷的。其实想象性、虚构性并非文学的本质特性，原因有二：一是想象性、虚构性是各类艺术创作共有的特征，不是文学创作独有的特征；二是文学创作包括虚构性作品与纪实性作品两大类型，纪实性文学一般不具有明显的虚构性。所以想象性和虚构性是文学的一种心理学属性。

四、文学的语言学属性

所谓文学的语言学属性问题，是指从语言学的视角研究文学，从而认识和把握其基本属性。文学的语言学属性主要包括语言疏离性、文采性等。

现代西方从语言学角度研究文学的特征集中体现在对“文学性”问题的探讨上。无论是俄国形式主义理论家还是解构主义者，他们提倡文学性，其实主要关注的都是文学语言和文本，以此寻求文学作品区别于其他作品的特征。俄国形式主义学者罗曼·雅各布森说：“文学科学的对象并非文学，而是‘文学性’，即一部既定作品成为文学作品的特性。”[⑤] 其实俄国形式主义者给文学性定义的标准主要因它以特殊的方式运用语言，正像伊格尔顿所说：“文学语言的

---

① 马原．虚构//马原，等．一九三四年的逃亡．北京：中国文联出版社，2009：2.

② 王婕妤．刘震云自曝写作秘诀：一辈子就干一件事“编瞎话”．金陵晚报，2012-07-27.

③ 亚里士多德，贺拉斯．诗学·诗艺．罗念生，杨周翰，译．北京：人民文学出版社，1962：28.

④ 伊瑟尔．虚构与想像——文学人类学疆界．陈定家，汪正龙，等译．长春：吉林人民出版社，2003：6.

⑤ 卡勒．文学性//昂热诺，等主编．问题与观点：20世纪文学理论综论（修订版）．史忠义，等译．开封：河南大学出版社，2010：23.

特殊之处，即它有别于其他话语的东西是，它以各种方法使普通语言‘变形’。在文学手段的压力下，普通语言被强化、凝聚、扭曲、缩短、拉长、颠倒。这是受到‘陌生化’的语言。由于这种疏离，日常世界也突然被陌生化了。”①

虽然俄国形式主义者声称是在探讨文学性问题，但是其实他们主要讨论的还是文学语言的特征，语言疏离性是文学的语言学属性。

早在中国的汉魏南北朝时期就曾有对文学语言特征的探讨，不过那时人们所探讨的不是语言疏离性而是文采性问题。当然他们所探讨的对象不是现代意义上的“文学”，而是从诗、赋到文章的广义的“文”或“文学”。例如汉代扬雄提出“诗人之赋丽以则，辞人之赋丽以淫”（《法言·吾子》），魏晋时代曹丕主张“诗赋欲丽”（《典论·论文》），陆机提出“诗缘情而绮靡”（《文赋》）等，都是强调诗赋的特征在于辞采的美丽华瞻。至南北朝刘勰进而提出“圣贤书辞，总称文章，非采而何”，“心术既形，英华乃瞻”（《情采》），“精理为文，秀气成采”（《征圣》），“情理设位，文采行乎其中”（《熔裁》）等，强调文章辞采的华美。随着文学的自觉，此期他们所理解的文或文章就是具有华藻丽辞或律协韵谐的作品。如刘勰在《文心雕龙·总术》中说“有韵者文也”，萧子显在《文学传论》中说“文章者，盖情性之风标，神明之律吕也”，萧绎《金楼子·立言篇》说“至如文者，惟须绮縠纷披，宫征靡曼，唇吻遒会，情灵摇荡”等，都体现了对文采性的这种全新认识。今天我们把这种特征称为审美性，不过究其所指主要是文学作品语言（包括声律）区别于其他文章语言的特征，即文学的语言学特征。

五、文学的社会学属性

有关文学的社会属性问题，主要是从社会学的角度对文学进行研究，探讨在此领域内它具有何种属性。这是针对文学所表现的社会生活内容进行的研究。文学的社会学属性主要包括意识形态性、阶级性、倾向性等。

“意识形态”在当代社会，无论是在西方还是在中国都是一个充满歧义和备受争议的社会学概念。尤其是在西方，其含义更是众说纷纭、莫衷一是。按照马克思主义的观点，人类的社会结构是由一定的经济基础与上层建筑及与之相适应的社会意识形式构成的：“人们在自己生活的社会生产中发生一定的、必然的、不以他们的意志为转移的关系，即同他们的物质生产力的一定发展阶段相适应的生产关系。这些生产关系的总和构成社会的经济结构，即有法律的和政治的上层建筑竖立其上并有一定的社会意识形式与之相适应的现实基础。”按照一般的理解，社会意识形式是社会存在的反映，是人类在社会实践活动中形成的种种复杂的精神现象和思维系统，具体包括政治、法律、思想、科学、哲学、宗教、道德、文学艺术等。

关于艺术与意识形态的关系，马克思在谈到社会变革问题时指出：“随着经济基础的变更，全部庞大的上层建筑也或慢或快地发生变革。在考察这些变革时，必须时刻把下面两者区别开来：一种是生产的经济条件方面所发生的物质的、可以用自然科学的精确性指明的变革，一种是人们借以意识到这个冲突并力求把它克服的那些法律的、政治的、宗教的、艺术的或哲学

① 伊格尔顿．二十世纪西方文学理论．伍晓明，译．西安：陕西师范大学出版社，1987：5.

的，简言之，意识形态的形式。"①

从上述马克思的两段话中可以看出，上文"社会意识形式"与"意识形态的形式"应该都包括法律、政治、宗教、艺术和哲学等。这说明他将其有时看作一般意识形式，有时看作意识形态。而在恩格斯的下面两段话中，哲学和宗教与意识形态的关系比较明确："更高的即更远离物质经济基础的意识形态，采取了哲学和宗教的形式。"②"那些更高地悬浮于空中的意识形态的领域，即宗教、哲学等等。"③ 这里直接指出哲学和宗教是远离经济基础的意识形态，不过并未指明文学艺术，但是按照一般的理解当然应该包括文学艺术。

总之，说文学是社会意识形态或属于社会意识形态是可以的，但是它既是意识形态，同时还是一般的意识形式，正确的说法应当是文学具有意识形态性。文学具有意识形态性是不容置疑的，文学对社会人生所产生的影响是巨大的，其影响既可能是正面的，也可能是负面的。乔纳森·卡勒说："文学是意识形态的手段，同时文学又是使其崩溃的工具。"④ 不过对文学的意识形态性也不可作机械的、划一的理解，意识形态性具有复杂的变化性和多样性：一方面社会持续发展的相对稳定时期与社会变革时期所表现的意识形态性不同；另一方面在具体的作家和作品中所体现的意识形态性也强弱不同、千差万别。文学既然具有意识形态性，就必然具有一定的阶级性和倾向性。文学的阶级性和倾向性问题自 20 世纪八九十年代进行过大讨论以后，现在很少有人再提起了，不过我们还是不要忽视它们仍然是文学的重要社会学属性之一。

六、文学的哲学属性

所谓文学的哲学属性，是指从哲学的观点出发探讨文学的根源或特征所把握到的属性。文学的哲学属性主要有原道性、载道性等。

关于文学的哲学属性东西方都进行过深入的探讨，尤其体现为对文学本原问题的论述。中国传统文论中关于文学的本原问题的探讨可谓源远流长，其主要观点是强调道是文的本原。西方从柏拉图到黑格尔都重视文学艺术与"理式"或"理念"的关系。柏拉图主张诗歌是对现实的模仿，现实是对理式的模仿。黑格尔认为美和艺术是"理念"的呈现，并提出"美是理念的感性显现"这一著名命题。上述观点表明：他们把"理式"或"理念"看作文学艺术的本原。

无论是西方还是中国，对本原问题的认识都存在着不同的观点。亚里士多德所说的本原就有起源、本质、目的等多种不同的含义。中国当代学者也往往到西方哲学源头中去寻找本原的含义，不过本原与本质是根本不同的。其实中国传统哲学关于本原的认识是比较明确的。《辞源》释"本原"为根源，就体现了这种传统观念。中国哲学无论儒家还是道家都是以道为万物的本原。这种思想可追溯到《老子》的"道生万物"、《易传》的"天道""地道""人道"之说。汉代刘安《淮南子》首篇名为《原道训》，标明"原道"之旨。原道的思想就是推原于道，指明以道为事物的本原。东汉高诱注"原道"："原，本也。本道根真，包裹天地，以历万物，

---

① 马克思．《政治经济学批判》序言//马克思恩格斯选集：第 2 卷．北京：人民出版社，1995：32，33.

② 恩格斯．路德维希·费尔巴哈和德国古典哲学的终结//马克思恩格斯选集：第 4 卷．北京：人民出版社，1995：253.

③ 恩格斯．致康·施米特（1890 年 10 月 27 日）//马克思恩格斯选集：第 4 卷．北京：人民出版社，1995：703.

④ 卡勒．当代学术入门：文学理论．李平，译．沈阳：辽宁教育出版社，1998：41.

故曰原道。”（《淮南子》卷一《原道训》注）

中国文论中的原道说起于刘勰，《文心雕龙·原道》开创了原文之道的先河，从此使文与道结下了不解之缘。刘勰指出：无论天上的璀璨夺目的日月星辰，还是地上的绚丽多彩的山川河流，都是“道之文”，即大自然之美本原于道。居于天地之间的人类具有聪明智慧之心，“心生而言立，言立而文明，自然之道也”，就是说人类发明了语言，创作了文章，所有这些都是自然而然的道理。总之，天文、地文、人文都是本原于道，即是道的产物。那么，道是通过何种途径呈现为文的呢？按照刘勰的说法，“道沿圣以垂文，圣因文以明道”，就是说“道”是通过儒家的圣人垂示于人间的，圣人因为著文而使道彰明呈现出来。

刘勰所说的“道”大致是导源于《易传》的儒家“自然之道”。刘勰追溯文的本原，由文而推及道，指出了文本原于道的问题。刘勰论文追溯道有何意义呢？清代纪晓岚对刘勰的“原道”曾作过高度的评价：“自汉以来，论文者罕能及此。彦和以此发端，所见在六朝文士之上。”又说：“文以载道，明其当然；文原于道，明其本然，识其本乃不逐其末。首揭文体之尊，所以截断众流。”（《纪晓岚评注文心雕龙》卷一）他指出，刘勰以原道论文，其真知灼见超越前人，后世因有“原道”在先，提出“文以载道”乃理所当然，而刘勰论述“文原于道”是为了探明文的根本所在，使人不致舍本逐末。其最重要的意义还在于首次揭示了文体的尊贵，就是说因为提出文本原于道，而道不仅是万物的本原，而且是最高的哲学本体，所以极大地抬高了文的地位。

刘勰的原道论开创了以道论文的先例，对后世产生了重要影响。刘勰原道之后，以道论文的传统确立并沿袭了下来。不过后世有些文论家认为刘勰对道的解释语焉不详，因而出于对道的不同理解长期争论不休。唐宋文论家对道的理解已不限于哲学层面，而是更多地涉及伦理学、社会学内容，尤其把儒家的道德伦理观念充实进道的内涵。在解决了原道的问题之后，他们继而提出了关于如何处理“文”与作为文之原的“道”之间关系的种种说法。其中最有代表性的观点是强调文学的载道性。

宋代周敦颐提出了“文以载道”说，强调文是用来承载道的：“文所以载道也，轮辕饰而人弗庸，徒饰也，况虚车乎？”（《通书·文辞》）他把不能载道之文比作未能载物的虚车，以道为本，以文为末，具有明显的重道轻文的倾向。不过“文以载道”的主张强调了文与哲学之道及社会现实的密切关系，对于中国以政治教化为特色的文论观的发展具有里程碑式的意义，并对后世产生了广泛而深远的影响。

上述关于文学的主要属性可排列如下：

诗学属性——诗艺性
美学属性——审美性
心理学属性——情感性、想象性、虚构性
语言学属性——语言疏离性、文采性
社会学属性——意识形态性、阶级性、倾向性
哲学属性——原道性、载道性

当然，除了上述所说文学的诗学属性、美学属性、心理学属性、语言学属性、社会学属性、哲学属性之外，其实还可以从其他各种不同的学科角度来分析文学的其他属性。它们都是与文学本质层相关的层面的属性。

综上所述，我们可以说，文学是用语言文字塑造想象性形象，以纯意识形式传达生命精神，通过心觉实现沟通的一种审美文化形态。它具有诗艺性、审美性、情感性、想象性、虚构性、意识形态性等多种属性。

文学的多层本质特征和多元属性可图示如12－3：

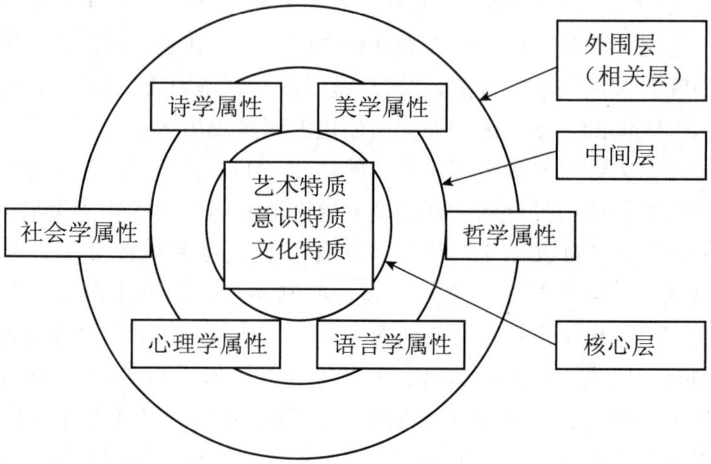

图12－3 文学属性图

相关知识

文学的属性问题实际上与文学的本质特征问题是联系在一起的两个方面，或者可以说文学属性问题是对文学本质问题的补充。文学本质特性是对“文学是什么”这一问题最核心的理论解答，它是透过现象揭示本质；而文学的属性是对“文学是什么”问题核心理论外的第二层次或称相关层次的理论解答，它是从某一视角透视其特定属性。当然，文学本质与多元属性之间的界限也不是可以截然划分、绝对分明的，而是有着某种相互联系、相互交叉的复杂关系。不过，如果从各个不同的角度进行全面、综合审视的话，那么它们之间的关系既是多种多样的，又是有机统一的。

【本章概要】

本章的意旨是在讲述文学形态、文学生成及文学生态、文学价值、文学接受等相关问题的基础上，界定何谓文学，也就是回答什么是文学的问题。在中外文学理论史上，虽已出现过许许多多对此问题的回答，但都不能成为共识，都难以概括文学的全部特征。这是因为，就文学概念本身而言，不仅有广义、狭义之分，且仅就狭义的文学概念来看，也因涉及许多复杂因素而很难得出一个无懈可击的定论。我们的看法是：不应将“文学”仅视为一个静止概念，而应以静态与动态相结合的思维方式，多维度地认识文学的特征。既要反对单一的、唯一的本质主义文学观，又应坚持本质主义的立场，以历史的、发展的观点，着眼于不同视角，在对文学进行全面考察、观照的基础上，实事求是地指出文学所具有的在艺术创造、作品存在、接受心理、艺术思维、文化形态等方面的多重本质特征。在此基础上，进而认识到文学所具有的诗学的、美学的、心理学的、语言学的、社会学的、哲学的多元属性。只有如此，才能更好地理解什么是文学。

【本章关键词】

广义文学：主要是指文章著作等，或者进而扩大到现在一般所说的文化。在我国古代，文学即包括以《诗经》《尚书》为代表的一切经籍著作；在西方，广义文学实际上包括文学作品和一切社会科学著作。

狭义文学：指不同于一般科学著作、通讯报道及其他实用性文体的具有想象性、虚构性的作品，如诗歌、散文、小说、戏剧剧本和影视剧本等。

审美文化形态：不同于以理论为主导的政治文化、经济文化、哲学文化等，审美文化形态是以审美为突出特性的文化类型。文学，即重在通过形象反映社会生活的审美文化形态之一。

诗学属性：就是指从诗学的视角探讨文学而把握到的某种属性。文学的诗学属性主要体现在文学作品的艺术技巧、创作方法、个性风格等方面。

美学属性：是指以美学的观点审视文学从而把握到的特有属性。文学的美学属性主要是审美性，即作品的语言形式、意境形象等令读者产生的审美愉悦和各种情感反应。

【推荐阅读】

伊格尔顿．二十世纪西方文学理论．伍晓明，译．西安：陕西师范大学出版社，1987.

卡勒．当代学术入门：文学理论．李平，译．沈阳：辽宁教育出版社，1998.

德里达．文学行动．赵兴国，等译．北京：中国社会科学出版社，1998.

威德森．现代西方文学观念简史．钱竞，张欣，译．北京：北京大学出版社，2006.

昂热诺，等主编．问题与观点——20世纪文学理论综论（修订版）．史忠义，田庆生，译．开封：河南大学出版社，2010.

艾布拉姆斯．镜与灯——浪漫主义文论及批评传统．郦稚牛，张照进，童庆生，译．北京：北京大学出版社，2004.

陈传才．艺术本质特征新论．北京：中国人民大学出版社，1986.

叶朗，主编．现代美学体系．北京：北京大学出版社，1988.

【思考题】

1. 文学概念的发展演变过程是怎样的？
2. 广义、狭义文学概念具体指什么？
3. 文学活动说有何重要意义？
4. 文学的本质特征是什么？
5. 你认为应当如何理解“文学性”？
6. 简述你对文学社会学属性的认识。

第十三章

文学批评

作为文学术语使用的“文学批评”中所说的“批评”，与日常用语中对人或行为的“批评”含义不同，它不限于对负面因素的否定性判断，而是侧重分析、评论之意。在西方，作为文学理论术语的“批评”（如英语中的 criticism）一词源于希腊语，原义为判断、评论，后引申为批评、鉴定等意义。而在汉语中，“批评”一词在明清文学理论与批评活动中已经出现。李贽、金圣叹等人的小说评点中，这个词主要指对文学作品进行批注评点，另外也有分析评价是非优劣的内涵。晚清到“五四”时期，“批评”作为现代通行学术术语被从西方译介过来，遂正式形成了“文学批评”的概念。就其使用情况来看，这一术语有广义与狭义之分。广义的文学批评是指对作家作品、文学思潮、文学理论等诸多文学现象进行的分析研究活动，如在现有的中国古代“文学批评史”之类著作中，即包括了对文学理论、文学思潮的研究。狭义的文学批评，主要是指在阅读鉴赏的基础上，对具体作家作品进行的分析、研究与评价。本章主要探讨的是狭义的文学批评问题。

第一节
文学批评的基本标准

文学批评的主要目的在于：通过分析探讨，指出某一作家或作品的成功之处及存在的不足，帮助读者提高文学鉴赏能力，帮助诗人作家提高创作水平。

在中外文论史上，人们已提出过各种各样的批评标准。我国春秋时代的孔子对《诗经》"无邪""哀而不伤""乐而不淫"之类评价，体现的就是当时儒家学派的文学批评标准。古希腊时代的柏拉图亦曾提出有利于建立他所追求的理想国的文学批评标准。另如俄国作家托尔斯泰讲过："为了对人们有益，任何作品必须具备三个条件。第一，内容新颖；第二，形式，或者像我们所乐意说的，才华；第三，作者对作品的对象所抱的严肃而热烈的态度。"① 托尔斯泰在此谈及的其实也是文学评价的标准。1993 年 2 月 25 日的《文学报》发表了《什么是名著》一文，编译介绍了美国人提出的六条关于文学名著的具体标准："一是读者最多；二是通俗的；三是不会因时代替换而被遗忘，不会随思想、原则、舆论的变迁而过时；四是言近旨远，每一页都比别的整部书的内涵要多，你会一遍遍读但其内涵却不能穷尽，它们能以不同理解层次去读，也可以有许多不同解释；五是富有启发性和教育性；六是论及人类生活长期悬而未决的问题。"② 在我国文学理论界，人们一直高度重视的是恩格斯在致拉萨尔的一封信中所提出的"美学观点和历史观点"相统一的文学批评标准。

上述标准，当然都可以用于文学批评，但因视角与立场各有所偏，所以不易进行整体性的把握。综合以上主张，联系作品实际，我们认为，在从事文学批评活动时，可遵循以下基本标准。

一、艺术水平

文学既然是一门艺术，要判定其价值高低，当然首先要看其达到的艺术化程度，如语言的文学性、技巧的娴熟性与精当性等。

文学艺术与其他艺术门类的重要区别是其语言性，没有语言就没有文学。我们在本教材第五章专门讲过，文学语言，既不同于一般所说的作为交流信息工具的日常生活语言、媒体广告语言，也不同于以揭示真理、论辩是非为目的的科学语言、理论语言，而是一种体现出情感性、内指性、陌生化等特点的艺术化语言。文学创作，就是借助特定的语言组合方式，创造艺术形象，以打动读者的心灵，激发读者的想象，给人以精神陶冶。因此，评价一位作家或一篇作品的优劣，语言的文学性，是首先应予关注的。一首诗、一篇小说，不论内容如何深刻、如何有价值，如果语言平庸刻板、枯燥乏味、缺乏生机，那也不可能是好作品。

---

① 托尔斯泰．列夫·托尔斯泰论创作．戴启篁，译．桂林：漓江出版社，1982：8.

② "名著"的标志．文艺理论研究，1994（1）．

技巧的娴熟性与精当性是指作家基于对某一文体特征的把握，在其作品中表现出来的艺术才能。如一首优秀的诗歌，要通过恰当的意象组合及赋、比、兴、象征、拟人之类修辞方式，创造出独特新颖的意境，要有和谐悦耳的节奏与韵律；一篇成功的小说，其情节设计要“出人意料之外，又在情理之中”，人物形象要鲜明生动，栩栩如生；一篇优秀的散文，要情味悠长，要“形散神不散”；一部成功的舞台剧或影视剧剧本，要合乎舞台表演或视觉画面的需要，等等。

艺术性，是文学艺术之为艺术的前提。一篇作品，不论思想内容如何重要，社会意义如何重大，如果缺乏艺术性，也就谈不上文学价值了。但长期以来，在我国文学批评领域，常见的正是此类不足：多见关于作品内容的探讨，少见深入细致的艺术分析。在不少批评文章中，长篇大论的多是作家“写了什么”以及相关意义之类，而谈及属于艺术性的“怎样写”时，则思路闭塞，用语贫乏，敷衍了事。这样的批评，也就没多大意义了。

二、境界层次

文学批评，当然要重视对作品意义的评价，但如果仅从一般性的政治、道德之类视角出发，那么是难以判定某一作品价值高低的。如在许多批评文章中，常见以“揭露了什么”“批判了什么”“歌颂了什么”之类句式来评价作品的社会意义，显然，这类可以轻易套用于随便一篇什么作品的评判，是难以说明被评作品的独特价值的。我们在第七章讲过，从内在构成来看，某一文学作品价值的高低，与其达到的精神境界层次密切相关。这境界层次是指诗人、作家通过一定的艺术手段，凝铸于特定艺术形象中的关于现实、人生、宇宙的体察、感悟与沉思的有无及深浅。概而言之，文学作品中，常见依次由低到高的自然、功利、道德、天地这样四重境界。我们认为，这样的境界层次，更便于用作文学批评的标准。

具体来说，有些作品因只是停留于对自然生命症状与感受的客观记录，是说不上有多少文学意义的，如古代咏物诗中某些缺乏诗人独特内心感受与情感寄托的诗作、现代所谓的“先锋”“新潮”创作中某些仅仅停留于人的感性本能描写的作品等，都可归入此类。有些作品，虽然达到了有意义的某种社会功利境界，在某一特定背景下，产生了重要影响，但时过境迁之后，除了其文学史资料价值之外，就难以作为艺术作品为人所感兴趣了，如抗战时期出现的《假如我们不去打仗》（田间）这样的“街头诗”、《放下你的鞭子》（陈鲤庭执笔）这样的“街头剧”，新时期出现的某些“伤痕文学”之作等。有些作品，如中国古代文学史上汤显祖的《牡丹亭》，冯梦龙与凌濛初编著的“三言”“二拍”中的《蒋兴哥重会珍珠衫》《通闺闼坚心灯火》等篇目，现代文学史上巴金的《家》等，虽然达到了更高的批判封建礼教、向往个性自由的道德境界，但与天地境界相比，仍有低下之感。而天地境界之作的特征是：作家不仅超越了自然感官体验，亦超越了民族的、阶级的、政治的、道德的视野，能够以更为博大的宇宙襟怀，体察万物，悲悯众生，从而在作品中开创出更为宏阔的诗性精神空间。如在莎士比亚的《哈姆雷特》、曹雪芹的《红楼梦》、陀思妥耶夫斯基的《卡拉马佐夫兄弟》、马尔克斯的《百年孤独》、索尔仁尼琴的《古拉格群岛》这样一些世界一流的文学名著中，见出的正是这样一种境界。

三、历史贡献

评判一部作品的价值高低，还要将其放在特定的历史坐标点上进行考察：一方面考察其是否反映了某一历史的客观真实面貌，对这一历史时期人的生活世界和精神世界有无深刻的描绘和揭示，以及对具有重大意义的时代问题是否有所回应和反思；另一方面则看其在艺术形式、人物形象、内在意蕴等方面，与前人及同时代人相比，有何独特创造与新的贡献。如莎士比亚作为西方人文主义的杰出代表和近代欧洲文学的奠基者之一，他的创作深刻地体现了文艺复兴时期以人为本的精神价值与理想诉求。其戏剧既有着卓越的形式创新，如突破了西方古典戏剧中的“三一律”之类模式，人物语言富于诗意与哲理等，且创造出了哈姆雷特、李尔王、奥赛罗、罗密欧与朱丽叶等一系列不朽的人物形象，在五光十色的社会生活图景中，又充分表达了极具时代先进意义的人文主义这一文艺复兴的核心思想。在我国文学史上，曹雪芹的《红楼梦》之所以伟大，重要原因是：这部长篇小说作为中国封建社会的百科全书和传统文化的集大成者，不仅以宏阔的气势、辉煌而又严谨的结构、精粹的笔墨令人叹服，且创造出了贾宝玉、林黛玉、王熙凤、薛宝钗等许多文学史上从未有过的鲜活人物形象，又于其中隐含着吸引后世学者不断为之思索探讨的关于人生的、社会的、历史的丰富思想内涵。中国现代文学史上的鲁迅，之所以备受推崇，亦是与其在白话小说文体方面的开拓，阿Q、祥林嫂等个性化人物的创造，以及反思国民劣根性的作品意蕴等独特贡献相关的。实际上，在文学批评活动中，我们仅据历史贡献这一标准，就不难看出作家作品成就的高低。

深度思考

以科学立场而言，文学批评的标准，应具有广泛性与普适性。但因文学作品本身毕竟是与某一民族、某一时代的文化精神密切相关的，因而具有人文社会科学属性的文学批评活动，亦不可能完全等同于一般科学，总要在一定程度上顾及不同民族的文化传统、审美趣味，以及特定时代的读者需求与社会价值等。这一特征，要求我们在按照基本标准从事文学批评活动时，还应注意以历史唯物主义的动态眼光，从民族性、时代性等多角度判定作品的价值。只有如此，才能对作品做出更为客观公正的评价。

第二节
文学批评的理论方法

文学批评与文学理论密切相关。人们在从事文学批评活动时，常常是从某一理论视角出发，按其相应的理论观念进行的。这类视角与观念，即文学批评的理论方法。在中外文学批评史上，长期占据主导地位的理论方法是从文学与社会生活的关系着眼，重在分析评论文学作品的社会文化价值，这类批评通常被称为社会学的批评。20世纪以来，随着社会文化的发展，已有许多新的理论方法产生，具有代表性并被广泛应用的有精神分析批评、文本批评、原型批评、读者反应批评、女性主义批评、生态批评等。

精神分析批评：由奥地利著名心理学家弗洛伊德于 20 世纪初开创的一种批评方法。在研究精神病的过程中，弗洛伊德创立了精神分析理论，认为在人的心理活动中，无意识的性本能在起支配作用，人的精神疾病即与性本能受到压抑有关。在研究精神病的同时，弗洛伊德亦将自己的理论用于文学研究与文学批评，得出了人类的文学艺术是其被压抑的性本能冲动的“升华”，文艺创作类乎人的白日梦等著名论断。此后，荣格、拉康、霍兰德等西方学者进一步发展了弗洛伊德的文学理论与批评视角，从而使“精神分析批评”成为 20 世纪以来最有影响的批评方法之一。

弗洛伊德（1856—1939）

文本批评：以 1915 年至 1930 年兴盛于俄国的形式主义批评与 20 世纪四五十年代在英、美等国家占据统治地位的“新批评”为代表。前者的代表人物是什克洛夫斯基、雅各布森，后者的主要理论家有英国的瑞恰兹、艾略特，美国的兰色姆、韦勒克等人。英美新批评，实际上是在俄国形式主义的影响下发展起来的，与之有着大致相同的批评主张，这就是，从“文学本体论”出发，将文学作品看成独立的、客观的，与作者、读者及其他社会因素绝缘的自给自足的有机体。与之相关，在文学批评活动中，更注重对文本中的技巧、手法、语义等进行分析探讨。

原型批评：20 世纪五六十年代流行于西方的批评流派。这种批评深受 20 世纪以来西方文学发展中的神话倾向和荣格的原型理论影响，亦借鉴和运用了文化人类学的视野。这一理论方法的开创者——加拿大学者诺斯洛普·弗莱（Northrop Frye）在《批评的剖析》等著作中提出，文学起源于神话，神话中包含着后世文学发展的一切形式与主题。在此意义上，弗莱把神话称为文学的原型（archetype），他把不同的文学作品联系起来，并帮助我们将文学经验予以整合。原型批评认为各类文学作品体现了人类集体的文学想象，它们又往往表现为一些相当有限而且不断重复的模式或程式。荣格在《集体无意识的概念》一文中说，与集体无意识的概念不可分割的原型概念“表示似乎无时不在、无处不在的种种确定形式在精神中的存在”[①]。为此，就不能把每部作品孤立起来看，而要把它置于整个文学关系中，从宏观上把文学视为一体，从中可以发现人类的“集体无意识”。在批评实践中，原型批评着力于文学作品中反复出现的各种意象、叙事结构和人物类型，力图找出它们背后的基本形式（特别是神话原型），并把一系列原型广泛应用于对作品的分析、阐释和评价中，从而开辟了文学研究的新的角度和空间。

读者反应批评：20 世纪 60 年代以来活跃于美国的一种文学批评理论，代表人物是费什和布莱奇等。与文本批评将文学作品视为自足的语言系统的主张不同，读者反应批评认为，文学作品必须诉诸历史的理解，其意义只存在于读者的阅读活动之中。依据这样的理论视角，文学批评也就由以文本为中心转向了以读者接受为中心。几乎与此同时，德国文艺理论家姚斯、伊泽尔等人，亦提出了近似的理论主张，并创建了“接受美学”这一理论范畴。正是在这相近的

---

① 荣格．荣格文集（第五卷）：原型与集体无意识．徐德林，译．北京：国际文化出版公司，2011：36.

两大批评派别的影响下，在20世纪中叶的世界文学批评领域，形成了一股重视读者和阅读活动的潮流。

女性主义批评：在西方妇女解放运动特别是20世纪六七十年代席卷欧美的女性主义运动中孕育诞生的一种文学批评理论。英国作家伍尔芙和法国作家波伏娃等被视为西方女性主义批评的理论先驱。1919年，英国女性主义批评家伍尔芙发表了女性主义批评的奠基之作——《一间自己的屋子》。在这部著作中，伍尔芙指责男性将女性视作次等公民，并控制着政治、经济、社会和文学的结构，主张妇女应争取独立的经济力量和社会地位。1949年，法国作家波伏娃发表《第二性》，书中认为，法国以至整个西方社会都是由男性控制的家族式的社会，女性在社会中是第二性，是“他者”。波伏娃还首次比较系统地清算了男性作家的文学作品中所虚构的“女人的神话”，批判了他们对女性形象的歪曲，从而在思想观念和批评实践上为女性主义批评提供了实例。女性主义批评借鉴了社会学批评、西方马克思主义批评、现代心理分析学、接受美学、解构主义等多种理论资源，并形成了三个主要流派：“英国女权主义批评基本是马克思主义的，它强调压迫；法国女权主义批评基本上是精神分析学的，它强调压抑；美国女权主义批评基本上是文本分析式的。然而它们都是以妇女为中心的文学批评。”① 其共识是：在现存的文学作品中，性别歧视处处可见。男性中心的文学掩饰并美化了现实中的男女不平等关系，因此，女性作家要以女性视角、女性意识、女性经验观照作品，由此建立起一套与男性迥异的阅读和写作标准，以改变男女不平等的社会现实。

生态批评：在生态整体主义思想指导下探讨文学与自然之关系的一种文学批评。它强调人类文化与自然世界的相互影响关系，以“环境问题”为焦点展开文化学视角的批评，把文学作品作为文本分析的对象，将揭示作品中的文化内涵（如何看待和再现环境、环境中的人类经验、人与环境的互动）作为其批评的根本任务。② 生态批评既具有研究方法的多样性，又涉及领域的跨学科性，其以生态整体观为核心的理论诉求打破了以往文学理论研究以人为中心的传统，拓展了文学研究中“世界”概念的外延。作为一种文化学视角的批评，生态批评于20世纪70年代最先发端于美英学界，90年代中期初步形成规模并逐渐发展为一种世界性的批评潮流。较有代表性的批评家有美国的彻丽尔·格罗特费尔蒂、斯科特·斯洛维克、劳伦斯·布伊尔，英国的乔纳森·贝特，以及德国的约翰·霍尔姆等人。

在文学批评活动中，由于理论方法不同，即使面对同一文学文本，也会得出不同的阐释与评价。因此，文学批评理论方法的不断发展，是有利于人类从更多的视角认识与评价文学作品价值的。但需要注意的是，在具体的文学批评实践中，无论运用哪一种理论方法，都应结合具体作品的实际，而不能生搬硬套。

相关知识

除本节已介绍的上述理论方法之外，近些年来，在西方国家比较活跃，也已在我国产生了重要影响的文学批评的理论方法还有以下一些：致力于考察边缘文化、亚文化以及大众文化、

---

① Showalter, Elaine (Eds). The New Feminist Criticism: Essays on Women, Literature, and Theory. New York: Pantheon, 1985: 248.

② 刘蓓．生态批评：滥觞于文学之思．中国社会科学院报，2008-12-18.

消费文化的文化研究批评，注重考辨文本历史因素的新历史主义批评，具有强烈的政治性与文化批判色彩的后殖民主义批评等。这些方法，也都是值得我们充分关注的。

第三节 文学批评的实践方法

在文学批评的实践活动中，除了理论方法的运用之外，还要遵循以下具体方法。

一、批评性阅读

文学作品的阅读是文学批评的准备工作。作为文学批评者，要认识到自己的阅读不同于一般读者被动性的消遣性阅读，而应是一种积极阅读，即本身就应是一种“批评式”阅读。也就是说，在阅读过程中，需要主动地融入批判性的思考。文学批评的主体在阅读文学文本时，要保持与文本进行“对话”，同时需要运用专业知识和艺术想象去思考文学文本的诸多要素，包括主题、风格、内容、意义和结构等。

一般读者，往往只是出于对文学作品的爱好，为了从中获得“审美愉悦”而进行阅读。读完之后，一般不会有进一步深入探究的兴趣。而从事文学批评的读者，绝不会只是满足于“完成作品阅读”这个目标。对他们来说，阅读文本只是文学批评的开始阶段。文学批评中的“阅读”（reading），经常被称为“解读”或“阐释”（interpretation），正是因为文学批评者在阅读文本的同时及阅读之后，还要进行批判性的思考，以便认识作品的价值，发现存在的问题。

具体来说，一位文学批评者不仅要像普通读者一样了解一部作品“写了什么”，还要在了解作品有关信息的基础上追问：作者究竟是为了什么而写这一切？有何意义？是怎样获得成功的，或缘何而失败？例如，面对当代作家严歌苓的小说《小姨多鹤》，一位文学批评者在阅读过程中，不能只是沉浸于一个一夫二妻的“畸形家庭”半个世纪的悲欢故事，不能只是为小说中那个在异国他乡“隐身”生活几十年的日本女子的遭遇而唏嘘感慨，也不能仅以传统的爱情婚姻观念来评判主人公的道德水准。文学批评者要继续思考的是：作者写这样一个故事的最终目的何在？作品的写作方式如何帮助作者实现了这种创作意图？这样的作品价值何在？艺术成就如何？只有经由这样的“批评性阅读”，才有可能写出一篇关于这部作品的有价值的批评文章。

二、确定批评观点

要写好一篇文学批评文章，要在批评性阅读基础上，经由深入思考，认清作品的特点、价值或存在的问题之后，确定明确的批评观点，这也就是通常所说的一篇理论文章的论点。

确定观点，是决定批评文章的写作能否成功的关键环节，也是一位批评者学识与文学鉴别力高低的标志。在这个环节中，初学者经常遇到的困难是：头脑中已经存在一些关于作品的认识，但它们还是比较模糊的。作品引发的感想很多，可以表达的观点也很多，但难以找到一个核心。因为读者心中的感想是阅读过程中随机产生的，千头万绪。一个鲜明的人物性格、一个精彩的情节，甚至是一段优美的文字、一个恰切的用词，都可以给读者留下深刻的印象。针对这种情况，为提炼出批评文章必需的核心观点，有经验的文学研究者会进行一番梳理：以要点的形式，列出自己在阅读中产生的一些认识。进而站在一定的理论高度，经由纵横比较，判断作品在艺术表现、意境开拓、人物创造、内在意蕴等方面，究竟有哪些真正值得肯定，或存在哪些不足。这样，不仅会使文章的观点逐渐得以明晰，且能切实抓住作品的根本特征，使文章更有价值。例如，对于美国作家赫尔曼·麦尔维尔的长篇小说《白鲸》，有的学者在评论时就结合精神分析的理论与观点，把白鲸看作清教徒精神的象征，也即麦尔维尔本人“超我”的象征；把渴望报复、驱使船员捕杀白鲸而终遭毁灭的亚哈船长视为不可遏制的“本我”象征；大副斯达巴克则被看成是调停“超我”与“本我”即白鲸和亚哈之间的矛盾的“自我”的象征。这是运用了本我、自我与超我三重人格结构的观点来分析作者与人物、人物与人物之间的关系，以及小说的象征意义。

作为一位批评者，在确立观点过程中，尤其要注意的是：要力避人情关系，作家名气、地位、头衔，以及个人偏爱，或其他外在因素的干扰。只有如此，才能作出客观公正的判断，而不至于盲目吹捧或恶意贬低。正如刘勰所说的：“无私于轻重，不偏于憎爱，然后能平理若衡，照辞如镜矣。”（《文心雕龙·知音》）

三、进行理性分析

文学批评与一般文学阅读和鉴赏的区别还在于它是一种理性思维活动。批评家在写作过程中，要围绕确立的论点，以冷静的审视目光，紧扣作品实际，予以逻辑式的分析论证。俄国诗人普希金曾用“科学”一词来强调批评中理性思维的重要，他说：“批评是科学。批评是揭示文学艺术作品的美和缺点的科学。它是以充分理解艺术家或作家在自己的作品中所遵循的规则、深刻研究典范的作用和积极观察当代突出的现象为基础的。”① 尽管他倡导的文学批评中的这种“科学”精神并不能等同于自然科学学科中的“科学”，但毫无疑问的是，批评家应当以严密的逻辑思维分析论证自己的观点。

文学批评活动中的理性分析，一定要在潜心阅读体悟作品的基础上，结合作品的具体语言、形象描写、故事情节展开，否则，是不可能具有逻辑可信性的。比如鲁迅先生的名作《祝福》，本是一部内涵丰富而复杂的作品，但在中国文学界，长期以来，却对其形成了一个公认的简单而又粗浅的评价：作品通过祥林嫂的悲剧命运，控诉了封建礼教摧残人性的罪恶，特别是神权、君权、族权、夫权四大枷锁对妇女的血腥压榨。这类分析至少是不全面的，也是不符合小说本身实际的。就作品的具体内容来看，鲁迅笔下的祥林嫂之死，主要是两种力量摧残的

---

① 普希金．论批评//伍蠡甫，主编．西方文论选：下卷．上海：上海译文出版社，1979：373.

结果：一种是自然力量，即置贺老六于死地的伤寒与叼走了祥林嫂儿子阿毛的狼；一种是社会力量，即邪恶的封建势力的代表鲁四老爷及其不自觉的帮凶柳妈。也就是说，就小说的具体结构来看，祥林嫂实际上处在了一个由四个环节构成的无法逃脱的死结上，如果取消其中的任一环节，比如贺老六没有死于伤寒，或阿毛没有被狼叼去，或鲁四老爷给以仁慈，或柳妈给以心灵的安慰，祥林嫂都有可能是另外一种命运。而这四个环节中的病灾与狼患，却无论如何是难以和四大枷锁、封建礼教之类扯上关系的，实在正如作品中的卫老婆子所说，叫作“天有不测风云”，是人力有时难以抵御的。不论鲁迅先生当年创作的本意如何，作品本身是潜藏着另一种难以言喻的人生况味的，而绝不像原来一些批评家们所分析的那么简单。[①] 如果予以更为深邃的理性分析，必会发现这篇小说除了反封建礼教之类意义之外，尚有超时代、超道德的关于人生之谜的沉思，这自然亦会有利于更为科学地评价这篇小说的价值。

鲁迅（1881—1936）

由于缺少理性分析，在不少批评文章中，还会常见如下弊端：文章中，虽不乏诸如“结构严谨，线索分明，波澜起伏”“以生动的故事情节塑造了某某人物形象”“人物性格鲜明，语言流畅明快，生动活泼”之类明确的观点，但因结合作品实际的论证不足，这类判断，也就成为千篇一律的批评，亦几乎可以挪用到任何一位有成就的作家身上。另有不少批评文章，面对的本是一篇十分平常的作品，却往往在缺乏分析论证的前提下，将其轻易地赞誉为“成功”“深刻”，甚至夸耀为“大手笔”“重量级的作品”“中国文学的重大事件”等。这样，就更是有失文学批评的严肃性了。

固然，文学批评不同于其他科学研究，批评家难免将自己的主观情感与意愿融入其中，文学评价亦不同于一般产品质量的检测或体育比赛中的裁判，难以找到纯粹客观的评价尺度，但因文学批评本质上是一种理性分析与评价活动，这就要求文学批评需按照基本的标准，运用合理的方法，以求得最大限度的科学性与公正性。

研讨平台

何其芳曾经说过，要写一篇评论文章，不读三遍不敢下笔。朱光潜甚至说，不读五遍不敢写一个字。可见，积极性的潜心阅读之于文学批评的重要性。

① 杨守森．缺失与重建——论20世纪中国的文学批评．中国社会科学，2000（3）．

第四节 文学批评的四重境界

文学批评和文学创作一样，有境界高低之分。概而言之，常见以下四重境界。

第一，传播文学信息。

这类文章，主体内容是在对作品情节、人物等复述介绍的基础上，来几句赞美性的评语。而其评语，往往放诸四海而皆准。这类批评文章，因其浅显易懂、观点明确，能够为更大范围的读者所接受，自然具有活跃文化生活、广泛传播文学信息之作用。但因缺乏对作品价值构成及创作成败原因的深入分析，尚无助于读者对作品的深入理解，也无助于促进作家创作水平的提高，因此还只能算是文学批评的最低境界。

第二，丰富作品内容。

这类批评文章，注重对作品的语义、技巧、情感、意味及整体内涵的理解与阐释。如李健吾先生曾这样评论巴金与茅盾的作品："巴金先生有的是悲哀，他的人物有的是悲哀，但是光明亮在他们的眼前，火把燃在他们的心底，他们从不绝望。他们和我们同样是人，然而到了牺牲自己的时节，他们没有一个会是弱者。不是弱者，他们却那样易于感动。感动到了极点，他们忘掉自己，不顾利害，抢先做那视死如归的勇士。这样率真的志士，什么也看到想到，就是不为自己设想。但是他们禁不住生理的要求：他们得活着，活着完成人类的使命；他们得爱着，爱着满足本能的冲动。活要有意义；爱要不妨害正义。此外统是多余、虚伪、世俗，换句话，羁缚。从《雾》到《雨》，从《雨》到《电》，正是由皮而肉，由肉而核，一步一步剥进作者思想的中心。《雾》的对象是迟疑，《雨》的对象是矛盾，《电》的对象是行动。"① 显然，这样的批评文章，其意义已不是止于传播文学信息了，而是能够丰富和补充作品内涵，增强读者对作品及作家创作个性的认识，但尚缺乏对作品价值构成及创作成败原因的深入分析，同样难以给予读者与作者更多的启示。就其批评境界而言，所达到的仍是较低的层次。

第三，探讨创作规律。

这类文章的特点是，不仅有着对作品语义与技巧的体悟与阐释，同时亦有常人甚至是作者本人未曾意识到的价值内涵，以及有关作品成败得失之类的分析，并上升到对创作规律的探讨，因而所达到的当然是更为理想的批评境界。如王国维曾经借用叔本华"生活之欲乃人生痛苦之源"的悲剧哲学观，对《红楼梦》首次作出了全然不同于已有评点派、考证派的深刻分析，认为与乐天精神相关，中国的戏曲小说，无不有乐天色彩，常见"始于悲者终于欢，始于离者终于合，始于困者终于亨"，"善人必令善终，而恶人必罹其罚"的大团圆结构，而《红楼梦》则与之相反，乃"彻头彻尾之悲剧也"。书中人物，无不与苦痛相始终，而其苦痛之源，正是叔本华所说的人性之欲；而贾宝玉之出家，见出的正是值得肯定的解脱之精神。王国维正是据此，称颂《红楼梦》是写出了"人类全体之性质"的"宇宙之大著述"②。李长之这样评

---

① 郭宏安，编．李健吾批评文集．珠海：珠海出版社，1998：34－35.

② 吴无忌，编．王国维文集．北京：北京燕山出版社，1997：225.

论过鲁迅的某些作品：鲁迅的《头发的故事》《一件小事》《端午节》《在酒楼上》等“写得特别坏，坏到不可原谅的地步”，其原因是“鲁迅不宜于写都市生活，他那性格上的坚韧、固执、多疑，文笔的凝练、老辣、简峭都似乎更宜于写农村。写农村，恰恰发挥了他那常觉得受奚落的哀感、寂寞和荒凉，不特会感染了他自己，也感染了所有的读者。同时，他自己的倔强、高傲，在愚蠢、卑怯的农民性之对照中，也无疑给人们以兴奋与鼓舞。都市生活却不同了，它是动乱的、脆弱的，方面极多，书面极大，然而松、匆促，不相连属，像使一个乡下人之眼花缭乱似的，使一个惯于写农民的灵魂作家，也几乎不能措手。在鲁迅写农民时所有的文字优长，是从容、幽默，带着抒情的笔调，转到写都市的小市民，却就只剩下沉闷、松弱和驳杂了。”① 这样的批评，由于注重对作品价值及相关创作规律的分析，因而不仅有助于读者正确认识相关作品，对作者本人也必定是会大有启发的。但这类文章，批评家所依据的尚不过是人所共知的文学创作要基于更为深切的个人体验的观念，或其他某些既有的文学观念，也就是说，这些批评家的才能，很大程度上还只是表现在他们对某些既有理念与规则的精当运用上，尚欠缺从作品中提升新的理念与规则，或创造新的理论范畴与理论体系的能力。因此，这类批评，虽然有着令人信服的对作品的分析与评判，但还不能开拓新的艺术视野，还无助于推进理论本身的发展。

第四，开拓思想空间。

在这类批评中，批评家已不再是从既有的理论观念出发，关注的重心也已不再仅仅是作家作品本身，而是注重提升某些理念与规则，或于作品中发现某些隐含的新的理论思想。如王国维在《人间词话》中，结合对许多诗词的品评，通过对“造境”与“写境”、“隔”与“不隔”、“有我之境”与“无我之境”等问题的探讨，提出了富有启发意义的新见解，深化了中国传统诗学中的“意境”理论，开拓了中国文论的思想空间。俄国19世纪的著名文学批评家别林斯基，其重要贡献亦在于：在批评研究普希金、果戈理等作家作品的过程中，提升完善了关于典型人物的理论。另如苏联文学批评家巴赫金，之所以得享盛誉，亦是因他在《陀思妥耶夫斯基诗学问题》《拉伯雷和他的世界》等著作中，在分析探讨陀思妥耶夫斯基、拉伯雷的作品特点与成就时，创造性地提出了著名的“复调”“对话”“狂欢”理论。显然，这类批评成果，达到了更为高超的境界，其价值，已不再局限于文学批评，其本身就是文艺思想的创造。

由上述四重批评境界可知，以复述归纳式为基本方式，以信息传播为主要功能的第一类批评文章，严格地说，还算不上真正的文学批评。主要呈现为“读后感”特征的体悟阐释式批评，也因缺乏充分的分析论证而批评意味不足。从中外文学批评史来看，那些卓有成就的批评家，至少是达到了批评的第三重境界。那些被视为一流的批评家，则达到了第四重批评境界。

要达到第三重境界，一位批评家必须具备如下的素质：广博的专业理论知识，只有如此，才能及时运用最新的或鲜为人知的观点方法，对作家作品作出超越前人的独到分析与评判；深邃细腻的文学眼光，只有如此，才能洞彻幽妙，透过作品的字里行间，捕捉到作家内心的秘密，敏锐地发现作品的成败得失。

对于文学批评家，人们常常要求要有说真话的勇气。敢于说真话，这当然是重要的。只有敢于说真话，才能像李长之那样，即使面对鲁迅这样已享盛誉的一代大家，也敢于提出自己不同的批评意见。然而，一位成功的批评家，在具有说真话的勇气的同时，更要具备说真话的能

① 郜元宝，李书，编．李长之批评文集．珠海：珠海出版社，1998：76．

力，即既要“有胆”，更要“有识”。广博的专业理论、文化视野与深邃细腻的文学眼光，正是决定其“识”的基本条件。如果乏此条件，由勇气而生出的也许只能是无知妄说、胡言乱语。

而要达到第四重境界，批评家当然要有更高的素质。一是元理论的反思能力。在能够达到第三重境界的批评家那儿，表现出来的往往还是对某些既有理论与规则的信奉。而在达到第四重境界的批评家那儿，表现出的则是能够在立足于社会现实的变化，从事文学批评活动的同时，反思、修正、发展已有的理论与规则。二是超文学的视野。如果说，在达到第三重境界的批评家那儿，批评视野基本上还是局限于文学本身的话，那么，在达到第四重境界的批评家那儿，其视野中已不仅仅是文学，而是社会矛盾、文化冲突、人性追求、历史进步这样一些更深层次的问题。如当代欧美的一些女性批评家创建的女性主义文论，之所以会成为一种影响全球的重要文学思潮，在很大程度上是因为其出发点原本就不是文学，而是男女平等的社会政治诉求。巴赫金的“复调”“对话”“狂欢”理论，从产生的动因来看，也与作者对苏联时代专制的社会现实不满有关。巴赫金评论陀思妥耶夫斯基道：他听到了“自己时代的对话，或者说得确切些，是听到了作为一种伟大对话的自己的时代，并在这个时代里不仅把握住个别的声音，而且首先要把握住不同声音之间的对话关系、它们之间通过对话的相互作用。他听到了居于统治地位的主导的思想（官方的和非官方的）；听到了尚还微弱的声音，尚未完全显露的思想；也听到了潜藏的、除他之外谁也未听见的思想；还听到了刚刚萌芽的思想、看到未来世界观的胚胎”①。这类见解，既是巴赫金对陀思妥耶夫斯基创作秘密的独到发现，分明也是巴赫金反抗专制、向往言论自由的心声。这样的批评，其意义与影响当然也就不止于文学批评了。

巴赫金（1895—1975）

相关知识

文学批评，作为一种理论文体，其价值高低，当然首先在于是否以独特的理论眼光，对有关作家作品作出了科学精当的评析。但真正优秀的文学批评文章，本身就应有文学价值，就应富有文学本身的光彩，正如李健吾先生在《咀华集·跋》中所说，批评“本身也正是一种艺术”。文学批评之文学价值的体现，除了应该是自我生命灵性的展现之外，还应表现在批评文体的个性化及批评语言的生动活泼等方面。

【本章概要】

以文本为主要研究对象的文学批评与重视探究文学原理、文学规律的文学理论不同，它是在潜心研读文本的基础上，按一定的文学标准，对文学作品进行的价值判断，以及对其创作特征等方面的分析。依据不同的理论方法，可对文学作品予以多角度的分析探讨。但不论运用什么方法，都应紧扣文学作品的实际，如语言的文学性、意象组合、情节设计、人物刻画等方面的艺术技巧以及达到的境界层次，进行实事求是的深入分析，而不能停留在对作品内容的复述介绍或空发议论上，尤其不能抓住一点，大加发挥，将批评文章写成一般的读后感。

① 巴赫金．陀思妥耶夫斯基诗学问题．白春仁，顾亚铃，译．北京：三联书店，1988：135.

由于批评者的专业素质、知识结构、文化视野与批评能力的差异，文学批评会表现出不同的境界层次，有高下之别。一位卓有成就的文学批评家，应像中国历史上的刘勰、王国维，俄国的别林斯基、巴赫金那样，不仅以独特的眼光对许多诗人、作家作出令人信服的评价，且在批评过程中，开拓文艺理论的思维空间，创建新的文艺思想。

【本章关键词】

文学批评：有广义、狭义之分。广义的文学批评是指对作家作品、文学思潮、文学理论等诸多文学现象进行的分析研究活动；狭义的文学批评，主要是指在阅读鉴赏的基础上，对具体作家作品进行的分析、研究与评价。

艺术水平：指文学作品达到的艺术化程度，如语言的文学性、技巧的娴熟性与精当性等，是从事文学批评活动要遵循的首要标准。

批评性阅读：是一种以文本分析为目的，积极融入思考而非被动接受的阅读。这种阅读是文学文本批评的必要条件。这种阅读要求读者保持与文本的“对话”，同时运用专业知识和艺术想象去思考文学文本的诸多要素，包括主题、风格、内容、意义和结构等，以便为之后分析和评价文本奠定基础。

批评境界：指文学批评著述所达到的意义层次与价值高度。文学批评的境界由低至高可分为四种：其一，传播文学信息，这一境界由复述归纳式批评体现；其二，丰富作品内容，这一境界由体悟阐释式批评体现；其三，探讨创作规律，这一境界由分析评判式批评体现；其四，开拓思想空间，这是文学批评的最高境界，由提升创造式批评体现。

【推荐阅读】

韦勒克．20 世纪西方文学批评．刘让言，译．广州：花城出版社，1989.

塞尔登，编．文学批评理论：从柏拉图到现在．刘象愚，等译．北京：北京大学出版社，2000.

王国维．人间词话．成都：四川人民出版社，1981.

王耀辉．文学文本解读．武汉：华中师范大学出版社，1999.

张伯伟．中国古代文学批评方法研究．北京：中华书局，2002.

邱运华，主编．文学批评方法与案例（第 2 版）．北京：北京大学出版社，2006.

杨守森．缺失与重建——论 20 世纪中国的文学批评．中国社会科学，2000（3）.

【思考题】

1. 文学批评有哪些基本标准？具体要求是什么？
2. 文学批评有哪些重要理论方法？各有何特征？
3. 以你最熟悉的小说为例，说明如何对其进行批评性阅读。
4. 结合你喜爱的一首诗歌，阐述如何对其进行理性分析。
5. 参照相关理论著述，选取三种西方当代文学批评理论分析一部文学作品。
6. 文学批评有哪些境界层次？怎样才能提高批评境界？

第十四章

文学研究

与侧重于对作家作品进行分析的文学批评不同，文学研究是指遵循严格的学术规范，运用特定的研究方法，对文学创作、文学观念、文学思潮、文学流派、文学的传播与接受、文献资料及文学史、文学批评史、文学理论史等古今中外一切文学现象进行的更具整体性与系统性的考辨、分析与探讨，意在深入把握文学活动与人类社会生活及历史发展之间的关系，揭示文学活动的内在奥妙。这样一种文学研究，亦正切中“文学”之为“文学”的本义。这样一种研究，要求研究者必须要有丰富的知识储备、深厚的学术积累以及对文学艺术本身的谙熟等。

第一节 文学研究的对象

文学研究的对象纷繁复杂，包罗广泛。从作品形式到内容，从作品创作到读者接受，从文学生成到文学存在，从批评实践到理论研究，人们对各个环节的研究思考贯穿了文学存在和发展的整个历程。其中，最为重要的是以下四个方面。

一、文学创作与作家作品

文学创作是一种独特的人类精神生产活动，在其过程中，涉及创作主体与客体、情与理、意识与无意识之间的关系，以及作家的思维特征、心理机制、艺术修养、技巧选择、才情展现等。关于文学创作的研究，可以从以下几方面进行。第一是对创作冲动及心理机制的研究。比如中国古代文论认为，主体受到客观外物的触动而有所感，引发情思诉之于文而形成了“物感”说。而西方则忠实于对自然的真实模仿，克制主体情感，形成了“模仿说”。第二是对创作要素及创作技巧的研究。中国文论在诗法理论方面讲求“赋比兴”“推敲”“伫兴而就”“以形写神”；在人物塑造上有“传神”说、“情理”论、“囫囵语”说、“忠恕”说、“因缘生法”、“背面敷粉”法、“烘云托月”法、“避难”法、“画家三染”等；在情节结构方面则有“事为文料”说、“立主脑”说、“舒气杀势”说、“弄引獭尾”法、“鸾胶续弦”法、“草蛇灰线”法等。西方则有“类型”说、“典型”说、“情节中心”说、“性格中心”说、“三一律”、“视点”理论、“话语时间”理论等。第三是关于创作才能的研究。比如关于艺术想象，中国文论注重想象的特征描述，提出“神思”说、“神与物游”的想象特征、“妙观逸想”、“妙造”、“妙想”，将艺术想象最活跃的时刻称为“应感之会”，提出“感兴”说、“入神”、“悟入”。西方称这一时刻为灵感，柏拉图将其看作诗神附体时的一种迷狂状态。黑格尔将想象看作灵感的基础，认为“想象活动和完成作品中技巧的运用，作为艺术家的一种能力单独来看，就是人们通常所说的灵感”①。第四是关于创作方法的研究。比如现实主义和浪漫主义一直被视为两种基本的创作方法。

作家和作品是文学中最重要和最显著的文学现象，自然也就成为文学研究的主要对象，形成了常见的“作家论”与“作品论”两种研究视角。前者如一些关于作家的传记研究，主要探讨传主的成长经历、创作背景、创作个性、创作心态、创作手法、对现实生活的体悟与判断，以及与创作风格和艺术成就之间的关系等。后者主要是对某一时代、某一形态、某一具体作品的分析评价。如孔子评《诗经》曰：“《诗》三百，一言以蔽之，曰：‘思无邪。’”（《论语·为政》）“《关雎》，乐而不淫，哀而不伤。”“子谓《韶》，‘尽美矣，又尽善也’；谓《武》，‘尽美矣，未尽善也’。”（《论语·八佾》）其评语可谓中肯、智性。金圣叹《读第五才子书法》评

① 黑格尔．美学：第1卷．朱光潜，译．北京：商务印务馆，1979：363.

“《水浒传》写一百八个人性格，真是一百八样”，将作品特色及叙事作品关键处一语道破，把《水浒传》“章有章法，句有句法，字有字法”的写作特点在典型例证中清晰展呈，让读者心悦诚服。这类研究，也就是通常所说的文学批评。但有些关于作品的研究，又比一般文学批评更为宏阔，亦更重理论创造性。如苏联学者普洛普在1928年出版的《俄国童话形态学》中，即突破了以往作品研究的视角，从整体性叙事结构入手，提出了一套作品分析的实际方法与概念，开了叙事学研究的先河。

作为文学研究的主体，作家与作品实际上是难以截然分开的。作家是创作主体，某一作家的个性、情感类型、文化教育与艺术素养、创作心态、创作手法、对现实生活的体悟与判断等，会直接影响其作品的内容构成及体裁类型、叙事风格、结构修辞等。而作为创作成果的作品，是作家心声的记录、情感的载体、思想的见证、自由生命力的确证。二者互为表里，相容共存。因此，在文学研究中，二者常被作为一个整体来进行研究。比如英国小说家W.S.毛姆在《诗人的三部小说》中，就是将歌德的成长经历、爱情故事与作品联系起来予以探讨的。李健吾在《福楼拜评传》中，既探讨了福楼拜的人生观、精神历程、骄傲性格、创作心理的形成，又评析了相关作品，最后总结了福楼拜的艺术观念。

二、文学流派与文学思潮

在中外文学史上，常见不同的文学流派与文学思潮。文学流派是指文学发展过程中，一定历史时期内出现的一批诗人、作家，由于思想观念、创作追求、艺术趣味与创作风格类似，自觉或不自觉地形成的文学集团和派别，如中国唐代出现的以高适、岑参为代表的边塞诗派，英国19世纪出现的以华兹华斯、柯勒律治和骚塞三位浪漫主义诗人为代表的湖畔诗派等。文学思潮是指一定历史时期和一定地域内形成的某一具有广泛影响的文学思想和文学创作的潮流，如欧洲17世纪的古典主义、18世纪末至19世纪前期的浪漫主义及稍后出现的批判现实主义思潮等。文学流派与文学思潮是一个民族、一个时代文学兴盛的重要标志，因而亦是文学研究的重要对象。

在文学研究领域，文学流派和文学思潮都属于非常复杂的研究对象。一是由于二者的外围关系比较复杂，跟社会思潮、文学运动、意识形态都有直接的关联，都会体现出厚重的社会背景。如英国湖畔诗派的出现，是与相关诗人对法国大革命以来的社会现实的惶恐不安以及对现代城市文明的隐忧相关的；中国新时期出现的“反思文学”思潮，是在改革开放的大背景下，对社会深刻变革的一次文学反映。二是从文学流派和文学思潮的构成来看，参与其中的诗人、作家，其创作主张与艺术追求，既有统一性，又有差异性；呈现出的整体特征，既有稳定性，又有动态性。三是文学流派、文学思潮与文学运动、创作方法、文体形式之间，以及不同的文学流派与文学思潮之间，常见某些因素的重叠交叉。所有这些都要求我们在研究文学流派、文学思潮时，要诉之于复杂的学术视野。

三、文学史与理论史、批评史

关于“文学史”“理论史”“批评史”的理解一般有两层含义：一是指文学、文学理论、文学批评自身的客观历史进程，二是指研究者从历时的角度对文学、文学理论、文学批评的历史现象及其发展规律进行关注和把握而形成的相关成果。前者指的就是我们所说的文学研究对象。

作为研究对象的文学史，可根据不同国别、地域、民族分为国别史（如中国文学史）、世界或地区史（如世界文学史、欧洲文学史）、民族史（如蒙古族文学史、回族文学史）；可根据不同时期分为通史或断代史（如中国文学史、中国现代文学史）；可根据不同体裁形成分体文学史（如中国小说史、中国诗歌史）。理论史和批评史也可根据相同的标准，分为中国文学批评史、近代文学批评史、西方文论史、小说理论史、词学理论史等。

作为研究对象的文学史、理论史和批评史，本身是一种动态存在，不论其文学体式、创作主张，还是理论范畴、批评标准，都是在发展变化的，因而不同时期出现的文学史、理论史和批评史著作，也大不相同。如 1896 年油印出版的国人窦警凡撰写的第一部中国文学史专著《历朝文学史》，由于当时尚乏现代意义的文学观念，其中经、史、子、集无所不包，实际上是一部国学通论性质的书。后来，随着独立的文学观念的形成，人们关于文学史的研究才更集中于文学作品，如胡适的《白话文学史》（上卷）、郑振铎的《插图本中国文学史》、刘大杰的《中国文学发展史》等。

目前，国内外文学理论界一般把文艺学区分为文学理论、文学批评、文学史，三者各有其独特的研究范围、对象、任务和功能，但是三者又是互相联系、互相渗透、互相作用的。因此在关于文学理论史、文学批评史、文学史的研究中，往往出现彼此渗透、包容、混合的状况。比如郭绍虞 20 世纪 20 年代开始的文学批评史研究，就建立在文学史和文学批评史两门学问结合贯通的基础上①，即把作家创作放在文学观念、文学思潮和文学批评的研究中，把文学创作的内容和形式、文体、风格等方面的发展变化与文学批评实践联系起来。北京大学出版社 1995 年出版的张少康的《中国文学理论批评发展史》，则主要是理论史和批评史的结合，其中既包括文学观念的演进变迁，又包括众多诗家、词家作品的创作实践和理论阐述，还包括文学批评的方法和实践案例分析。

四、文献与资料

文献与资料是指有助于研究作家、作品及其他文学现象的相关知识与信息，包括图书、期刊、学位论文、会议文献、科学报告、档案、图表、书信、日记、回忆录、录音带、录像带等。文献与资料，既是文学研究的基础，本身也是文学研究的对象。

关于文献资料的研究，有两个基本要求：一是真实性，二是全面性。其真实性主要是通过考证、校勘、训诂等方法实现的。考证，即考据，就是根据资料和例证来考核、证实文献资料的可靠性。通常的考证研究一般要澄清关于人物生平著述、作品系年、作品本事、作品产权等方面的相关事实，是较为初级的研究层次，而深层的考证研究则要走向理论，通过理论形式来解释说明人文现象，避免为考证而考证。校勘是中国古籍整理的方法，校是查校古书中文字的异同，勘是勘正古书流传过程中出现的错误。训诂是用通行的话解释古代语言文字或者方言的

---

① 郭绍虞．中国文学批评史·自序．北京：商务印书馆，1934.

字义。这些方法往往被一起运用，如游国恩《楚辞注疏长编》是研究楚辞的总结。在 1933 年写的序言里，他提出对《楚辞》本身的整理，其要有五："一曰校其文，二曰明其例，三曰通其训，四曰考其事，五曰定其音。"其中清楚地记录了对以上各种方法的运用。

文献资料的研究形态主要有三种：一是注释，二是注释研究，三是整理编纂。注释，即通过征引相关资料解释文献中的术语及某些问题，如清代学者仇兆鳌的《杜诗详注》，今人钱锺书的《宋诗选注》等。注释研究，主要包括对他人注释的研究与评价，分析注释与各个时代政治、文化、思想状况的关系，归纳古代典籍注释的体例类型等。人们能够从注释的分类、代表作品里面分析出各种类别注释的思想源头、时代背景、主要作品以及在当时和以后的影响。这类著作如《〈杜诗详注〉研究》(吴淑玲)、《李白诗古注本研究》(胡振龙）等。整理编纂，即通过搜集发掘、考证判断，整理编纂为作家作品选、文献资料集、年谱年表等，如挚虞的《文章流别集》、萧统编纂的《文选》、闻一多编纂的《陈子昂年表》、人民文学出版社出版的《鲁迅选集》、上海教育出版社出版的《文学运动史料选》等。

以上研究对象一直为文学研究者所关注，已经积累了丰富的理论资源。一方面，理论作为具有体系性和科学性的成果表现，为我们进一步认识文学创作现象提供了参考标准和知识价值。另一方面，理论具有实践性。它以现实的文学实践为基础，在鲜活的文学之树面前，理论如何能保持审视文学现象和指导文学实践的活力？面对不同文化背景下产生的理论，它的适用范围有多大？在理论传播的过程中是否存在理论变异的现象？基于以上考虑，我们面对文学研究对象，既要掌握成熟的理论知识点，又要不断发现和研究其中存在的问题点和创新点，要始终保持问题意识与探索精神，在继承中探索，在探索中开拓。要充分认识到文学研究对象的动态性，它随时代而变，随研究立场而变，随历史资料的新发掘而变。一时代有一时代之文学，随时代而变的新文学形式无疑是文学研究生生不息的活力之源。比如信息时代，技术充分参与文学艺术的创作，形成了影视文学、网络文学、微信文学等新媒体文学形式。它们在创作、作品形式与内容、传播与接受等方面的新特点异于传统文学，成为文学研究的新课题。

深度思考

人类对事物的认识与思考是无止境的，与之相关，不论在哪一领域，相关研究都是在不断创新、不断发展的。而决定其创新发展的重要因素之一是发现与确定新的研究对象。文学研究同样如此，如 20 世纪 60 年代末 70 年代初，德国学者姚斯、伊泽尔等人，正因专注于读者这一历史上未受重视的研究对象而创建了"接受美学"这一文学研究的新兴学科。近些年来，国内外不少学者，将文学与自然环境之间的关系作为新的研究对象，形成了备受关注的"生态批评"学科。这就启示我们，文学研究的创新与发展，不仅需要新的观点与方法，亦需要发现与选择新的研究对象。

第二节
文学研究的方法

文学研究的方法是指研究者在文学研究活动中所采用的思维方式、切入视角与具体研究手段等。就其层次系统来看，不论哪一方面的研究，都离不开哲学逻辑方法、一般方法与具体方法，文学研究同样如此。

一、文学研究的哲学逻辑方法

哲学逻辑方法是指从整体上理性思考和把握对象的方法，应遵循的原则、程序等方面的问题，是人类认识客体世界的最普遍、最高层次的方法。例如形而上学、辩证法、唯心主义、唯物主义等。黑格尔的美学研究采用的是唯心主义的哲学方法。马克思主义文学研究的哲学逻辑方法则是唯物主义方法。

历史的与逻辑的统一是文学研究的基本方法，是辩证思维的方法之一。历史方法是依照对象发展的自然进程揭示其规律，属于描述性的方法。逻辑方法则用概念、范畴、理论等形式概括反映对象发展的规律，属于理论思维的方法。历史的与逻辑的统一，最早见于黑格尔的《精神现象学》(1807)，在此之后始终贯彻于他对哲学史、政治史、世界历史等绝对精神发展进程的论述中，成为构建哲学体系（包括美学体系在内）的最重要也最基本的方法。马克思用历史唯物主义改造了黑格尔的唯心主义，将头足倒置的辩证法颠倒过来，变成了唯物辩证法，形成了崭新的历史与逻辑统一的方法。如周来祥在《文艺美学》中，即运用了历史的与逻辑的统一的方法论。作者在掌握中外哲学史和艺术史丰富资料的基础上，以艺术的审美本质为逻辑起点，对文艺美学这一学科的性质及其产生、发展的历史沿革进行了概括和归纳，从而建构了一个完整有序、富有特色的文艺美学理论体系。①

二、文学研究的一般方法

在文学研究过程中，最常用的一般方法有分析论证、引证、比较等。

分析论证是通过对某一问题、某一现象的原因及结果的周密分析，让人相信某一论点的正确性、合理性。如朱光潜在《中国诗何以走上“律”的路》一文中指出，以下三个原因导致了“声律的研究何以特盛于齐梁之后”这一结果：一是赋影响了诗的意义排偶和声音对仗；二是佛教经典的翻译和梵音研究的输入导致了齐梁以后研究音韵的风气盛行；三是通过音律帮助“在词的文字本身见出诗的音乐”。作者正是通过对以上三个原因的分析，证明了自己文章中强

① 文颖．《文艺美学》：一部有理论深度和创新意义的著作．人民日报，2004-12-10.

调的“声律的研究特盛于齐梁之后”这一论点。

引证法是指引用具体事实、具体文本、具体资料或他人的有关论述作为论据来证明自己论点的论证方法。比如论述某一作家的创作个性，必须结合其作品中与之相应的思想倾向、审美倾向、人物塑造的方法、语言的个性特色等具体例子分析，才能令人信服。还可引述他人的相关或相近评价，以增强说服力。

比较方法，具体又可分为纵向比较和横向比较。纵向比较是对同一事物不同时期的状况特征进行比较，从而认识事物的过去、现在及其发展趋势，是历时性比较。比如严羽在《沧浪诗话·诗辨》中以“悟”评论历代诗人，对汉魏诗人至谢灵运再到盛唐诗人进行了纵向的比较。朱光潜在《谈美书简》中谈到“典型环境中的典型人物”的问题，纵向比较了西方文论史上从亚里士多德的艺术典型、贺拉斯的“类型”和“定型”、17 世纪法国古典主义代表布瓦洛的“类型”和“定型”到歌德论艺术的“特殊”与“一般”、黑格尔的“情境”与“情致”，最后到恩格斯的“典型环境中的典型人物”等观点，这个纵向比较的过程也是对典型观发展状况的一个梳理。

横向比较是对不同国家、不同地区、不同部门的同类事物进行比较，从中找出差异，是共时性比较。比如蓝棣之在《“现代派”诗歌与欧美象征主义》一文中，用横向比较的方法分析了 20 世纪 30 年代中国“现代派”诗歌在对欧美象征主义的传承发展中所出现的感性诗群和知性诗群两种发展脉络，并且分别比较了以戴望舒和卞之琳为代表的这两种诗群与欧美象征主义诗人的不同渊源及创作的不同艺术特征。其中，比较的两方来自 20 世纪 30 年代的同一个诗派，两个发展脉络是同时同层次的，这就是横向比较的起点。两个诗群具体艺术创作特征不同，这是比较的具体结果。

研究中常综合运用纵向比较和横向比较的方法。如丹纳《艺术哲学》从种族、时代、环境的角度用纵向比较的方法分析了希腊的雕塑、中世纪哥特式建筑、意大利文艺复兴时期的绘画、17 世纪法国古典悲剧等艺术形式的形成及特点；比较了古典绘画与法兰德斯绘画、文艺复兴初期绘画、现代绘画等不同历史时期绘画特点的异同。横向比较也比比皆是，如在探讨意大利文艺复兴时期的绘画时，比较意大利人与法国人的想象力不同，拉丁民族与日耳曼民族的想象力不同；在讲述古希腊文化与雕塑时，比较希腊风俗和同时代其他民族风俗的异同；等等。

三、文学研究的具体方法

文学研究过程，往往也就是完成一篇学术论文或一部学术著作的过程。在这一过程中，体现出的具体研究方法有以下几种。

首先，选定研究方向，即研究者首先要根据自己的读书兴趣、知识积累、学术视野、理论素养等，确定大体的研究目标，如关于文学理论的某一问题，关于某一理论家的文学思想，关于某一时代的文学精神，关于某一作家的创作个性等。只有大致确定了研究方向，明确了研究目标，才能有的放矢，进一步实施有关研究计划。

其次，围绕研究方向，通过查阅有关的报刊目录索引、专题目录索引以及其他工具书，大力搜集和详细阅读有关资料，全面掌握相关论题的研究现状，做好文献综述。在阅读资料时，要以反思的目光分析已有的论点、论据，注意发现新的问题、新的视角，找到自己的论题，确定自己的论点，并根据所掌握的研究现状，判断选题与论点是否具有新意，对研究的创新价值做出基本预测。

再次，选题确定之后，要紧扣论点，按照严密的逻辑思路，列出具体提纲。在此基础上，进一步搜集阅读相关的第一手资料，结合对资料的分析研究，不断完善提纲。此后，才能进入正式写作。

最后，在写作过程中，所用资料、引文，要认真核对，确保真实、准确。相关注释，要严谨、规范。行文及用语，要反复推敲、字斟句酌，做到准确、精练、流畅。只有如此，才能使研究成果不仅具有学术性，而且具有可读性。

四、如何选择文学研究的方法

对于任何一种研究来说，研究方法的选择都直接关系到研究成果的正确性和创新性。文学研究方法的选择与确定要根据研究主体、研究对象的需要和特点、具体方法的优劣长短来进行。

对于研究主体来说，要选择自己用起来得心应手、最能发挥自己特长的方法，还要考虑研究者所处的学缘环境，包括学术传承、图书资料条件等。研究者既可以借用本领域中沿承下来的方法，同时又要以创新探索的心态去积极摸索新的方法。对研究主体来说，新方法是能够产生创新性成果的重要动力。比如陈寅恪基于他多范围跨学科的治学实践，各研究领域间彼此引证、相互打通，悟出了“以诗证史”的研究方法。西方近代以来之所以出现了许多新的文学研究学派，以及众多开拓性的研究成果，正是得力于研究视角与研究方法的更新。比如接受美学反对孤立、片面、机械地研究文学艺术，主张研究创作与接受和作者、作品、读者之间的动态交往过程，强调文学作品的社会效果，重视读者的积极参与性和接受姿态。新的研究视角和方法的出现有时也会开辟新的研究领域。比如俄国形式主义批评把文学研究的视角从外部规律转向文学的内部规律，强调文学研究的对象是文学作品本身，“文学性”成为建立文学批评学科体系的核心概念。在采用新视角和新方法的同时，也开拓了文学作品研究的新领域。

对研究对象来说，特定的研究对象在很大程度上规定了特定的研究方法，特定的研究对象对应着特定的研究方法，正如恩格斯所指出的：方法是研究对象的“类似物”。在文学研究中，有的问题适合用社会批评方法，比如考察某部作品的社会内容；有的问题可以借鉴原型批评方法，比如研究中外文学史中的某些共性现象；有的问题适合用心理批评模式，比如研究某一作家作品的特定风格的形成原因；有的则适合用历史与逻辑的统一的方法，比如关于文学史、文学批评史、文学理论史的宏观研究；等等。

研究者选择与确定研究方法还要清楚地了解每一种方法自身的优劣利弊，以提高选择和运用方法的自觉性和正确性。比如原型批评研究模式擅长对研究对象之间的联系进行宏观把握和追根溯源，但却拙于深入细密地研究具体对象。而形式主义批评则与之相反，适宜于研究文学作品本体的文字意义、音律、技巧等细部问题，但在另一方面却割断了与外部世界的联系，将研究对象置于孤立封闭的状态中。

研究当中往往需要把多种方法结合起来运用。有时将传统方法与新方法相结合，比如王国维的宋元戏曲研究就将传统的考据学与时兴的进化论结合起来，胡适把西方近代科学方法和中国清代朴学方法有机结合，形成了自己“大胆假设，小心求证”的治学方法。有时通过方法的结合形成优势互补，比如文学地理学的研究综合了实证研究、文献研究法和田野调查法等。

相关知识

关于文学研究的方法，值得特别重视的还有借用心理学、语言学、社会学、人类学、民俗学、生态学、传播学，乃至某些自然学科的理论与视野，研究相关文学问题的研究方法，这就是人们通常所说的交叉学科研究，又称“跨学科”研究方法。如可用心理学理论与视野，研究作家的创作心理与读者的接受心理；用人类学理论和方法，研究文本文字背后的田野背景、历史印迹、文化资料，研究文学作品的意象、叙事结构和人物类型；用语言学理论与视野，研究文学语言的结构、运用和社会功能、历史发展；用社会学理论和方法，研究文学与社会历史的关系问题；用生态学的理论和方法，研究文学与自然、环境的关系问题；用传播学理论，研究文学作品的传播媒体问题；用系统科学的方法，研究文学艺术的多样性、复杂性、系统性；用耗散结构理论，研究文本的开放问题；用网络和计算机领域的相关知识，研究文学创作、接受及研究等领域里的书写、阅读、交流和传播等方式的变革；等等。文学的交叉学科研究充分利用了各学科在各自领域里的理论优势，以完成既定的学术目标。

第三节
文学研究的目的

人类为什么要研究文学？概括起来，主要有以下三个目的。

首先，通过研究，弄清人类文学创作的奥妙，总结文学活动的规律，促进文学艺术的发展。有史以来，人类的文学艺术一直在不断发展，已经创作了无数的文学作品，在其发展过程中，在不同体式的文学创作与文学欣赏活动中，人们积累了关于文学艺术的丰富知识、相关体会与经验。对此加以分析总结，既可以发现人类文学起源、文学发展的秘密，也会看出文学作品内容、文学作品价值的构成特征以及文学创作与欣赏的某些特点与规律。所有这些都有助于人们认识文学活动这样一种人类的独特精神活动的奥妙，促进人类文学艺术的进一步发展。比如我国古代文论史上出现的见之于《尚书·尧典》的“诗言志”说、陆机《文赋》中提出的“诗缘情”说、刘勰在《文心雕龙》中论述的“声律说”等，既是对已有诗歌特征的总结，亦为诗歌的进一步发展提供了理论导引。同理，在西方文论史上出现的亚里士多德的“模仿说”、贺拉斯的“寓教于乐说”、黑格尔的“理想性格说”等，既是对人类已有文学活动规律、文学功能生成、人物创造经验的总结，亦在许多方面促进了后世文学艺术的发展。

其次，通过研究，传播文学知识，发掘优秀作家作品的价值，提高读者的艺术欣赏水平与审美素质。文学研究是发现、总结、承传文学知识的桥梁。通过研究，把关于文学现象的认识、文学活动规律的总结、文学文本的整理等做有体系的梳理总结，并将这些成果通过公开发表传播开来，通过教育传承下去。在研究中，研究者凭借丰富的文学知识、敏锐的艺术感受力、活跃的理论思维和开阔的理论视野，比普通读者甚至作者本人更容易发现作品的独特之处，从而发掘优秀作家作品的价值。这一方面启发了作者，促进了作者创作思路的开拓，另一方面为读者提供了艺术欣赏的新渠道，帮助读者提高艺术欣赏水平和审美素质。比如在我国古代文论中，钟嵘的《诗品》中对诗人诗作的评价、李渔《闲情偶寄》中总结的戏剧理论、金圣叹《读第五才子书法》中对《水浒传》和《西厢记》等作品的评论，既是对文学现象的知识总结，也发掘和确立了戏剧、小说等艺术形式的价值和地位。在西方文论中，莱辛《拉奥孔》中关于诗与画的比较研究、别林斯基关于果戈理作品的系列评论，既发掘了艺术作品的价值，也为读者的阅读接受指引了新思路，提高了读者的艺术欣赏水平与审美素质。

最后，通过研究，分析探讨文学领域中的优秀文化，可以丰富人类的文化资源，促进人类的文化发展。文学领域中有很多具有人道主义精神、文学性、真实性、高境界等特点的优秀文化。研究主体要运用辩证思维对其加以分析，以批判的眼光审视文化遗产，辨别良莠，提炼精品，探讨出富有时代特色和民族特色的研究成果，以丰富人类的文化资源，促进人类的文化发展。有的优秀的文化和艺术不但可以在它们产生的那个时代产生巨大的艺术感染力，对于后世来讲，也仍旧具有永久的艺术魅力。这种魅力需要各时代的研究者不断分析发掘。比如关于中国古典名著《红楼梦》的研究，从清朝时期的评点研究，到20世纪的红学研究热潮，历经百余年，其文化价值被多层次地发掘出来，丰富了人类的文化资源。在西方，古希腊文学艺术在古希腊、中世纪、文艺复兴、古典主义等时期的地位和价值变迁的过程，同时也是在不同的历史条件下研究者参与的过程。正是在各时期文学研究的参与下，古希腊艺术才对后世欧洲文字的发展产生了深远的影响，人类的文化资源因此得以丰富。

研讨平台

文学研究的核心价值在于认识文学。文学的组成有很多方面，包括文学的创作、文字的形音义、文学的接受和承传等。同时也有很多方面被研究者省略甚至忽视，影响了文学价值的发掘。比如文学的图谱元素问题，这在先秦典籍中常见。《周易》即是图像、文辞、数理并存；1973年马王堆汉墓帛书本《道德经》为世人展示了字形、字体在道家思想传播中的作用；《山海经》原以图画为主，文字是对图画的简述和解说。可见，图文并重是传统文化的阅读方式，当下的“读图时代”完全不是一个时兴概念，而是有着悠久的渊源的。从这个角度看，插图本的文学研究著作在挖掘优秀文化价值方面具有独特意义。另外，文学的音声元素是被遗忘得更为严重的一面。在中国文学发展历程中，从《诗经》《离骚》《九歌》，到唐诗、宋词、元明清戏曲，文辞无一不是因音声而更有意义。音声在古人唱、吟、诵、念的读书方式中居于核心地位，是正确理解古代文学作品的必要元素。音声研究的断层对于理解古代文学作品来说产生了障碍甚至误读，不利于优秀文化的传承。由此可见，优秀文化价值的发掘还需要以更加开阔的视野，用更加多元的方式去深入。

第四节
文学研究的要求

创造和展示有价值的优秀文学研究成果，是文学研究者的努力方向和追求目标。那么怎样才是优秀的文学研究成果？从整体上看，要有开拓性、创新性与科学性。

一、开拓性

开拓就是突破，是未知领域的新探索。在文学研究中，开拓性就是发现和使用新的资料、发掘新的研究视角和方法。

发现和使用新资料，是取得开拓性的文学研究成果的重要基础，因为许多新成果，往往是据新资料产生的。比如，如果没有《1844 年经济学哲学手稿》及马克思、恩格斯谈论文艺问题的五封信的发现，后世就难以形成马克思主义的文学观与美学观。

新的研究视角与研究方法，是产生开拓性研究成果的重要保障。开拓性的视角和方法催生了新的理论领域，孕育了开拓性成果。西方近代以来，之所以出现了许多新的文学研究学派，取得了许多开拓性的研究成果，正是得力于研究视角与研究方法的更新。比如接受美学反对孤立、片面、机械地研究文学艺术，提倡研究创作与接受和作者、作品、读者之间的动态交往过程，强调文学作品的社会效果，重视读者的积极参与性和接受姿态。新的研究视角和方法的出现有时也会开辟新的研究领域。比如原型批评从人类学角度结合精神分析学说研究文学作品中反复出现的各种意象、叙事结构和人物类型，找出它们背后的基本形式，在采用新视角和新方法的同时，也开拓了文学作品研究的新领域。

二、创新性

创新与开拓相伴，开拓性的方法、资料、主题往往会带来创新性的成果。“创”是求突破，“新”是在突破的基础上发掘前所未有的东西。在文学研究中，创新性有三类：第一类是有破有立，在继承中创新，去发现别人未曾研究过的新见；第二类是纠偏扶正，厘清某种迷雾，指出某种偏颇、纰漏、错误；第三类是无破有立，是一种补充旧说的创新。

有破有立的创新是强调在继承的基础上求发展，在推翻定论的同时确定一家之言，求得兼重独专。表现为新观点的提出，新体系的建构。

新观点的提出，是文学研究取得创新性成果的突出表现。比如中国古代文论中关于话语的诗意特征问题，刘勰的“隐秀论”、钟嵘的“滋味说”、皎然的“意境说”、司空图的“味外之旨说”、严羽的“妙悟说”等诸家之言各有侧重，作为关于这一问题的独特表达，具有创新性的特点。在西方，亚里士多德的悲剧理论、康德关于“艺术美是审美观念的表现”和艺术“游戏”说、雨果的“美丑对照原则”、克罗齐的“艺术即直觉”等观点也莫不显示着创新性的特点。

新体系的建构，意味着更大的创新性成就。比如黑格尔在《美学》中以“美是理念的感性显现”的观点为核心，按照历史的与逻辑的相统一的原则，对艺术美的本质特征、艺术发展的历史类型、人物形象的塑造、悲剧等美学问题进行了系统的分析探讨，建立了一个相对完整的美学体系，使之成为德国古典文艺理论乃至世界文艺理论的宝贵财富。

纠偏扶正的创新是指能厘清某种迷雾，指出某种偏颇和纰漏。比如莫砺锋曾经在读《唐诗三百首》时读出了宋诗《桃花溪》，并发表了《〈唐诗三百首〉中有宋诗吗?》[①] 一文，考证了这首诗的真正作者是宋人蔡襄。这对《唐诗三百首》的诗作真伪考辨做出了贡献。

无破有立的创新是指在别人研究的基础上有所补充，是补充旧说的创新。比如朱自清关于文学批评史研究的一大贡献在于对批评史的传统“意念”的考辨和分析，在别人的研究基础上，进一步探索其起源、发展和演变“史迹”。他的《好与妙》《论“以文为诗”》《论雅俗共赏》《〈文选序〉“事出于沉思，义归乎翰藻”说》《诗言志辨》等论著的创新价值亦在于此。

三、科学性

科学性是一切学术研究的生命和价值，这是由科学研究的目的和任务决定的。文学研究的科学性是指尊重和依据文学现象的特点和规律，摒除主观因素的干预，能够切近文学现象的本质。

文学研究的科学性表现在以下三个方面。

第一，认识科学，即认识并尊重研究对象的知识性和客观性。文学作品中反映一定历史时期的客观社会现实，记录历史人文的痕迹，乃至具体的天文、地理、历史、文化等各种知识，具有客观认识的特点。比如《诗经》被奉为百科全书式的经典，“诵《诗》三百，授之以政，不达；使于四方，不能专对；虽多，亦奚以为?”（《论语・子路》），“多识于鸟兽草木之名”（《论语・阳货》），甚至“不学诗，无以言”（《论语・季氏》），等等，其中的知识性和客观性显而易见。《荷马史诗・伊利亚特》中的“铜刀”“嵌着金钉的权杖”“铜门坎”“粗粝的大麦粉”指示出故事发生时的社会生产条件，具有客观性和科学性。恩格斯说自己在巴尔扎克《人间喜剧》中学到的东西，“比从当时所有职业的历史学家、经济学家和统计学家那里学到的全部东西还要多”[②]。可见现实主义作品忠实反映客观现实的科学性。

第二，态度和方法的科学，即要有实事求是、公正客观的研究态度，要运用科学的辩证思维方法。既要把研究对象放在共时的状态下当作一个整体来看待，考察对象本体与相关因素的有机构成；又要结合历时性的维度将这种研究放到动态化的历史生成中，通过文学观念的变迁、文学现象的流动来加以印证。研究者运用唯物辩证法既要看到研究对象的客观性和知识性，又要看到主体参与的主观性和经验性；既要做到理论表述的简洁性和透彻性，又要认识到

① 莫砺锋．《唐诗三百首》中有宋诗吗?．文学遗产，2001（5）．

② 马克思恩格斯全集：第37卷．北京：人民出版社，1971：42.

其中的复杂性和模糊性；既要对基本范畴进行理论概括，又要意识到这种概括的暂时性和变动性。要从普遍联系的观点来看待文学现象，不能视其为单一的、孤立的、割裂的，要客观地看待两种形式之间的过渡体。

第三，表达形式科学，主要表现为要严守学术规范。文学研究的学术规范，是确保文学研究科学地、严谨地、合法地和有效地进行的规则，主要表现在论点选择、资料运用、分析论证、结构层次、撰写格式等方面。具体来说，学术论文的表达方式有以下四个要求。一要扣住鲜明的论点，进行严密系统的论证，力避粗疏敷衍。如有的学术论文，开头几句议论，然后来几个与论题相关的例子，最后发几句议论，这种三段论模式显然缺乏严谨的论证过程；有的观点不明确，只是资料堆砌，既缺乏内在的逻辑性，又缺乏明确的目的性。二要做到资料翔实可靠，文献综述全面深入，论据与论点相辅相成。三要结构严谨，逻辑清晰，层层深入，以保证论文的理论性与理论深度。四要格式规范，如参考文献的引用、标点符号、注释形式等，都要遵守相应的规定。

文学研究是一种艰苦的精神劳动，要取得成果，当然也离不开研究主体的一些特定素养，主要有以下几个方面。

一是丰厚的知识积累。刘勰有云："积学以储宝，酌理以富才。"积累学问储藏知识的过程也是提高分析事理才能的过程。刘勰本人之所以能够写出博大精深的《文心雕龙》，即与其曾在定林寺积学二十余载，既"长于佛理"，又"博通经论"有关。韦勒克与沃伦合著的《文学理论》之所以成为美国文学理论研究的经典之作，亦是与作者深厚的知识积累分不开的。在这部著作中，作者考稽源流，对文学理论史上出现的亚里士多德的"进化"观、黑格尔的辩证发展观、斯宾塞和达尔文的进化理论，以及这三者在德、英、美、法、意、俄等国的具体体现，都有细致翔实的考察，其中涉及代表理论家及其代表作几十篇次①，仅此即可看出作者深厚的知识背景和理论功底。

二是开阔的文化视野。从人类的文化思想史来看，任何一种有价值的学说创造，往往都离不开广博的文化视野。只有在一个阔大的文化视野中，理论家们才能自由选择思考的切入点，见人所未见，发人所未发。缘其与哲学、政治学、社会学、人类学等其他许多学科的密切关联，文学研究更需要文化视野的开阔。中外历史上许多卓有成就的文艺理论家，正是凭依开阔的文化视野，自多角度切入，创建了有价值的文艺学学说的。如中国古代的沈约，正是由语言形式角度切入，创建了诗歌声律论；严羽则是借鉴佛学智慧，创建了禅学诗论；李贽、袁宏道等人则从反道统的人性哲学出发，提出了"童心说""性灵说"等。以 20 世纪以来的西方文论来看，正是由特定的哲学观切入，萨特创建了存在主义文论，英伽登等人创建了现象学文论，巴特、格雷马斯等人创建了结构主义文论等；正是由语言学切入，形成了俄国形式主义、英美新批评；由精神病理学切入，形成了弗洛伊德、荣格的精神分析文论；由文化人类学切入，形成了弗莱的神话原型批评；等等。显然，正是切入角度的不同，使得这些学者能够从不同侧面提出各不相同的文论见解，丰富和推进了人类对文艺现象及其活动规律的认识。

三是相应的艺术能力与审美能力。相对于哲学、史学等其他领域的理论研究来讲，文学研究对象的感性特点与理论研究的理性思维使文学研究成为感性和理性的统一、情感和认知的结

---

① 刘象愚．韦勒克与他的文学理论（代译序）//韦勒克，沃伦．文学理论．刘象愚，等译．南京：江苏教育出版社，2005：15－18．

合，因而具有艺术创造能力和审美感受能力的研究者更易发掘优秀作家作品的价值，更易理解文学活动的奥妙，因而也就更易取得有价值的研究成果。文学研究者的艺术能力与审美能力，既可来自亲身的创作体验，亦可来自对文学艺术的阅读体验。在中外文学研究领域，许多卓有成就的学者正是如此，如中国古代的钟嵘、刘勰、严羽，近代的王国维，现代的胡风，古希腊的亚里士多德，古罗马的贺拉斯，德国的莱辛、歌德、黑格尔、席勒等，或本身就是著名诗人、作家，或钟情于文学艺术，在广泛阅读中形成了很高的审美鉴赏能力。

深度思考

随着改革开放，新时期以来的中国的文学研究亦进入了繁荣时期，取得了丰硕成果。尤其在文学理论研究方面，思潮迭涌，异彩纷呈。但由于思维定式、学科体制等方面的复杂原因，学者们的文化视野尚相对偏狭，大多是在就文学论文学，且在论文学时仍以社会学视角为主导，或常在借用西方已有的文化视角，独立的开拓性与创新性不足，这就不能不影响我们的文学研究成就。

【本章概要】

本章探讨的是文学研究的对象、方法、目的、要求等相关问题。

与一般的文学批评不同，文学研究的对象纷繁复杂，包罗广泛。从作品形式到内容，从作品创作到读者接受，从文学生成到文学存在，从批评实践到理论研究，等等。如何从事文学研究？在方法的使用上需把握四点：一要选用科学的、适宜的研究方法；二要注重诸种方法的交叉使用；三要坚持历史与逻辑相统一的基本方法；四要探索运用新的研究方法。人类为何要研究文学？其主要目的在于：探讨文学活动的奥妙，总结文学活动规律，促进文学艺术的发展；传播文学知识，发掘优秀作家作品的价值，提高读者的艺术审美水平；分析优秀文化，丰富人类文化资源，促进人类文化发展。对文学研究而言，最理想的研究成果要具备开拓性、创新性和科学性的特点。这对研究者提出了知识积累、文化视野、艺术能力与审美能力等方面的要求。

【本章关键词】

文学研究对象：是指文学研究过程中所面对的文学创作、作家作品、思潮流派、传播接受、文献资料及文学史、文学理论史、文学批评史等古今中外的一切文学现象。

文学研究方法：是指研究者在文学研究活动中所采用的思维方式、切入视角与具体研究手段等。就其层次系统来看，分为哲学逻辑方法、一般方法、特殊方法三层。在文学研究中，哲学逻辑方法主要是历史的与逻辑的统一；一般方法是引证、纵横比较、分析论证等；特殊方法是文学研究发展过程中形成的具体研究方法，如作品评点法、细读法、社会批评、精神分析、形式主义批评、符号学批评等方法。

文学开拓性：是文学研究体现的探索未知领域的性质。在文学研究中，开拓性就是发现和使用新的资料、发掘新的研究视角和方法。

文学创新性：是文学研究体现的新颖与发展特质。“创”是求突破，“新”是在突破的基础上发掘前所未有的东西。在文学研究中，创新性有三类：一类是有破有立，在继承中创新，去发现别人未曾研究过的新见；第二类是纠偏扶正，厘清某种迷雾，指出某种偏颇、纰漏、错误；第三类是无破有立，是一种补充旧说的创新。

文学科学性：是指尊重和依据文学现象的特点和规律，摒除主观因素的干预，切近文学现象的本质。具体表现在三个方面：一是认识科学，即认识并尊重研究对象的知识性和客观性。二是态度和方法的科学，即要有实事求是、公正客观的研究态度，要运用科学的辩证思维方法。三是表达形式科学，主要表现为严守学术规范。

【推荐阅读】

韦勒克，沃伦．文学理论．刘象愚，等译．南京：江苏教育出版社，2005.

布朗，雅布洛．实用文学研究导论．罗长青，译．北京：中国社会科学出版社，2011.

张法，张旭春，支宇，章辉．世界语境中的中国文学理论．合肥：安徽教育出版社，2010.

赵敏俐，编著．文学研究方法论讲义（第2版）．北京：学苑出版社，2011.

杨玉圣，张保生，主编．学术规范导论．北京：高等教育出版社，2004.

杜兴梅．学术论文写作ABC. 广州：广东高等教育出版社，2006.

王瑶，主编．中国文学研究现代化进程．北京：北京大学出版社，1996.

杨守森．试论我国文艺学研究的价值取向．文史哲，1995（5）.

王彦霞．文学理论的科学性辨析．北京科技大学学报（社会科学版），2005（4）.

【思考题】

1. 文学研究的对象是什么？
2. 文学研究的方法有哪些？
3. 为什么要进行文学研究？
4. 如何进行文学研究？
5. 怎样才是优秀的文学研究成果？

后　记

长期以来，文学理论一直是我国高校高度重视的汉语言文学专业的必修基础课之一。作为这样一门课程的教材也早已众多。但由于某些复杂因素的制约，不少教材存在着脱离实际、空洞化、教条化之类的不足。比如诗歌、小说等基本文学形态的内在机理与创作特征，作为构成文学作品第一要素的"文学语言"，作为文学创作基本才能的"文学感悟""文学想象"等，都应是很实在、很基础性的文学理论问题，但在我们已有的许多教材中，鲜有专门性的讲述。

正是为了弥补现有教材某些方面的不足，我们山东师范大学文艺学教研室，多年来在实际教学过程中，进行了多方面的尝试与探索，尤其是在教材内容方面，进行了很大幅度的调整。本教材就是在教学探索基础上编写而成的。与已有许多教材相比，本教材力图做到以下几点：

第一，实用性，即不求所谓的体系性，而力求每一章都有切合文学实际、让教师可以充分讲述的内容，力图让学生在每一堂课中都能有真正的收获。

第二，简明性，即不求面面俱到，亦力避空洞玄虚之论与枯燥教条的罗列，力求以简明的语言，结合实例，突出讲授文学理论中最为重要也最为基本的问题。

第三，新颖性，如本教材作为重点，设立专章讲述的文学语言、文学才能、文学境界、文学生态、文学价值、文学研究等，均不同于一般教材。此外，为了扩充学生的知识视野，启发学生独立思考，在节后附设的"相关知识""研讨平台""理论辨析""深度思考"等栏目，亦具教材体例的创新性。

本教材的分工撰写情况如下：

杨守森：导论、第二章、第七章
李江峰：第一章
杨　光：第三章
和　磊：第四章
赵奎英：第五章
周　波：第六章、第十二章
吴承笃：第八章
孙书文：第九章
邹　强：第十章
李　辉：第十一章
刘　蓓：第十三章
任传霞：第十四章

感谢中国人民大学出版社，感谢刘汀、黄海飞编辑，在已有许多教材的情况下，又支持了本教材的出版。本教材的编写历时一年，提纲虽经反复讨论，内容虽经反复修改，但因能力所限，自知尚难达到预期目的，相关论述中也还存在不少问题，期待大家批评指正。

杨守森　周　波

2013年1月5日

修订版后记

编写一本比较实用的文学理论教材，是我们多年来的一个心愿。感谢中国人民大学出版社的大力支持，由我们文艺学学科同人齐心协力完成的《文学理论实用教程》终于在 2013 年问世。值得欣慰的是，这本教材出版后，引起了一定程度的关注，已为全国十几所院校自主选用。感谢使用这本教材的广西师范学院的刘玲教授，她曾发表专题论文，既充分肯定了该教材的优点，也指出了其中存在的不足。为了提高本教材的质量，在进一步广泛征求意见的基础上，按出版社的要求，我们于近期进行了修订。

由于时间仓促，这次修订，在整体框架及章节内容方面，未能来得及做大的调整，主要在以下几个方面有所改进：(1) 进一步理顺了某些章节的逻辑层次，充实了有关论述，增强了学理性；(2) 从实用性、切实性角度考虑，补充或更换了一些例证；(3) 仔细推敲了有关概念，使之更为严谨；(4) 依据简明扼要的原则，进一步完善了文字表达。

这次修订，缩写者的情况稍有变化：赵奎英教授，已调入南京大学艺术研究院任教；本学科新进年轻教师厉运伟博士参与了第十三章的修订工作，特此说明。

在本教材的初版及修订版的编辑出版过程中，出版社的刘汀、黄海飞、刘静先生和徐德霞女士付出了大量辛劳，我们深表感谢。也真诚感谢已使用了这本教材的师生，希望在教学过程中，能发现并提出更多问题，以利于我们有机会再度修订时进一步完善。

杨守森　周　波

2017 年 1 月 2 日

图书在版编目（CIP）数据

文学理论实用教程 / 杨守森，周波主编．—2 版．—北京：中国人民大学出版社，2017.6
新编 21 世纪中国语言文学系列教材
ISBN 978-7-300-24346-7

Ⅰ.①文… Ⅱ.①杨… Ⅲ.①文学理论-高等学校-教材 Ⅳ.①I0

中国版本图书馆 CIP 数据核字（2017）第 099115 号

新编 21 世纪中国语言文学系列教材
文学理论实用教程（第二版）
主编　杨守森　周　波
Wenxue Lilun Shiyong Jiaocheng

出版发行	中国人民大学出版社		
社　　址	北京中关村大街 31 号	**邮政编码**	100080
电　　话	010－62511242（总编室）		010－62511770（质管部）
	010－82501766（邮购部）		010－62514148（门市部）
	010－62515195（发行公司）		010－62515275（盗版举报）
网　　址	http://www.crup.com.cn		
经　　销	新华书店		
印　　刷	北京昌联印刷有限公司	**版　　次**	2013 年 4 月第 1 版
开　　本	787 mm×1092 mm　1/16		2017 年 6 月第 2 版
印　　张	17	**印　　次**	2023 年 9 月第 3 次印刷
字　　数	402 000	**定　　价**	34.00 元

关联课程教材推荐

ISBN	书名	作者	单价
978-7-300-13740-7	马克思主义文艺论著选讲（第五版）	陆贵山　周忠厚	59.00 元
978-7-300-22528-9	美学概论（第四版）	牛宏宝	32.00 元
978-7-300-20486-4	美学原理	王一川	29.80 元
978-7-300-16758-9	西方文论概览	杨慧林　耿幼壮	49.00 元
978-7-300-08052-9	西方文艺理论史——从柏拉图到尼采	章安祺 等	35.00 元
978-7-300-12114-7	西方文艺理论史精读文献（第三版）	章安祺	48.00 元
978-7-300-14072-8	新编马克思主义文论	冯宪光	38.00 元
978-7-300-24495-2	新编文学理论（第二版）	童庆炳	45.00 元
978-7-300-14071-1	新编西方文论教程	杨守森	45.00 元
978-7-300-18421-0	新编中国文学批评发展史（第三版）	袁济喜	42.00 元
978-7-300-19270-3	中国当代文艺思潮（第三版）	陆贵山	45.00 元
978-7-300-20878-7	中文学科论文写作（第二版）	卢卓群　普丽华	39.00 元

配套教学资源支持

尊敬的老师：

衷心感谢您选择使用人大版教材！相关的配套教学资源，请到中国人民大学出版社网站（www. crup. com. cn）免费下载，或是直接与我们联系。

样书申请及课件处理，请联系：
龚洪训
电话：010-62515637
电子邮件：6130616@qq. com

选题策划及出版，请联系：
刘　静
电话：010-62513587
电子邮件：12918646@qq. com

地址：北京海淀区中关村大街 31 号
邮编：100080